KB057265

5대강을 따라

자전거길
걷기놀이 (상)

5대강을 따라
자전거길 걷기놀이 (상)

펴낸날 2021년 7월 5일

지은이 김종호
펴낸이 주계수 | **편집책임** 이슬기 | **꾸민이** 전은정

펴낸곳 밥북 | **출판등록** 제 2014-000085 호
주소 서울시 마포구 양화로 59 화승리버스텔 303호
전화 02-6925-0370 | **팩스** 02-6925-0380
홈페이지 www.bobbook.co.kr | **이메일** bobbook@hanmail.net

© 김종호, 2021.
ISBN 979-11-5858-795-6 (04810)
　　　 979-11-5858-794-9 (세트)

걷다
—
보다
—
묻다

5대강을 따라

자전거길
걷기놀이 (상)

김종호

밥북
B·O·O·K

빌 브라이슨은 <나를 부르는 숲>에서 '발로 세계를 재면 거리는 전적으로 달라진다. 1km는 머나먼 길이고, 2km는 상당한 길이며, 10km는 엄청나며, 50km는 더 이상 실감할 수 있는 거리가 아니다. 당신이나, 당신의 얼마 안 되는 동료들이 경험하는 세계는 어마어마하게 넓다. 지구 넓이에 대한 그런 계측은 당신만의 작은 비밀이다'라고 했다.

2014년 은퇴 이후에 일탈이라는 작은 무모함으로 시작된 걷기라는 놀이가 영산강, 섬진강, 금강, 남한강, 북한강, 그리고 낙동강 안동댐 인증센터까지 대략 1,011km나 이어졌다. 한 걸음 보폭이 60cm라면 우리는 168.5만 번의 발걸음을 옮겨서 이어온 것이다. 참으로 엄청난 거리다. 내 두 발로 직접 강을 따라 이어지는 자전거길을 걸었다는 사실이 믿기지 않는다. 이 글은 우리가 걸었던 41일간의 기록이고, 5대강 자전거길에서 동료 샘들과 함께했던 즐거움이고 행복이다.

。 자전거길 걷기놀이에 앞서

많은 사람들은 세상의 좌표 어딘가에 시간과 공간이 서로 딱 들어맞는 완벽한 지점이 있다고 믿습니다. 어쩌면 그래서 다들 도보여행을 하는지도 모르겠습니다. 다소 혼란스러운 방식으로 움직이면서도 어떻게든 가능성이 싹터서 결국엔 목표지점에 다다르리라는 희망을 품은 채로 말입니다. 적절한 순간, 적절한 장소에 도착한다면 그래서 주어진 순간을 놓치지 않고 포착한다면 자물쇠의 암호는 해제되고 비밀번호가 밝혀지고 진실이 드러나게 되리라 믿습니다.

문제는 시작입니다. 시작할 수 있는 용기만 있으면 무슨 일이든 가능합니다. 누군가는 '오늘 아침 달린 5km의 트랙 중 가장 먼 구간은 침대에서 현관문까지의 거리이다'라고 했습니다. 모든 일에서 중요한 건 시작입니다. 시작하는 용기 말입니다. 때론 무책임하게 던져놓기, 미리 결과에 두려워하지 않기, 할까 말까 고민이 되는 계획은 일단 해보기, 솔직히 두렵고 걱정은 되지만 두려움에도 불구하고 일단 하는 것이 길을 걷는 여행자에게는 꼭 필요합니다.

오늘도 5대강 자전거길 도보여행에 대한 목표를 세우고 근사한 꿈을 꿈니다. 목표가 지점으로써 존재한다면 꿈은 장면으로 존재합니다. 꿈은 어딘가에서 날아온 꽃씨처럼 소리소문없이 피어났을 때 비로소 꿈입니다. 이루지 않아도 충분히 행복한 것이 꿈입니다. 그리고 그것이 이루어졌을 때 도보여행자는 목적지에 도달했을 것입니다. 하지만 도보여행자의 꿈은 계속 이어질 것이고 또 다른 목표가 생겨날 것입니다.

　나는 아침형 인간입니다. 매일 아침 일찍 일어나면 가장 먼저 책 속에 들어있는 단어나 글을 줍고 간직합니다. 나에게는 글을 쓰는 일보다 글을 줍고 간직하는 일이 더 즐겁고 소중합니다. 다른 작가들의 생각이 담긴 글을 노트에 기록하고 쌓아두는 건, 나보다 더 깊이 생각하고, 더 과감하고, 더 매력적인 사람을 곁에 두는 것과 같다고 했습니다. 그러니 눈에 띌 때마다 줍고 간직하는 것은 나에게 매일매일 행복한 일이고, 마음에 드는 문장을 발견하는 일은 행복 가운데 행운을 얻는 일이기도 합니다. 마치 세 잎 클로버들 가운데서 네 잎 클로버를 발견하는 일과 같습니다. 가끔은 행운도 따라옵니다.

　은퇴 이후 매일 아침 마음에 인적이 드문 나만의 작은 집을 한 채씩은 만들어갑니다. 오늘 아침도 매일 하는 일처럼 책 속의 글들을 음미하고 스스로 묻고 생각합니다. 그리고 나만의 기록을 남깁니다. 먼 길을 걸어가든, 글을 쓰는 일이든, 본질적으로는 개미처럼 끈기 있게 천천히 장거리를 나아가는 일입니다. 성공한 이들은 누구든 바로 되는 사람은 없습니다. 장거리 운동선수처럼 그들이 보여준 놀라운 성과는 결국 꾸준히 노력한 결과물이 아닐까 합니다.

누구나 어떤 일에 집중하는 이들의 뒷모습은 멋집니다. 몰두의 시간은 분명 선물을 안겨줄 것입니다. 그 몰두의 시간이 남의 강요가 아니라 자신으로부터 시작된 질문과 그에 대한 답의 결과라면 당신에게 주어진 집중의 시간은 급하게 집어넣은 지식으로는 결코 닿을 수 없는 곳으로 우리를 인도할 것입니다. 기다리는 시간의 힘으로 얻는 것들이 더 존중받는 세상과 만나게 되기를 소망합니다. 이곳이 내가 자전거길을 걷는 이유가 아닐까 싶습니다.

5대강 자전거길을 함께 걸었던 동료들과 교감할 수 있는 무한한 가능성이야말로 글쓰기의 가장 큰 매력입니다. 대개의 사진과 글이란 게 널리 읽히기를 바라는 일기장이 아닌가 싶습니다. 사실 온전히 객관적인 것이라고 하기엔 주관이 개입한 내용이 많습니다. 그래도 용기를 내서 솔직한 얘기를 담아보려고 했습니다.

자전거길 걷기놀이 〈걷다, 보다, 묻다〉의 기쁨과 즐거움을 동료들과 함께 나누기 위해 여기에 긴 기록을 남깁니다. 글을 모은다는 것. 원고의 부피와 무게에서 기쁨과 즐거움을 느끼는 것처럼 나는 걷기의 고단함, 피로감이 쌓일수록 더 즐거워집니다. 글을 쓰는 것도 자전거길을 끝없이 걷는 것과 같은 즐거움을 줍니다. 글을 쓰는 것은 단지 지난 시간을 기록하는 활동이 아니라 경험을 기반으로 끈질긴 사유와 자전거길에서의 즐거움을 이어가는 과정입니다. 그런 즐거움은 긴 시간 기다림의 결과물입니다. 그런 즐거움이 있었기에 나를 도보여행에 또다시 빠지게 하는지도 모르겠습니다.

'걷기'라는 놀이는 언제, 어디서나, 누구든지 할 수 있는 평범한 일상의 활동입니다. 그리고 그 안에 들어있는 평범하지 않은 행복을 찾아가는 일이기도 합니다. 걷는 일은 나를 보살피는 시간이고, 자신을 돌아보는 시간이며, 참 나를 발견하는 시간이기도 합니다. 사람마다 걷기를 통해 찾고자 하는 의미와 기쁨은 다를 수 있습니다. 그런데도 모두가 찾고자 하는 것은 몸과 마음의 건강, 시시각각 변하는 새로운 풍경, 자연을 즐기는 좋은 사람들과의 만남 등이 아닐까 합니다. 이 글을 다 쓸 때쯤에는 또 다른 길을 계획하고, 함께 할 동료 샘들과 걷고 싶은 꿈에 들떠 있을 것입니다.

2021년 2월 28일
오룡산 자락 남악에서   기ㅁ조ㅇ호

차례

첫 번째 여정
영산강 자전거길

두 번째 여정
섬진강 자전거길

세 번째 여정
금강 자전거길

2권 _____

첫 번째 여정

영산강 자전거길

영산강 자전거길 133km

목포 영산강하굿둑 - 담양댐

나짐 히크메트는 〈진정한 여행〉에서 '무엇을 해야 할지 더 이상 알 수 없을 때 그때 비로소 진정한 무엇인가를 할 수 있다. 어느 길로 가야 할지 더 이상 알 수 없을 때 그때 비로소 진정한 여행의 시작이다'라고 했다. 처음이라 어디로 가야 할지 모르지만 길을 가다 보면 무언가 깨달음이 있을 것이다. 처음이라 무엇을 해야 할지 더 이상 알 수 없을 때를 그는 절망이라 말하지 않고, 비로소 진정한 무엇인가를 할 수 있는 때라고 말한다.

서둘러 알려고 하지는 말자.
깨달음이 다가올 때까지 기다려주자.
날이 새면 또다시 새로운 길을 걸어가겠지.

영산강 자전거길을 여는 풍경

리베카 솔닛의 〈걷기의 인문학〉에서 '길은 걷는 일의 확장이고, 걷기 위해 만든 공간을 걷는 일의 기념비들이며, 길을 걷는 일은 세계 속에 존재하면서 세계를 생산하는 일이다. 길을 걷는 몸은 그렇게 만들어진 공간들에 흔적을 남긴다. 거리와 공원과 보도는 길을 걷는 상상, 길을 걷고 싶은 욕망의 흔적들이다. 지팡이와 신발, 지도, 배낭은 그 욕망의 물질적 산물들이다. 몸을 통해 세계를 인식하고, 세계를 통해 몸을 인식한다는 것, 그것이 보행과 생산적 노동의 공통점이다'라고 했다.

걷는다는 것은 어떤 의미가 있을까? 걸으면서 나 아니 다른 것과의 소통을 꿈꾼다. 걸으면서 낯선 곳의 풍경을 바라보고, 걸으면서 생각하고, 걸으면서 묻고 그 답을 찾아갈 것이다.

영산강 자전거길 걷기는 우연히 한 모임에서 영산강 자전거길을 도보로 완보(完步)해 보자는 작은 제안에서부터 시작되었다. 오래전부터 영산강 자전거길을 걸어서 끝까지 가보고 싶었다. 걷기 여행을 통해 잊혀가는 자신감을 되찾고 싶었다. 걷기 여행을 통해서 스스로 살아있음을 느끼고 싶었다. 하지만 혼자 가기에는 생각만 해도 머리가 무겁고, 몸도 빨리 지쳐버릴 것 같고, 실천하기가 어려울 것 같았다. 그래서 작은 모임에서 도움을 청한 것이다. 모두 흔쾌히 동의해 주었다. 서로가 서로에게 '페이스메이커'가 되어주기로 한 것이다. 다 함께 5일 정도의 일정으로 영산강하구언 시점에서 담양댐 종점까지 133km를 매주 화요일마다 20~30km씩 걸어가기로 약속했다. 영산강 자전거길을 걸어가기로 약속을 했던 첫날이 어제였다. 막상 떠나려고 하니 머리가 무거웠다. 거기다 갑자기 날씨까지 추워지고 비까지 내린다고 해서 게으른 생각에 잠시 망설였다. 다음으로 연기했으면 하는 바람에 그냥 무심코 지나쳐 버렸다. 하지만 연락이 왔다. 비록 하루 연기는 됐지만, 함께 가자고. 흔쾌히 동의해 준 샘들 덕분에 용기를 냈다. 은퇴 이후 처음으로 용기를 낸 영산강 자전거길 걷기는 잔잔한 일상에 날 선 자극을 준 시간이었다.

영산강하굿둑에서 몽탄대교까지

　　영산강 자전거길 걷기 여행 첫날
이다. 걷기라는 놀이를 통해 나는 무
엇을 보고 싶은 것일까? 그 길에서 나는 무엇을 찾고 싶은 것일까? 여행
작가 김남희의 〈일본의 걷고 싶은 길〉이라는 책에 '걷기는 풍경(風景)을
오래 간직할 수 있는 유일한 여행이다. 걷기는 몸을 쓰게 하고, 마음을
열게 하고, 대상에 다가가게 한다. 발자국으로 남기는 몸의 흔적이자, 지
구에 건네는 온몸의 인사이다'라는 말이 나온다. 자전거길을 걷는 것은
풍경을 간직하는 일이고 산천을 바라보는 것이다.

　　길에서는 사물도, 생각도, 풍경도, 날씨도 시시각각 변한다. 그 변화를
통해 지나온 날들을 회상하고, 살아갈 날들을 생각한다. 이렇게 이 생각
저 생각하면서 움직이는 것은 도보여행자만이 가질 수 있는 놀이이다.
절대로 빨리 가려고 하지 말고, 어디로 닿으려고도 하지 말고, 그렇다고
이 길에서 무엇을 이루려고 하지 말고, 그냥 걸어가 보는 것. 그러다 보면
그 걸음 속에서 이미 스스로 변화하고 있음을 느끼게 된다.

　　걷기놀이 첫날 영산강변의 풍경이다. 아침부터 자전거길에는 추적추
적 울적함을 더해주는 가을비가 내리고 있다. 늦은 가을에 비가 부슬부
슬 내리면 많은 사람들은 도종환의 「가을비」라는 시를 생각하곤 한다. 그
리고 그 시를 통해 자신만의 삶의 풍경을 바라보게 된다.

-

어제 우리가 함께 사랑하던 자리에

오늘 가을비가 내립니다

우리가 서로 사랑하는 동안

함께 서서 바라보던 숲에

잎들이 지고 있습니다

-

    시구(詩句)에는 세상살이에서 느껴지는 삶의 쓸쓸함이 듬뿍 배어있다. 오늘은 바로 그런 날이다. 평생을 함께 서서 한 방향을 바라보았던 학교를 은퇴하고 처음으로 은퇴하신 샘들끼리의 큰 행동이다. 평소 같으면 학교에 있어야 할 시간이다. 이젠 자유롭다 못해 넉넉하고 느긋했다. 평일인데도 우리만의 자유를 즐길 수 있는 시간이라고 생각하니 보이는 사물마다 한없이 편해 보인다. 하지만 다른 한편으로는 오랫동안 함께했던 학교와 샘들과 학생들을 다시는 만날 수 없다는 사실은 마음 한편에 「가을비」 같은 쓸쓸함도 밀려온다. 그런 우리들의 마음을 아는 듯 영산강 자전거길 걷기 여행 첫날부터 가을비가 내린다.

    은퇴는 그런 것이다. 숲에 잎이 지는 것처럼 함께 했던 사람들과 만나고, 사랑하고, 헤어지고, 그리워하면서 한세상 살다가 가는 것이다. 은퇴는 누구에게나 삶의 리듬이 새롭게 바뀌는 일종의 전환기이다. 무탈하게 직장생활을 마친 것은 감사했다. 하지만 나이 듦은 어쩔 수 없이 가을에 내리는 비처럼 쓸쓸했다.

익숙하지 않은 삶의 새로운 페이지를 펼치고 싶은 순간이다. 당연히 생각들이 많아질 수밖에 없다. 자연인으로 돌아가면 가장 힘든 일은 사람과의 만남이다. 사람은 만남을 통해 소통해야 살아갈 수가 있기 때문이다. 그래서 오늘의 이런 만남은 그 어느 때보다 소중했다.

이른 시간 남악신도시의 남창대교 앞에서 샘들과 만났다. 여기서부터 영산강 자전거길을 구간별로 걸어서 가려고 한다. 영산강 자전거길은 영산강하굿둑, 느러지 관람전망대, 죽산보, 승촌보, 담양 메타세과이아길, 담양댐까지 가는 긴 여정이다.

출발지점인 남악신도시는 전라남도 도청이 옮겨옴으로써 면에서 읍으로 승격됨은 물론 급격하게 커가는 지역이다. 남창대교 아래 흐르는 하천은 망월리 지역의 끝에서 영산강으로 흘러드는 마지막 하천인 남창천이다. 몽탄면 달산리 승달산 기슭(구리재)에서 발원, 일로와 삼향 두 읍을 가르며 영산강으로 흘러드는 하천이다.

아침부터 우리들의 여정을 반겨주듯이 시원한 바람에 이슬비까지 뿌리고 있다. 망설임은 우리들이 걷기 여행하는데 가장 무서운 적이다. 그래서 가장 힘겨운 것은 첫걸음이다. 자연스레 생각이 많아진다. 자그마한 소망이 있다면 자전거길 도보여행을 통해서 걷기 전과는 분명 다른 나를 발견하기를 바란다. 세상을 더 넓게 보고, 사물을 더 깊이 생각하고, 많은 의문에 대한 답을 찾아가면서 걸을 때마다 조금씩 '더 나은 나'가 되어가기를 바란다. 영산강둑길을 따라 이어지는 자전거길은 끝이 보이지 않는 단조로운 길이다. 이 길을 따라 서서히 걷기 시작했다.

세계에서 가장 오래된 이동 방법은 '걷기'라고 한다. '걷기'는 느린 속도만큼이나 여행자의 다양한 감각을 깨운다. 우리가 문명의 이기(利器)인 자동차나 자전거를 버리고 '걷기'를 택한 것은 '걷기'만이 자연과 가장 가까이서 접촉을 가능하게 하기 때문이다. 걷기라는 놀이는 길이 있고, 여행자의 흔적이 있고, 자연의 풍경이 있고, 마을의 너른 마당이 있고, 낯선 사람들과 만나는 기쁨이 있어서 좋다. 걷기라는 놀이 공간에는 다양한 볼거리가 있어 마치 박물관이나 미술관에 온 것 같은 느낌이 든다. 이 세상에는 길만큼 아름다운 조화를 지닌 박물관이나 미술관이 또 있을까.

그래서 걷는 것에는 꿈이 담겨있다. 걷는 것은 행동이며, 도약이며, 움직임이다. 부지불식간에 변하는 풍경, 모였다 흩어지는 구름, 변덕스러운 바람, 가볍게 흔들리는 누런 벼잎들의 출렁임, 추수하는 논 그리고 잘 감긴 건초더미, 코발트빛 영산강 물결, 자전거길 옆에 가끔 코스모스 같은 야생화가 흔들어주는 반가운 인사와 꽃향기 등 이런 풍경들에서 끊임없는 자극을 받으며, 마음을 뺏기기도 하고, 정신이 분산되기도 하며, 계속되는 행군에 괴로움을 느끼기도 했다. 그런 느낌과 생각들은 이미지와 감각과 향기를 빨아들여 모아서 따로 추려 놓았다가 후에 보금자리로 돌아왔을 때 그것을 분류하고 각각에 의미를 부여하게 될 것이다.

이슬비가 한 가닥씩 천천히 내리는 길을 평생을 함께했던 샘들과 학교에서 일어난 일들에 대해 풍족한 대화를 나누면서 걸었다. 그 기억들을 오랜 시간 경험했던 것이라 무의식적으로 질문과 대답을 조절해나갈 수 있었기에 모든 것은 편했다. 우리들의 이야기는 시작했다 사라진다. 또 사라졌다 시작하기를 되풀이한다. 이처럼 길을 따라 걷는 것은 자신을 성찰하는 과정이고 동시에 매 순간이 환희(歡喜)였다.

남창대교를 건너면 남창천을 따라가다가 영산강과 만나는 지점에 첫 번째 쉼터가 보인다. 그리고 또다시 일직선으로 된 긴 둑길이 이어진다. 영산강 둑 안쪽에는 간척지 논이 끝없이 펼쳐져 있고, 최근에 와서 새로 만든 무화과 농장도 넓게 조성되어 있다. 무화과밭 끝자락 모퉁이 강 쪽에는 흔적만 남아있는 작고 이름 모를 나루터가 하나 있다. 이름 모를 병사의 무덤처럼 아무런 표시판도 없다. 심지어 자신의 흔적 하나도 남겨놓지 않았다. 과거의 번잡함을 뒤로 한 채 쓸쓸하게 자리 잡고 있다. 나루터에는 옛사람들의 두런거리는 소리도, 나룻배의 삐꺽거리는 소리도, 뱃사공들의 고함도, 주막이나 주모도 온데간데없고 잔물결만 철썩거린다.

이름 없는 나루 모퉁이를 돌면 쭉 뻗은 자전거길 옆으로 영산 제1경의 조형물이 눈에 들어온다. 영산강 제1경 '영산석조(榮山夕照)' 표지석 앞에서 잠시 쉬어간다. 이곳에서 바라보는 목포방면 즉 영산강하구언 방향으로 해가 지는 풍경이 일품이라 해서 '영산석조'라 이름 붙여졌다. 영산강에는 총 8개의 명소가 있다. 그중 첫 번째가 이곳이다. 영산 1경을 알리는 쉼터인 반원 모양의 전망대가 나무데크로 꾸며져 넓게 자리하고 있다. 그 앞에는 자전거길을 감싸고 있는 영산강 1경 '영산석조'의 기억을 담는 인공 터널이 보인다. 여기는 영산강하굿둑에서부터 대략 10km 지점이다. 인공

터널은 태양에 반사되어 금빛 물결치는 모습을 형상화하고 있다. 천정이 벤치가 되고 벤치가 또다시 벽이 되는 유기적인 조형물로 개방된 휴식공간에서 습지를 관찰하고 영산강의 일몰을 감상할 수 있는 곳이다. 조형물의 금빛 물결이 햇살에 반사되면 너무 아름다울 것만 같다.

그런데 날씨 때문에 아름다운 금빛 터널을 보기가 어렵다. 이슬비가 내리며 날씨가 오락가락하고 있다. 뿌연 날씨가 서서히 베일을 벗더니 영산강의 시야가 조금씩 선명해진다. 여기까지는 일로읍 망월리 땅이다. 이곳을 지나면 청호리 땅에 들어선다. 영산강 제1경까지는 자전거를 타는 사람도, 길을 걷는 사람들도 거의 보이지 않는다. 평일이고 비가 내려서 그런가. 우리 세 사람만이 영산강 풍경을 벗 삼아 자전거길을 걸어가고 있다. 영산강 하류에 터전을 잡고 오랫동안 살아왔는데 이제야 이 길을 걸어본다. 지금껏 먼 곳만 바라보고 살아왔다. 사실 풍요롭고 아름다운 풍경이 바로 가까이에 있다는 것을 미처 알지 못했다.

영산강 1경의 시적인 정취를 담은 사자성어 '영산석조' 표지석 뒷면에는 「영산강 저녁노을」이라는 허형만 시, 임춘식 글이 있고, 그 옆에 있는 긴 표지판에는 영산강의 옛 나루터의 이름과 영산강 전체조감도가 있어 영산강을 이해하는 데 도움을 준다. 시를 읽고, 지도를 보고, 영산강을 상상했다.

시월이라 열엿 세
님 떠난 포구로
꽃배암 서너 마리
시뻘건 혓바닥 날름거리며

영산강, 영산강

등허리를 기어오르고 있습니다

어디선가 물새 한 마리

신들린 몸짓으로

강물 속 깊이깊이 빠져드는데

치잣빛 바람소리만

두둥실 두리둥실

이승과 저승을 오르내리고 있습니다

휘어이, 휘어어이

이승과 저승을 오르내리고 있습니다.

-

이 시를 천천히 곱씹어 본다. 맑은 날 늦은 오후에 바라본 영산강하구언은 이런 모습일까. '영산 1경' 자리에서 보면 멀리 영산강하구언의 상징물인 수문들이 선명하게 보일 것이다. 시뻘건 해가 서서히 낮아지면 영산강 하류에는 햇살의 그림자로 만들어진 긴 꼬리가 서너 개가 나타난다. 꽃배암 닮은 그 그림자는 어슬렁거리며 영산강 등허리로 올라올 것이다. 그리고 그림자를 따라 서서히 치잣빛 바람 소리가 들려오고, 목포항 갯내음이 느껴질 것이다. 오감이 느껴지는 풍광이다. 더욱 놀라운 것은 시간이 지날수록 그림자는 사라지고 영산강 전체가 은빛 물결로 하늘거리며 파동을 일으키고 하늘은 서서히 짙붉은 핏빛으로 변해간다. 그리고 해는 하루의 수명을 다한다. 자신을 태워서 세상을 밝힌다는 촛불처럼 태양도 마지막까지 최선을 다하는 모습이 너무도 경이롭다. 여기에서 바라본 '영산석조'는 영산강의 제일경이라는 말에 손색이 없을 장관(壯觀)을 연출할 것이다.

가끔 해 질 녘이면 남창대교에서 영산강하굿둑까지 약 4km 정도 되는 영산강 자전거길을 매일 걷고, 영산강수변공원에서 저녁노을을 바라볼 때가 많다. 영산강은 석양에 온통 주홍 빛깔로 물들어간다. 황금빛 갈대 사이로 태양빛에 반사되어 은빛 억새와 어우러져 하늘거리는 모습은 천상의 모습을 닮는 듯했다. 특히 물가에 피어있는 갈대들의 거칠고 야성적인 율동과 늠름한 모습, 억새들의 단아하고 지성적인 외모와 꼿꼿한 자태, 그리고 호수의 비친 햇살의 미세한 흔들림과 반짝거리는 광채는 서로 조화를 이루어 수변공원을 한층 돋보이게 한다. 서로 다른 것끼리의 어울림에서 아름다움의 극치를 보는 듯했다. 자연이든, 사람이든 함께 살아야 세상은 더 아름다워진다는 것이다. 어울림은 서로서로 다름을 인정하고 차이를 보듬으며 살아가는 것이다. 서로서로 보완해서 더 나아지는 것이다. 그래서 우리가 사는 세상도 다양성을 강조한다.

　요즘 우리나라에서 많이 보이는 단어가 '다문화'라는 말이다. '다문화'라는 말은 '문화의 다양성'이다. '문화의 다양성'은 언어나 의상, 전통, 사회를 형성하는 방법, 도덕과 종교에 대한 관념, 주변과의 상호작용 등 사람들 사이의 문화적 차이를 포괄한다. 앞으로는 한국 농촌은 한국인보다 외국인들이 더 많을 것이라는 말까지 나오고 있다. 점점 다양성을 인정할 수밖에 없는 세상으로 변하고 있다. 다양성을 극복하기 위해서는 서로 간의 문화의 차이를 인정하고 이해해야 한다. 또한, 서로 간의 다름도 자연스럽게 받아들여야 한다. 스마트폰, 인터넷, 비행기 등 문명이 발달할수록 세상은 가까워지고 있다. 급속히 다문화 사회로 변하고 있는 이런 흐름을 더 이상 막을 수는 없을 것이다.

물론 다문화를 극복하는 일은 쉬운 일은 아니다. 오랜 세월 그런 문제로 지구 상의 인류는 끊임없이 분쟁과 다툼이 있었다. 〈인류의 기원〉에 보면 '주류 인류학자들은 인류가 약 2백만 년 전에 아프리카에서 처음으로 출연하였다는 의견에 일반적으로 동의한다. 인류는 그로부터 세계로 퍼져나갔고, 서로 다른 다양한 상황과 지역적, 전 지구적인 기후의 변화에 성공적으로 적응하였다. 세계 곳곳에 흩어진 많은 사회들은 서로 달라졌고, 이들 중 다수는 현재까지도 지속된다'라고 했다. 모든 사람의 뿌리는 하나라는 것이다. 그것들이 지구 상에 펴져 나가면서 환경에 따라 다르게 변했다. 언어, 의상, 전통 같은 명백한 사람 간의 문화적 차이와 각 사회가 조직되는 방식, 공유되는 도덕관념, 주변 환경과 상호작용하는 방식 등 분명한 문화적 차이를 인정하고 있는 그대로 받아들이는 것이 '문화의 다양성'이라는 갈등을 극복하는 길이 아닐까. 결국, 다양성은 아름다움이고, 더 나아지는 것이고, 지속 가능한 미래일지도 모른다.

영산강 제1경을 지나 직선으로 된 둑길을 따라 걷다 보면 둑길 끝자락에 제2 남해고속도로의 무영대교가 눈에 들어온다. 이 대교는 국도 2호선의 사장교로 무안 일로읍 청호리와 영암 서호면 시종리를 잇는 길이다. 강 저편 동남쪽으로 월출산이 청초한 모습으로 아련히 떠 있는 듯하다. 저 다리 길을 가로질러 가면 청호리가 나온다. 하지만 여기서부터는 협곡이라는 자연의 힘으로 길이 막혔다. 자전거길은 영산강을 따라가지 못하고 마을을 우회한다. 아마 강을 따라 길을 만들기가 여의치 않았던 모양이다. 영산강 자전거길을 의미하는 파란색 표시를 따라 왼쪽으로 돌면 작은 마을로 들어선다. 일반도로 한쪽에 만들어진 자전거길이다. 둑길을 내려와 일반도로를 따라가면 못난이 미술관, 청호마을, 마을을 에워싼 지형이 소의 코와 흡사하다는 우비마을을 지나면 무영대교 뒤쪽이다. 이 길은 상사바위 없는 상사바위길이다. 주룡포구에서 작골, 우비마을에 이르는 영산강 주룡협곡에 상사바위가 있기 때문이다. 물론 자전거길은 막혀 가볼 수는 없다. 다만 전설로만 들을 수 있다.

주인공은 늘 무남독녀와 총각이다. 자기를 구해준 총각과의 사랑에서 출발하여 총각의 불의한 죽음, 처녀의 애절한 그리움, 사후 특정 동물로 환생 등 통속적이기는 해도 애틋한 감정을 자극하는 것만은 분명하다. 그곳에 생기미(生金)나루터가 있었다고 전해진다.

청호리에는 두 개의 나루터가 있었다고 한다. 주룡나루와 생기미나루가 그것이다. 이곳은 영암과 연결되는 길목이며 영산포로 오고 가는 각종 배의 중간 기착지였다. 주룡나루는 역사적 의미가 있는 나루였고, 생기미나루는 온갖 배들이 드나들던 황금 나루였다. 특히 이 나루는 영산강 뱃길에서 썰물과 밀물이 마주치는 중간지점에 해당하여 수송선이나 고깃배들은 대부분 이 나루에서 일박한 다음 물때를 보아 오고 갔던 것이라고 한다. 자전거길을 걷다 보면 주룡나루터는 공원화하여 청호리에 남아있는데 상사바위 근처에 있었던 생기미나루는 이름만 남아있고 흔적은 찾아볼 수가 없다.

청호리는 지금도 상당히 호응받는 수상레저타운이다. 수상레저타운 나루터는 청호리(무안군 일로읍)와 매월리(영암군 학산면)를 왕래하던 주룡나루로 영산강 나루의 시점이며 종점 역할을 했다는 곳이다. 이곳은 옛 추억이 깃든 곳이다. 오래전에 이곳에 있던 식당에 한번 와 본 적이 있다. 남해고속도로와 자전거길이 생기기 전이고 공원도 없었다. 그때는 이곳이 그렇게 외지고 강원도 오지처럼 멀게만 느껴졌던 곳이다. 지금은 식당은 없어지고 그곳에 '주룡쉼터'라는 공원이 조성되었다. 흔적만 남아 있는 주룡포구는 대동여지도에서 '주룡진은 남쪽 50리에 있으며 영암의 경계로 통한다'고 되어 있는데 무안 청호리 주룡마을과 영암 매월리 미교 마을을 왕래하던 나루였다. 주룡은 두령량으로도 불렸는데 두령량 물길은 동쪽의 영암 은적산과 서쪽 무안의 주룡산 상사바위 사이를 흐르는 물길로 영산강 중상류의 물들이 모두 지나가는 약 438m의 좁은 협수로 물살이 매우 빨라 뱃길에서는 위험한 곳이었다. '주룡(住龍)'의 지명과 관련해서는 '용이 머물만한 곳'이라는 뜻에서 유래되었다는 설, 왕건이 머물렀던 것에서 '용이 머문 곳'에서 유래되었다는 설, 영산강을 용의 형상으로 보고 지명이 유래했다는 설 등이 있다. 주룡나루는 1980년 영산강하구언이 완공되면서 나루 기능이 상실되었으며 옛 나루터의 석축 흔적만 남아있다.

청호리 주룡포구 공원을 지나면 소댕이나루까지 2km 남짓 포장과 비포장이 섞인 마을 옛길이다. 건너편의 영암천이 합류하는 지점부터 강폭은 급격히 넓어져서 바다나 다름없다. 강 건너편 매월리을 왕래하던 나루 앞 작은 섬은 가마솥 뚜껑을 닮았다 하여 소댕이섬(솥뚜껑섬)이라는데 나루터도 같은 이름이다. 지금도 이곳에는 작은 나루터가 있다. 물론 영암까지 왕래할 필요는 없겠지만 고기잡이할 때 쓰는 모양이다. 그 건너편의 섬은 '가랭이 섬'이라 하고 '가랑이'의 방언이라면 가랑이를 닮았다고 그런 이름이 붙여진 모양이다. 아주 작은 섬이 영산강 가운데 떠 있다. 강에도 섬이 있다는 것이 신기할 따름이다. 항상 바다에만 섬이 있다고 생각해 왔다. 강에도 작은 섬들이 있다는 것은 강폭이 얼마나 넓은지를 말해준다.

소댕이나루를 벗어나면 낮은 경사의 오르막길이다. 그곳에 올라서면 다시 영산강 둑으로 이어지는 긴 직선 자전거길을 만난다. 둑 너머로 넓은 간척지가 만들어져 있다. 이곳은 일로읍 의산리 마을 앞에 있는 간척지이다. 영산강 둑 안쪽으로 간척지 논들이 황금빛으로 물들어가고 있다. 아스라이 황금 물결이 끝나는 곳에 마을들이 옹기종기 모여 있다. 자전거길을 걸어갈수록 주변의 경관은 비슷비슷해진다. 새로움에 대한 기대는 무뎌지고 심지어 긴 여정에 대한 두려움도 조금씩 사라진다. 경계심은 늦추어지고 욕망에 대한 최소한의 활기도 없이 그저 걸을 수밖에 없는 운명처럼 걸어간다. 이것은 걸으면서 비워가는 과정에서 나타나는 금단현상 같은 것이 아닐까. 아무것도 생각하지 않는 것은 어쩌면 성과주의만을 추구하는 요즘 세상에 대한 소리 없는 아우성은 같은 것은 아닐까.

영산강 주변의 풍경들이 깊은 심심함 속으로 빠져든다. 심심함을 좀 더 잘 받아들이는 여행자는 어느 정도 시간이 흐른 뒤에 어쩌면 걷는 것 자체가 심심함의 원인이라는 것을 깨닫게 될 것이다. 그리고 그러한 인식은 여행자에게 완전히 새로운 움직임을 고안하도록 몰아갈 것이다. 어쩌면 여행자는 걷다가 깊은 심심함에 사로잡혔고, 이런 심심함이 주는 즐거움이나 느긋함 때문에 걷기에서 춤추기로 넘어가게 될지도 모른다. 도보여행자는 영산강 자전거길을 걸으면서 심심함이나 지루함마저도 깊이 즐기고 싶은 것은 아닐까? 마치 춤추듯이 걷기라는 놀이를 즐기고 싶은 것은 아닐까?

'깊은 심심함'이라는 말은 한병철의 〈피로사회〉라는 책에서 보았던 말이다. 21세기에 들어와서 왜 현대인들은 사회에 대해 피로감을 느끼는가를 간략하고 명쾌하게 밝히고 그 처방을 말해주고 있다. 현대인들이 피로감을 느끼는 이유는 '성과주의'라고 진단했다. 그리고 '깊은 심심함'을 통한 사색적 삶과 분노라는 처방을 제시하고 있다. 그런 성과주의의 부적응은 나에게 조기퇴직을 결심한 이유 중 하나가 된다. 모든 면에서 더디기만 했던 나에게 빠름을 요구하는 현대사회는 깊은 소외감과 좌절감을 느끼게 했기 때문이다.

21세기의 사회는 규율사회에서 성과사회로 변모하는 사회로써 이 사회의 주인은 더는 복종적 주체가 아니라 성과적 주체라고 불린다. 패러다임의 전환이 되었다. 규율사회는 정신병원, 감옥 등과 같이 정상과 비정상이 확실하게 분리되는 부정성의 사회이다. 하지만 성과사회는 '예스 유캔'과 같이 긍정성의 조동사를 난발하는 사회로 거기에 적응하지 못한 우울증 환자, 낙오자를 양산하는 사회이다. 성과주체인 나는 외적으로 자유롭다. 자신이 주인이자 주권자이기 때문이다. 그래서 규율사회의 복종적 주체와는 구별된다.

규율사회와 같은 지배기구의 소멸은 자유로 이어지지 않는다. 소멸의 결과는 자유와 강제가 일치하는 상태이다. 그리하여 성과주체는 성과의 극대화를 위해 강제하는 자유 또는 자유로운 강제에 몸을 맡긴다. 성과를 내기 위한 과다한 노동은 자기 착취로 이어진다. 성과주의의 심리적 질병은 바로 이러한 역설적인 자유의 병리적 표출이다. 결국, 성과주체의 긍정성의 과잉은 멀티스태킹처럼 다양한 활동을 해야 하고, 모든 책임은 스스로 책임져야 하기 때문에 자신은 착취자인 동시에 피착취자이다. 곧 자신은 자신의 가해자이면서 동시에 피해자가 되는 것이다. 이런 사회에서는 깊은 사색이 불가능하다. 이것이 현대사회이다.

　나처럼 현대사회의 많은 사람들은 아마 이러한 이유로 자의든 타의든 조기에 퇴직하고 성과주의 사회에 대항하는 지로 모르겠다. 이 책을 보면서 생각했다. 최소한 나만이라도 이 사회에 저항하면서, 분노하면서 '깊은 심심함'으로 살아가고 싶다. 자연을 벗 삼아 '느긋함과 넉넉함'으로 살아가고 싶다. 사람들이 가끔 물어본다. 은퇴하고 무얼 하냐고. 나는 무얼 하기 위해 은퇴한 것이 아니다. 무얼 하려고 했으면 은퇴하지 않았다. 느리게 살기 위해 은퇴했고, 자유롭게 살기 위해 은퇴했고, 느긋하게 놀기 위해 은퇴했다는 것이 나의 답이다.

　인류의 문화적 업적은 모두 깊은 사색을 통해 이루어졌다. 오늘날 '깊은 주의'는 '과잉 주의'로 변모하였고, 시선은 산만해지고 심심한 것에 대한 참을성이 사라지고 있다. 바로 여기에서 현대인들은 깊은 아픔이 생기는 것이다. 은퇴는 나에게 그런 '깊은 심심함'을 즐기게 해주었다. '심심함'은 자전거길 걷기놀이를 통해 세상을 더 넓게 보게 했고, 세상에 대해 더 깊게 생각하고, 더 많은 것을 의문을 갖게 한다. 지금 그런 심심함을 즐기고 싶어 자전거길을 걷고 있다. 이런 사회에 역행하고 싶어서 또는 무언의 분노를 표출하고 싶어서 아니면 성과주의 사회에 반항하면서 묵묵히 영산강 자전거길을 걸어가고 있는지도 모르겠다. 사람들은 태어남과 함께 끝없는 길을 걷고 또 걸으면서 꿈꾼다. 자전거길을 걸으면서 풍경을 보고, 자연의 움직임을 느끼고, 수많은 질문을 던진다. 무엇이 우리를 자꾸 앞으로 떠미는 것일까.

영산강 자전거길 옆에 [몽탄진등표]라는 표지석을 발견했다. '일제는 1915년의 영산포 등대에 이어 1934년에 이곳 바위에 명수 등대를 세워 각종 어선의 안전운항을 도왔다'고 한다. 이곳에 등대가 있었다는 것은 대략 100년 전까지도 이 근처의 수심이 깊었고 크나큰 세곡선들이 자주 왕래했다는 것이다. 지금 내가 서 있는 둑길도 과거에는 강이었을 것이다. 그만큼 영산강 강폭이 넓었다는 것이다. 나주평야와 몽탄들녘의 곡식을 안전하게 실어가려면 등대가 필요했을 것이다. 등대가 세워진 바위는 영암과 무안의 경계지점인 강 한가운데 있는 '명수바위'라고 한다.

이 바위에는 슬픈 사연이 하나 스며있다. 바위에서 굴을 따는 모친을 위해 조석으로 노를 젓던 아들 명수가 술 취해 있는 사이에 아들을 기다리던 어머니는 불어난 강물에 잠겨버렸다. 아들도 강가에서 목터지게 어머니를 부르다가 사라진 후 '명수바위'가 되었다고 한다. 1978년 하굿둑 축조로 형체까지 사라졌다던 의산리 몽탄진 등대. 다시 불을 밝혀야 한다는 여론에 따라 2009년 1월 1일 복원 점등되었다고 한다.

의산리 몽탄진 등대 표지판에 서 있는 긴 둑 중간쯤에 있는 간이쉼터에 도착했다. 모처럼 3시간 정도 걸었더니 다리가 뻐근하다. 간이쉼터에서 영산강을 바라보면서 먹는 김밥 한 줄과 막걸리 한잔으로 삶의 사치를 누리는 듯하다. 모두가 일하는 시간에 우리는 흐르는 시간마저 잃어버린 듯이 한가하게 여유를 즐겨도 될까. 한적한 쉼터에 앉아 멍하니 '심심함'마저 즐긴다.

발터 벤야민은 '깊은 심심함은 경험의 알을 품고 있는 꿈의 새'라고 부른다. 우리가 잠을 통해 육체적 이완의 정점에 이르는 것처럼 '깊은 심심함'을 통해 정신적인 이완의 정점에 이를 수 있다는 것이다. '심심함'이란 속에 가장 열정적이고 화려한 안감을 댄 따뜻한 잿빛 수건이다. 그리고 우리는 꿈꿀 때 이 수건으로 몸을 감싼다. 느리게 걸어가는 일은 포근했고 아늑했다. 영산강 자전거길을 싸목싸목 걸어가면서 낯익은 듯 낯선 풍경을 본다는 것은 마냥 신기했다. 자전거길을 걷고, 영산강 풍경을 보고, 또 다른 세상을 꿈꾸면서 깊은 심심함 속으로 빠져든다.

소댕이나루에서부터 이어진 둑길의 끝자락은 '의산리'에서 흘러오는 작은 물줄기 때문에 돌아가야 한다. 한 1km 정도 우회하면 지천의 작은 농로 같은 다리가 보인다. 이곳은 '의산리'로 가는 삼거리이다. 길가에는 일로읍 의산리 방향, 회선 연꽃 방죽 방향, 영산강 자전거길 방향의 삼각형 이정표가 있다. 곧바로 가면 아주 가까운 거리인데 우회해서 돌아간다는 것이 얼마나 힘이 빠지는지 모른다. 평상시 '조급함'에 길들어 있어서 그런가. 아니면 '빨리빨리'라는 관성에 길든 습성 때문인가. 이젠 은퇴했으니 느리게 살아가는 일상에 적응하려고 한다. 느림이란 시간을 급하게 다루지 않고, 시간의 재촉에 떠밀려가지 않겠다는 단호한 결심에서 나오는 것이다. 또한, 삶의 길을 가는 동안 나 자신을 잊어버리지 않을 수 있는 능력과 세상을 기쁘게 받아들일 수 있는 능력을 키우겠다는 확고한 의지에서 나오는 것이다.

의산리 우회도로를 돌아서면 영산강 건너편에 영암 월출산이 8폭 병풍 속의 산수화처럼 한눈에 쏙 들어온다. 높낮이에 따라 음양이 선명하게 나타나고 있는 모습이 사람의 힘이나 지혜가 미치지 못할 정도로 신묘한 느낌을 준다. 밝은 곳은 눈꽃처럼 보이고, 어두운 곳은 소나무 숲 속처럼 명암이 선명한 대조를 이룬다. 영산강을 배경으로 월출산을 본

것은 처음이다. 대부분 해남이나 강진 같은 육지 쪽에서만 보아왔다. 이곳에서 대대로 농사를 지으며 살아왔던 사람들은 월출산을 보면서 어떤 생각을 했을까. 먼 옛날은 물론이고 가까운 과거에도 월출산을 올라가 본다는 것은 강을 돌고 돌아야 갈 수 있는 참으로 멀고 먼 땅이었을 것이다. 그래서 영산강을 통해서 바라본 월출산 사계절의 풍경은 아름다움을 넘어 신비롭게 느껴졌을 것이다. 철 따라 변화하는 월출산의 모습을 매일매일 보면서 하루하루 감사하는 마음으로 생활하지 않았을까.

　똑바로 일로읍 의산리까지 왔던 물길은 몽탄에 들어서면서 왼쪽으로 휘어져 흐른다. 그 사이에 영산강은 강 한가운데서 두 물로 나누어진다. 몽탄으로 휘어진 것이 영산강 본류이고, 오른쪽으로 휘어진 것은 영암 쪽에서 흘러내리는 영산강의 한 줄기이다. 이 지류는 영암군 신북면 명동리 백룡산에서 발원해 영암군과 나주시를 가르며 흘러온 '삼포천'이다. 이 지천이 일로면 복룡리에서 영산강에 합류하여 목포 앞바다로 흘러간다. 이런저런 생각도 하고, 이곳저곳 주변 풍광도 보면서 영산강 자전거길을 천천히 걷고, 보고, 물었다. 내가 영산강 하류에 형성된 도시 목포에서 오래 살았는데 이곳이 처음이라니. 정말 내 고장 주변도 모르면서 다른 도시를, 다른 산을, 다른 나라를 열심히도 다녔구나. 이젠 시간이 나면 자주 와 봐야겠다. 승용차나 자전거로 오면 금방인데 한 번도 와보지 못한 것이 나 자신에게 조금 부끄러웠다. 고향사랑, 가족사랑은 먼 곳에 있는 것이 아니었다.

영산강 자전거길을 걸으면서 여러 감정이 교차했다. 멀리 건설 중인 다리가 보이고 길옆으로 '일로 회산 방죽 2km'라는 안내표시와 화살표가 보인다. 그곳으로 내려가면 농로를 따라 2km 지점에 '일로 회산 방죽'이 나오는 모양이다. 일로 회산 방죽 근처에는 간척지 농토가 아주 넓다. 이곳이 영산강과 이렇게 가까울 것이라곤 미처 생각하지 못했다. 이 길은 어디와 어떻게 연결될까. 궁금증은 오래된 추억으로 연결된다. 목포에서 가까운 무안 회산백련지는 가끔 가보던 곳이다. 그리고 넓은 연꽃 방죽에 피어난 순결한 연꽃을 상상한다. 진흙에서 나왔으나 더러움에 물들이지 않고, 고아한 아름다움을 지니고 있으나 자신의 멋에 취해 다른 꽃들을 깔보거나 무시하지 않고, 오직 홀로 맑은 기운으로 서 있는 연꽃이 연상된다. 또 '청개화성(聽開花聲)'이라는 말이 있다. 바로 연꽃 봉우리가 터지는 소리를 듣는 것이란다. 한 번도 들어본 적이 없는 소리다. 얼마나 깨끗한 소리일까. 듣고 싶다. 연꽃이 필 때 청량한 미성을 내며 연꽃이 터지는 그 아름다운 소리를 듣기 위해서라도 언제 한번 이른 새벽 시간을 내서 가봐야겠다.

멀리 보였던 다리 앞에 도착했다. 공사가 한창이다. 표지판에 하나는 일로와 몽탄, 사창을 잇는 영산강 강변도로이고, 또 하나는 무안 남악에서 나주까지 이어지는 도로공사이다. 그중 강변도로는 영산강 자전거길을 따라 만들어지고 있다. 이제 시작하고 있으니 언제쯤 끝날지는 모른다. 강변도로가 완공되면 영산강의 사계절 풍경을 쉽고 빠르게 바라볼 수 있겠다. 다만 강을 죽이는 무분별한 개발이 없었으면 했다. 꼭 필요에 의해서만, 꼭 필요한 만큼만 개발되었으면 하는 바람이다. 공사 중인 다리를 건너면 2~3분이면 건너갈 수 있는 지천을 우회해서 걸어가면 족히

15분 넘게 걸어야 한다. 다리가 없었으면 당연히 우회해서 돌아갔을 것이다. 하지만 다리가 보이자 마음이 흔들린다. 혹 건너갈 방법이 없을까. 지금까지 많은 길을 천천히 걸어왔으면서도 '우회해서 돌아가기에는 너무 멀다'라고 말이 나올 만큼 우회도로는 끝이 보이지 않는다. 다리는 아직 공사 중이라 건너갈 방법이 없다. 끝없이 이어지는 우회로를 따라 서서히 걸어가기로 했다. 그리고 그냥 다리를 통해 지천을 건넜으면 알 수 없었던 새로운 사실도 천천히 걸어가면서 알게 되었다.

영산강 자전거길은 지천을 따라 깊숙이 이어진다. 우회하는 길이 끝나는 곳은 무안군 일로읍 복룡리 양두마을이다. 이 마을 앞에는 조그마한 섬 양호도가 있다. 지금은 간척지 논두렁 한가운데 덩그러니 낮은 언덕처럼 육지로 변해 있다. 우회도로는 그 섬 앞마당을 되돌아 지천 건너편으로 돌아나간다. 이 섬으로 들어가는 입구에는 '영산강 포구체험'이라는 안내 표지판이 하나 서 있다. 표지판을 보고서야 앞에 있는 작은 언덕이 과거에는 영산강 위에 떠 있던 섬이었다는 사실을 알게 되었다. 이곳이 섬이라면 옛날에는 여기까지 영산강 물이 들어왔다는 것이다. 과거에는 저 너른 뜰에 모두 영산강 물로 채워졌다는 말이다. 영산강의 크기를 짐작하기가 어려울 만큼 넓었다. 지금은 둑을 막아 간척을 해서 넓은 농토를 만들었다. 사람의 의지가 대단했다.

이곳은 몽탄진 등대에서 상류 5㎞쯤에는 있었던 양 머리 또는 누에를 닮았다는 '양호도(羊湖島)'라는 섬이다. 일제는 이 섬의 동편 수로의 중간 지점인 나주, 영암, 무안 일대를 영산강 하구로 정하고, 길이를 115.8㎞라 했다. 양호도는 무안군 일로읍 복룡리 소속이나, 1917년 8월까지는 영암군 시종면 땅이었다고 한다. 이곳에는 15톤급 '중선배' 또는 '일중선'이라고 부른 범선(帆船)이 20 30척이나 있었고, 앞뒤에 두 개의 돛대를 세운 배들은 비금도 파시, 군산항, 연평도 파시까지 들렀다. 어획량과 수입이 좋아 회항할 때 남은 물고기는 밭에 비료로 이용할 정도였다고 전한다.

그러나 제4공화국 말 정부의 이주정책으로 이곳 주민들은 모두 떠나갔다. 지금은 1980년대 영산강하굿둑 축조와 함께 육지가 되었다. 그 안으로 들어가니 집이 두어 채 들어서 있고 섬과 육지 사이에는 모두 간척지로 논과 밭으로 활용되고 있다. 제법 깨끗하고 조용하며 정갈한 느낌을 주는 마을이다. 옛 '양호도' 안으로 들어서자 개 짖는 소리가 요란하다. 이곳은 시련을 많이 받은 곳이다. 가지 많은 나무 바람 잘 날 없다는 속담처럼 말이다. 섬이 육지가 되고, 행정구역이 바뀌고, 세월에 따라 부귀가 극명하게 바뀌었던 곳이다. 지금은 한적한 시골 마을로 변해 있다. 또 언제 어떻게 변할 수 알 수가 없는 '양호도'이다. 내 고장의 몰랐던 사실을 알아가는 재미도 쏠쏠했다.

몽탄대교까지 대략 5~6km 남았다. 영산강 자전거길은 4대강 사업의 결과물이다. 그런대로 자전거 라이더들에게는 아주 좋은 길이고 안전한 길이다. 자전거길은 직선과 곡선, 둑길과 산길이 조화를 이룬다. 자전거를 타고 달리는 주자(走者)에게는 신나는 일이다. 자전거길 오른쪽에는 500m마다 구간별 표지판에 세워져 있어 거리에 대한 정보를 빠르게 알려준다. 표지판에는 영산강하굿둑부터 지역별로 구간마다 고유번호를 준다. 구간별 표지판에는 무안지역의 번호와 다음 지역인 나주까지의 거리가 새겨져 있다.

몽탄대교를 기점으로 무안과 나주가 갈린다. 막바지에 다다르자 피로감이 서서히 몰려온다. 지금 몰려오는 피로감은 몸은 무겁지만, 마음은 가벼워지고 머리는 맑아지는 피로감이다. 이런 피로감은 성취감과 비슷하게 도보여행자에게 영감을 주는 피로(疲勞) 같은 것이다. 여행의 피로감과는 다르게 사람들은 현대를 '피로사회'라고 규정하고 있다. 한병철의 〈피로사회〉에서 '현대와 같은 성과사회는 그 이면에서 극단적 피로와 탈진상태를 야기한다'라고 했다. 이러한 심리상태는 부정성의 결핍과 함께 과도한 긍정성이 지배하는 세계의 징후이다. 긍정성의 과잉이나 과도한 성과의 향상은 영혼을 경색으로 귀결된다. 성과사회의 피로는 사람들을 개별화하고 고립시키는 고독한 피로이다. 피로는 폭력이다. 그것은 모든 공동의 삶, 모든 친밀한 것을, 심지어 언어 자체마저 파괴하기 때문이다. 아무 말 없이, 필연적으로 폭력을 낳았다. 아마도 폭력이 모습을 드러낸 것은 오직 타자를 일그러뜨리는 시선 속에서뿐이었을 것이다. 탈진의 피로는 긍정적 힘의 피로다. 그것은 무언가를 행할 수 있는 능력을 빼앗아 간다.

그에 비해 영감을 주는 피로는 부정적 힘의 피로, 즉 무위(無爲)의 피로다. 원래 그만둔다는 것을 뜻하는 안식일도 모든 목적 지향적 행위에서 해방되는 말이다. 그것은 막간의 시간이다. 신은 창조를 마친 후 일곱째 날을 신성한 날로 선포했다. 신성한 것은 목적 지향적 행위의 날이 아니라 무위의 날, 쓸모없는 것의 쓸모가 생겨나는 날인 것이다. 그날은 피로의 날이다. 막간의 시간은 일이 없는 시간, 놀이의 시간이다. 한트켄은 이러한 막간의 시간을 평화의 시간으로 묘사한다. 피로는 무장을 해제한다. 피로한 자의 길고 느린 시선 속에서 단호함은 태평함에 자리를 내준다. 막간의 시간은 무차별성의 시간이고 우애의 시간이다. 내가 여기서 이야기하는 것은 평화 속의 피로, 막간의 시간 속의 피로다. 그리고 그 시간은 평화로웠다. 또한, 놀라운 것은 그곳에서 나의 피로가 때때로 찾아오는 평화와 함께 기여하는 듯이 보였다는 사실이다. 우리들의 영산강 자전거길 걷기놀이도 영감을 주는 피로였으면 한다. 이것을 부정적 힘의 피로, 즉 무위의 피로라고 표현했다. 느리게 걷는 행위를 통해 평화 속의 피로, 막간의 시간 속의 피로를 느꼈으면 하는 것이다. 지금까지 우리는 성과사회의 긍정적인 피로 속에 젖어왔다. 그것은 사회구성원을 탈진시키는 피로였다. 그래서 피로는 폭력에 가까웠다. 그것은 모든 공동의 삶, 모든 친밀한 것을, 심지어 언어 자체마저 파괴했다. 내가 은퇴한 이유도 그런 성과사회의 피로감에서의 벗어나 평화 속의 피로, 막간의 시간 속의 피로를 찾아가기 위한 행동이 아닐까 싶다. 그리고 영산강 자전거길을 싸목싸목 걸어가는 걷기라는 놀이도 마찬가지다.

'양호도' 우회도로에서 빠져나오면 몽탄대교가 선명하게 보인다. 그래도 몽탄대교까지는 아직 3km 정도는 남았다. 눈으로 보면 금방 도달할 것 같은 데 거리상 1시간 정도는 걸어야 한다. 도착 2시간 전에 승호 샘에게 전화해서 집에 가는 길에 데리러 올 수 있는지 물었다. 흔쾌히 올 수 있다고 했고, 벌써 몽탄대교에 도착했다는 전갈이 왔다. 미안한 마음에 서둘러본다. 하지만 서두를수록 다리에 힘만 더 들어갈 뿐이다. 서두르는 마음을 버리고 그냥 시간이 흘러가는 데로 맡기고 걸어가기로 했다. 그랬더니 마음은 더 편안하고, 발걸음은 더 가뿐했다.

은퇴 후 곱게 나이 듦은 이런 느낌일까. 젊을 때보다는 덜 서두르고, 더 자유롭고, 더 홀가분하게 살아가는 것이 아닐까. 그저 단순하게 나 자신을 둘러싼 것들에만 집중하며 오롯이 여물어가는 것이 아닐까. 바쁘게 사느라 못 보았던 아름다움도 느낄 수 있고, 하지 못했던 일들을 해 볼 수 있는 것이 아닐까. 바로 자기 모습에서 편안함을 느끼는 것이 아닐까. 삶이란 시간을 어떤 관점으로 바라보느냐에 따라 긍정적으로 될 수도, 부정적으로 될 수도 있다. 자전거길을 걸으면서 '어떻게 사는 것이 잘 사는 것일까?' 생각이 깊어진다.

  몽탄대교 앞에 우리를 기다려주는 승호 샘이 너무 고마웠다. '고창한옥 학교'에 다니고 있어서 함께 하지는 못했지만, 영산강 자전거길을 걷는 우리들을 위해 여기까지 와 주었다. 편안한 만남은 즐겁고, 부담이 없는 만남은 흥겹다. 여행의 즐거움 중 또 하나는 여행 후에 주어지는 뒤풀이다. 도보여행에서 얻은 성취감과 피로감이 뒤풀이를 원한다. 그리고 뒤풀이의 에너지로 또 다른 도보여행을 계속하라고 부추긴다. 우리들은 걸어온 자전거길에서 그리고 앞으로 걸어갈 자전거길에서 고요와 몰입, 영혼의 평화를 찾을 수 있을까. 이런 것들은 물론 단번에 찾아오지는 않을 것이다. 그것들은 수많은 만남과 무수한 발걸음 속에 따라다닌다. 그것들은 내 삶의 담 위에 평온하게 마지막 돌멩이를 쌓는 것을 도우려 찾아올 것이다.

  작은 제안으로 시작된 5대강 자전거길 걷기놀이는 이렇게 시작되었다. 시작은 조금 미흡했지만, 걷기놀이도, 뒤풀이도 모두 즐거웠다. 어쩌면 진정한 자전거길 도보여행은 지금부터가 시작이 아닐까 싶다. 터키의 혁명 시인인 '나짐 히크메트'의 「진정한 여행(A true travel)」이라는 시가 생각난다.

가장 훌륭한 시는 아직 쓰이지 않았다

가장 아름다운 노래는 아직 불러지지 않았다

최고의 날들은 아직 살지 않은 날들

가장 넓은 바다는 아직 항해되지 않았고

가장 먼 여행은 아직 끝나지 않았다

불멸의 춤은 아직 추어지지 않았으며

가장 빛나는 별은 아직 발견되지 않은 별

무엇을 해야 할지 더 이상 알 수 없을 때

그때 비로소 진실로 무엇인가를 할 수 있다

어느 길로 가야 할지 더 이상 알 수 없을 때

그때가 비로소 진정한 여행의 시작이다.

터키의 혁명 시인인 히크메트가 감옥에서 쓴 시이다. 이 시(詩)에서는 마지막 단어가 끝난 이후에 비로소 진정한 의미가 시작된다고 했다. 여행도 이 시를 닮았다. 하나의 여행이 끝나면 또 다른 여행이 기다리고 있다. 사랑이 끝난 다음에야 그 의미가 깨달아지듯이, 여행도 하나가 끝날 즈음에 그 의미가 깨달아진다.

삶은 많은 점에서 놀랍도록 역설적이다. 당신이 사랑하는 방법을 안다면 사랑을 모르는 것이다. 여행하는 방법을 안다면 여행의 의미를 모르는 것과 마찬가지로 사랑과 여행은 아무리 반복해도 언제나 처음 하는 것처럼 미지의 경험이기 때문이다. 삶 역시 그렇지 않을까? 사는 법을 안다면 실제로는 사는 법을 모르는 것이다. 삶도, 사랑도, 여행도 예측 불가능한 것투성이기 때문이다. 그래서 사람들은 여행을 좋아하는 것이 아닐까 한다. 이 시를 읽으면 삶은 경건해지고, 앞에 펼쳐진 자전거길에 대한 의욕과 열정이 솟아오른다. 처음이라 무엇을 해야 할지 더 이상 알 수 없을 때를 그는 절망이라 말하지 않고, 비로소 진정한 무엇인가를 할 수 있는 때라고 말한다. 마치 오래된 책처럼 첫날의 영산강 자전거길 도보여행은 다녀와서 더 큰 울림을 주었다. 날이 새면 또다시 새로운 길을 걸어가겠지.

몽탄대교에서 나주 오량 농공단지까지

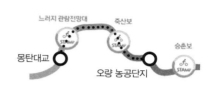

크고 작은 깨달음은 자전거길을 따라 걷는 중에 우연히 얻어지기도 하는 법이다. 새로운 풍경을 갈구하는 취향은 누구에게나 정말 마르지 않은 샘물과도 같다. 마치 새로운 미인을 보면 그 전의 연인은 기억에서 지워버리는 바람난 애인 같지 않은가? 환상적인 장면을 막 보고 돌아섰는데도 다음에 올 풍경에 다시 관심을 둔다. 내게 행복은 항상 저 평원 너머에, 저 돌 장벽 뒤에 숨어 있는 것이고, 땅의 굴곡 속에, 강줄기가 바뀌는 곳에, 그리고 좁은 통로를 빠져나온 바로 그곳 어딘가 있다. 그 행복을 잡으려는 소망에 이끌려 우리는 시간을 잊은 채 걷는다. 시간의 색깔은 점점 자신이 지향하는 색깔로 변해간다. 그러면 새로운 세상을 발견하고 몸소 체험한 것을 바탕으로 새로운 풍경과 직면하게 된다.

오늘도 새로운 풍경이 그리워 다시 자전거길을 나선다. 영산강 자전거길을 걷는 둘째 날, 몽탄대교에서부터 죽산보까지 약 25km 정도를 걸을 예정이다. 이 길에서 꼭 보아야 할 새로운 풍경은 두 곳이다. 하나는 나주 동강면 옥정마을에 있는 느러지전망대에 올라서서 무안군 몽탄면 이산리에 위치한 한반도 모양의 풍경을 보는 것이다. 이곳에 영산강 제2경인 느러지와 식영정이 있다. 두 번째는 강의 흐름을 가로막고 있는 죽산보의 상처 난 풍경이다. 이곳은 영산강 제4경이다. 강은 흐름이 생명이다. 흐름을

통해 생명체는 살아간다. 소통하지 않으면 죽어갈 것이고, 죽으면 썩는다
는 것이다. 영산강 4경의 풍경이 미래에는 어떤 모습으로 변할지.

몽탄대교를 건너 영산강 자전거길에 선다. 이른 아침 영산강은 쾌청했
다. 가을바람은 솔솔 불고, 늦가을의 시골 풍경은 목가적이고 한가롭다.
몽탄대교 주변은 강폭이 넓고 수면은 잔잔하다. 이 부근은 영산강 2경이
라고 알려질 만큼 경치가 빼어난 곳이다.

또 이곳은 호남의 유명한 곡창지대이다. 너른 들판이 끝없이 펼쳐진
다. 까마득히 보이는 들판 끝을 향해 힘겹게 걸어간다. 주변에 나무 한 그
루 없다. 들판과 강 사이의 제방길을 따라 걸었다. 옛날 같으면 추수철이
라 마을이 온통 흥으로 가득할 때이고, 잔칫집 분위기로 들떠 있을 것인
데 너무 조용하다. 지금은 농촌인구도 줄어들고 기계로 모심는 일부터 추
수하고 포장해서 거두어들이는 일까지 모든 일을 일괄처리한다. 농촌은
편하고 여유는 있지만, 왠지 모르게 농촌 마을에는 적막한 기운마저 감돈
다. 과거의 향기를 잃어버린 것같이 공허한 느낌이 드는 것은 왜일까?

그런 허전한 느낌에도 좋은 사람들과 좋은 곳을 함께 걷는다는 것이
즐겁기만 했다. 발걸음도 가볍고 활기찼다. 영산강 자전거길 도보여행은
행복했다. 걷기를 통해 세상을 보고, 자연과 소통할 수 있다는 사실이
나를 자유롭게 했다. 도보여행은 익숙한 삶과의 잠시 결별하는 일이다.
정돈된 삶을 잠시 내려놓고 '평소의 감정으로는 경험하지 못한 것들을
느끼고 본다는 것이다. 살짝 두렵지만 설레기도 했다. 그 이면에는 전혀

다른 삶을 살고 싶고 전혀 다른 누군가가 되고 싶은 인간들의 작은 욕망이 감춰져 있는 것은 아닐까?

농부들의 추수하는 모습에서 잠시 잃어버리고 지냈던 가을 풍경들이 그려진다. 잔잔한 강바람을 따라 이 가을이 지나가고 있다. 가을바람 따라 허전한 마음도 함께 가볍게 날아간다. 아직은 쌀쌀하지 않은 공기에서 감지되는 차가움은 진짜 가을이 왔음을 알려주었다. 또한, 아직은 흐릿하지 않은 색조의 흐릿함, 사물의 희미한 모습과 풍경의 색조에서 전에는 없었던 이탈과 그림자의 낌새가 진짜 가을을 알려주었다. 사라진 것은 아직 없지만, 모든 것이 아직은 웃지 않은 미소처럼 인생을 추억하며 변하고 있다. 그리하면 완연한 가을이 된다. 공기는 바람 때문에 차가워졌다. 나뭇잎은 낙엽이 되어 떨어지기 전인데도 마른 소리를 내며 흔들렸다. 대지는 어렴풋이 드러나는 늪처럼 감지할 수 없는 형상과 색채를 띠고 있다. 마지막 미소였던 것들은 점차 퇴색되어간다.

영산강 자전거길에도 회색빛 가을이 끝나가고 있다. 여름의 막바지 무더위가 한풀 꺾이고 햇살이 부드러워지자 본격적인 가을이 되기 전에 가을이 지나가고 있다. 마치 하늘이 웃고 싶지 않은 듯이, 말로는 설명할 수 없는 가벼운 슬픔과 함께 가을이 끝나가고 있다. 하늘은 때로는 밝은 색이었다가, 때로는 거의 초록에 가까울 때도 있다. 내 인생의 가을도 마찬가지다. 하늘은 낮아지고 주변은 우중충한 색깔로 변해가고 있다. 겨울이 서서히 다가오고 있구나 하는 느낌이 역력했다. 지나가고 있는 가을의 분위기에서 쓸쓸함과 외로움이 느껴진다. 나이 듦도 이런 풍경이 아닐까 싶다.

영산강을 가로지르는 몽탄대교는 나주시 몽탄마을(夢灘/동강면 옥정리)과 무안군 명산마을(明山/몽탄면 명산리) 사이를 연결하며 49번 도로가 통과하는 다리다. 예전에 다리가 없던 때는 나룻배를 이용하는 주민이 매일 300~500명인 큰 규모의 몽탄나루가 활황이었으나 몽탄대교의 개통으로 몽탄나루는 자연스럽게 수명을 다해 역사 속으로 사라져 갔다. 흥미로운 것은 '몽탄'이라는 말은 시군이 함께 사용하는데 나주는 리(里) 단위 작은 마을이고 무안은 면(面) 단위의 큰 마을이다. 시와 군의 차이에서 비롯되었을 리 없고 왜 그리되었을까. 동서를 막론하고 사람 이름처럼 지명에도 내력이 따른다. 나주시의 몽탄마을과 무안군의 몽탄면에도 사연이 있을듯한데 어디에서도 알아볼 수가 없다. '꿈 여울'이라는 의미의 몽탄이 금성(나주)을 놓고 벌인 견훤과 왕건의 일전에서 비롯된 이름이라는 것만 잘 알려져 있을 뿐 아쉽게도 내 궁금증은 풀지 못했다.

　강둑을 따라 서서히 움직인다. 자전거길은 강을 벗어나 마을로 들어선다. 누군가 '이곳은 영산강 자전거길 중에서 오르막과 내리막이 있는 처음이자 마지막 길이다'라고 했던 말이 생각난다. 처음에는 이유를 잘 몰랐지만 느러지전망대에 올라와 보니 그 이유를 알 것만 같았다. 영산강 자전거길은 모두 강둑을 따라 연결되어있다. 간혹 길이 막히면 지천을 우회하거나 마을로 돌아서 간다. 하지만 이곳만은 유일하게 우회하지 않고 산길로 연결하고 있다. 그 이유는 이곳 경치가 너무 아름다워서 이곳을 지나는 여행자라면 반드시 보고 가라는 뜻으로 그렇게 길을 만들었다고 한다.

몽탄대교를 넘어서면 나주 동강면 옥정리 몽탄마을이다. 이 마을은 전형적인 시골 마을이다. 좁은 길을 따라 영산강 자전거길이 연결된다. 길 주변에는 기와지붕, 슬레이트 지붕으로 이어진 집들이 옹기종기 이어져 있고, 그 사이에는 집집이 제주올레길 같은 고샅길로 통한다. 마을 끝자락에 있는 옥정교회를 지나 비룡사라는 표지판이 세워진 갈림길에서 오른쪽으로 좁은 산길을 지나면 편백나무 숲이 우거진 넓은 신작로가 나온다. 나지막한 야산에 심겨 있는 편백나무 숲과 어우러진 영산강의 가을 풍경이 유난히 탐난다. 이런 곳에 작은 통나무집 한 채 짓고 늦은 가을을 보내면 어떨까?

가을이 오면 누구나 센티해진다. 감성이 풍성해지고, 슬픔에 대한 예감이 생기고, 널리 퍼진 사물의 색채와 서로 다른 바람의 분위기와 저녁 무렵 필연적으로 존재하는 우주로 서서히 퍼지는 고요함에 관심을 두면서 막연한 고통을 느낀다. 날씨가 쌀쌀한 오늘 드넓은 하늘보다 부드러운 색채가, 신선한 미풍의 부드러운 손길이 가을을 알린다. 아직 나뭇잎의 초록색이 누렇거나 잎이 떨어지지 않았고, 자신의 미래의 죽음을 보여주기 때문에 외부의 죽음을 인식할 때마다 수반되는 그 막연한 번뇌는 없었다. 그것은 마치 남아있는 활력이 점차 고갈되는 것과 같았으며, 행동의 마지막 시도를 슬금슬금 갉아먹는 일종의 막연한 선잠과 같은 오늘이다.

발걸음 소리를 들으면서, 늦은 가을의 풍경을 바라보면서, 나이 듦을 생각하면서 몽탄대교 입구에서 화정마을을 거쳐 '느러지전망대'을 향해 걸었다. 경사가 낮은 오르막 비탈길을 오르자 넓은 공간이 나온다. 공원으로 형성된 단정하고 정갈한 곳이다. 입구에서 눈에 확 띄는 것은 빨간색 공중전화박스 모양의 인증센터, 건너편에는 3층 정도의 높은 '느러지

전망대'와 한옥 정자인 '곡강정'이 있다. 곡강(曲江), 곡천(曲川), 곡포(曲浦) 등 지명은 다 물결 굽이치는 영산강에서 비롯되었을 것이며, 느러지 곡강의 한옥 정자와 높이 15m의 철골구조 전망대도 최근에 세웠단다. 이곳이 공원으로 만들어진 이유는 무안 몽탄면에 있는 느러지마을의 한반도 형상이 이곳에서 가장 잘 보이기 때문이란다. 비록 자전거길이 무안의 느러지마을길로 연결되지 않아 아쉽지만, 만약 통과한다고 해도 보이지도 않을 것이다. 우리는 직접 가까이 가서 보면 느러지마을의 한반도 형상을 인식할 수도 없다. 세상은 정확히 보려면 정당한 거리에서 바라보아야 한다는 것이다.

비룡산(동강면 옥정리) 정상의 느러지전망대, 느러지를 관람하기에는 정말 명당자리이다. 한눈에 느러지의 한반도 형상이 눈에 잡힌다. 강물이 흐르면서 모래가 쌓여 길게 늘어진 모양을 순우리말로 '느러지'라 하며 한반도 지형의 느러지를 관망할 수 있는 남도지역 유일한 위치라고 한다. 목포에서 오래 살아왔지만 정말 눈앞에 있는 이런 진기한 풍광을 놓치고 살았다니 '등잔 밑이 어둡다'라는 말이 실감 난다. 내가 너무 먼 곳만 바라보고 살아오지는 않았는지 스스로에게 물었다. 인위가 아닌 저절로 생성된 한반도 지형의 영산강 느러지(물돌이)는 영산강 8경 중 하나지만 그중 최고로 장관이고, 전망대 위치 또한 관람하기에 명당이다. 전망대에 올라 느러지를 바라보니 정말 삼면이 바다로 둘러싸인 남쪽의 평화지대와 산맥으로 둘러싸인 북쪽의 험준한 지형이 한눈에 보인다. 곡선이 만들어 낸 늘어진 풍경이다. 오랜 세월 강물의 유속에 따라 다듬어진 형상이 우연히도 이런 모습이라니 자연의 붓심에 놀랄 뿐이다.

영산강 제2경은 '식영정과 느러지'이다. 하지만 '식영정과 느러지'는 전망대를 중심으로 강 건너편 무안군 몽탄면 이산리에 있다. 느러지는 전망대를 통해 보이지만 식영정은 잘 보이지 않는다. '그림자도 쉬어가는 곳'이라는 '식영정(息營亭)'과 물결이 느려진다는 뜻이 스며들어 있는 '느러지'는 한 쌍의 느린 풍경을 이곳에 만들어 놓았다. 바라보기만 해도 '느림의 삶'이 느껴지는 곳이다. 느리게 걷는 도보여행과 잘 어울리는 공간이다. 또한, 강과 산이 잘 어울려 주변 경관이 빼어난 이곳은 느림이 만들어낸 풍경이다. '식영정(息營亭)'은 한호(閑好) 임연 선생이 여생을 보내려고 지은 정자이고, 영산강 유역의 대표적 정자라 해도 손색이 없다. 식영정을 지나 나주 쪽으로 올라가다 보면 좌안의 몽탄지역과 우안의 나주 동강면 곡천 사이에 S자 모양으로 강이 굽어들면서 만들어진 넓은 들이 나타난다. 그래서 몽탄면 이산리의 곡강 일대를 '늘어지' 혹은 '느러지'마을이라 부른다. 마치 시간이 머무는 공간처럼 보인다.

담양 용추봉에서 발원한 영산강이 담양과 광주를 적신 뒤, 장성에서 달려온 황룡강, 화순에서 내달린 지석강과 만나는 나주에 이르면 드디어 강은 제법 강다운 풍모를 보인다. 드넓은 나주평야를 지나는 동안 훌쩍 커진 덩치에 유속마저 느려진 영산강은 내처 함평으로, 무안으로 이어지는 유장한 흐름을 보이다 목포에 이르러 바다에 제 몸을 통째로 내어준다.

그 물길 허리춤에 해당하는 나주 동강 옥정리와 무안 몽탄 이산리 사이에서 크게 몸을 두 차례 뒤틀면서 땅 위에 큼지막한 태극 모양을 만드니, 이곳이 바로 '느러지' 한반도 모형이다. 이곳의 아름다움은 영월의 청령포, 안동의 하회마을처럼 썩 유명한 곳은 아니더라도 낙동강 물줄기와 비견할만하다. 우리나라 대부분의 물돌이 마을이 인공댐 건설로 인해 생겨난 것이 많은 데 비해, 영산강 '느러지'는 자연 발생적으로 생성된 것이라는 데 특징이 있으며, 물돌이의 규모 역시 우리나라 전체를 통틀어 가장 크다고 한다. 우리는 전망대에 올라선다. 3층 높이 전망대에서 바라본 '느러지'의 풍광은 참으로 빼어난 경치이다. '느러지'가 잘 보이는 그곳에 「시 한 수와 '느러지'에 대한 사연」을 기록해 놓았다.

-

시 한 수
꿈 여울(몽탄)에 들리는 갈대 피리소리, 몽탄노적(夢灘蘆笛)
생명 되찾은 느러지 비경이 고운 자태를 드러냅니다

꿈 여울에서 현자의 계시를 받다
왕건은 견훤과의 치열한 전투에서 현몽을 꾸어
고려건국에 한 걸음 다가갈 수 있었으리라
몽탄 절경에 반해 머무르던 현자는
진퇴양난에 빠진 왕건이 측은해 활로를 귀띔해줬으리
귓가엔 물결 가득 울리던 현자의 갈대피리 소리가 생생하구나

물 위를 걷는 사람들
식영정 툇마루에 앉아 꿈을 꾸네
국가의 통일을 꿈꾸며 강을 건넜을 왕건과
보다 넉넉한 살림을 바랬을 뱃사공의 노는 희망을 품었으리
꿈을 실은 몽탄강아
더 푸르게 더 멀리 흘러가 좋은 소식 전해주려무나.

-

이곳 영산강 제2경은 몽탄노적(夢灘蘆笛)에 해당하는 곳으로 영산강의 아름다움을 잘 표현하는 대표적인 장소로 꼽는다. 이곳에는 '몽탄강'에 얽힌 전설이 전해온다. '몽탄강'은 무안군 몽탄면과 나주시 동강면을 연결하는 영산강 하류를 말하며, 이곳을 '몽탄강'이라 이름한 것은 후삼국 시대로 거슬러 올라간다. 고려 태조 왕건이 아직 후삼국을 통일하기 이전에 후백제 견훤과 한판의 승부를 겨루게 되어 견훤이 마지막 나주성에 웅거하여 고려군과 싸우게 될 때 왕건이 직접 군사를 거느리고 동강면 옥정리 몽송부락에 당도하여 진을 쳤었다. 그때 견훤군이 사방을 에워싸고 공격하니 포위된 고려군은 당황하여 포위망에서 혈로를 뚫으려 하였으나 마침 강물이 범람하여 빠져나갈 수 없어서 고려군은 사력을 다하여 방어하였으며 밤이 깊어서야 견훤군이 공격을 멈추어 서로가 방어 태세를 갖추게 되었고 싸움은 소강상태에 들어가게 되어 고려군은 지친 나머지 잠에 빠지게 되었다. 물론 고려의 장수 왕건도 군막에서 잠이 들었는데 백발노인이 왕건 앞에 나타나 '앞으로 대업을 이루려는 장군이 일기도 모르고 잠만 자면 되는가. 지금 강물이 빠졌으니 군사를 이끌고 빨리 강을 건너 무안 청용리 두대산을 향하여 파군천 하류에 진을 치고 있다가 견훤군이 뒤를 쫓으면 그곳에서 견훤군을 치면 장군은 크게 승리하고 삼국을 통일하는 데 성공할 것이다'라고 말하며 사라졌다.

　왕건은 깜짝 놀라 일어나니 꿈이었다. 왕건은 이상한 꿈인지라 밖을 나가보니 과연 강에는 물이 완전히 빠져있어 급히 군사를 깨워 강물이 빠진 여울을 건너 청용리 두대산을 향하여 행군하니 두대산은 마람(이엉의 전라도 방언)으로 이어져 군량미를 쌓아놓은 노적봉 같았고 파군천에 이르니 마치 강물이 하얀 쌀뜨물처럼 흐르고 있어 이상히 여기고 군사를 좌우에 매복시켜놓고 지형을 살피고 있을 때 견훤군이 뒤를 쫓아오다가 이상한 노적봉이 있고 또 하얀 쌀뜨물이 흐르니 큰 군사가 진을 치고 있는 줄 알고 전진을 주저하고 있을 때 좌우에 매복되었던 왕건의 군사가 함성을 지르며 협공하니 혼비백산한 견훤의 군대는 지리멸렬하여 크게 부서지고 견훤은 겨우 생명을 부지하여 도망하였다. 그 후 이 강을 꿈에 여울을 건넜다 하여 '몽탄강'이라 부르게 되었다고 한다. 그리고 그 아름다움을 '몽탄노적(夢灘蘆笛)'이라 부른다. 영산강 2경인 '느러지'는 영산강이 빚어낸 최고의 비경(祕境)이다. 곡강정에 앉아 멈춘 듯 흐르는 강물을 바라보면서 숨 가쁘게 달려온 나를 잠시 되돌아본다.

영산강 자전거길은 다시 내리막이다. 남도의 붉은 황토밭과 누런 논을 지나고, 이 마을 저 마을을 돌고 돌아 '철산리 새마을회관' 앞에 이르러 좌회전을 했다. 그러면 영산강 둑길과 다시 만난다. 느러지전망대에서 바로 내려갈 수가 없어서 마을을 우회해서 왔다. 영산강 자전거길 쉼터가 보인다. 이제부터 영산강을 바라보면서 걸어가는 길에 들어선다. 쉼터에는 평일인데도 멀리서 왔다는 자전거 라이더 세 사람이 휴식을 취하고 있다.

자전거길인 영산강 둑길은 직선으로 연결된다. 똑같은 길을 한없이 걷다 보면 내가 길인지, 길이 나인지 혼란스러울 때도 있다. 그때는 시간이 멈춰 버린 듯한 착각에 빠져든다. 내가 걷는 것이 아니라 길을 움직이는 '움직길(무빙워크)' 같은 느낌이랄까. 더구나 주변에 아무런 소음도 들리지 않는다. 하늘의 풍경도, 영산강의 빛깔도, 심지어 햇살의 색채도 모두 평온했다. 너무 고요하고 평온한 자전거길이다. 이처럼 잔잔한 침묵 속에서 길을 한없이 걸어가다 보면 일순간 잡념은 사라져버리고 없다. 길이 나이고, 내가 길이 된다. 자전거길을 걸으면서 자신을 가두어 놓은 온갖 것들을 느긋한 마음으로 한 발짝 떨어져서 바라보는 일이 얼마나 행복한 일인가.

영산강 자전거길 건너편에서 진기한 풍경 하나를 발견했다. 마치 동화 속에 나오는 스머프 집 같은 버섯 모양의 황토 펜션들이 산 중턱에 옹기종기 걸려있다. 영산강변에도 이렇게 아름답고 큰 펜션이 있다니 놀랍다. 이 근방에서 오래 살았지만 처음 와 본다. 우리는 평생 먼 곳의 풍경만을 바라보았다. 정작 내 주변의 아름다운 경치는 모르고 지냈다. 내 가까운 이웃이 가장 소중하다는 사실을 잊고 살아왔다. 그것이 보통 사람들의 모습이다. 이제라도 먼 곳보다는 가까운 곳에, 내일보다는 지금 이 순간에, 먼 이웃보다는 내 가족이나 가까운 이웃에 더 많은 관심을 가지고 살아야겠다.

몽탄대교에서 한 3시간 정도 걸어온 것 같다. 강 건너 제법 큰 펜션 마을을 바라보면서 간이쉼터에 앉아 김밥에 막걸리 한잔하면서 쉬어간다. 잔잔한 영산강 풍경이 정겹다. 경치가 좋은 곳에 정자를 세우고 마음에 맞은 친구들과 둘러앉아 풍류를 즐겼다는 옛 선비들의 모습이 떠오른다. 경치를 감상하면서 막걸리 한잔 들고 김밥을 먹고 있는 우리들의 모습에서 현대판 조선 선비들의 풍류가 느껴진다. 식사를 위해 잠시 멈추는 일은 여행 중에서 가장 즐거운 일이다.

또한, 지금까지 무탈하게 걸어왔다는 것에 대한 일종의 보상이다. 식사를 위해 간이쉼터에 자리를 깔고 앉는다는 것은 배고픔 해소 외에도 휴식이며, 낯선 공간과 친해지는 일이며, 타인과 더 깊은 관계를 맺는 일이다. 김밥 한입을 베어 물고 막걸리 한잔을 마실 때마다 잊을 수 없는 맛이 담겨있다. 매일 먹는 음식이지만 장소, 시간, 풍경 그리고 함께하는 사람에 따라 그 맛은 천차만별이다. 거기에 좋은 대화가 곁들여진다면 식사는 시간이 멈춘 명상의 순간으로서 일상의 습관을 떨쳐내기 위한 돌파구가 될 것이다.

거기다 얇은 옷을 입고도 전혀 덥거나 춥지 않은 너무 평온하고 포근한 날씨이다. 도보여행하기에는 딱 좋은 날이다. 적당한 습도와 기온, 땀을 식혀주는 엷은 바람, 하늘에는 햇살을 막아주는 적당한 조각구름, 경치를 가리지 않을 만큼의 강기슭의 안개 등 모든 것이 완벽하게 갖추어진 온화한 날이다. 자연 속에서 어떤 기운도, 어떤 감각도 느껴지지 않는다. 마치 내가 자연이고 자연이 나인 듯했다. 자연에 동화되는 느낌이랄까. 좋은 날씨에 감사했다. 모두 자전거길을 걷는 내내 무탈하기를 바랄 뿐이다.

영산강 자전거길을 다시 나선다. 간척된 논으로 이루어진 공간만큼 강둑을 멀리 두고 마을로 이어진 길을 따라 걸었다. 마을을 지나 그늘서 쉬고 있는 농부들을 만난다. 가볍게 손 인사를 하고 지나친다. 길에서는 마음에 아무런 색안경도 끼지 않고 자연을 있는 그대로 바라볼 수 있어서 좋다. 거기에는 세상의 때가 묻어있지 않는 순수함 그대로이다. 오후 2시쯤에 '여기까지 동강면입니다'라는 이정표 앞에 선다. 자전거길은 야산으로 인해 가로막히자 강 옆으로 나무다리로 길을 열었다. 동강면 벗어나면 공산면이다. 공산면으로 들어서면 인접해 있는 영산강의 나주 횡포 돛대 나루터인 석관나루터(3경)와 죽산보(4경)가 큰 의미로 다가올 것이다.

신곡리 봉곡마을(공산면), '금강정(錦岡亭)'이 있는 삼거리에 왔다. 영산강 물길 풍경이 보고 싶어서 숲길 옆으로 나 있는 오르막길을 따라 '금강정'에 올랐다. 산자락 높은 곳에 세워진 정자로 시원할 뿐 아니라 전망도 일품이다. 하지만 정자는 초라한 행색이 역력하다. 이곳은 지나간 여행자들의 쓰레기로 몸살을 앓고 있었다. 또 입구에는 심플하고 깔끔한 표지판이 있었는데 정작 올라가 보니 잘못 보수를 했는지 오래되었다는 느낌보다는 조잡하고 어색한 느낌마저 들었다.

　금강정 주변은 영산강과 고막원천이 만나는 지점으로 물길 교통의 요충지였다고 한다. 옛 선비들은 이곳에 앉아 영산강 물길을 바라보고, 배를 기다렸을 것이며, 영산강 풍광에 취하여 시를 음미하고, 자연을 노래하며 풍류를 즐겼을지도 모른다. 예전에는 황포돛배가 넘실넘실 춤을 추며 드나들던 곳이지만, 지금은 금강정만 쓸쓸히 남아 옛 추억에 잠긴다. 자전거길을 조금 돌아가면 강 건너편 언덕에는 마치 견우와 직녀처럼 금강정과 쌍을 이루는 석관정이 있다. 멀리서 보면 석관정은 섬 위에 세워진 정자처럼 보이지만 가까이 가보면 그곳은 육지이고, 그 앞을 휘감고 영산강이 흘러가고 있다. 죽산보 조금 못 미쳐 영산강과 고막원천이 만나는 언덕 위에 석관정이 처연하게 영산강을 바라보며 서 있다.

　강 건너 고막원천(古幕院川)이 합류되는 석관나루터 절벽 위 경치가 좋은 곳에 있는 석관정(石串亭)과 나주 황포돛대나루터는 영산강 3경이다. 석관정, 금강정, 이별바위, 나주영상테마파크 등 주변의 아름다운 절경을 모아 그 아름다움을 '석관귀범(石串歸帆)'이라 설명하고 있다. 영산강 아름다운 풍경 속에는 이별의 아픔과 묵직한 슬픔도 함께 들어있다. 나루터 복원과 함께 하구언에서 죽산보에 이르는 황포돛배 길이 다시 열렸다.

　나라에 변고가 있을 때마다 황포돛배에 올라 낭군의 무사귀환을 빌던 아낙들의 바람처럼 강이 쪽빛으로 물들면, 님이 돌아온다는 희망의 전설이 강물 따라 전해진다. 영산강 본류와 만나는 강어귀에서 강 건너 대나무 숲을 배경으로 자리 잡은 석관정을 바라본다. 함평이씨 석관(石串) 진충공(盡忠公)이 신녕현감을 역임한 후 귀향하여 영산강과 고막강이 합류하는 석관정 나루터에 1530년(중종 25년) 정자를 창건하여 후학을 기르며 말년을 지낸 곳이다. 석관이란 바위가 뛰어나온 '돌곶'을 한자어로 표현한 말이다.

　석관정에는 '나주제일경, 영산강제일경'이라는 현판이 걸려있다. 나주 12경 가운데 으뜸으로 꼽힌다. '석관정' 아래 '이별바위'가 있고 이곳에서 전쟁 때마다 장정들을 태워 날랐다. 남편이나 연인을 따라왔다가 넓어진 강을 더 이상 건너지 못하고 이별하거나 강물에 투신했던 슬픈 역사를 안고 있다. 영산강을 건너면 이곳이 바로 공산면 신곡리다. 사포에서 중천포를 지나온 배가 닻줄을 맨 포구였다. 경치는 그대로인데 지금은 그 시절의 슬픈 사연이나 분주함은 사라지고, 한적함과 쓸쓸함만 남아 영산강을 한없이 바라보고 있다.

　영산강 주변에는 樓亭(누정)과 亭子(정자) 530여 개가 있는 것으로 조사되었다. 그야말로 누정이 장관을 이룬 곳이다. 호남지방에 서원이 시작된 것을 대략 16세기 후반으로 잡는다. 누정은 이보다 반세기 내지는 1세기까지를 거슬러 어림하는데 이때부터 중앙무대에는 사화가 시작되었다. 정치에 염증과 환멸을 느낀 이 지방의 선비들이 미련 없이 관직을 때

려치우고 환향하여 자연을 벗하면서 시회를 열고 잘못된 정치 현실을 비판하고 제자들을 기르던 직접적인 현장이 바로 누정이었다.

그런데 그 누정이 무려 530여 개라니 상상만으로도 입이 다물어지지 않는다. 누정은 벽이나 문을 두지 않고 높게 지은 다락식 집을 이르고, 정자는 이보다 조금 작은 규모의 풍류 처를 말한다. 영산강 주변에 이처럼 누정이 성한 것은 너른 영산강 유역의 미곡생산과 무관하지 않다. 당시는 먹을 것이 없어 길거리에 아사자가 빈번한 데도 지평선이 누운 평야 지대를 소유한 이 지역의 선비들은 유족한 생활만큼의 풍류를 즐겼고 그 문화를 중흥시킨 문예 부흥의 현장이 누정이다.

파란 자전거길에 서서 [영산강하굿둑 54km, 몽탄대교 21.9km]라는 이정표를 바라본다. 제방을 따라 강물이 굽이치는 절벽 위로 나주 영상테마파크가 펼쳐진다. 인기드라마 주몽과 바람의 나라 촬영장으로 알려진 야외스튜디오는 천년의 세월을 거슬러 오른 듯, 고풍스러운 집들과 웅장한 대궐을 중심으로 14만㎡의 면적에 조성된 국내 최대 규모의 영상 전문 테마공원이다. 2~3년 전에 학교에서 테마체험활동 때 아이들을 데리고 가본 적이 있다. 그때는 버스로 다녀와서 어디가 어딘지 방향감각을 잃어버렸다. 걸어서 이곳을 지나니 감회가 새롭고 방향감각도 되살아난다. 입구가 시원하게 뚫어져 있고 앞에 공원도 잘 정비되어 있다. 지금은 행사철이 아니라 한산하였지만, 축제 기간에는 많은 인파와 차량으로 인산인해를 이루었을 것으로 짐작될 만큼 넓은 주차공원이 입구 앞에 조성되어 있다. 2차선 도로 옆으로는 노란색과 붉은색 국화가 심겨 있다. 늦가을이지만 아직도 화사한 자태를 뽐낸다. 이곳에서는 삼국시대를 배경으로 드라마와 영화촬영을 위한 민속촌으로 기획되어 한민족의 역사와 문화를 체험하는 장소로 제공되고 있다.

이곳을 벗어나 영산강 자전거길을 따라 앞으로 나아간다. 길은 다양한 풍경을 보여주고, 지나온 옛일을 회상하게 하고, 먼저 살다간 선조들의 삶의 아픔을 들려주고, 호남의 누정문화를 보여준다. 이처럼 길은 수많은 유무형문화재가 살아 숨 쉬는 거대한 박물관처럼 혹은 미술관처럼 여행자 앞에 다가선다. 시간이 지날수록 점점 육체적인 힘이 든다. 하지만 오히려 마음은 자유롭고 편안해진다. 길을 걷는 것은 바로 이런 편안한 마음을 얻기 위한 수행 같은 것이 아닐까? 자전거길을 걷는 것도 결국 비우기 위한 활동이다. 우리는 매일 과거에 대한 후회나 미래에 대한 근심 걱정 속에서 살아간다.

은퇴 후에는 시간이 많아서 그런지 일상 속에서 권태의 앙금까지 생기고 있다. 길에서 비움은 이런 무거운 짐에서 벗어나는 것이고, 그러기 위해 자기만의 속도로 길을 걷는 것이다. 그러면 과거나 미래의 집착에서 벗어나 가벼운 마음을 얻을 수가 있을 것이다. 가벼운 마음은 조급함이 아니고 느긋함이며, 서두름이 아니고 넉넉함이다. 그것이 곧 자유로운 마음이 아닐까. 우리는 얼마쯤 더 걸어가야 마음이 가벼워질까.

강 모퉁이를 돌아서자 멀리 죽산보가 시야에 잡힌다. 죽산보는 왕곡면 송죽리와 다시면 죽산리 사이 영산강을 가로막고 서 있는 묵직한 장벽이고, 영산강의 아픈 상처이다. 예전에 나루가 있었으며 죽산리 주민들이 반남면 소시장에 갈 때 이 나루를 이용했다. 다리가 놓여 편해졌는데 다시 그 옆으로 보가 건설되었다. 4대강 사업으로 건설된 16개 보 가운데 유일하게 유람선 통로 수문을 가진 보란다. 죽산보가 만들어지면서 지난 77년 영산포에서 목포까지 마지막 배가 떠난 이후 34년 만에 뱃길이 복원되었다고 홍보를 했다. 목포에서 이 보를 거쳐 영산포, 승촌보까지 70km 구간을 유람선이 자유롭게 왕래할 수 있게 되었고 황포돛배 운항을 통해 지역을 대표하는 관광 상품으로 자리 잡을 것이라고 했다. 꿈도 야무졌다. 폐기했던 경인 운하를 기어이 만들어 띄운 아라뱃길 유람선을 보면 알 수 있듯이 그 길을 걸으면서 생각해보면 이 꿈이 얼마나 허황하였는지 절로 알게 될 것이다. 죽산보에서 불통의 모습을 본다. 소통하지 않으면 무엇이든 활성화될 수가 없다는 것이다. 불통은 곧 소멸이기 때문이다. 과연 무엇을 위한, 누구를 위한 공사였는지 아직도 의견이 분분하다. 얼마나 더 시간이 지나야 결론이 날까.

오후 늦게야 죽산보에 도착했다. 바람 끝이 차갑다. 평일이라 그런가. 사람이 거의 없다. 죽산보에 들어서자 가장 먼저 눈에 들어오는 것은 커다란 표지석이다. 이곳의 풍경을 시적인 정취로 담은 사자성어는 '죽산춘효(竹山春曉)'라는 말이다. 춘효(春曉)는 '봄철의 새벽'이란 뜻이다. 죽산보 주변에 습지를 유지하고 야생화단지도 있어 봄철 새벽의 아름다운 풍경을 '죽산춘효'라는 말로 표현하고 있다. '봄이 되면 꽃향기가 스미고, 쪽물이 번지면, 뱃놀이가 시작되리니…' 라는 안내 문구도 보인다. 이곳은 영산강 4경이다.

죽산보의 길이는 184m이며 친환경 가동보로 4.5km의 옛 강을 복원해 수변생태공원을 만들었다. 죽산보 주변 강가에는 습지를 유지하고 있고,

수변공원을 조성되어 다야뜰에는 갈대, 부들, 창포, 달뿌리풀꽃 등 야생화 군락지가 조성되었고, 생태습지에는 노랑부리백로, 황새 말똥가리 해오라기 등과 수달, 삵 등이 서식한다. 봄에는 왕벚나무 꽃길과 유채꽃이 유명하며 여름에는 꽃양귀비, 가을에는 파랑 보라 분홍색 수레국화, 구절초가 운치 있게 휘날린다. 또한, 은행나무와 층층나무가 유명하며 영산강 명소 다야뜰에는 갈대 창포 부들 달뿌리풀 등이 어우러져 있다. 죽산보 공원 반대편에는 강변 모래밭에 대지예술공원이 있고 이곳은 쉼터이자 생태체험의 교육장이 들어서 있다. 이런 풍경들이 언제까지 유지될 수 있을지, 소통하지 못하는 공간에 생명체가 깃들 수 있을지는 의문이다.

　사진으로만 보았던 영산강의 첫 장애물을 마주했다. 내 눈에는 마치 불통의 상징물처럼 보인다. 죽산보를 마주하자 '불통, 환경오염, 삵, 홍수 예방'이라는 말들이 떠오른다. 자연스럽게 영산강 자전거길에서 사물을 깊이 헤아리게 된다. 사색적인 삶은 아름다운 것과 완전한 것이 변하지 않고, 무상하지도 않으며, 인간의 손이 미치지 않는 곳에 있다는 존재 경험과 결부되어 있다.

　그러나 사색의 능력은 반드시 영원한 존재에만 묶여있는 것은 아니다. 떠다니는 것, 잘 눈에 띄지 않는 것, 금세 사라져버리는 것이야말로 오직 깊은 사색적 주의에서만 자신의 비밀을 드러내는 것이다. 과잉활동성 속에서는 결코 이해할 수 없다. 느리게 걷는 도보여행에서는 사색적인 삶이 가능하다. 인간은 사색하는 상태에서만 자기 자신의 밖으로 나와서 사물 속의 세계에 깊이 몰입할 수 있는 것이다. 과연 죽산보는 미래에 우리 후손들에게 이로움을 줄까. 아니면 흉물로 남을 것인가. 우리는 후손들의 미래를 훔치고 있는 것은 아닐까. 자전거길에서 많은 생각이 교차한다.

죽산보 공원은 날씨가 쌀쌀해서 한곳에 오래 머물러 있기에는 춥다. 몽탄대교로 돌아가기 위해 성엽 샘을 불렀더니 한 시간 정도 소요된다고 했다. 마냥 기다릴 수가 없어서 간단히 발 마사지와 가벼운 스트레칭을 하고 죽산보 주차장 아래쪽에 놓인 자전거길을 따라 한 4km 정도 더 걸었다. 자전거길은 앞으로 걸어갈수록 마치 깊은 늪에 빠져드는 느낌이다. 날은 더 어두워지고, 인가도 없고, 인적도 끊긴다. 찻길마저 좁아서 차량 왕래가 불편할 것 같다. 더 가는 것은 무리였다. 나주순환도로 다리 밑에서 U턴하여 차를 기다렸다. 주변은 온통 논밭뿐이다. 이곳은 한 번도 와 본 적이 없는 곳이다. 심지어 어딘지 위치도 모르는 공간이다. 지금 이 순간, 낯선 이곳에 내가 서 있다는 것이 얼마나 짜릿한가. 이런 것도 도보여행의 매력 중 하나가 아닐까 싶다.

　그런 짜릿한 매력 때문에 여행자들은 낯선 도시로 한번 떠나고 나면 다시 익숙했던 삶으로 돌아오는 것을 머뭇거린다. 하지만 우리는 내면에서 요구하는 모든 삶을 살아낼 수는 없다. 그래서 다시 돌아간다. 경험하지 못한 부분은 여행자의 판타지를 놓아두는 공간이다. 감당했던 소망의 무게가 극치를 이른 때가 언제인지, 또 이런 소망을 드러내야 한다면 어떤 사람에게 보여주어야 하는지 등 정확하게 아는 것이 중요하다. 그러나 인간이 과연 이것을 인식할 수 있을까. 아무도 예견할 수 없고 장담할 수 없다. 자기 스스로 잘라내야만 한다. 그래서 익숙한 삶에서 벗어나 친구들과 함께 가끔 길을 떠나는 것이다. 다음 날까지 걷기놀이의 긴 여운이 남아있다. 그리고 피곤은 몸에 덕지덕지 붙어있다. 멀리 달아나고 싶은 사람일수록 실은 현실에 머무는 시간이 더 길어진다고 했다. 그렇지 않으면 판타지는 깨지는 것이다. 우리들의 진짜 마음은 정말로 달아나고 싶은 게 아니라 머물고 싶다고 생각하는지도 모른다.

그냥 떠나는 것. 누구에게나 가능할까. 무엇보다도 자기인식, 즉 깨달음이 절대적이다. 인간을 다른 생명체와 구별해주는 인식작용 말이다. 오직 우리 인간만이 자기 자신에 물어볼 수 있고, 진실 된 자아를 탐구하려는 욕구를 지니고 있기 때문이다. 세 번째 영산강 자전거길 걷기놀이가 기다려진다.

나주 오량 농공단지에서 광주 서창 IC까지

　새로운 길을 나선다. 길은 가까워지고 멀어짐으로 연결되어있고, 만남과 헤어짐의 반복이다. 김연수의 〈7번 국도〉에서 '길들이 지금 내 눈앞에 있다. 길들은 만나고 헤어지고 가까워지고 멀어진다. 그게 길들이 확장하는 방식이다. 길들은 도서관에 꽂힌 책들과 같다. 서로 참조하고 서로 연결되면서 이 세계의 지평을 한없이 넓힌다. 길들 위에서 나는 무엇이든 배우고자 한다. 길들이 책의 글과 같다면 그 길을 따라가면 언제나 미지의 세계를 만나리라. 처음에는 다른 세계를 향한 열망이 훨씬 컸지만, 시간이 지나면서 나는 길들 자체에 매혹됐다. 그저 읽고 또 읽는 일만이 중요할 뿐인 독서가처럼 거기서 무엇이 나오지 않는다고 해도 걷고 또 걷는 일만이 내겐 중요하다'라고 했다. 영산강 자전거길을 걷는 것도 그곳에서 무엇을 얻고자 함이 아니다. 그냥 길이 있어 걷는 것이고, 길을 걷는 것이 즐겁기 때문이다.

　도보여행자는 낯선 풍경 속에서 색다른 감각으로 다른 세상을 보고, 만지고, 느끼고, 듣고, 그리고 스스로 질문을 던지고 답을 찾아간다. 그 답을 찾아가면서 끝없이 놀라운 낯선 세상 속으로 빠져든다. 그러는 사이 삶에 대한 깨달음은 저절로 다가오는 것이 아닐까 싶다. 영산강 자전거길을 걸어가면서 새로운 세상을 무심한 표정으로 바라보는 재미도 쏠쏠했다.

영산강 자전거길 걷기놀이 3번째. 날이 많이 흐리다. 나주 오량 농공단지에서 광주 서창 IC까지 약 30km 정도이다. 이번 걷기놀이는 한 사람이 합류해서 4명이 함께 길을 나선다. 나주 오량 농공단지에서 영산강 자전거길에 올라서서 걸어가면 된다. 일단 세 사람을 나주 오량 농공단지에서 영산강 자전거길이 보이는 다리 아래에 내려놓고, 나는 영산포에 있는 나주시립도서관에 차를 세우고 영산강 자전거길로 내려와 합류할 것이다. 돌아오는 차편이 불편해서 버스 왕래가 잦은 곳에 주차했다.

　나주시립도서관에서 밖으로 나왔다. 바로 영산강 둑이 보이고 인증센터가 보인다. 강둑으로 올라서니 주변에 온통 홍어집들이 즐비하다. 강 건너편 넓은 공터에서는 큰 행사가 있는지 스피커 소리가 멀리까지 울려퍼진다. 영산포에서 바라본 영산강은 강폭이 넓고 수심이 깊은 것으로 보아 아마 옛날에는 배들의 왕래가 잦았을 것으로 생각된다. 옛날에는 차편이 없어서 대부분 배편으로 화물을 운반했다. 그래서 영산강의 마지막 포구인 영산포까지 많은 물자가 올라왔던 모양이고, 그중 흑산도 홍어도 이곳까지 올라오는 동안 삭혀져서 흑산도와는 다른 맛에 익숙해지면서 지금까지 삭힌 홍어삼합이 유명해졌다.

　홍어가 잡히는 곳에서는 홍어 축제가 없는데 영산포에서 홍어 축제가 열린다는 것은 참으로 아이러니가 아닐 수가 없다. 오래전 영산강하굿둑이 생기면서 영산포까지 이어지는 뱃길이 사라졌고 동시에 홍어를 운반하던 어선들도 사라져 버렸다. 마치 금강의 강경포구처럼 영산강의 영산포구도 옛 영화(榮華)만 남아있다. 강경포구에 젓갈이 추억으로 남았다면, 영산포구에는 홍어가 추억으로 남았다. 홍어가 잡히지 않는 이곳, 영산포 '홍어의 거리'에는 홍어로 유명한 고급식당이 많다. 이처럼 길에는 도서관에 꽂힌 책처럼 배움이 있어서 좋다.

한참 넋을 놓고 홍어집을 바라보다가 일행과 만나기 위해 영산강 하류 쪽으로 강둑을 따라 길을 걸었다. 이른 아침이라 약간 쌀쌀한 기운이 감돈다. 자전거길 옆으로 작은 정자가 하나 보인다. 그곳에 자전거와 텐트가 세워져 있다. 자전거 여행을 하는 젊은 사람이겠지 하고 그냥 지나쳤다. 일행과 만나 되돌아오면서 보니 나이 지긋하고, 머리는 백발과 흑발이 반반이고, 우리와 비슷한 또래의 중년의 남자가 자전거에 짐을 싣고 있다. 작은 자전거에 각종 소품을 주렁주렁 매달고 뒤에는 텐트와 부피가 큰 물건을 실었다. 쌀쌀한 날씨, 무거운 짐에 여행이 힘들겠구나. 한편으로는 부러운 마음도 들었다.

중년의 자전거여행자가 꿈꾸는 삶은 무엇일까. 어떤 여행자는 꿈을 간직하고 살고, 어떤 여행자는 꿈을 나눠주고 살고, 어떤 여행자는 꿈을 이루려고 산다. 또 어떤 여행자는 꿈을 잊은 채 살아가기도 한다. 처음에는 누구나 일탈을 꿈꾸며 일상으로부터 달아나고 싶어 한다. 직업, 관계, 도시, 나라로부터 익숙한 것과의 작별을 고하고 싶어 한다. 어떤 존재로 살아갈 것인지 인식하지 못한다 해도 기차를 잡아타거나 비행기에 오를 수도 있다. 새로 펼쳐갈 인생, 새로운 자아상에 대한 정확한 그림이 없어도 그건 가능하다. 확실한 것은 더 이상 원하지 않는 무엇인가에서 떠나는 그런 행동이 자기 자신에게 향하는 필연적인 여행의 첫걸음이라는 것이다.

은퇴 이후에 여러 차례 일상으로부터의 탈출을 시도했다. 앞으로 긴 시간을 지금과는 다른 환경, 다른 관계, 다른 공간에서 보내야 한다. 세상에 수많은 사람이 저마다 개성을 가지고 일탈을 꿈꾸며 살아간다. 자전거길 걷기라는 놀이는 나에게 어떤 꿈을 꾸게 할까?

활등처럼 휘어진 제방을 따라가면 '나주 저수지'와 만난다. 죽산보와 승촌보 중간지점에 조성된 영산강 저수지는 홍수 때 영산강이 범람하여 농경지가 침수되는 것을 방지하기 위하여 물이 빠져나갈 때까지 물을 담아두는 물그릇과 같이 평상시에는 비워두게 된다. 남한강의 여주 저수지와 함께 4대강 사업을 하면서 조성하였다고 한다. 나주 오량 농공단지에서 걸어오는 일행과 만나기 위해 만봉천 우회도로인 양곡교를 건너 한참을 위로 올라간다. 가보지 못한 길에 대한 여운이 남는다. 그 길은 어떤 풍경이 펼쳐질까? 경험하지 못한 길의 풍경은 판타지를 놓아두는 공간이라고 생각하니 편했다. 옹기종기 모여 사는 정량마을 돌아서면 가야산 자락이 강기슭으로 뻗어 나온 벼랑 위로 정자 하나가 시야에 들어온다. 영산강의 물살이 돌아가는 수십 길 절벽이다. 애국지사 '羅月煥 將軍(라월환 장군)'의 기념비가 있는 소공원에서 나무계단을 숨 가쁘게 올라서면 자연과 조화를 이룬 정자에서 바라보는 남도의 정취가 한 폭의 산수화로 그려진다. 영산강을 보듬어 안고 살아가는 영산포와 나주평야를 가슴속에 간직하고 진부마을로 내려선다. 그곳에서 잠시 휴식을 취하고 있는데 일행이 강 자락을 돌아 나오고 있다. 다시 합류했다.

영산강 자전거길은 영산강교를 통해서 길의 방향을 튼다. 이곳은 영산강 절반이 되는 65km 지점이다. 영산강 지명의 유래는 나주의 영산창

(지금의 영산포)에서 유래했다고 한다. 고려 시대부터 이곳에 조창이 생겨 인근 전라도 등의 전세(田稅)를 여기에 모았다가 해상을 통해 서울로 운반했다고 한다. 또한, 흑산도 앞 영산도 사람들이 육지로 나와서 살면서 영산포라는 지명이 생겼다고 한다. 영산교를 건너면서 가장 먼저 눈에 뜨이는 것이 홍어집이다. 바다도 아닌 육지인 영산포에 홍어집이 많은 것에 의아심이 든다. 연유는 고려 공민왕으로 거슬러간다. 왜구가 극성을 부리자 조정에서는 흑산도에 사는 어민들을 영산포로 강제 이주시키고 섬을 비워두게 되었다. 이때 이주해온 흑산도 주민들과 함께 홍어도 들어오게 되었다고 한다. 그때는 냉장시설이 별로 없던 시절이다. 애써 잡은 생선들을 며칠씩 걸려 배로 운반해오면 상하기 십상인데, 유독 홍어만은 배탈이 나지 않는 사실을 알고부터 삭혀 먹기 시작하여 막걸리와 곁들여 먹는 발효식품으로 인기를 누리고 있다.

제방으로 올라서면 그 유명한 영산포 등대와 만난다. 일제강점기 영산강의 가항종점인 영산포 선창에 건립된 등대로 수위 측정과 등대의 기능을 겸했다. 이 등대는 우리나라 내륙 하천가에 있는 유일한 것으로 1989년까지 수위 관측시설로 사용되었다. 현재 전남 나주시 이창동에 있는 '영산포 등대'는 지방문화재에 '등대'로 등록돼 있다. 이 등대는 1915년 건립. 해상교역에서 중요한 역할을 했던 영산포 선창에 건립된 산업시설물. 내륙 하천가에 있는 등대로, 등대뿐만 아니라 영산강 수위관측 기능도 하고 있었다고 전해진다. 또 영산포 선창은 드넓은 나주평야에서 생산된 쌀을 일본으로 수탈하고, 소금을 비롯하여 해산물을 싣고 온 배가 닻을 내리면, 나주와 광주 담양으로 불티나게 팔려나가 영산포가 사시사철 성시를 이루었으나, 영산강 하구에 둑을 막으면서 배가 들어올 수 없게 되자 침체기를 맞고 말았다.

영산강 제5경은 '금성상운(錦城祥雲)'이다. 뜻은 '나주평야에 피어오르는 뭉게구름'이다. 얼마나 서정적인 모습이고 평화로운 풍경인가. 그 당시에는 식량문제가 가장 심각한 고통을 주는 것이어서 농사가 잘되어 좋은 일이 일어날 것 같은 조짐을 상운(祥雲)에 빗대어 아름다운 풍경으로 표현하고 있다. 하지만 그 이면에는 아픔도 많다. 커다란 돌비석에 새긴 문구를 해독하고 뒷면을 보니 나해철 시인의 「영산포」라는 시가 적혀있다. 60년대 보릿고개의 고통을 참아내지 못하고 서울로 떠나간 누님의 애절한 사연이 아련히 향수 속에서 피어오른다. 역사를 품고 생명을 담아 미래로 가는 영산강. 우리 모두의 바람이었다.

　　영산대교를 건너면 자전거길은 다리 아래 강변으로 연결된다. 그곳에는 영산강 둔치가 넓게 자리 잡고 있다. 영산강 둔치에는 주차장과 야구장, 축구장 등 각종 운동 시설이 갖추어져 있는 영산강 체육공원이 조성되어 있고, 영산강 둔치 다른 한편에는 너른 유채꽃밭에 봄을 준비하는 사람들의 손길이 분주하다. 아마 유채 꽃씨를 뿌리는 모양이다. 날씨가 참으로 좋다. 사람들이 나와서 햇살을 즐기는 모습이 행복해 보인다. 이곳은 해마다 전남과학대회가 열리던 곳이다. 학교와 학생들의 아련한 추억들이 남아있는 공간이다. 영산강 둔치를 온통 노란색 물감으로 물들인 봄의 유채꽃이나 울긋불긋한 색채로 물들인 가을의 코스모스의 향연은 가슴 설레게 하는 풍경들이다. 머릿속에는 오래된 풍경들이 스크린의 한 장면처럼 흘러간다. 그때 그 장면들을 상상했다. 영산강 둔치에 만들어진 제자들과의 재미있는 추억들만 되살아난다. 나쁜 기억은 사라지고 없다. 모든 기억이 추억이 되진 못하지만, 모든 추억은 결국 좋은 기억의 흔적들이 아닐까 싶다.

영산강 자전거길은 찻길과 마주친다. 자동차 소음으로 인해 정신이 산만해진다. 자전거길 옆으로는 큰 자동차도로가 인접해 있다. 이 길은 영산강이 나주시를 관통하는 지역이라 도로와 인접해서 나아간다. 자전거 라이더들이나 도보여행자에게 항상 크고 작은 위험이 있는 곳이다. 강둑으로 연결된 둑방길을 걸으면서 양쪽을 번갈아 바라본다. 차로 달리면서 보았던 세상과 걸으면서 지금 보는 세상은 같은 공간인데 또 다른 풍경을 보여준다. 이처럼 세상은 아낌없이 느리게 걷는 여행자들에게 선물을 주고, 여행자 또한 탐하지 않고 받아들인다. 모든 여행은 감각을 통한 전진이다. 행복한 감각은 내가 존재하고 있음을 드러내고 무엇보다도 지금 그 순간 그곳에 자신이 있음을 수없이 확인시켜준다.

자전거길 옆으로 유선형 지붕으로 된 멋진 전망대가 눈에 들어온다. 나주대교 근처에 설치된 전망대다. 마치 영산강의 멋진 풍광을 내려다보는 듯하다. 영산포 홍어의 거리에서 영산대교를 건너 대략 6Km를 걸었다. 쌀쌀한 바람과 따가운 햇살 때문에 전망대 안으로 들어가 점심을 할까 하고 문을 열어보았으나 열리지 않는다. 안을 들여다보니 안은 텅 비어 있고 먼지만 쌓여있는 듯하였다. 멋진 모습에 비해 효용성이 떨어지고 있다. 그런 곳이 여기뿐이랴. 여행을 다녀보면 이런 곳이 너무 많다. 인터넷에 이런 글들이 많이 올라와 있었다. '여기도 닫혀 있다. 뭣 하러 이런 것들은 만들어 놓고 운영도 하지 않는지 모르겠군. 사람들이 엄청 많이 지나다니면서 여길 들러 이용할 것이라고 생각했던 것일까? 주변에 아무것도 없는데'라고 비꼬는 투로 말한다. 여행자들이 언제든 편리하게 사용할 수 있도록 꼭 필요한 곳에 시설물을 설치했으면 하는 바람이다.

전망대를 지나면 도로변에서 자전거길은 점점 멀어져 간다. 자동차들의 소음이 아득하게 들리고 자연의 소리가 점점 커지고 있다. 자전거길 주변은 갈대숲으로 이루어져 있다. 길은 한산했다. 엷은 안개 때문에 선명하게 보이지는 않지만, 강 건너에는 신기리와 동섬 사이로 흘러드는 지석천이 있을 것이다. 지석천는 이곳에서 영산강과 합류하여 흐른다. 상류에 나주호가 있는 지석천은 옛날 홍수피해가 잦아 둑을 쌓고 보를 만들었으나, 계속 둑이 터지자 '드들'이란 처녀를 제물로 바쳐 둑 속에 묻고 보를 만들었다고 하여 이 강을 '드들강'이라고도 한다. 화순군 이양면 증리 계당산(580m) 남서쪽 계곡에서 발원하여 나주시 도곡면에서 화순천(和順川)과 합류하는 길이가 55㎞에 이른다. 나주호는 영산강 지류에 있는 담양댐, 장성댐, 광주댐과 함께 이 지역의 생활용수를 공급하고 우천시에 홍수조절을 하는 4개의 다목적 댐 중 하나이다.

　나주시를 관통하는 자전거도로가 단정하고 깨끗했다. 초록색과 붉은색으로 오가는 자전거길을 구분하고 그 옆으로 시원하게 질주하는 강변로와 영산강을 형상화한 가로등이 멋진 조화를 이룬다. [영산강하굿둑 70km, 담양댐 60km] 이정표를 지나면 태양의 위세에 눌린 안개도 서서히 벗어지고 있다. 주변에는 나주와 혁신도시인 빛가람도시 간 도로를 개설하는 제2 나주대교 건설이 한창이다. 자전거길만 붉은빛이고 주변은 온통 황금빛으로 이루어진다. 멀리 영산강 자전거길을 따라 승촌보가 보인다. 광주와 나주의 경계에 있다. 자전거길은 왼편으로 이어지다가 승촌보를 만나면 그 보를 건너 오른편으로 계속 이어진다. 영산강 승촌보 일대는 죽산보와는 비교도 안 될 만큼 시야가 넓고 확 트인 너른 공간이 자리 잡고 있다.

　이곳은 지역주민들의 휴식과 문화공간으로 자리매김하고 있다. 영산강 문화관과 캠프장, 축구장, 공원 등이 있는 승촌보 주변에는 휴일이면 수천 명의 주민이 찾는 등 인기를 끌고 있다고 한다. 특히 주말에는 야외에서 일반자전거가 아닌 놀이기구 느낌으로 탈 수 있는 자전거를 대여해 주고 있다. 승촌 공원에 있는 캠프장과 축구장 등이 포함된 체육시설을 이용하려는 주민들도 북적이고 있다. 승촌 둔치공원은 강변의 고즈넉한 낭만을 즐길 수 있는 곳이다.

　영산강 6경은 황룡강 물길이 합쳐지는 승촌보이다. 휘호석은 평사낙안(平沙落雁)이다. '모래톱에 내려앉은 기러기'라는 뜻으로 해오라기를 비롯한 많은 철새의 쉼터인 영산강변의 아름다운 절경을 표현하는 말이다. 그러나 습지가 사라진 지금은 영산강에 과연 어느 철새가 내려와 앉겠는가. '평사낙안'의 원뜻은 넓고 고운 모래밭에 기러기 한 마리가 와서 앉은 모습을 빗대어 잘 쓰인 문장이나 글씨 또는 글씨에 멋지게 찍힌 점을 가리킬 때 쓰는 표현이다. 이 휘호석에서는 과거 이곳이 얼마나 아름답고, 평화롭고, 풍족했는지를 잘 나타내고 있다.

　승촌보는 광주광역시 남구 승촌동과 대촌동을 잇는 물막이 보(洑)로 길이가 568m다. 이곳 승촌보에서 죽산보까지 24km가 영산강 8경의 백미로 꼽힌다. 물길도 물길이려니와 봄이면 유채꽃이 들녘을 물들이고, 가을이면 강변을 따라 은갈색 억새가 드넓은 바다처럼 펼쳐져 장관이다. 여기에 굽이굽이 자전거길과 산책로가 이어져 강변을 따라 걷거나 은륜(銀輪)을 가르는 재미가 그만이다. '평사낙안'이라는 사자성어도 아름다운 강변을 생각하며 지어졌다. 모래톱에 내려앉은 기러기 발자국은 없어졌지만, 누치, 참몰게, 치리, 모래무치 등이 평화로운 물줄기를 오르내리며 서식하고 있다.

승촌보는 호남평야를 상징하는 '생명의 씨앗'인 5개의 쌀알을 모티브로 디자인되었다. 멀리서 보면 한눈에 날 알을 닮았다는 것을 알 수 있다. 매일 저녁 6시부터 다음날 새벽 4시까지 승촌보를 비추는 야간경관 조명은 달빛, 별빛 등 자연의 빛과 소통하고 야간 생태계를 고려하여 친환경 LED 조명으로 과도한 빛을 자제하며 은은한 빛을 보여준다고 한다. 하지만 가까이 다가갈수록 생명의 씨앗이라는 이미지보다는 거대한 콘크리트 괴물 같은 인상을 받는다. 강물의 흐름을 제압하고 서 있는 거인 같은 모습이랄까. 세상과의 소통을 차단하고 서 있는 모습이 조금은 오싹했다.

승촌보를 넘어간다. 보 다리 위에 자전거길이 한쪽에 만들어져 있다. 승촌보를 넘어가기 직전에 강둑에는 파란, 초록, 빨간색의 바람개비가 조심해서 가라는 듯이 손짓을 하고 있다. 승촌보를 건너 조금 지나면 황룡강과 만나는 두물머리가 아련하게 보인다. 하지만 강폭이 워낙 커서 구별하기는 쉽지 않다. 황룡강(黃龍江)은 영산강의 제1지류로, 내장산국립공원 내에 있는 전남 장성군 북하면 신성리 입암산에서 발원하며, 최장 발원지는 북하천의 상류인 담양군 월산면 용흥리 병풍산 용흥사 계곡이다. 장성호가 중간에 있다. 장성호는 황룡강을 막았으며 장성댐으로 장성호의 물을 조절한다. 광산구 유계동에서 영산강과 합류한다. 승촌보를 넘어서면 이곳부터는 광주광역시다. 광주광역시에서는 영산강을 '극락강'이라고 부른다. 이곳을 지나 서창천를 넘으면 극락 친수공원인 서창인포메이션이 있는 넓은 둔치공원이다.

오늘도 영산강을 따라 먼 길을 걸어왔다. 이 길은 과거에도 걸었었고, 현재에도 걸어가고 있으며, 미래에도 사람들이 걸어갈 길이다. 이 길을 따라 많은 사람들은 만나고 헤어졌으며, 그 길 위에서 꿈을 키우고, 그 길 위에서 문명의 꽃을 피웠을 것이다. 길을 걷는 것은 우리들이 과거를 만나고, 현재를 살며, 미래를 꿈꿀 수 있다는 기대를 할 수 있어서 좋다. 그래서 도보여행자는 끝없이 길을 걷고 싶은 심한 갈증을 느끼는지도 모르겠다. 길은 사람을 이어주는 생명의 끈 같은 것이다. 길을 걷는 것은 부질없는 짓이 아니고, 미래를 만나려고 떠나는 긴 여행이 아닐까 한다.

　사람은 태어나 끝없이 서로 참조하고, 서로 연결하는 끈을 당겨가는 것이다. 그러는 동안 우리는 하쿠다케 혜성처럼 서로 닿을 듯 가까워졌다가 이제 영영 돌이킬 수 없을 정도로 멀어지기도 한다. 당겨가는 것들의 절망은 그런 것이다. 우리는 이제 영영 다시 만날 수 없다. 18,000년이 주기인 이 혜성은 18,000년 후에 다시 돌아오겠지만, 다시 찾아온 지구에 지난번 방문했을 때 살았던 사람들은 단 한 명도 남아있지 않을 것이다. 하쿠다케의 18,000년의 고독 앞에서 다시 만나자는 말은 아무런 의미가 없는 말이다. 그리하여 길들 위에서 내가 배운 것은 '모든 건 한 번 더 반복된다. 우리에게 '한 번 더'하는 말은 무의미하다. 세계는 너무 거대해서 마주할 수 없다'는 것이다.

　오직 알 수 없을 뿐, 그저 끝없이 서로 참조하고 서로 연결되는 길 위에 서 있을 뿐, 여기가 어디인지, 나는 누구인지, 결국 우리는 어디로 가는 지, 오직 알 수 없을 뿐, 수많은 것들, 내가 사랑했던 사람들, 읽었던 책들, 들었던 음악들, 먹었던 음식들, 지나갔던 길들은 모두 내 등 뒤에 있다. 무엇도 나를 기억하지 않는다. 연결이 끊어지는 순간 나는 유령의 존재가 된다. 자전거 라이더들은 한쪽 길에서 열심히 페달을 밟아 다른 길로 접어든다. 길 위에서는 수많은 헤어짐을 통해 새로운 만남에 도달할 것이다. 새로운 만남은 바로 우리들의 삶이고, 사랑이고, 행복이 아닐까 한다.

'극락친수공원'인 서창인포메이션에 왔다. 넓은 영산강 둔치에는 각종 체육시설이 설치되어 있었다. 강 건너에는 보라매 축구공원도 보인다. 이곳에 어딘지 방향감각을 잃었지만 한참 뒤에 버스를 타고 돌아가면서 이곳이 광산구 송정리 근처임을 알게 되었다. 강 오른쪽은 상무지구이고, 왼쪽은 송정리이다. 그 사이로 영산강이 흐르고 있다. 광주에서 대학을 다닐 때 버스를 타고 광주에서 송정리역, 송정리역에서 광주를 무수히 왕래했었다. 하지만 다리 아래에 호남의 젖줄인 영산강이 흐른다는 사실은 까마득히 모른 채 살아왔다. 영산강 자전거길을 천천히 걸으면서 익숙했던 공간 속에서 또 다른 낯선 공간을 본다. 이처럼 느리게 걷는다는 것은 그런 공간을 촘촘히 볼 수 있게 도와준다. 평소 빠름만이 세상을 넓게 다 볼 수 있다고 생각하면서 살아왔다. 느림을 통해서도 빠름에서는 볼 수 없는 또 다른 넓은 세상이 있다는 것을 알아가는 재미도 좋다.

오늘 걸었던 영산강 자전거길에 대해 곰곰이 생각했다. 오늘까지 영산강 자전거길을 70km 넘게 걸어왔다. 70km라는 거리는 차로만 갈 수 있는 줄 알았다. 두 발로 걸어간다는 것은 상상할 수 없었다. 그만큼 먼 거리다. 그 먼 거리를 혼자의 힘으로 걸어서 갔다는 사실이 믿기지 않는다. 하지만 사실이다. 내가 살아있다는 느낌이 좋다. 종점까지는 앞으로 대략 60km를 더 걸어가야 한다. 그리고 걸어갈 수 있을 것 같은 자신감도 생겼다. 그 자신감은 어디에서 생기는 것일까. 그 자신감 때문에 네 번째 영산강 자전거길 걷기 여행도 기다려진다. 그리고 다른 강의 자전거길도 걸어갈 수 있다는 자신감과 걸어가고 싶다는 작은 소망도 생겼다.

　매일 매일 네 번째 영산강 자전거길 도보여행을 기다린다. 기다림이 묵직한 그리움으로 다가올 때마다 옥암　남악수변공원이 있는 영산강 자전거길을 홀로 걷고 또 걸었다. 그리고 하늘이 어둑어둑해지고, 산책로에 가로등이 반짝거리면 집으로 돌아온다. 어쩌면 길에서 가장 아름다운 것은 '무음의 우아함'이 아닐까 싶다. 길에서는 들리지 않는 것, 말하지 않는 것, 보이지 않는 것이 더 많은 말을 하는 듯했다. 길에서의 아름다움은 어떤 단어로도 입에 담을 수 없는 침묵에서 나오는 것은 아닐까 한다. 결국, 세상은 빠름보다 느릴 때, 요란함보다는 고요할 때 더 큰 변화가 일어난다는 사실을 자전거길 걷기놀이를 통해서 배워간다.

광주 서창 IC에서 담양 양지마을까지

영산강 자전거길을 다녀오고 3주 동안 기다렸다. 길에서 만난 색채와 멜로디와 아름다운 산천의 정경을 상상하면서 또다시 자전거길을 그리워했다. 창문에 서서 영산강의 다가올 풍경을 조용히 관조하면서 기다렸다. 오늘은 닫혀 있던 대문을 과감히 열고 나와 영산강 자전거길을 다시 걷기 시작했다. 나는 창문 안에서 바라본 세상도 좋아하지만, 그보다는 대문을 열고 세상과 직접 부딪치며 소통하는 것은 더 즐겁다. 대문을 열고 자전거길로 나가는 것은 세상과 소통하고자 함이다. 이것이 걷기의 매력이다. 걷기를 통해 길에서 바라본 세상은 아름답다. 길에서 바라본 올망졸망한 풍경들은 여행자의 발걸음을 느리게 만든다. 발걸음은 가볍고 생각은 자유롭다. 더디게 굽은 길을 걷는 것은 생각이 깨어나는 느낌, 정말 살아있구나 하는 느낌이 들어서 좋다.

하지만 대문을 열고 밖으로 나오면 세상은 녹록지 않다. 어제와 그제 추운 날씨 영향인지 아침 공기는 까칠했다. 다행히 바람이 많이 불지 않아 체감온도가 낮게 느껴지지는 않는다. 또 자전거길은 눈이 조금 내려 바닥은 아직 잔설이 곳곳에 남아있고 축축했다. 자전거길은 포장되어 있어 걷는데 큰 지장은 없다. 쌀쌀한 날씨를 뒤로하고 자전거 걷기라는 힘들 듯 힘들지 않은 4번째 도전에 나선다. 걸어가는 내내 무탈하기를 바라면서도 다른 한편으로는 무언가 색다른 일이 일어나기를 바라는 마음이 한구석에 자리하고 있다. 참으로 사람의 마음이란 알다가도 모를 일이다. 우리들은 흔히 즐거움을 쫓고 두려움을 피하는 게 인간의 본능이라고 생각하기 쉽다. 하지만 과연 그럴까. 가만히 보면 사람들은 두렵다고 하면서도 오히려 두려움을 즐기는 경우도 많다. 공포영화를 즐겨보고, 스릴 넘치는 놀이기구에 올라타서 환호성을 지르고, 아는 이가 없는 낯선 땅을 여행하고 싶어 한다. 그 이유는 아이러니하게도 인간은 두려움을 회피하도록 설계된 동시에 두려움에 뛰어들 때 가장 큰 즐거움을 느끼도록 설계되어 있기 때문이 아닐까.

우리들이 먼 거리나 낯선 땅을 걸어갈 때는 무언가 잘못되지 않을까 하는 두려움이 우리를 엄습한다. 하지만 그 순간 우리의 내면을 채우고 있는 것은 두려움만이 아니다. 호기심, 설렘, 열정 등이 뒤섞여 우리의 내면을 출렁거리게 한다. 그리고 끝내 그 두려움을 넘어섰을 때 우리 눈앞에는 지금껏 한 번도 마주하지 않은 아름다운 풍경이 기다리고 있다. 마음을 일렁이게 만들 새로운 공간이 기다리고 있다. 자전거길에는 이런 매력이 숨어 있다. 그런 매력 때문에 우리는 지금 자전거길을 걷고 있는지도 모르겠다. 이것이 우리가 대문을 열고 세상으로 나아가는 싶은 이유가 아닌가 싶다.

광주 서창 안내소에서부터 힘차게 출발을 한다. 출발이 순조로웠다. 파란 줄무늬로 표시된 자전거길은 잘 다듬어져 있어 걷기에 편리했다. 자전거길 옆으로는 널따란 영산강 둔치가 공원으로 단정하게 꾸며져 있다. 아름답고 차분한 정경은 날씨의 쌀쌀함도 잊는 듯했다. 영산강의 아름다움은 참으로 민주적이다. 영산강 자전거길을 걸으면서 수많은 공원을 만났다. 영산강하구언 옥암 남악수변공원부터 죽산보와 승촌보 앞마당의 넓은 인위적인 공원, 영산포에 있는 영산강 둔치의 체육공원 그리고 여기 서창지구의 공원을 보았다. 앞으로도 많은 크고 작은 공원들을 만나고 지나갈 것이다.

지나는 곳마다 자기만의 고유한 아름다움을 지니고 있었다. 그것은 비교의 대상도 아니고, 우열의 관계도 아니다. 다양성이다. 모두에게 고루 주어지고, 더없이 아름다운 장소들이 사람 수만큼이나 심지어 사람보다 더 많을 때도 있기 때문이다. 우리와 우리 자신 사이에도, 우리와 다른 사람들 사이만큼이나 많은 다양성이 존재한다. 우리 존재라는 넓은 식민지 안에는 다른 방식으로 생각하고 느끼는 다양한 사람들이 산다. 심지어 자신의 외면과 내면 사이에도 다양성이 존재한다. 사람은 누구나 겉과 속이 다를 수가 있다. 마음속에 품고 있는 깊은 감정도 입 밖에 나올 때는 자신의 감정과는 전혀 다른 말로 번역되어 나오는 경우가 종종 있다. 어디에나 다양성은 존재한다. 영산강 자전거길을 걸으면서 다양한 환경, 다양한 분위기, 다양한 풍경, 다양한 멜로디, 다양한 색채 등 기억에 남을 정도로 계속 되풀이해서 감탄하게 된다. 이처럼 다양성은 아름다운 풍경을 만들어내는 근원이 아닐까 한다.

자전거길을 출발하고 대략 800m 정도 왔을 때 강을 건너는 징검다리 모양의 돌다리가 있었던 거로 희미하게 기억은 된다. 표지판도 세워져 있었다. 하지만 영산강의 아름다움에 취하고, 또 일주일간 서로 못다 한 이야기를 하면서 웃다 보니 무심결에 강변길을 따라 쭉 가버렸다. 사람의 습관이라는 것이 무섭다. 사람의 습관은 길을 건너는 것보다는 가던 길을 쭉 따라가는 것에 더 익숙하다. 이것을 '관성'이라 부른다. 그래서 도로 위에 표시된 희미한 파란빛을 못 보고 그냥 무심코 지나쳐 버렸던 것이다. 한참을 가서야 좀 이상하다는 기분이 들어 주변을 살핀다. 표시판에 '광주천'이라 쓰여 있고, '무등산 증심사' 가는 자전거길이라고 되어 있다.

아차 싶었다. 그때야 우리들의 주의를 기울이지 않아 영산강이 갈라지는 지점을 미쳐보지 못하고 지나쳐 버렸다는 사실을 알게 되었다. 자전거길은 담양 쪽으로 가야 종점인 담양댐까지 걸어갈 수 있다. 지도위에는 영산강 지류인 광주천이 영산강 본류 옆에 작은 실선으로 나와 있다. 분명히 보이지 않았는데 무려 40분 정도, 대략 3km쯤 와버렸으니 왕복하면 6km이다. 오늘은 조금만 걷는다고 좋아들 했는데 그 기분에 들떠서 결국 자충수를 두어 버렸다. 결국, 오늘은 6km를 더해 대략 27km 정도 걸어야 한다.

이런 작은 실수도 걷기라는 놀이만의 즐거움이다. 작은 실수를 통해 평소에 광주 사직공원과 양동시장 앞 도로변에서만 보았던 광주천에 대해 다른 인식을 하게 되었다. 광주천이 광주 시내를 흐르는 하수도가 아닌 무등산에서부터 내려와 길고 긴 여행과정 끝에 이곳에서 영산강과 합쳐지는 지류라는 것을 알게 되었다. 광주천이 어디에서 흘러와 어디로 흘러가는지 그리고 영산강과 만나는 지점은 어디인지 궁금했는데 우연한 실수로 인해 확실히 각인(刻印)되었다.

이처럼 길은 빠름이 아닌 느림을, 경계가 아닌 몽상을, 완주해야 할 여정의 유용성이 아닌 한가로이 거닐기에 대한 충동이며, 위험이 아닌 신뢰를 자아낸다. 느리게 걷는 여행에서 길은 발견, 놀라움, 탐험의 길을 열어준다. 길은 자유를 끌어낸다. 길을 걷는 사람은 사소한 사건이나 여정의 매력에 따라, 전진을 표시하는 사건에 따라, 가로지른 장소들 특유의 마력 또는 애절함에 이끌려 그리고 그날 마주치게 될 줄 전혀 몰랐다가 뜻밖에 합류하게 되는 내면의 지리에 따라 앞으로 나아가는 길을 개척한다.

생각보다 규모가 작아 보였던 광주천은 무등산(無等山:1,187m) 남서 계곡에서 발원하여 광주시 중심부를 관통한 뒤, 서구 치평동과 광산구 우산동 사이에서 영산강으로 흘러드는 길이 23㎞의 영산강 제2지류이다. 생각보다 긴 거리를 흘러 이곳까지 온다. 말 그대로 광주 시내를 돌고 돌아서 이곳까지 흘러온다. 살아가는 데 힘들고 지친 광주시민들의 몸과 마음을 정화하고, 오염으로 가득한 광주시의 공간을 순화시키면서 이곳까지 흘러온다. 참으로 지치고 힘든 여정이다. 광주천은 이곳에서 영산강 본류와 합류하면서 잠시 한숨을 돌리고 느리게 바다를 향해 흘러간다. 그리고 바다를 만나 영원한 안식처를 찾게 될 것이다.

원점으로 다시 돌아와 징검다리를 건너면 조금 전에는 보이지 않던 이정표와 도로 위에 그려진 파란 실선이 선명하게 눈에 들어온다. 좀 전까지 보이지 않던 것들이 잘 보인다. 문제는 마음이다. 마음이 없으면 보아도 제대로 보이지 않고, 들어도 제대로 들리지 않는다. 그만큼 집중한다는 것이 중요하다. 같은 곳도 집중해서 보면 오랜 시간 기억이 남지만, 그냥 신경을 쓰지 않고 보면 바로 잃어버린다. 이것이 우리 기억력의 눈높이일지도 모른다.

길을 걷는 여행자는 길에 눈높이를 맞춘다. 때로는 자기 자신뿐만 아니라 남들까지 위험하게 만들며 목적지에 도달하기 위해 최대한 빨리 길을 벗어나려고 안간힘을 쓰는 자동차 운전자와 겨루기라도 하는 양 분주히 움직이지 않는다. 땅을 밟으며 걷는 두 발에는 도중에 거치적거리는 것은 무엇이든 무심히 짓이기고 지나면서 상처 자국을 내는 바퀴와 같은 호전성은 없다. 도보여행자의 발자국은 추억의 흔적만 남길 뿐 땅 위에 큰 상처를 남기지 않는다. 동물들이 남긴 흔적은 거의 알아보기 힘들다. 길은 사람들이 걸어간 흔적인 동시에 무수한 발자국들로 만들어진 작은 상처 같은 것이다. 우리들이 길을 잘못 들었다는 것은 어쩌면 길 위에 흔적이 희미하다는 것이다. 흔적이 희미하다는 것은 길 위에 인간들의 생채기가 거의 없다는 것이고, 원래의 모습대로 유지하고 있다는 것이다. 아직은 영산강 자전거길에 상처가 적다는 말이 된다.

징검다리 갈림길에서 조금 지체되었지만 느긋하게 걸었다. 도보여행자는 지나간 시간에도, 남은 거리에도 연연하지 않는다. 우리들의 목적은 오로지 걷는 것이고, 걷기를 통해 다른 세상을 바라보는 것이다. 강 모퉁이를 돌자 서서히 도시의 모습이 나타난다. 멀리 보이지 않았던 풍경들이 새롭게 눈에 들어오고 넓은 둔치도 나타난다. 영산강의 자연 생태계와 주변의 산업단지는 서로 어울리지 않을 것 같지만, 실제는 그렇지가 않다. 연기가 솟아오르는 굴뚝이 아니고 무공해의 깨끗한 환경에서 최첨단산업이 가동하므로 멀리서 찾아온 철새들이 자유롭게 둥지를 틀고, 영산강을 따라 올라온 물고기들이 자유롭게 노닌다. 이런 모습이 사람들이 추구해야 할 미래의 꿈이다. 미래에는 서로 공존하는 것만이 공생의 길이다.

영산강 자전거길은 어등대교, 덕흥대교, 광신대교 등을 통과하면서 서서히 광주 첨단지구라는 신도시의 중심부로 진입한다. 지금부터는 광주 광산구와 북구를 관통해서 나아가는 길이다. 강 주변에는 고층아파트가 즐비하고, 반대편에는 공단이 들어서 있다. 이곳은 일명 첨단지구, 신창지구 등 신도시가 있는 곳이다. 넓은 공간에는 대도시답게 각종 시설이 잘 갖추어져 있다. 생태계를 보전하면서 군데군데 야구장, 축구장, 족구장, 산책로 등 각종 시설이 자연의 갈대숲과 잘 어우러져 있다. 이 공간은 눈에 익숙한 곳이다. 첨단지구 아파트에는 처형가족이 살고 있다. 처형 집에 왔다가 시간이 날 때면 가끔 운동하기 위해 걸었던 낯익은 길이다.

강물이 이곳에 이르면 영산강 보폭이 넓어진다. 강의 흐름이 갑자기 느려지면서 이곳에 넓은 둔치를 만들었다. 이처럼 빠름보다는 느림이 세상을 더 풍요롭게, 더 섬세하게, 더 자연 친화적으로 만든다. 하지만 느림만큼 빠름도 필요하다. 문제는 느림과 빠름의 적절한 조화가 아닐까. 사람이 사는 세상에도 강물처럼 느림과 빠름, 분배와 성장, 보존과 개발, 공원과 건물 등 적절한 조화가 이루어져야만 사람들이 살만한 세상으로 변할 수 있다. 너른 둔치에는 공원이 예쁘게 조성되어 있다. 이름은 '거징이 쉼터'라고 한다. 걷는 길과 자전거길이 따로따로 있고 체육시설도 다양하고 풍족하게 조성되어 있다. 이곳에서는 어떤 방해도 받지 않고 마음껏 달릴 수도 있고, 마음껏 걸을 수도 있고, 마음껏 공을 찰 수도 있고, 마음껏 자전거를 탈 수도 있다. 모두에게 자유롭고, 느긋하고, 풍족한 공간이다. 또한, 키 작은 갈대숲과 야생화들이 이루는 풍경이 일몰과 어우러져 너무 아름답다.

수변공원에는 생태계의 보고인 많은 물고기가 살고 있다. 그만큼 오염이 덜 되어 있다는 증거이다. 자연은 사람 하기 나름이다. 자연과 공생하면 지속 가능한 세상을 만들어 갈 수 있다는 것이다. 이곳의 사계는 눈에 익숙한 풍경이다. 겨울의 문턱에 들어선 이곳의 정경(情景)은 너른 공원 둔치에 수많은 종류의 마른 풀들만 마지막 최선을 다해 고통을 견디고 있는 듯하다. 겨우내 거칠게 부는 바람에도, 쌀쌀한 날씨에도, 싸리눈의 차가움에도 살이 다했을 때는, 뼈대로 견디며 꼿꼿하게 서 있는 마른 풀들의 모습은 아름다움을 떠나 엄숙했다. 이런 것이 진정한 아름다움이 아니겠는가. 진정 아름다운 것들은 살이 다하면 뼈로 견딘다. 이곳에서의 아름다움은 '예쁘다'라는 의미보다는 '굳세다'라는 의미를 내포하고 있는 듯했다. 너른 공원에서 아직 바람 타고 서 있는 마른 풀이 바람에 지지 않고 흔들리며 견디는 모습을 보았다. 아름다움과 엄숙함이 동시에 다가온다. 조금의 고통에도 마음을 접어버리는 인간의 나약함을 비웃는 듯했다. 오늘도 마른풀처럼 자신의 신념을 끝까지 지키며 아름답게 살아가는 수많은 민초들을 생각한다.

　광주천 우회했던 곳에서 약 6km 정도 걸었다. 날씨는 을씨년스럽고 주변 풍경은 온통 회색빛이다. 금방이라도 눈발이 날릴 것만 같은 풍경이다. 영산강 둔치공원 쉼터는 쉬어가기도 어려울 만큼 차가운 기운이 감돈다. 쉼터 바닥도 촉촉하게 젖어있다. 모두 엉거주춤한 자세로 김밥을 먹고, 막걸리를 한 잔으로 몸을 추스른 다음 곧바로 출발했다. 계속 앉아 있기에는 좀 으스스해진다. 누가 먼저라 할 것도 없이 자리에서 일어나 앞서거나 뒤서거니 다시 길을 걸었다. 왜 이런 날씨에 우리는 자전거길을 걸어가야 하는가. 그래도 함께 하는 동료들이 있어서 위안을 얻는다.

　우리는 점점 추워지고, 진눈깨비가 종종 내리고, 시야가 흐린 영산강 자전거길을 순례하는 기분으로 걸었다. 날씨 때문에 좀 느린 걸음걸이면 어때? 걸어가는 것만으로도 아름다운걸. 동료들과 함께 하는 것만으로도 즐거운걸. 우리는 왜 이 길을 걷기 시작했을까. 길 위에서 찾고자 했던 것들을 향해 잘 가고 있는가. 이 길 위에서 우리는 진정 행복한가. 이 길의 끝에 서면 가장 하고 싶은 일은 무얼까. 끊임없는 질문이 솟구친다. 그 무수한 상념의 갈피를 한 겹씩 풀어헤치며 침묵 속에서 길을 걸었다. 수행자가 순례하는 모습처럼 영산강 자전거길을 터벅터벅 걸어간다. 끝이 보이지 않는 먼 길을 느린 발걸음으로 진눈깨비를 친구삼아 걸었다. 비록 날은 궂어 불편했지만, 함께 자전거길을 걷는 것은 즐거웠다.

시간이 지나면서 날이 서서히 맑아지는 듯했다. 멀리 자동차로 북광주 IC를 지나갈 때마다 보았던 붉은 아치 기둥이 교차하여 세워진 다리가 보인다. 일명 '지아대교'이다. '지아대교'가 선명하게 보이는 곳에 작은 정자가 있다. 이곳은 주변 풍광이 좋아 여행자들이 쉬어가는 곳이다. 정자에 올라 영산강의 또 다른 풍경, 또 다른 모습을 바라본다. 그리고 백 년도 못 사는 나 자신과 수천 년을 쉬지 않고 흐르고 있는 영산강이 겹쳐진다. 가만히 숨을 쉬며 잠깐 현재의 나를 바라보는 시간을 갖는다. 어쩌면 짧은 시간 명상을 했는지도 모르겠다. 사는 것은 '한바탕의 봄 꿈'이구나. 참 부질없다. 지금 이 순간, 바로 이곳에서의 이 시간이 가장 행복한 찰나가 아닐까 하는 생각이 든다. 길 위에서 잠깐 헝클어진 마음을 추스르다.

2014년의 마지막 달에 걷는 영산강 자전거길이다. 이제 한 번만 더 가면 완보(完步)할 수 있다. 은퇴하고 마음속으로 5대강 자전거길 도보여행을 상상하고, 처음으로 걷는 자전거길이다. 이제 완보(完步)를 눈앞에 두고 있다. 은퇴할 때는 무엇이든 재미있는 일들을 배우고, 책들을 열심히 보고 감상을 글로 쓰고, 친구들과 여행을 다니면 하루하루가 즐겁고 재미있고 보람찬 하루하루가 될 것이라고 생각했다. 은퇴 이후 10개월간의 삶을 되돌아보면 그런대로 청심한 생활을 하려고 노력은 했다. 그래도 늘 무언가 부족한 느낌이 들었다. 물론 은퇴가 그 원인일 수도 있고, 인간의 삶 자체가 그 원인일 수도 있다. 그 답을 찾아보려고 나는 이 길을 걷고 있는 것은 아닐까. 〈인생의 절반쯤 왔을 때 깨닫게 되는 것들〉이라는 책에서 작가는 그 답을 '내적 탐험'이라는 단어에서 찾고 있다.

—

내가 정말 원하는 게 뭘까?
나는 지금 뭘 느끼고 있는 걸까?
뭘 어떻게 해야 제대로 하는 걸까?

—

'나의 꿈은 무엇이고, 나를 가로막고 있는 두려움은 어떤 것들일까?' 라는 질문 속에서 막막해짐을 느꼈다. 이때 이 책에서는 '내적 탐험'을 떠나라고 조언을 해주고 있다. 생소한 단어인 '내적 탐험'이라는 것은 〈도마의 복음서〉를 통해 설명해 주고 있다. '만약 너희가 너희 안에 있는 것을 밖으로 끌어내면, 너희가 밖으로 끌어낸 그것이 너희를 구원할 것이다. 만약 너희가 너희 안에 있는 것을 밖으로 끌어내지 않으면, 너희가 밖으로 끌어내지 않은 그것이 너희를 파멸시킬 것이다'라는 말이다. 결국 '내적 탐험'이란 자아의 발견 즉 '참 나를 찾아가는 것'이라는 뜻이 아닐까.

자전거길을 계속 걸으면 과연 내 안에 있는 것들을 모두 밖으로 끌어낼 수 있을까. 그리고 끌어낸 만큼 더 가벼워지고, 더 자유로워질 수 있을까. 또 그동안 살아오면서 차곡차곡 산더미처럼 쌓아놓은 수많은 '해야 할 일'과 '하고 싶은 일'을 모두 털어버릴 수 있을까. 윌리엄 제임스는 소유를 기준으로 삼는 삶은 존재를 기준으로 삼는 삶보다 자유롭지 못하다고 했다. 결국, 우리가 진정 느끼고 싶은 것은 탐험가들이 가장 아슬아슬할 때 느끼는 '내면의 리듬'이다. 그것은 바깥세상과 내면세계가 하나로 합쳐질 때의 느낌이며, 가야 할 곳을 알지만 어떻게 가야 할지 알 수 없을 때 오는 느낌이다. 다시 말해 낭만주의와 현실주의의 행복한 만남이다. 즉 바람직한 삶을 산다는 것은 현실적인 낭만주의자가 되는 일이다. 어느 한쪽에 치우치지 않는 삶을 사는 것이 아닌가 싶다.

'삶이 무엇인지는 삶의 뒤편에서 봐야만 알 수 있다. 하지만 삶은 반드시 앞을 향해 살아나가야 한다'라고 했던 키르케고르의 말처럼 삶을 안다는 것은 참으로 인간들이 감당하기에는 어려운 일인지도 모르겠다. '내적 탐험'이라는 자기의 성찰을 통해 마음속에 담겨있는 것들을 비워내는 작업과 그 작업을 통해 현실과 이상을 잘 조화시켜 나간다면 행복한 여생을 살 수 있지 않을까. 영산강 자전거길을 걸으면서 '느림의 삶'을 배우고, 이타적인 삶을 통해 행복한 일상을 얻을 수 있으면 좋겠다.

우리들은 담양군과 광주 북구가 경계를 이루는 용산교 지점에 이르렀다. 이 주변에는 영산강 7경인 풍영정과 8경인 대나무 숲길(담양습지 하천 보호구역)이 있단다. 영산강 양쪽 제방을 따라 펼쳐지는 대나무 숲이 영산강 8경으로 손꼽히는 담양 대나무 십리숲길이다. 이곳에 '담양대나무숲 인증센터'가 있다. 원래는 없었지만, 이곳이 영산강 8경으로 지정됨에 따라 설치된 것이라고 했다. 잠시 깊은 호흡으로 마음을 가다듬고 출발했다. 곧바로 자전거길은 담양으로 이어진다.

　자전거길 건너편에 있어서 무심결에 지나쳤던 영산강 7경은 광산구 신창동에 위치한 풍영정 습지이다. 풍영정은 조선 시대 승문원판교를 지낸 김언거가 벼슬을 물러난 뒤 고향에 돌아와 지은 누각(樓閣)이다. 이 누각은 한석봉이 쓴 '第一湖山'이라는 현판이 걸려있을 정도로 가치가 높고, 주변 경치가 멋진 곳이다. 그래서 영산강 7경은 '풍영야우(風詠夜雨)'이다. 풍영정은 선창산과 극락강이 마주치는 언덕 위에 있다. 무등산이 정면으로 보이는 곳에서 아담한 돌계단을 오르면 오랜 수령의 고목, 소나무, 야생화, 신우대 등이 있어 고즈넉한 정취를 전해준다. 풍영(諷詠)이란 이름 그대로 '세상의 잡념을 버리고 세상을 음풍영월(吟風詠月)하며 지낸다'라는 뜻이다. 풍영정에서 바라보는 풍영천과 무등산은 현대인들에게 너끈한 안식을 전해준다. 영산강의 또 다른 이름 '극락강'은 양갓집 규수와 소금장수인 강원도 총각의 슬픈 사랑 이야기가 전하는 곳이며, 이승과 저승의 세계를 나누는 강에서 연유한 이름이란다.

　언젠가 시간이 나면 강 건너편에 있는 영산강 2경 식영정, 3경인 석관정, 그리고 7경인 풍영정을 가보고 싶다. 누각에 앉아 영산강의 아름다운 정경을 바라보면서 그것에서 풍류를 즐겼던 선비들의 삶을 느껴보고, 영산강이 들려주는 이야기를 듣고 싶다. 그리고 시간이 한참 지난 뒤에 식영정, 석관정, 풍영정에 들렀다. 식영정과 석관정은 고즈넉한 영산강변에 위치하고 있어서 아직도 옛 모습과 풍치를 그대로 유지하고 있었으나, 풍영정은 기찻길과 광신대교가 지나는 모퉁이에 있었다. 풍영정의 경치는 도시화와 4대강 사업으로 인해 당시에 느꼈던 운치는 찾아볼 수 없었다. 다만 선창산과 극락강이 마주치는 곳에 늠름하게 서 있는 풍영정은 아직도 풍광이 호남에서 제일의 정자라는 옛 모습은 잘 간직하고 있었다.

　자전거길은 영산강 8경인 담양 대나무숲 길을 지난다. 이곳은 담양 습지 하천보호구역이다. 지금 지나고 있는 영산강 8경은 선조들이 즐겼을 남도의 풍류와 낭만을 그대로 옮겨놓은 듯한 수변공간들로 이루어진다. 지금껏 영산강은 '8경'을 갖지 못했다. 금강, 낙동강 등과 달리 높은 산을 끼고 있지 못해서 빼어난 절경이 없다는 이야기로 들린다. 그러나 133Km를 흘러 남도를 휘감아 도는 큰물 '영산강'은 한 구비, 한 굽이마다 전설을 전하고 절경을 만들어냈다. 남도인의 젖줄이자 생명수인 '영산강'에 대한 만인의 사랑이 부족했기 때문이다. 그래서 그 흔한 '8경'도 가져보지 못했을 터이다. 그동안 영산강은 묵묵히 흘러왔다. 빼어난 절경과 자연의 모습을 간직한 '8경'을 영산강에 헌정한다. '영산강 8경'은 영산강 물줄기를 따라 조사와 보호활동을 펼치는 '영산강살리기운동본부'가 선정했다.

　영산강 제8경인 담양습지(대전천 합류)는 전남 담양군 대전면 강의리와 태목리, 봉산면 와우리, 수북면 황금리에 위치한다. 강 상류에 위치한 담양 하천 습지는 우리나라 일반 하천 습지와는 다르다. 강 상류에 형성된 습지로는 유일한 것으로 알려진다. 하천 내에 목본류 등 식생이 밀집되어 있다. 대나무가 대규모로 군락을 이루고 있다. 멸종 위기종인 매와 천연기념물인 황조롱이, 보호야생동물인 삵, 다묵장어, 맹꽁이 등도 서식하고 있다. 이 때문에 환경부는 하천 습지로는 처음으로 '습지보호지역'으로 지정했다.

　영산강 8경인 이곳은 대숲에서 피어오르는 새벽 물안개 즉, '죽림연우(竹林煙雨)'라는 휘호가 어울리는 곳이다. 5월 초순 아침 햇살이 아직 비치지 않은 새벽녘의 담양습지는 신비 속의 장관이다. 사진에서나 보았던 물안개가 대나무 숲에서 흘러내리며 환상의 춤사위를 연출된다. 고요와 적막이 흐르는 습지에서 이따금 들려오는 철새들의 날갯소리가 아침의 고요를 흔들고 있다.

고창 담양고속도로인 영산교를 지나면 영산강과 증암천이 갈라지는 작은 두물머리 같은 곳에 도착한다. 우리는 갈림길에서 더 전진하지 못하고 담양 봉산면 와우리에 있는 증암천를 따라 와우마을과 양지마을 쪽으로 들어온다. 오후 5시가 지나고 있다. 영산강 자전거길은 무등산을 발원지로 한 증암천를 우회해야 한다. 삼지리와 와우리(臥牛) 사이의 와우교를 건너야 자전거길이 이어진다. 한참 돌아야 한다. 우리는 와우교 앞에서 우회전하여 논길을 따라 안으로 들어오면 작은 마을이 보인다. 담양 봉산면 지역의 강둑길에는 가로수로 대나무를 심었다. 영산강가에 있는 마을은 조용하고 아늑하다.

담양 봉산면 양지마을에서 보건소를 지나 송강정로의 양지삼거리로 나와 시내버스를 기다린다. 경태 샘이 미리 버스 시간을 알아 와서 쉽게 담양 양지마을에서 광주 서창 IC로 쉽게 되돌아갈 수 있었다. 시내버스에서 내리자 비가 부슬부슬 내린다. 우리들의 무사귀환을 좋아하는 듯이 싸리눈과 이슬비가 섞어 하늘에서 뿌려진다. 오늘도 영산강 자전거길을 걸으면서 아름다운 풍경을 바라보고, 틈틈이 명상도 하고, 그리고 스스로 묻고 답했다. 아주 오랫동안 자전거길을 걸으면서 자유로운 마음을 느끼고, 그 안에서 휴식과 존재 이유와 예술적인 성취가 이루어지도록 간절히 기도했다. 그것이 앞으로 내가 살아가야 할 존재 이유가 되기 때문이다.

　오후 늦게야 집으로 돌아왔다. 온종일 침울하고 습한 날씨가 이어진다. 이런 날씨에 잘 맞는 음식은 매콤하고 시원한 국물, 부드럽고 말랑말랑한 동태살, 쫄깃한 동태 내장 고니, 쌉사름한 소주가 어우러지는 '동태전골'이다. 모락모락 피어오르는 진하고 매콤한 동태탕 국물의 향에서 깊은 행복감이 느껴진다. 행복은 멀리 있는 것이 아니었다. 순간순간의 짧은 시간 속에 있다. 걷기라는 놀이를 끝내고 뒤풀이하는 것도 도보여행의 연장선에 있다. 걷기가 세상을 보는 여행이라면, 걷기 후의 뒤풀이는 마음을 여행하는 것이다. 서로의 여행에 대한 느낌을 주고받는 자리이다. 그 자리는 우리가 여행 중에 느꼈던 기쁨과는 또 다른 소중한 기쁨을 가져다준다. 그래서 뒤풀이는 중요하다. 그리고 가장 마지막 뒤풀이는 기억했던 것들을 말이나 글을 통해 좋은 추억으로 승화시키는 작업이다. 글 또는 말은 경험을 연상시키거나 되살려서 찰나의 느낌마저도 잊지 않고 적어놓으려는 세심한 여행자라면 절대 소홀히 하지 않는다. 여행의 기억은 시간이 지나면 조만간 그 내용이 적힌 페이지로만 남게 된다. 망각은 시간이 가면 어렴풋해지는 이미지들을 제외한 나머지는 모두 날려 보낸다. 그래서 마지막 뒤풀이가 필요했다.

　여행을 통해 느꼈던 오래된 즐거움은 글이나 말 또는 사진을 통해 되살아난다. 걷기에 대한 글을 쓰거나 이야기를 하는 일은 그날 느꼈던 감정, 간직한 기억과 수집된 이미지들을 되살리는 일이다. 말하자면 장소의 정령에게 받은 것의 일부를 되돌려 주는 일이다. 글이나 말이 아무리 힘든 순간에 대해서라도 감사의 표현인 것은 이미 극복되어 추억으로 변한 내용이기 때문이다. 여행에 관한 모든 말은 당시에 느꼈던 감정을 이야기하면서 자신을 탄생시키려는 의지이자 축하이다. 특히 장거리 보행자에게 글이란 가장 강렬한 진정(眞情)의 순간이다. 저녁마다 글을 쓰면서 여행자는 또 다른 표면으로 길을 계속 이어가고 페이지 위에서 걷기 놀이는 연장된다.

담양군 양지마을에서 담양댐까지

실뱅 테송은 〈여행의 기쁨〉이란 책 모토를 '느리게 걸을수록 세상은 커진다'라고 했다. 도보여행은 그냥 걸어서 느리게 가는 것이다. 느리게 걷는 것은 세상을 확대하는 효과가 있다고 했다. 또 '시간을 죽이기 위해서는 결국 길을 떠나야 한다. 하지만 아무렇게나 떠나서는 안 된다. 이 세상에서 우리의 영혼이 시계에 맞서 힘겹게 이어가고 있는 달리기에서 벗어나려면 느릿느릿, 한 걸음 한 걸음 몸을 움직여 이동해야 한다. 걷는 속도를 늦추자. 그러면 시간 자신이 오묘한 모방 효과에 의해 유량을 줄일 것이다'라고도 했다. 세상은 속도를 줄이면 점점 세밀하게 다가온다는 것이다. 세밀해지는 만큼 세상은 더 넓어 보일 것이라고 말하고 있다. 내가 좋아하는 여행도 내 힘이 허용하는 한도에서 자연에 그대로 자신을 맡기는 도보여행이다. 신발 밑창만을 이동수단으로 사용하는 것은 고통을 즐기는 취향 때문이 아니다. 느림이 속도에 가려진 사물들의 참모습을 드러내 보여주기 때문이다. 기차나 자동차의 유리창 뒤로 풍경을 흘려보내면서 풍경의 베일을 벗길 수는 없다.

요즘 대부분의 사람은 공상과학자이자 소설가 A. 클라크가 꿈꾸었던 그런 여행을 한다. 누구나 할 수 있는 쉽고, 편리하고, 빠른 여행이다. 문명의 이기를 최대한 활용해서 더 넓은 세상을 바라볼 수 있는 편리한 여행이다. 1945년 영국의 A. 클라크는 미래에는 지구 전체가 하나의 마을처럼 모두가 서로를 알고 있는 모든 정보의 혜택을 누리는 지구촌이 되리라는 꿈을 꾸었다. 오늘날 그 지구촌은 실현된 듯이 보인다. 사람들은 누구나 원하기만 하면 아니 원하지 않아도 엄청나게 편리해진 교통과 통신수단을 이용하여 세계 구석구석을 들여다보고 이동할 수 있다. 마치 인간의 의무이기라도 한 것처럼 과거에는 엄두도 내지 못했을 여행을 철따라 계획하고 실천에 옮겼다. 사람들은 재충전을 위하여 또는 자신을 돌아볼 기회를 얻기 위하여 여행을 떠나고 다시 제자리로 돌아온다. 빠르게 돌아가는 챗바퀴 생활에 지친 현대인에게 여행은 분명 원기를 회복시키고 활력을 불어넣는 계기가 되어 줄 것이다.

그런데 실뱅 테송은 그런 여행은 인간의 삶과 시간에 아무런 영향도 미치지 못한다고 생각한다. 효율을 추구하고 속도를 과시하며 어디서든 편의를 포기하지 않으려는 관광 여행은 그저 세상을 쫓기듯 겉핥기식으로 훑어보고 메마르고 소란스럽기만 한 여행이라는 것이다. 실뱅 테송은 좀 더 본질적인 여행을 추구하라고 말한다. 그가 느린 속도로 걸어가는 유랑을 고집하는 것은 그것이 복잡한 도시를 벗어나 거대한 세상을 미학적으로 체험할 수 있는 유일한 방법이라고 믿기 때문이다. 정당한 수단에 의한 느린 유랑은 육체를 최대한 소모함으로써 거대한 세상과 달아나는 시간에 대적하여 자기 존재를 최대한 연장시키는 여행방식이다.

오늘도 실뱅 테송의 여행방식으로 영산강 자전거길을 느린 속도로 걸어갈 것이다. 마치 걷기라는 놀이를 하는 것처럼 너울너울 춤추듯이 걸어갈 것이다. 시간이 머무는 영산강 풍경을 바라보면서 찬찬히 걸어갈 것이다. 겨울철인데도 영산강 주변의 공기는 상큼하고 걷기에 참으로 안성맞춤이다. '담양댐까지 완보(完步)'라는 말에서 설레는 마음과 공허한 마음이 교차한다. 하지만 금강과 섬진강, 한강과 낙동강 자전거길을 걷는 또 다른 계획을 상상하면 공허한 마음은 슬그머니 물러선다. 양지마을은 20여 가구가 사는 작은 동네이다. 담양군 봉산면 소재지가 있는 이곳에서는 신학리에서 흘러내리는 유구천과 삼지리에서 흘러내리는 증암천이 합류하면서 영산강을 제법 그럴듯한 강으로서의 면모를 일신한다. 증암천을 거슬러 오르면 상류에 광주호가 자리 잡고 있다.

증암천 하류 쪽에 자리 잡은 담양 양지마을 보건소 앞에서부터 자전거길 걷기 여행이 시작된다. 어제 온 눈의 흔적들이 곳곳에 남아있다. 마을을 지나 증암천 둑길에 올라서면 증암천을 건너가는 와우교가 나온다. 그곳을 지나 오른쪽을 표시된 파란 길을 따라 걸어가면 영산강 본류와 만난다. 영산강 자전거길 걷기 여행의 마지막 구간이다. 누구에게나 '마지막'이라는 말은 서운함이 감도는 단어이다. 시작이 있으면 끝이 있다는 것을 알고 있으면서도 어쩔 수가 없다.

여행자는 걷기 여행의 끝자락에서 무엇을 체험할 수 있을까. 스스로 그 의미를 수도 없이 묻고, 걷고 또 물었다. 그 답을 신화학자 조지프 캠벨은 인간이 궁극적으로 찾는 것은 '삶의 의미'가 아니라 '살아있음의 체험'이라고 들려준다. 마지막에 큰 의미를 두지 말라는 뜻일까. 지금 이 순간에 살아있음을 기쁘게 생각하라는 뜻일까. 걷고 있는 지금 이 순간이 가장 행복한 순간이라는 것을 체험하라는 것일까. 육체적 경험과 내적인 경험이 현실 안에서 공명할 때라야 겪을 수 있는 '살아있음의 황홀', 우리가 이 세상에서 얻을 수 있는 최상은 어떤 순간에 현존하는 그런 경험뿐이라는 거였다.

도보여행의 첫 발걸음은 와우교를 건너 살얼음 같은 눈이 살짝 내린 영산강 자전거길을 따라 자박자박 걸었다. 영산강의 아침은 고요하고 차갑지만 상큼한 기운은 신선하다 못해 신성하게 느껴진다. 영산강하굿둑에서부터 어느새 108km나 걸어왔다. 사람의 걸음이란 경이롭다. 보폭 하나가 대략 60cm 정도인데 먼 곳으로 향해 걸어가고 있는 나 자신을 발견할 때마다 스스로 깜짝깜짝 놀란다. 처음에는 아주 느리게 움직이는데 걷다 보면 갈수록 빠르게만 느껴지는 것이 걸음걸이다. 걷기는 참으로 정직한 행위이고, 거짓이 없는 활동이다. 순수한 노동의 대가만큼만 자신을 이동시키는 것이 걷기이다. 그래서 모두 좋아하는 모양이다.

　걷기를 통해 우리는 다양한 세상과 접촉하게 된다. 걷기만큼 매력적인 여행은 없다. 걷기는 어딘가로 가기 위해서 걷는 것이 아니라 그냥 걷기 위해서 여행을 한다. 순전히 걷는 기쁨을 위해서다. 빠르게 이동하는 자동차 여행에서는 차창을 통해 넓게 볼 수는 있지만 큰 감동이나 감흥도 일어나지 않는다. 하지만 걷기 여행은 비록 느리지만, 사물을 몸소 체험할 수 있고, 가깝게 볼 수 있고, 촘촘하게 볼 수 있다. 그래서 더 큰 감동과 감흥이 일어나는 것이다.

　자신의 체력적 한계를 넘어서 너무 피로하게 한다거나 부상을 당해 곤경에 처하지만 않는다면 걷기는 우리 몸의 유기성과 대립하는 일이 굳이 애쓰지 않고도 자연스레 우리 몸이 주위 경관을 향하도록 해준다. 주위의 아름다운 경관은 피로감을 없애주고 걷기의 끊임없는 원동력으로 작용한다. 또한, 걷기는 정체성의 구속으로부터 나를 해방해준다. 사회의 익숙한 골조 밖에서는 더 이상 자신의 얼굴, 이름, 개성, 사회적 지위 등을 유지할 필요가 없다. 걷기는 나다워야 한다는 부담에서 벗어나게 해주고, 어깨를 무겁게 짓누르는 압박과 사회적 그리고 개인적 책임감으로 인한 긴장을 풀어준다. 길을 걷는 여행자는 잠정적으로 쓰고 있던 가면을 벗어던진다.

하얀 눈 속에서 살짝 고개를 내민 파란 선의 푸른빛이 유난히 선명하고 곱다. 자전거길의 파란 줄은 오늘따라 살아 숨 쉬는 듯이 생동감이 넘친다. 예상하지 못했던 길의 아름다움을 본다. 길은 익숙한 세상의 관례적인 도식을 허물어 예상치 못했던 일이 언제 어디에서 튀어나올지 모르는 장소이고 확신 속에 안주하기보다는 오히려 확신을 깨뜨리는 장소이다. 길은 감각과 지성을 깨우는 영원한 경계상태이며, 다양한 느낌을 열어주는 서막이다. 길을 걷는 여행자에게 시각은 자연에 대한 포용의 느낌이자 풍부한 방향감각이다. 눈으로만은 볼 수 없는 무수한 인식들을 제공하여 눈을 어디에 두어야 할지 알 수 없을 정도이다. '헨리 데이비스 소로'는 내 다리가 움직이기 시작하면 내 생각도 흐르기 시작한다고 했다. 자전거길을 향해 다리가 움직이기 시작하자 수많은 생각이 밀려온다. 걷기와 생각하기는 서로 밀접하게 연결된다. 모든 여행이 그러하듯 자전거길 걷기를 통해 주변의 새로운 것을 발견하는 기쁨, 길에 스며있는 삶의 이야기를 상상하면서 걷는 행복, 흘러가는 풍경을 바라보는 즐거움, 늘 생기를 주는 공기와의 교류, 지구의 어수선한 암석과 내 두 발과의 만남 등 사유와 발걸음이 교차하고 서로 연결된다. 바로 그런 공간이 길이다. 길에서는 끊임없이 '걷고, 보고, 묻고'의 연속이었다. 그리고 그 답을 찾아가는 과정이다.

영산강의 자연풍광에 취해 걷다가 문득 자전거길이 없었던 옛날에는 사람들은 영산강을 어떻게 다녔을까. 영산강을 가로지르는 다리가 없을 때는 얼마나 불편했을까. 짠한 생각들도 밀려왔다 밀려간다. 시간이 흐르자 길을 따라 흐르는 푸른 영산강, 넓게 펼쳐진 연둣빛 농토, 그 뒤로 보이는 산등성을 따라 이어지는 초록빛 물결 등 잘 어우러진 자연의 공간이 서서히 건물과 사람 소리 그리고 음식 냄새와 자동차 소음 그리고 기름 냄새 등으로 물들어간다. 담양 읍내가 가까워진 것이다.

자전거길 걷기 여행도 반나절이 넘어가고 있다. 영산강 담양구간인 '관방천'을 따라 형성된 자전거길이 눈에 들어온다. 담양 읍내를 관통하는 자전거길에는 강가에 길게 늘어선 '담양국수거리'가 유명하다. 국수 거리 앞으로 영산강 자전거길이 연결된다. 많은 여행자가 이곳 쉼터에서 잠시 휴식을 취하기도 하고, 국수 가게에 들러서 국수 한 그릇을 추억 삼아 간식으로 먹고 가기도 한다. 50여 년 전 죽세공품 시장에서 국수를 팔기 시작하면서 생긴 오래된 거리라고 한다. 이곳의 국수 한 그릇은 누구에겐 평범하면서도, 누군가에게는 특별할 수도 있다. 이곳의 국수는 멸칫국물에 굵은 면을 말아준다. 멸칫국물이 구수하다. 멸칫국물에 삶아낸 달걀도 있다. 오전에 대략 12km 이상을 걸었더니 체력소모가 많았는지 속이 제법 출출하다. 입구에서 처음 만난 국숫집으로 들어갔다. 비빔국수 4,000원, 멸치국수 4,000원, 삶은 계란 1개 1,000원 달랑 메뉴는 3개뿐이다. 가격이 비싼 편은 아니다. 여름에는 나무그늘이 있는 평상에 앉아 국수를 먹는 맛도 일품이란다.

이곳의 멸치국수는 단순하다. 그 단순함 속에 깊이가 있다. 이것이 잔치국수의 매력이다. 멸치국수처럼 세상을 살아가는 이치도 단순한 게 아닐까. 그 단순함 속에 참 진리가 들어있는 것이 아닐까. 단순하다는 말은 삶의 속도가 느려진다는 것이고, 속도가 느려지면 에너지가 생기고 오감이 좋아진다. 즉 복잡한 공간을 지워내는 것 같은 느낌을 받는다. 걷기놀이도 사람을 단순하게 만드는 재주가 있다. 걷는 사람들의 표정을 유심히 보면 심각한 사람들은 찾아보기가 힘들다. 모두 밝은 표정들이다. 하지만 사람들은 복잡하게 살아가려고 한다. 그 복잡한 속에 서로 속고 속이는 협잡과 속임이 있다. 모두 밖으로 나와 걷기를 하라고 권하고 싶다. 길을 걸어가면 세상은 풍부한 감각으로 다가오고, 유머가 되살아날 것이다. 걷기는 이처럼 문명의 편리함을 거부하고 단순함을 유지하려는 행위이다. 지구와의 친화적인 행위이고, 자연환경을 보호하려는 행위이다.

이곳의 모든 국숫집들은 밤새 양파, 대파, 멸치 등을 넣고 푹 끓여낸 멸치육수에 국수를 말아준다. 멸치육수 맛은 오랜 기다림의 결과물이다. 멸칫국물에는 국수, 맛 간장, 파 조각만 들어있다. 대접에 가득 든 멸칫국물 맛은 정말 시원하다. 둥그런 옛날식 양은 밥상에 반찬은 단무지, 김치, 콩나물, 김무침 소량씩을 4각 접시에 내놓는다. 참으로 소박한 반찬이다. 대나무 잎을 넣고 삶은 달걀은 간이 딱 맞고, 비빔국수는 얼큰하다. 엄청 맛있다기보다는 밥 먹기 어중간할 때 간식처럼 한 끼 때우기 정말 좋을 것 같다. 가격도 착하고, 맛도 정직하다. 찻길을 따라 아름드리나무 옆으로는 국숫집에서 내놓은 대나무 평상이 쭈욱 깔렸다. 시원한 바람이 솔솔 불어오는 야외 평상에 앉아 담양 '관방천'을 바라보면서 먹는 멸치국수 맛은 꿀맛이고, 오랜 걷기 여행으로 피곤해진 몸을 회복하는 데 제격이다. '담양국수거리'의 유래는 옛날 대나무 제품을 사고팔던 죽물시장이 열리던 관방제림 부근의 향교 다리에는 약 10여 개의 비슷비

숱한 국숫집들이 머리를 맞대고 늘어서 있었다. 이제 죽물시장은 문을 닫고 오히려 국숫집들이 유명해져 '담양국수거리'라 불린다.

'담양국수거리' 옆 금월교차로를 지나면 '관방제림(官防堤林)'이라는 돌로 만든 표지석이 있다. '관방제림'은 담양의 자연유산이다. 천연기념물로 지정된 이 거리의 200여 그루 나무들은 하나같이 200년에서 400년 사이의 나무들로 약 2km에 걸쳐있다. '관방제림'은 50%가 넘는 나무가 푸조나무이며, 느티나무, 팽나무 등도 많다. 담양 '관방천'을 끼고 산책하기 아주 좋은 장소이다. 지금은 홍수조절용보다는 치유를 위한 공원으로의 역할을 더 많이 하는 듯하다. 또 향교 다리를 건너면 곧바로 담양을 대표하는 대나무 숲인 죽녹원이 시작된다. 이곳은 해마다 담양 대나무축제의 주 무대이기도 하여 많은 사람이 찾는 곳이다.

멸치국수의 시원한 맛을 뒤로하고 자전거길을 걷기 시작했다. 옛 추억을 되살려 자전거길을 지나가는 길목에 있는 '죽녹원'의 풍경은 상상만 했다. 죽녹원의 돌계단을 따라 올라서면 빽빽이 들어찬 죽림 속으로 오솔길이 펼쳐지고, 소슬바람에 실려 오는 음이온으로 정신이 맑아진다. 햇볕도 스며들지 못하는 대나무 숲은 평균 4~7도 정도 낮은데 이는 산소량이 많기 때문이란다. 소슬바람에 사각사각 소리를 내며 부딪치는 대나무 숲의 숨소리가 너무 정겹고 인상적이었다. 국수 거리를 지나 관방제림으로 들어서면 강 둔치에 만들어진 길을 따라 자전거를 타는 사람들이 눈에 띈다. 이곳에서 영산강은 징검다리가 놓일 만큼 폭이 좁아지고 수량도 적어지고 있다. 시골의 추억을 되살리는 징검다리가 관광객들의 눈길을 사로잡는다. 징검다리 위로 사람들이 어릴 때의 추억을 더듬어보면서 건너갔다 되돌아온다. 징검다리를 지나면 반대편으로 넘어갈 수 있는 나무다리도 보인다. 우리는 관방제림길을 따라 이곳저곳을 기웃거리면서 앞으로 한 발자국씩 걸음을 내디딘다. 담양이라는 지명이 주는 청명한 울림이 느껴진다. 죽녹원 대나무 숲의 싱그러움, 메타세콰이어 거리의 푸르른 그늘, 그리고 제방에 심어놓은 이삼백 년 된 고목들의 세월의 무게가 담양의 품격을 한층 높여주는 듯했다.

담양은 조용하고 맑은 청정지역 같은 이미지를 풍긴다. 담양읍을 관통하는 영산강은 하류로 내려갈수록 황룡강을 만나고, 지석천을 만나면서 강의 면모를 갖추어 나간다. 우리는 담양호를 향해서 상류 쪽으로 걷고 있다. 강폭은 살짝 넓어지지만, 수량은 거의 변화가 없다. 강 길을 조금 벗어난 24번 국도를 따라 담양 읍내 땅으로 들어서면 가장 먼저 반겨주는 것이 메타세콰이아 가로숫길이다.

이름부터 생소한 이 나무는 1940년대에 살아있는 나무가 발견되기 전까지 멸종된 것으로 여겨졌다. 겨우 몇천 그루만이 중국 중부의 700~1,400m 고도지역에 살아있는 것을 씨와 삽수(揷穗)를 통해 전 세계로 옮겨 심게 되었다. 한국에서는 길가나 정원에 널리 심고 있다. 한여름 가로수가 만들어내는 터널이 500m에 이르러 2002년 산림청과 유한킴벌리에서 선정한 전국에서 가장 아름다운 가로수 길이다. 지금은 새로운 길이 뚫리면서 옛길인 메타세콰이어 길은 유료 산책공원으로 만들었다. 옛길을 바라보기만 하면서 옆으로 난 새로운 길을 따라 걸었다. 자연은 누구의 소유물이 될 수 없다. 모든 사람에게 공유되어야 한다. 독점

물이 아니기 때문이다.

영산강 자전거길은 담양군 금성면으로 통한다. 금성면 소재지는 강가에서 안쪽으로 떨어져 있어 우리가 걷는 길은 한적하다. 석현교를 지나면 영산강 둔치에 담양 간이비행장이 보인다. 넓은 공터에는 소형비행기가 여러 대 있다. 공항에서나 보고 처음이다. 이런 공터에 작은 비행기가 있는 풍경은 영화에서나 보았던 장면이다. 작은 활주로에 소형비행기가 뜨고 내리는 모습이 마냥 신기했다. 이곳은 비행연습도 하고, 비행기를 조종하는 기술도 배우고, 비행기술을 체험할 수 있는 곳이다. 또 소형비행기를 타고 주변을 관광할 목적으로도 운영되고 있다고 한다. 담양호에 가까워질수록 영산강의 모습은 담양호에 막혀 물의 흐름이 점점 약해지고 작은 지천을 연상케 한다. 군데군데 너른 들도 보이고 강 둔치에는 갈대에 쌓여 물길의 흔적은 거의 보이지 않는다. 강 건너 멀리 금성 산성으로 둘러싸인 산 능선 아래로 담양 온천과 리조트도 보인다. 이곳에 산성이 있다는 것은 과거에 이곳이 지리적으로 또는 군사적으로 중요한 곳이라는 뜻이다. 지금은 너른 들판과 조용한 산천 그리고 영산강 둔치 갈대들의 군무(群舞)만 조용히 영산강을 지키고 있다.

이정표에 남는 거리는 이젠 한 자리다. 처음 출발할 때의 넓은 강의 모습은 이곳 금성면에 도착하고 보니 작은 개천처럼 변했다. 강가로 난 자전거길 주변은 늦가을의 황금빛 갈대들이 서서히 빛이 바래가고 있다. 갈대 사이로 끝없이 이어지는 자전거길은 마을로 연결되면서 또 하나의 색다른 풍경을 만들어내고 있다. 풍경의 아름다움은 절로 눈을 들어 올리고 호흡을 고르며, 오늘 이곳에 온 것이 얼마나 큰 행운인가 생각하게 했다. 어떤 장소들은 자성과 같은 매력으로 그 존재의 필연성을 강요하며, 다른 곳에는 있을 수 없는 느낌이 들게 한다. 그런 장소를 지나다 보면 그들이 우리를 기다리고 있었고 언제나 우리 곁을 떠나지 않았다는 확신을 느끼게 된다. 그것은 발견이 아니라 회귀(回歸)이다. 시간이 흩어지고 모든 개인적인 과거가 그 순간을 향해 모여든다. 시간이 멈추고 빛은 더는 평범한 삶을 비추던 빛이 아니며 또 다른 세상이 밀려들어 우리는 그 한가운데로 막 돌아가려 한다. 침묵, 평온함, 아름다움이 깊은 영향을 미친 실제의 또 다른 차원이 열린다.

영산강 자전거길 종점인 담양호 아래 작은 마을에 도착했다. 담양호 아래에는 작은 리조트 몇 채와 넓은 공터가 보이는 공간 앞에 작은 가게들이 보인다. 담양호 주변 마을은 을씨년스러운 날씨 탓인지 다른 날보다 더 적막했고 한산한 느낌마저 든다. 이곳은 면 소재지에서 멀리 떨어져 있어서 택시는 거의 없고 군내버스조차 드물다고 한다. 일단 걱정은 뒤로 미루고 우선 담양호까지 올라가 보았다. 경사진 아스팔트 바닥에는 살얼음 위에 싸리눈이 얇게 깔려있다. 겨울바람이 차갑다. 옷깃을 여미고 담양호 입구까지 걸어 오른다.

영산강하굿둑에서 담양호까지 두 발로 무려 133km를 걸어온 것이다. 내 의지만으로는 올 수 없는 먼 여정이다. 동료들과 함께 서로서로 페이스메이커가 되어주었기에 가능했고, 자연을 길잡이 삼아 여기까지 온 것이다. 모든 것에 감사하는 마음뿐이다. 완보(完步)했다는 사실에 마음이 뿌듯하다. 처음에는 불가능하지 않을까 했던 생각은 시간이 지나면서 점점 자신감이 변해갔다. 그리고 마침내 완보(完步)한 것이다. 담양호의 웅장한 풍경과 마주했다. 담양호 표지석과 용머리를 배경으로 완보(完步)했다는 인증사진도 남겼다.

영산강 자전거길은 가는 곳마다 절경(絶景)이 아닌 것이 없지만, 그중에서도 영산강에서 가장 아름다운 여덟 곳을 일컬어 '영산강 팔경(八景)'이라 부른다. 영산강 8경은 오래전부터 전해오는 것도 있지만, 2010년 국토해양부가 4대강 사업과 연계해 새로 정해진 곳도 있다.

* **1경은** 영산강의 저녁노을 하구언 둑
* **2경은** 곡강이 감싸고 흐르는 몽탄의 식영정
* **3경은** 횡포 돛대와 영산강 절경을 볼만한 석관정
* **4경은** 4계절 들꽃이 손 흔드는 죽산보
* **5경은** 지평선이 누워있는 나주평야
* **6경은** 극락강과 황룡강 물길이 손잡고 흐르는 승촌보
* **7경은** '제일호산'이라는 한석봉의 명필 현액이 걸린 풍영정
* **8경은** 대나무 숲에 피어오르는 물안개

이들은 시적인 정취를 담은 사자성어들로 영산낙조(榮山落照), 몽탄노적(夢灘蘆笛), 석관귀범(石串歸帆), 죽산춘효(竹山春曉), 금성상운(錦城祥雲), 평사낙안(平沙落雁), 풍영야우(風詠夜雨), 죽림연우(竹林煙雨) 등으로 불린다. 영산강하구언, 무안 느러지, 다시 동당리의 석관정, 죽산보, 나주평야, 승촌보, 극락강, 광주 광산의 풍영정, 대나무 숲에 피어오르는 물안개와 대나무 습지, 담양호에 이르는 350리의 긴 여정을 글과 사진으로 담아서 추억을 남기고 싶어 기록하는 것이다.

다시 일상으로 돌아온다. 종일 영산강 풍경 그림만이 눈앞에 아른거

린다. 그리고 마치 갈증 같은 일상의 단조로움에서 벗어나기 위해 매일매일 새로운 꿈을 꾼다. 그리고 내 앞에 탈출할 기회가 오면 또다시 새로운 길을 떠날 것이다. 새로운 길을 떠날 때마다 신영복의 〈처음처럼〉이란 책 속에 있던 '운심월성(雲心月性)'이라는 말을 떠올릴 것이다. 이 말은 '구름 같은 마음, 달 같은 품성'이라는 뜻으로 욕심이 없고, 맑고 깨끗한 마음에 비유한다.

이 말은 맹호연(孟浩然)의 시 「野客雲爲心(야객운위심) 高僧月作性(고승월작성)」에서 성구(成句)한 글이다. 들길을 걷는 나그네는 구름을 마음으로 삼고, 고승은 달을 성품으로 삼는다는 뜻으로 소탈한 자태가 구름처럼 자유롭고, 달처럼 아름답다. 구름처럼 자유롭고, 달처럼 맑고 깨끗한 마음으로 다음 섬진강 자전거길 걷기놀이를 기약해본다. 다음 자전거길을 걸을 때도 이처럼 구도하는 심정으로 걸어가고 싶다. 구도에는 언제나 고행이 따른다. 그래서 구도는 곡선이기를 원하고 더디기를 원한다. 자전거길은 강을 따라 걷는 것이다. 강을 따라가는 길은 자연스럽게 곡선의 길이고, 더디게 돌아가는 에움길이다. 그 안에 자연의 아름다움과 즐거움도 함께한다.

영산강 자전거길을 닫는 풍경

　　은퇴하고 첫해. 영산강 자전거길 걷기라는 놀이를 하면서 보냈던 지난 다섯 번의 도보여행은 참으로 값진 시간이었고, 행복한 시간이었다. 되돌아보면 시간이 한없이 빠르게 흘러가 버리는 날이기도 했다. 걷는 내내 매일 매일 같은 날이기도 했다가 전혀 다른 날 같기도 했다. 평범한 날이기도 했다가 특별한 날이기도 했다. 동일함은 우리의 마음에만 있으므로 그것을 통해서 모든 것은 비슷해지고 단순해진다. 섬세하게 세상을 바라보면 이 세상에는 동일한 것은 하나도 없다. 모두가 다르고 분리된 것이고, 뚜렷이 구분되는 모서리를 갖는다. 진정한 여행자는 풀잎을 보고도 우주를 상상할 수 있다고 했던가. 사물 그 너머의 것을 보는 눈을 가진 여행자는 모래알 하나에도 의미를 부여하고 무한한 행복을 느낀다. 나는 그렇게 낮 동안 걸으면서 모은 크고 작은 행복들을 저녁이 되면 모니터 앞에 펼쳐놓는다. 여행을 떠날 때도 설렘으로 인해 즐겁지만, 여행을 돌아와서도 기록하는 행위를 통해서 또 하나의 기쁨과 행복을 얻는다.

　　강(江)은 낮은 곳으로만 흐른다. 장애물을 만나면 또 다른 낮은 곳을 찾아 돌아간다. 강(江)은 굳이 타인을 굴복시키지 않고 돌아간다. 강(江)은 적은 것으로 살아가는 기술에 능하다. 강(江)은 장애물에 대해 관대하다. 강을 따라 형성된 자전거길은 구불구불하고 가장 낮은 곳으로 통한다. 직선으로 된 길이 아니라 에움길이다. 에움길은 반듯하지 않고 굽어 있는 길이다. 굽어 있는 길은 바로 가지 않고 느리게 돌아가는 더딘 길이다. 에움길은 생각이 한쪽으로 치우치지도 않고. 서로 다투지도 않고. 모든 것을 너그럽게 감싸 받아들이고, 타인을 굴복시키려는 것보다 타인을 인정하는 길이다. 그 길에서 도보여행자는 서두를 필요도 없고, 빠르게 갈 이유도 없다. 자전거길에서는 '걷다, 보다, 묻다'라는 활동을 통해 모든 감각은 서서히 깨어난다. 깨어난 감각을 통해서 세상을 경험하고, 해석하고, 음미한다. 그 길에 선 여행자는 오직 자유로운 영혼이 된다.

도보여행자는 그 길에서 자연의 겸손함을 배우고 절제(節制)를 배운다. 이처럼 자연이 아름다운 것은 스스로 절제할 줄 아는 모습 때문이 아닐까 싶다. 그래서 더 아름다운 것이다. 우리가 자전거길을 걸어가는 이유이기도 하다.

영산강 자전거길을 완보(完步)하고 한참 지난 뒤에 우연히 가족들과 담양 추월산에 놀러 왔다가 영산강 시원인 '용소'에 들른 적이 있다. 생태공원 입구에는 매표소가 있고, 가마골 용소의 계곡 입구에는 길게 하천을 따라 유원지가 형성되어 있었다. 하천의 폭은 짧고, 깊이는 적당하게 얕고, 물이 깨끗하고 시원해서 가족들이 함께 즐길 수 있는 놀이 공간으로의 적합한 조건을 갖추고 있었다. 이 유원지에는 숲이 우거져 시원하고 물이 깨끗하여 사람들이 많이 찾는 곳이다. 그래서 이런 유원지가 이곳에 형성된 모양이다.

생태공원 안으로 들어가면 영산강 시원이라는 표지판에 세워져 있다. 작은 연못에 작은 폭포가 흘러내리고 있다. 이 작은 폭포에서 떨어지는 물방울이 '용소'에 고이고, '용소'에 고인 물이 넘쳐서 아래로 흐르고 흘러간다. 작은 하천은 주변에서 물이 모여들어 세력을 확장하고 마침내 영산강이라는 거대한 강을 이루었다니 놀라울 뿐이다. 대략 133km의 물길을 힘차게 달려온 영산강은 바다를 만나 영원한 안식에 들어가는 것이 아닐까 싶다.

자전거길을 걷는 것은 자전거를 타고 달릴 때와는 사뭇 다르다. 걷기는 속도가 느리므로 자전거길 주변에 군데군데 편의시설이 필요하다. 하지만 담양에서 광주, 광주에서 나주, 나주에서 목포 등 도시를 지나는 구간을 제외하면 영산강 자전거길 주변에는 편의시설이 거의 없다. 영산강 자전거길을 도보로 여행할 때는 이 점을 유의해서 물이나 도시락을 미리 준비하는 것이 좋다. 무탈하게 5일간의 영산강 자전거길 걷기놀이를 마친 것에 감사했다. 감사는 행복의 시작이라고 했다. 항상 감사하는 마음의 힘은 행복해서 감사하는 것이 아니라, 범사에 감사하기 때문에 행복해진다는 것이다.

새로운 길을 떠날 때마다 신영복의 〈처음처럼〉이란 책 속에 雲心月性(운심월성)이라는 말이 떠오를 것입니다. 이 말은 '구름 같은 마음, 달 같은 품성'이라는 뜻으로 욕심이 없고 맑고 깨끗한 마음에 비유합니다.

　이 말은 孟浩然(맹호연)의 시 「野客雲爲心(야객운위심) 高僧月作性(고
승월작성)」에서 성구(成句)한 글입니다. 들길을 걷는 나그네는 구름을 마
음으로 삼고, 고승은 달을 성품으로 삼는다는 뜻으로 소탈한 자태가 구
름처럼 자유롭고, 달처럼 아름답습니다. 구름처럼 자유롭고, 달처럼 맑
고 깨끗한 마음으로 다음 섬진강 자전거길 걷기를 기약해봅니다.

담양호에서 2014년 12월 14일 일요일

두 번째 여정 ─── 섬진강 자전거길

06/07/2016 07:18 PM

5대강을 따라 자전거길 걷기놀이 (상)

섬진강 자전거길 148km

섬진강 생활체육공원 - 배알도수변공원

헤르만 헤세는 〈데미안〉에서 '모든 인간의 생활은 자기 자신에게 도달하기 위한 긴 여행의 과정이라고 했다. 그 길을 찾아보려는 시도이며, 오솔길을 찾아가는 암시이다. 어느 누구도 완전히 자기 자신이었던 인간은 여태껏 한 사람도 없다'라고 말하고 있다. 누구나 자기 자신의 여행 종점을 찾아내기 위해 내일도 새로운 여행을 계획하고 있다.

새로운 길을 떠나려면 지도를 그려야 한다. 지도를 그리기 위해서는 하늘의 별을 보라는 것이다. 길 위에서 길을 찾으려면 먼저 묵은 것들을 흘려보내야 한다. 비우는 만큼 새로운 길이 열릴 것이다. 소유에서 자유로 이어지는 새로운 길을 찾아가야 한다.

섬진강 자전거길을 여는 풍경

누군가 '여행의 백미(白眉)는 계획하지 않는 떠남에 있다. 빠듯한 일상에서 한 토막을 혼연스럽게 베어 자신에게 할애하기란 쉽지 않다. 그러나 충동이 수반된 여행의 유혹은 끈질기다. 어떤 이는 여행계획을 세우는 것조차 구속이라는 이유로 경계한다. 그 경지까지는 못 갔지만, 우발적 여행을 즐기는 편이다'라고 했다. 섬진강 자전거길 걷기 여행은 간절히 원한 일이었다. 그래서 갑자기 계획되지 않는 '떠남'이 결정되는 순간의 짜릿한 쾌감은 잊을 수가 없다.

이번 주는 날씨가 좋다는 일기예보가 화면에 뜬다. 내일부터 시작되는 섬진강 자전거길 걷기를 위해 자료를 준비하고, 지도를 보고, 지형을 알아둔다. 미리 알아두면 섬진강에 숨겨진 세상은 더 섬세하게 보일 것이고, 섬진강에 숨겨진 민초들의 삶에 관한 이야기는 더 깊이 이해하게 될 것이다. 섬진강은 전라도와 경상도 경계를 따라 내륙 깊숙이 흘러가는 물줄기여서 영산강보다 역사적인 사건들은 많지 않을까. 서민들의 애환이 더 깊이 새겨진 강은 아닐까. 이런저런 생각에 잠긴다. 섬진강을 따라 걷다 보면 영산강과는 또 다른 풍경과 색다른 이야기들이 나타날 것이다. 왠지 섬진강에는 삶의 이야기가 많을 것만 같다.

프랑스어 사전인 〈리트레 사전〉에는 '여행이란 사람들이 어떤 장소에서 그와 떨어진 다른 장소로 가기 위해 행하는 여정이다'라고 기록되어 있다. 우리들이 섬진강 자전거길 걷기 여행에 나선 것도 어떤 장소에서 다른 장소로 이동하는 여정이다. 그 긴 여정을 통해서 세상과 소통하고 다른 이들의 삶을 알아가는 과정이다. 고행과 같은 걷기 여행의 노정(路程)은 잘 빚어진 술처럼 농익은 다음에 잘 펼쳐진 한 권의 책이 되는 것이다. 그래서 옛사람들은 산천을 유람하는 것을 마치 좋은 책을 읽는 것과 같다고 표현하며 산천 유람을 인생의 제일 큰 즐거움으로 여겼다. 살아가는 일은 상대를 이해하고, 지평선 너머에 있는 다른 이들의 삶을 알아가는 과정이다. 그래서 인생도 하나의 긴 여행이라고 말할 수 있다.

　섬진강 자전거길 걷기에 관한 결정은 빠르게 진행되었다. 퇴직자들의 모임을 마치고 삼학도 근처에 있는 한 식당에서 늦은 점심을 먹다가 우연히 2014년에 걸었던 영산강 자전거길 걷기에 관한 이야기가 나왔다. 그리고 누군가 내친김에 다음 달에는 섬진강을 걸어보자는 의견을 냈다. 모두의 표정에는 영산강 자전거길에 대한 진한 그리움이 배어있었다. 그립다는 것은 오래전 잃어버린 향기 같은 것이다. 그런 향기는 숨겨진 좋은 기억들을 끄집어낸다. 자전거길을 걸어가면 마음속의 복잡한 감정들은 사라진다. 자연과 가깝게 접할 수 있어서 일상도 잠시 잊어버린다. 시간의 흐름에 구속받지 않으니 마음에 평온이 느껴진다. 하루 온전히 치유되는 기분이 든다. 그리고 우리의 잠든 감성을 깨우는 시간이기도 했다. 걷기놀이는 모두 자신과 타인과의 관계 속에 이루어진다. 섬진강 자전거길 걷기놀이는 그렇게 해서 갑작스럽게 시작되었다.

섬진강 이야기 하나 - 임실 강진교에서 구미교까지

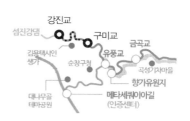

여행이란 무엇일까? 프랑스의 시인 보들레르는 '늘 여기가 아닌 곳에서는 잘 살 것 같은 느낌이라고 했다. 어딘가로 옮겨가는 것을 내 영혼은 언제나 환영해 마지않는다'라고 했다. 그렇게 정처 없이 어딘가를 향해 떠나고 돌아오고 또 떠나는 것이 여행이다. 그리고 새로운 세상을 통해 세상이 얼마나 광활한가를 가슴 깊이 인식할 수 있었으면 한다. 누구에게나 다른 천 개의 길과 만 개, 십만 개의 꿈들이 있다. 그런 꿈들을 찾아 떠나는 여행, 그 여행하는 방법은 저마다 다르다.

어떤 사람은 멀리 더 멀리만 쫓다가 보니 외국여행에 길들어져 국내여행은 시시하다고 한다. 그런 반면 어떤 사람은 국내에도 갈 곳에 많은데 굳이 큰돈 들여서 외국여행을 하는 것이 뭐가 그리 대단하냐고 묻는 사람도 있다. 모든 여행은 나름대로 의미가 있다. 그러기에 무엇은 맞고, 무엇은 틀리고 문제는 아니다. 자신의 취향과 건강 여건에 맞게 여행을 하면 되는 것이다. 그 여행을 통해서 그 지역의 역사와 문화 그리고 현실 속에 실재한 아픔과 미래를 아우르면서도 현시점에서 그 핵심을 갈파할 수 있는 안목을 키우면 되는 것이다. 그것이 여행의 진정한 의미가 아닐까 생각한다. 여행이 주는 최고의 미덕은 다양한 경험을 통한 소통이다. 가슴 뛰는 여정을 통해 편견과 오류를 줄일 수 있다면 그것으로 여행의 목적은 충분히 달성된 것이다. 대략 6일간의 섬진강 자전거길 걷기놀이도 그런 여행이 되었으면 한다.

  진안군 데미샘에서 발원한 섬진강은 남한에서는 한강과 낙동강, 금강에 이어 네 번째로 긴 강(212.3km)으로 단군시대에는 모래내, 백제 시대에는 다사강, 고려 초에는 두치강으로 불리다가 고려 말에는 섬진강이라 불리게 됐단다. 전라남 북도의 동쪽 지리산 기슭을 지나 남해의 광양만으로 흘러가는 강이다. 섬진강의 발원지인 데미샘이 있는 봉우리를 '천상데미'라 한다. 데미라는 말은 더미(봉우리)의 전라도 사투리로 천상으로 올라가는 봉우리란 뜻으로 '천상데미'라 불려 왔으며, 데미샘은 '천상데미'에 있는 작은 샘이다. 천상으로 가는 봉우리에서 모인 작은 물방울들이 샘을 이루고, 작은 개울을 만들고, 산골짝 골짝을 돌면서, 몸집을 불려 임실, 순창, 남원, 곡성, 구례, 광양, 하동을 거쳐 오백 리 강 길의 끝 광양만 남해로 나간다. 그리고 영원한 안식에 들어갈 것이다.
  섬진강은 굽이굽이 흐르면서 가난한 이들의 메마른 논밭을 적셔주고 땀에 젖은 그들의 몸을 씻어준다. 강을 건너는 크고 작은 여울목마다 서러운 민초들의 삶의 이야기가 스며있고, 멱을 감으며 꿈을 키우던 코흘리개 아이들의 '하하 호호' 웃음이 스며있다. 섬진강은 사람들 손에 많은 수난을 당하기도 했다. 1965년 섬진강댐을 시작으로 보성강댐, 주암댐 등의 건설로 물길이 줄어들고, 다압취수장에서 하루 20톤의 취수로 하류는 급격하게 바다화가 되고 있다.

오래전 진안 데미샘에 가본 적이 있다. 섬진강 발원지는 공원으로 꾸며져 있었다. 데미샘 휴양림은 사람들이 가장 쾌적한 기운을 느낄 수 있다는 해발 700m에 있고, 많은 사람이 다녀갈 정도로 인기가 좋다고 했다. 섬진강 자전거길을 걷는 것은 나에게 어떤 의미를 주는 것일까? 섬진강도 영산강처럼 그곳에 사는 많은 사람에게는 생명의 젖줄이었을 것이며, 그 자리에서 포근하게 안아주는 우리의 어머니 같은 존재였을 것이다. 혼자가 아닌 함께라면 섬진강 오백 리 길도 거뜬하게 걸어갈 수 있을 것만 같다.

얼떨결에 결정된 섬진강 자전거길 도보여행이다. 여행에서 가장 중요한 것은 제대로 된 동선을 짜는 것이다. 미리 정보를 충분히 얻어서 여행을 간다면 중간에 실수하지 않고 즐거운 여행을 만들 수 있다. 섬진강 자전거길 걷기 여행은 출발부터 좋은 일이 생길 것 같은 예감이 든다. 계획부터 출발까지 순조롭게 진행되었다. 아주 작은 일상 속에서 일어나는 소소한 일이지만, 이런 작은 일들이 모이면 우리에게 큰 행운을 가져다줄 것만 같다. 섬진강 자전거길을 걸으면서 이런 예감이 틀리지 않았으면 좋겠다.

섬진강 자전거길은 '섬진강 생활체육공원'에서부터 '광양 배알도수변공원'까지 약 148km이다. '섬진강 생활체육공원' 옆으로 섬진강이 흘러간다. 이곳은 임실군 강진면이다. 공원 앞 삼거리 광장에는 인증센터, 자전거 대여소, 섬진강 휴게소, 그리고 작은 마을이 있다. 억양이나 화개장터 그리고 광양 매화축제 때 보았던 섬진강의 모습과는 확연히 다른 모습이다. 강 하류에서 보았던 강폭의 크기, 흐르는 물의 양, 그리고 위엄 있던 섬진강은 상류에서는 아주 소박한 모습이다. 큰 강이라기보다는 마을의 다정한 하천 같다는 느낌이다. 데미샘에서 흐르는 물을 섬진강댐인 옥정호가 모두 가두는 바람에 그 형색은 더욱 초라해졌다. 삼거리 인증센터 안내판에는 섬진강 자전거길을 다섯 구간으로 나누고 있다.

* **1코스는** 섬진강댐에서 구미교까지 27.14km (시인의 강)
* **2코스는** 구미교에서 (구) 금곡교까지 35.34km (노을의 강)
* **3코스는** (구) 금곡교에서 예성교까지 27.46km (별의 강)
* **4코스는** 예성교에서 남도대교까지 30.09km (소리의 강)
* **5코스는** 남도대교에서 배알도수변공원까지 34.03km (하늘의 강)

　섬진강 자전거길은 코스마다 사연이 많은 모양이다. 섬진강은 남도지방 중심을 관통하는 강으로 구간마다 이름에서 보듯이 친근한 이야기를 많이 간직한 것만 같다. 섬진강 자전거길 걷기는 강을 따라 자연스럽게 형성된 길 위에서 민초의 삶이 스며있는 마을 이야기를 찾아가는 여행이다. 구간마다 '시인, 노을, 별, 소리, 하늘'이란 이름을 가진 길이다. 상상만 해도 참으로 예쁜 길이다. 섬진강 자전거길 1코스는 시인의 발자취가 서려 있는 곳이고, 2코스는 섬진강의 노을이 아름다운 곳이고, 3코스는 별이 아름답다고 하는 저녁에 강을 따라 걸어가면 운치가 있는 곳이고, 4코스는 남도의 판소리가 유명한 고장이고, 5코스는 섬진강 오백 리 길의 마지막에는 바다와 만날 것이다. 그 바다는 수평선으로 이어져 하늘과 맞닿아 섬진강은 '하늘의 강'으로 변해갈 것이다. 이 길에 얼마나 많은 삶의 이야기들이 숨어 있을까.
　섬진강 자전거길 1코스인 '시인의 강'을 따라 첫발을 내디딘다. 이 구간은 볼거리도 많고 사람들이 많이 찾는 길이다. 섬진강 시인 김용택의 생가와 전시관, 장군목과 요강바위, 마실휴양단지, 그리고 '아름다운 시절'의 촬영지 구담마을 등 있다. 초여름의 햇살이 강하다. 오월의 날씨로는 조금 덥지만 바람이 제법 불고 나무그늘에 들어가면 시원하다. 걷기 여행은 아무런 제약이 없고 아무런 규칙도 없다. 오로지 느긋함과 넉넉함 그리고 자유로움만 있다. 섬진강 둑길을 따라 서서히 광양까지 멀고 긴 여정을 시작한다.

섬진강 자전거길 걷기 여행에서 첫 인연은 둑길에서 만난 야생화였다. 보라색 빛을 띠며 별 모양의 꽃을 가지고 있다. 우리들의 여행을 마중 나온 듯했다. 보랏빛 잔잔한 미소가 인상적이다. 야생화 이름은 여름에 피는 꽃 '수레국화'란다. 태생은 독일이며 꽃말은 '행복감'이다. 지금은 우리나라 들판에도 많이 퍼져있다. 섬진강 자전거길에서 처음 만난 수레국화의 꽃말이 '행복감(幸福感)'이라니. 우연치곤 너무 우연이다. 걷기 여행을 하는 우리들의 마음과 잘 어울리는 꽃말이다. 시작부터 우리에게 행복을 주는 듯하다. 아무런 얽매임 없이 걷는다는 것은 참으로 자유롭고 행복한 일이다. 일상의 모든 잡념이 없어지고 그냥 평온한 감정만 마음속에 충만해지는 듯하다.

행복감(幸福感)이란 그건 나 스스로 살면서 느낄 수도 있지만, 사람과의 관계로 얻어지는 것도 크기 때문에 행복을 주는 사람이 되고 싶은 마음이 생기기도 한다. 그건 주는 사람이든, 받는 사람이든 기쁘게 된다. 꽃이 아름다운 건 내 안에 아름다운 꽃이 있기 때문이다. 누구나 다 아름다운 꽃의 마음을 가지고 있다. 그것을 향긋하게 타인에게 풍겨주면 된다. 그것이 행복이라고 말한다. 행복감은 이기적인 생각보다는 이타적인 생각이 많을 때 더 큰 감동으로 다가온다고 했다. 수레국화가 봄바람에 흔들린다. 마치 무언가를 말하고 싶은 표정이다. 이기적인 사랑도 중요하지만, 큰 행복감을 느끼려면 이타적인 사랑도 필요하다고 말하고 있는 것만 같다.

김용택 시인은 '삶이 있는데 이야기가 없을까'라고 했다. 우리나라의 모든 마을 앞에는 들이, 마을 뒤에는 산이 있다. 사람들이 마을을 만들어 살고 싶을 때 가장 먼저 살폈던 것이 뒷산이었다. 뒷산은 높고, 앞산은 들판 멀리 낮았다. 앞산이 높은 산골 마을들은 마을 앞에 작은 동산을 만들거나 커다랗게 자라는 팽나무나 느티나무나 참나무를 심고 가꾸어 낮은 산으로 삼았다.

이것을 '安山(안산)'이라고 한다. 마을 앞이나 들이 너무 텅 비어 있으면 왠지 불안하고 허퉁하다. 그래서 느티나무나 팽나무를 심어 높은 앞산을 가리고 들의 중심을 잡아 주었다. 아침에 일어나 문을 열면 멀리 텅 비어 있는 것보다 마을 앞 또는 들 가운데 한 그루 나무가 서 있으면 사람들은 그 나무로 시선이 고정되어 마음의 안정성을 찾았던 것이다.

마치 그것은 큰 가슴을 가진 사람이 양팔을 벌려 마을을 지키고 있는 형국이다. 그곳으로 햇살이 모이고, 바람이 머물고, 물이 모여들어 생명을 가꾸었다. 그리고 풍성한 기운이 생겼다. 그곳에 마을이 생긴 것이다. 서로 기대고 산 것이다. 인문학의 기본은 기댐이다. 한문으로 '사람 人(인)자'로 서로 기대고 있는 형국이다. 공동체의 기본 정신이다. 우리는 걸어가면서 허투루 볼지도 모른다. 하지만 마을 모양만 봐도 이야기가 나온다. 사람 사는 사연은 그렇게 마을을 지켜낸 나무들 속에도 숨어 있다. 마을이 있다는 것은 삶이 있고, 삶의 오랜 흔적들이 숨 쉬고 있다는 것이다. 시원한 풍경을 보며 지나가는 것도 좋지만, 마을의 큰 나무 아래 우두커니 앉아 마을 이야기에 귀 기울어 보는 것도 느리게 걸어가는 도보여행자만의 특권이 아닐까 생각한다. 김용택 시인이 말하는 것처럼 섬진강을 따라가다 보면 많은 마을을 만나게 될 것이다. 특히 임실 덕치처럼 '안산(安山)'이라는 곳에 자리 잡은 마을이 많다.

섬진강가에는 지금도 그런 마을들이 온전하게 보전되어 있다고 했다. 대표적인 마을이 '물우마을'이고 천담마을, 구담마을도 그런 형상을 하고 있다고 했다. 인증센터에서 1.84km 지점에 '물우마을'이 있다. '물우리'라는 곳은 우리가 걸어온 포장도로에서 아래로 난 작은 길을 따라 다리를 건너면 섬진강 왼쪽에 있는 마을이다. 옛날에는 물우마을 입구가 큰 강이라서 강폭이 넓고 깊어서 비가 많이 오면 쉽게 건너지 못했다고 한다. 물우마을에 사는 주민들은 강물이 빠져나가기 전까지는 마을을 빠져나갈 수가 없었다. 언제부턴가 여름 긴 장마에는 물 때문에 근심이 가득하다 하여 마을 이름을 '물우리'라고 했다고 한다. 세상에 마을 이름이 근심 우(憂) 자가 들어간 마을은 '물우리'뿐이리라. 지금은 '물우교'가 높이 세워져 있어 물 걱정하지 않아도 된다. 이제 마을 이름도 '근심 우(憂)'자 대신 '넉넉할 우(優)' 자를 써서 '물이 넉넉한 마을'이라 하면 좋지 않을까.

섬진강 자전거길은 물우교를 건넛마을 안으로 들어간다. 물우마을 뒷산은 푸근하다. 그런데 앞에 회문산이 있어 뒷산보다 높다. 그래서 사람들은 나무를 심어 회문산을 가렸다. 몇 그루 나무가 바람을 막아주고 많은 재해로부터 마을을 지켜주고 있는 형국이다. 이런 마을이 '안산(安山)'

일까. 마을이 휑하지 않고 아늑한 느낌이다. 마을의 큰 나무 그늘 아래 우두커니 앉아 마을 이야기에 귀 기울여본다. 길옆에는 나무그늘이 짙은 곳에 자그마한 정자가 있다.

섬진강 자전거길을 걸어오면서 유난히 꽃 빛깔이 예쁜 야생화가 많았다. 그때마다 궁금했다. 이름은 무얼까, 꽃말은 있을까. 왜 이곳에서 피어났을까. 그때 대회 샘이 혹 모르는 야생화를 보면 모바일 앱 '야생화 알기'를 설치해서 사진을 찍어 올리면 바로 답이 온다고 알려준다. 또 모르는 한자도 '한자 알기'라는 앱을 설치해서 손으로 쓰면 바로 알려주는 앱도 있다고 했다. 한마디로 세상은 내 손에 있다가 아니라 스마트폰 안에 들어 있다. 정보가 넘치는 세상을 실감한다. 항상 좋은 정보만 있는 것은 아니다. 가짜 정보도 넘쳐난다. 우리는 분별력이 필요한 시대에 살고 있다.

물우마을을 벗어나면 작은 수로 다리 앞에서 갈림길이다. 오른쪽은 섬진강 자전거길이고, 왼쪽은 월파정으로 가는 길이다. 작은 농로 같은 수로 다리를 건너 월파정을 끼고 돌면 직선 길로 접어든다. 바로 건너편에 월파정이 보인다. 월파정은 섬진강 물줄기를 끼고 돌아가는 길목에 있다. 한발 떨어져서 바라보니 월파정은 더 운치가 있고 수려했다. 정자 아래로 흐르는 잔잔한 물소리와 달빛이나 달그림자가 비치는 물결의 풍경이 황홀한 광경을 연출한다 해서 '월파정'이라 했을까. 달빛이 그윽한 날의 섬진강 월파정의 풍경을 상상한다.

'김용택 생가'길 입구에 작은 이정표가 있다. 원래 이 길은 섬진강 자전거길이 생기기 전부터 '덕치(섬진강)생태 테마마을'로 가는 출발지였다. 섬진강변 직선 길을 따라 대략 15분 정도 걸어가면 김용택 시인이 살았다는 장산(진뫼)마을이 나온다. 마을 앞에는 섬진강이 흐르고, 뒤쪽에는 높고 낮은 능선들이 길게 늘어서 있다. 그 사이에 있는 올망졸망한 전답도 보인다. 마을 어귀에서 대략 50m 정도 안으로 들어가면 '김용택 생가'가 보인다. 마을 어귀에는 아름드리 느티나무 한그루가 마을의 수호신인 양 마을 입구를 지키고 서 있다. 이런 마을의 생김새가 '안산(安山)'일까.

수령이 몇백 년은 될 것 같은 느티나무는 씩씩한 기상과 늠름함을 자랑하고 있다. 그 나무가 우리를 부르는 듯하다. 이 나무는 김용택 시인이 직접 심은 것이라고 한다. 시인이 되기 전에 뒷산에 있는 당산나무 밑에서 작은 느티나무를 한 그루 뽑아다 집 마당에 심었는데 어머니께서 큰 나무를 집안에 심으면 집이 치인다고 옮기라고 해서 지금의 강변길에 심게 되었다고 한다. 느티나무 아래는 매끄러운 바위가 의자 노릇을 하고 있다. 쉼터와 느티나무는 2007년에 새나 돌에게 상을 주는 환경단체 '풀꽃세상을 위한 모임'으로부터 '제13회 풀꽃상'을 수상했다고 한다.

지금은 임실군에서 '김용택 생가'는 관광자원으로 보존하고 있었다. 이곳에 앞마당이 보이는 자그마한 기와집 한 채가 호젓하게 서 있다. 바로 섬진강가에서 나고 자랐으며, 섬진강을 사랑한 섬진강 시인 김용택이 시를 지었던 서재이다. 그 주위에 1층짜리 붉은 벽돌양옥집으로 3채가 현대식 건물로 건축되었고, 그곳에 시인의 기념관이나 문학관 그리고 생활공간으로 사용하고 있단다. 섬진강 자전거길이 생기고부터는 사람들이 제법 많이 몰려오는 모양이다.

'김용택 생가'는 일자형 기와집으로 서재 편액에는 물결을 보는 곳이라는 뜻의 '觀瀾軒(관란헌)'이라고 적혀있다. 이름처럼 섬진강 물결이 그대로 내려다보고 있는 집의 단순한 짜임새가 인상적이다. 시인은 이 마당에 서서 섬진강의 물결치는 파도 소리를 듣거나 푸르고 하얀 물거품의 포물선을 보고 시상(詩想)을 가다듬고, 한 편의 시를 그렸을지도 모르겠다. 시인의 집 마당에 서서 강을 바라보고 있으면 고향과 자연을 사랑했던 시인의 소박한 마음이 전해져 와 금방이라도 시상(詩想)이 떠오를 것만 같았다.

김용택 시인의 「섬진강 1」이라는 시(詩)를 집으로 돌아와 펼쳐본다.

-

가문 섬진강을 따라가며 보라
퍼가도 퍼가도 전라도 실핏줄 같은
개울물이 끊기지 않고 모여 흐르며
해 저물면 저무는 강변에(중략)
꽃등도 달아준다

-

그 시절이나 지금이나 시인이 주는 메시지는 한결같다. 마을과 마을 사람들의 이야기를 듣고 있노라면 훌쩍 그곳으로 떠나고 싶어지니 말이다. 세찬 강물 소리가 마을을 뒤덮고 있다. 진뫼마을 사람들의 삶을 늘 간섭하고 때론 좌지우지하던 강가에서 돋아난 숱한 이야기들이 지금은 그리 많지 않을 듯하다. 강물 소리만 들릴 뿐 마을이 조용하다. 시인은 태어났을 때부터 지금까지 살아오는 동안 섬진강을 늘 곁에서 보고 살았을 정도로 섬진강 자체가 자신의 핏줄처럼 느껴진다고 했다. 그런 느낌이 바로 고향이다. 마을 어귀에는 그런 시인의 마음을 담은 「농부와 시인」이라는 시인의 시비(詩碑)가 느티나무 아래 세워져 있다.

아버님은

풀과 나무와 흙과 바람과 물과 햇빛으로

집을 지으시고

그 집에 살며

곡식을 가꾸셨다.

나는

무엇으로 시를 쓰는가.

나도 아버지처럼

풀과 나무와 흙과 바람과 물과 햇빛으로

시를 쓰고

그 시 속에서 살고 싶다.

　

우리 모두는 아버지처럼 그리고 할아버지처럼 풀과 나무와 흙과 바람과 물과 햇빛으로 자신만의 직업에 종사하면서 한평생을 살아가고 있다. 농부는 곡식을 가꾸면서, 시인은 시를 지으면서, 우리 같은 교사들은 아이들을 가르치면서 그 속에서 평생을 청심(淸心)하게 살아간다. 그 안에 행복이 깃들어 있지 않을까.

임실군 덕치면 진뫼마을 섬진강가에서 태어난 김용택 시인은 이곳에서 나고 자랐다. 섬진강과 하나 되어 흐르듯이 걸으라는 김용택 시인의 섬진강 길이다. 그래서 이 길을 '시인의 강'이라고 부른다. 산 사이로 작은 들, 작은 강, 그리고 그만그만한 마을이 가만히 있는 곳. 섬진강에 이르면 삶에 지친 시린 가슴 속에 차오르는 그리움 같은 시인을 만날 수 있는 곳이다. 끈끈하고 곰살스럽고 맛깔난 그의 글 속에서 우리는 잊었던 이웃들의 삶과 사랑과 회한이 교차하는 푸근한 정서를 맛볼 수 있으며, 자전거길 걷기 여행을 통해 인간의 마을에서 들려오는 소리를, 어느덧 섬진강 맑은 물 자락에 몸 담근 자아를 발견할 수 있을 것이다. 요즘 섬진강 진뫼마을은 여행자들에게도 인기가 많단다. 그 인기는 진뫼마을에서 천담마을, 구담마을, 임실 장군목까지 이어진다. 누구나 한번 걸어보고 싶은 길이다. 그 길을 지금 내가 걷고 있다. 이 길은 자전거 라이더들에게도 인기가 높지만 두 발로 걸어가도 정말 멋진 길이다.

　우리는 진뫼마을과 시인의 생가, 문학관, 기념관을 꼼꼼히 구경했다. 마을 입구로 나오면 커다란 느티나무 잎사귀의 푸름과 그것이 만들어낸 그늘의 시원함이 우리를 유혹한다. 그냥 지나칠 수가 없다. 느티나무 옆에 있는 주막 평상에 자리를 잡았다. 정말 시원하다. 낮잠이 절로 온다. 한적하고 시원한 나무 그늘 속에서 꿀맛 같은 오수를 즐기고 싶다. 우리는 오수(午睡) 대신 시원한 막걸리로 오수 같은 달콤함을 즐긴다. 막걸리를 한 병을 시키자, 맛깔 나는 김치까지 덤으로 함께 나온다. 안주 인심까지 넉넉하니 자연스럽게 여행의 기쁨은 배가 된다. 여행지에서 가장 즐거운 것은 가난한 여행자들을 위한 풍족하고 배부른 음식과 넉넉한 인심이다. 시원한 막걸리, 넉넉한 인심, 느티나무의 풍족한 그늘, 시인의 서정적인 시 한 소절 등 길목마다 행복한 시간의 연속이다. 대형천막으로 만들어진 마을 주막은 간단한 술안주인 두부김치, 어묵, 라면, 쫄면 등을 갖추고 막걸리와 함께 오가는 길손들의 목을 적셔주고, 피로감을 풀어주는 역할을 하고 있다. 마침 그곳에서 쉬고 있던 마을 이장의 마중까지 받으며 그곳을 벗어난다.

진뫼마을에서 한적한 오솔길을 따라 한 시간쯤 걸었을까. 길가에 '강변사리 포토존'이라는 표지판이 있다. 섬진강전망대인 이곳은 조용히 흐르는 섬진강과 군데군데 울룩불룩하게 솟아오른 바위가 묘한 풍경을 자아내는 곳이다. 아마 섬진강을 배경으로 사진을 찍기에 더없이 좋은 장소이다. 지금은 물의 양도 많지 않고, 물의 흐름도 약해 '포토존'이라고 하기에는 2% 부족한 느낌이 든다. 무심코 나무로 바닥이 깔린 전망대 곁을 지나는데 아래쪽에서 사람 소리와 음식 냄새가 올라온다. 또 길가에는 봉고 같은 차량이 한 대가 있었다. 가족끼리 놀려 왔는가 보다 했다.

승호 샘이 그냥 호기심에 전망대 아래로 살짝 내려가 봤다. 순간 상상을 초월한 진풍경이 펼쳐진다. 작은 여행사에서 직원들 단합 차원으로 야유회를 나왔단다. 그 넓은 공간에 음식이 가득하고, 주변에는 각종 음식 도구들이 널려 있다. 우리를 보자 자리를 권한다. 어색했지만 모르는 척 자리에 앉았다. 점심때도 되고 속도 출출했다. 염치불구하고 삼겹살이며, 파전, 찌개, 김치 등으로 배를 든든히 채운다. 자전거길 도보여행 중에 좋은 일만 있으려나. 아침은 고속도로 강천휴게소에서 등산객들 틈에 끼여 콩나물죽으로, 점심은 자전거길에서 우연히 만난 여행사직원들 회식에서 푸짐한 식사로 해결했다. 첫날부터 운수가 좋다. 도보여행 내내 이런 행운이 계속될 것 같은 예감이 틀리지 않았으면 한다.

여행사 전무라는 사람이 크루즈 여행에 관해 설명해 준다. 헤어지면서 고마운 마음에 인사로 주소를 알려주고 참고하게 크루즈 여행에 대한 홍보 책자라도 보내주라고 했다. 한참이 지난 후에 집으로 두 권으로 된 크루즈 여행에 대한 홍보 책자가 우편으로 배달되었다. 사업이란 이처럼 작은 인연에도 끈을 놓지 않고 세심한 배려가 있어야 한다는 것을 알게 되었다. 잠깐 스친 인연이다. 사람의 인연이란 언제, 어디서, 다시 만날지 모르는 일이다. 그러므로 좋은 인연을 이어가는 것은 중요하다. 앞으로도 섬진강 자전거길 걷기를 통해 많은 만남과 헤어짐이 수없이 반복될 것이다. 몸 끝에 스치고 간 그리고 마음을 흔들고 간 사람이나 자연과의 만남과 헤어짐을 소중히 간직하고 싶어 글을 남기는 것이다.

섬진강 자전거길은 '시인의 강'이라는 명칭에 어울리게 참으로 감성이 우러나오는 길이다. 섬진강을 따라 포장된 자전거길이 참으로 아름답다. 길 반대쪽은 길가에 심어진 나무들이 시원한 그늘을 만들고, 길 쪽은 길을 따라 야생화들이 피어있어 우리를 반긴다. 끊어질 듯 이어지는 물줄기는 하류로 내려갈수록 물들의 흐름이 빨라진다. 섬진강은 리듬과 율동이 되살아난다. 물의 리듬은 경쾌해지고, 움직임은 대담해진다. 잠들어 있는 여행자의 감성도 되살아나는 듯했다.

또, 길을 걸으면서 섬진강가에 피어있는 야생화를 배워가는 재미도 쏠쏠했다. 모르는 야생화들의 이름은 모바일 앱에 들어가면 상세하게 알 수 있다. 참으로 편리하고 유익했다. 모르는 야생화의 사진을 앱에 올리면 순식간에 동호인들이 몰려들면서 아는 분들이 야생화의 이름을 올려준다. 특히 길을 걸을 때나 산책을 할 때 아주 유익했다. 스마트폰에는 많은 정보가 서로 연결되어있어서 언제, 어디서든 손가락만 까닥하면 좋은 정보를 쉽게 얻을 수 있다.

문제는 편리함만큼 외울 필요가 없어지므로 기억력 감퇴로 연결되지 않을까 두렵다. 또 스마트폰이 손에 없으면 불안하고 초조해하는 심리적 불안 장애 즉 휴대폰 중독 '노모포비아(노 모바일폰 포비아)'도 두렵다.

모두 현대인들이 감수해야 할 과학기기의 편리함이 주는 후유증이 아닐까 싶다. 휴대폰 중독이 점점 심각해지고 있는 듯하다. 모두 휴대폰으로 다양한 일들을 하다 보니 점점 중독되는 듯한 느낌이 든다. 나도 잠시만 쉴 틈이 있으면 자신도 모르는 사이 자연스럽게 휴대폰에 손이 간다.

더 나아가 과학기기들의 교체주기가 빨라지면서 세계 곳곳에는 버려진 물건의 무덤들도 생기고 있단다. 중국 충칭의 노란 택시 무덤, 일본 군마현의 자판기 무덤, 미국 사막의 비행기 무덤, 뉴욕이나 런던의 공중전화박스 무덤 등 세계 곳곳에 수많은 물건의 무덤들이 생겨나고 있다. 심지어 바다에는 플라스틱 쓰레기 무덤 같은 거대한 섬도 생기고 있다. 앞으로 스마트폰의 무덤도 나올 것이다. 이제는 지구를 살리기 위해 과잉 생산속도에 브레이크를 걸어야 한다. 그러기 위해서는 나라의 제도를 바꾸고, 기업의 인식을 바꾸고, 소비자의 절제가 필요하다. 지구의 자원은 화수분이 아니다. 지구는 언제까지 우리가 버린 쓰레기를 감당할 수 있을까. 우리는 조화와 절제가 필요한 시대에 살고 있다. 이런 것도 우리가 느리게 자전거길을 걷는 이유가 된다.

섬진강 자전거길을 따라 또 다른 '안산(安山)'이라는 천담마을에 들어선다. 굽이쳐 흐르는 섬진강의 맑은 물과 산등성이로 병풍을 친 듯한 천담마을의 주변 풍경은 도시에서 온 여행자라면 그냥 지나치지 못할 정도로 감탄을 자아내게 한다. 요즘 자전거길에 생기면서 이곳을 지나는 여행자들이 많아졌다. 그곳에 가게가 생기는 것은 당연하다. 산골 마을 길목에는 편의점이 두 곳이나 있다. 편의점 앞에 써진 '아메리카노 2,500원'이라는 작은 간판이 왠지 낯설게 느껴진다. 멀리 도로의 끝자락에는 구담마을이라는 표지판도 보인다. 시인의 말을 빌리면 강물이 굽이굽이 휘돌아 감는 산골 마을에 하얗게 핀 매화꽃이 그림처럼 펼쳐지는 곳이라고 했다. 지금은 5월 이라 매화꽃을 볼 수는 없지만, 그 향기를 느껴보려고 했다.

굽이치는 물줄기와 어우러지는 평화롭고 아늑한 강변길이 이어지는 곳이 바로 임실 구담마을이다. 구담마을은 외진 곳에 산과 강을 기대고 사는 작은 오지마을이다. 마을 어귀에는 있는 느티나무 당산에서 내려다 보는 섬진강의 풍경은 사람의 마음을 사로잡는다고 했다. 구담마을은 자전거길에서 떨어져 있어 풍경을 상상만 하면서 지나쳤다.

섬진강 자전거길은 도로를 벗어나 '구담마을 가는 길' 아래쪽으로 이어진다. 임실군과 순창군의 경계이다. 수로 같은 작은 다리 위에는 경계 선이 선명하게 표시되어 있다. 이곳은 임실군의 끝자락이고 순창군의 시작점이다. 두 지역의 마지막과 시작은 맞닿아 있다. 자전거길 위에 두 점은 하나로 이어진다. 어쩌면 길에서는 '처음'이나 '마지막'이라는 말은 의미가 없다. 길에서는 시작은 마지막이고, 마지막은 새로운 시작이다. 마치 행복과 불행, 희망과 절망, 필연과 우연, 좋음과 나쁨, 삶과 죽음과 같이 서로 대척점에 있는 말들이 결국은 서로 같은 의미가 있다는 것은 아닐까. 이처럼 극과 극은 통한다는 것이다. 그 말은 불행도, 절망도, 우연도, 악도, 심지어 죽음까지도 극복할 수 있다는 말처럼 들린다. 매일매일 도보여행자는 그 경계선을 넘나들면서 자신의 한계와 마주친다. 그 한계를 극복하기 위해 그 경계선을 넘어 오늘도 걸어가는 중이다.

두 군의 경계를 나타내는 세월교를 건너면 오른쪽으로 약간 오르막길 이다. 그곳에 순창의 첫 마을인 회룡마을(일명 싸리재)이 있고, 조금 더 가면 순창의 첫 쉼터인 드무소쉼터가 우리를 반긴다. 주변은 온통 산으로 둘러싸여 있고, 그 사이사이 골짜기를 따라 섬진강은 낮은 곳으로 흘러간다. 또 장애물을 만나면 저항하지 않고 돌고 돌아 낮은 곳을 찾아 흐른다. 이것은 자연의 이치다. 큰 바위가 자신을 막아서면 돌아서 가고, 사각형 통 속에서는 사각형 모양으로 흐르고, 둥근 통 속에서는 둥근 모양으로 흐른다. 이런 것이 물의 성질이다. 그래서 '상선약수(上善若水)'라는 말이 생겼을까. '상선약수'는 최고의 선은 물과 같다는 뜻이다. 다시 말하면 흐르는 물처럼 남에게는 온유하되, 자신에게는 엄격하라는 뜻이 아닐까. 우리는 어떻게 해야 흐르는 물처럼 지혜롭게 살아갈 수 있을까.

그 답은 노자의 생각에서 찾아본다. 하나는 만물을 이롭게 하는 물처럼 남과 세상을 위해 음덕을 쌓으며 살라는 것이다. 둘은 다투지 않는 물처럼 양보와 희생 그리고 순리로써 다툼 없이 세상을 살라는 것이다. 셋은 가장 낮고 넓은 바다처럼 겸손과 포용의 덕목을 지녀야 한다는 것이다. 사람들도 물처럼 낮은 자세로 세상을 살아갈 수는 없을까. 자전거길 위에서의 배움은 끝이 없다. 길에서 걷고, 보고, 묻다 보면 어느 사이 지친 삶의 답을 찾게 된다. 그 답을 멀리 있지 않았다. 바로 내 안에 있었다.

자전거길은 내룡마을(장군목) 쪽으로 이어진다. 섬진강 상류에는 가장 유명한 곳은 '장군목과 요강바위'이다. 이것은 자전거길 현수교 입구에 있는 지명이고 바위이다. 현수교 아래쪽이 가장 강폭이 작고 물의 흐름이 가장 빠른 곳이다. 그래서 '장군목'이라고 했고, 그런 물의 빠른 흐름으로 인해 생긴 바위들의 모양이 실로 절묘하고 오묘했다. 그 결과 생긴 것 중 하나가 '요강바위'이다. 요강바위라 불리는 이 바위는 높이 2m, 폭 3m, 무게 15t에 이른다. 한국전쟁 때 빨치산 다섯 명이 토벌대를 피해 요강바위 속에 몸을 숨겨 목숨을 건졌다는 일화가 있으며, 아이를 못 낳는 여인들이 요강바위에 들어가 지성을 들이면 아이를 가질 수 있다는 전설도 내려온다. 그러나 이 바위가 더 유명해 진 것은 요강바위가 하루 아침에 없어진 사건 때문이다. 거대한 바위가 그것도 잘라서 가져갔다는 것이 믿기지 않는다. 시간이 지나 후에 그 바위가 인천의 한 부잣집 정원에서 발견되었다고 한다. 순창군에서 불법 채취물이므로 반환을 요구하고 법적인 절차에 들어가자 다시 제자리에 갖다놓았다고 한다. 아마 불법 채취업자가 돈에 눈이 어두워 이 요강바위를 통째로 잘라 인천의 한 부자 집에 팔았다는 것이다.

섬진강 현수교를 건너지 않고 지나쳐 적성면 내룡마을 쪽으로 요강바위를 보러 들어갔다. 대략 50m쯤 걸어가면 강 가운데 물의 흐름에 의해 움푹 팬 다양하고 기이한 바위들이 많았다. 그 가운데 가장 깊이 팬 바위가 바로 '요강바위'다. 요강바위 주변은 오랜 세월 동안 물살이 다듬어 놓은 기묘한 바위들이 여러 가지 형상을 나타내고 있다. 가족이나 연인들이 함께 적당한 동물이나 사물과 비슷한 모양의 바위를 찾는 재미도 쏠쏠하다. 보는 방향에 따라 파도가 넘실대는 모양도 있고, 곡선이 부드럽고 풍만한 여체 형상의 바위도 있다. '장군목유원지'는 맑고 깨끗한 강물 위로 수만 년 동안 거센 물살이 다듬어 놓은 기묘한 바위들이 약 3km에 걸쳐 드러나 있는데 마치 용틀임을 하며 살아 움직이는 듯한 다양한 형상을 지니고 있다.

지금은 섬진강댐 건설로 인해 수량이 부족하고 장군목의 역할도 빈

약해 보인다. '목'이라는 말이 무색할 정도로 물 흐름이 느껴지지 않았다. 영화 '명랑'에서 보듯이 해남의 울돌목처럼 '목'이라는 지명은 많은 양의 물이 한꺼번에 빠져나가는 좁은 길목이다. '장군목'도 옛날에는 수량이 많아 이곳의 건너다니는 사람들에게 위협적인 곳이었을 것이다. 지금은 그 위로 현수교가 놓여있어 자전거 라이더에게나 여행자에게 더없이 편리했다. 아마 이곳 '장군목'에 '요강바위'가 없었다면 안고 없는 찐빵처럼 밋밋했을 것 같다.

'장군목'은 내룡마을 북쪽의 용궐산과 남쪽의 무량산 봉우리가 서로 마주 서 있는 형상에서 유래한다. 주민들 사이에서는 장구의 목처럼 좁아지는 형상이라서 '장구목'이라고도 불린다. 장군목 길은 길게 북쪽의 석전마을까지 이어져 있지만, 일반적으로 요강바위와 현수교가 있는 곳까지라고 보면 된다. 무량산을 뒤로하고 자리 잡은 구미마을과는 달리, 작은 언덕 넘어 펼쳐지는 섬진강 전경은 마음을 상쾌하게 한다. 마을 사람들에게 '적성강'이라고도 불리는 섬진강 상류는 한적하지만, 여름을 준비하는 소리가 들린다. 겨우내 얼었던 산들이 기지개를 켜고, 나무들은 새 옷을 갈아입었으며, 산들도 초록으로 푸름을 과시하고 있다. 꽃과 풀들이 제대로 피어나기 시작했고, 그 자태가 점점 수려해지고 있다. 꽃이 만발한 초여름의 풍경이 얼마나 아름다울지 상상만 한다.

현수교 아래 장군목에는 유난히 보라색 '큰물칭개나물' 꽃들이 군락을 이루며 자라고 있다. 보랏빛으로 물든 색깔이 참으로 곱다. '큰물칭개나물'은 주로 냇가 가장자리에서 가을에 발아하여 그루터기처럼 다발을 만들어 월동하고 봄이 되면 크게 자란다. 이른 봄, 줄기와 잎이 부드럽고 털이 없어서 나물로 식용이 가능하다. 동네 어디나 많이 보았던 하얀 찔레꽃도 보이고, 길가에서 만난 자그마하고 노란색 꽃을 피우는 '개구리자리'라는 야생화가 곳곳에 많다.

　자전거길에서 우연히 만난 이 꽃들의 가치는 상상 이상이다. 우리가 매일 보는 잡초들이다. 그런데 알면 알수록 놀랍고 혼란스럽다. 그냥 가볍게 지나칠 많은 풀이 다양한 모양의 꽃이 피고, 다양한 한방 재료로 쓰였다는 것이 신기하다. 살아있는 것은 모두 존재하는 이유가 있었다. 하찮은 풀잎 하나도, 작은 벌레 한 마리도 다 쓰임이 있어서 이 땅에서 태어났고 인간과 더불어 살아가고 있다는 것이다. 하물며 사람이야 말할 필요도 없다. 귀하지 않은 사람이 어디 있겠는가. 귀하지 않은 생물이 어디 있겠는가. 자연의 소중한 가르침을 길에서 배워간다. 이곳에 여름이 오면 수목이 울창해질 것이고, 비가 내리면 회문산 등지에서 계곡 물이 흘러 내려와 수량이 풍부해질 것이다. 그러면 주변에 소와 여울이 많아져 물놀이 즐기기에 좋은 곳이 된다고 했다. 그래서 이곳을 '장군목유원지'라고 불린다.

　'장군목유원지'에서 '섬진강 마실 휴양지'를 거쳐 구미교까지는 대략 4km 거리에 있다. 이 구간에는 걷고 싶은 오솔길, 잠시 쉬어갈 만한 아담한 쉼터, 그리고 오래된 삶의 이야기들이 많다. 또 자전거길을 따라 나쁜 악귀로부터 마을을 지키고자 하는 당산나무 쉼터를 비롯해 육로암, 종호암, 그리고 황순원의 소설을 원작으로 한 드라마 〈소나기〉의 배경인 징검다리 등을 만나게 될 것이다. 장군목 현수교를 넘어 천천히 걸었다. 섬진강의 아름다운 풍경은 매번 걸음을 멈추게 할 정도로 눈길을 사로잡는다.

그런 길을 따라 '섬진강 마실 휴양지'에 왔다. 건너편에는 '용궐산 치유의 숲' 조성공사가 마무리 단계에 있다. 이곳은 순창군이 '적성강'을 관광명소로 만들기 위해 개발한 휴양지란다. 좋은 휴양지란 여행자에게 잔잔한 울림과 감동을 주어야 한다. 감동이나 울림은 만들어지는 것이 아니라 마음속에서 저절로 우러나오는 것이다. 그러면 여행자들이 찾아온다.

'섬진강 마실 휴양지'에서 한적한 오솔길을 따라 서북쪽으로 대략 200m쯤 걷다 보면 좌측 바위 면에 '石門(석문)'이란 큰 글씨가 새겨져 있다. 옛날에는 순창에서 가면 석문을 통과해야 장군목으로 들어갔다. 지금은 흔적은 없고 바위에 '석문'이라는 이름만 새겨져 있다. 초로(初老) 양운거공이 새긴 석문에서 강 건너편 쪽을 바라다보면 육로암(六老岩)이 보인다. 순창군 적성면 석산리에 있는 '석문'에는 오래된 이야기가 남아있다.

조선 현종 때 양운거라는 선비는 흉년이 들 때마다 가난하고 굶주린 이웃들을 도와주어 주민들로부터 존경을 받았다. 임금은 양운거에게 관직을 하사하였으나 그는 이를 사양하고 섬진강 일대에서 친한 벗들과 함께 시를 짓고 풍류를 읊는 낙으로 여생을 즐겼다고 한다. 재미있는 것은 절구통 아궁이만큼 곱게 패여 있는 바위에 작은 주전자 대신 바위 항아리에 술이 넘치도록 채워놓고 그 위에 잔을 띄웠다는 한다. 양운거는 그 바위에 스스로 '종호'라고 새기고, 그가 지은 정자를 '종호정'이라 하였다. 그리고 친한 벗 여섯 노인과 술을 마시던 널찍한 바위를 '육로암'이라고 했다. 아름다운 섬진강 자연 속에서 시 한 수 읊고 술 한잔 나누던 여섯 노선의 삶이야말로 진정한 풍류객의 삶이 아니었을까?

예전에는 종호바위 부근에 '종호정'이라는 정자가 있었다고 하나 지금은 찾아볼 수가 없고, 큰 글씨만이 바위에 남아있다고 한다. 이곳은 내 이름과 같아 기억 속에 오래 남아있다. 눈을 감으면 종호암, 육로암 그리고 정자에 모여 섬진강 물소리를 듣고 시원한 용궐산 자락에서 흘러오는 바람을 맞으며 시를 읊조리는 소리며, 하인들의 분주한 움직임, 술이 익어가는 소리, 여섯 노 선인(仙人)들이 호연지기를 뽐내며 웃는 호탕한 웃음소리들이 들리는 듯하다.

우리가 걷고 있는 이 길은 과거에도 누군가 걸었을 것이고, 미래에도 누군가 이 길을 지나갈 것이다. 그들도 우리처럼 섬진강 자전거길을 걸으면서 과거의 흔적을 회상하며 즐거워했을 것이고, 지금의 아름다움에 취해 섬진강을 한없이 바라봤을 것이다. 여행자의 즐거움은 지금 눈앞에 펼쳐지는 풍경에도 있지만, 과거를 상상하는 이야기 속에도 들어있고, 미래에 찾아갈 공간에도 있다는 것이다.

섬진강 힐링체험센터인 '휴드림' 앞을 지나면 찻길과 자전거길이 겹쳐있다. 고개를 돌리면 멀리 삿갓 모양의 뾰족한 무량산이 저만치 앉아 자신의 자태를 뽐내고 있다. 무량산 근처에도 지금까지 세 가지의 이야기 '호랑이와 두 선비 이야기', '나무매 설화 이야기', '거북바위 전설 이야기' 등 전해져 내려오고 있다고 한다. 유난히 섬진강 주변에 수많은 이야기가 숨어 있다. 이야기가 많다는 것은 사연이 많다는 것이고, 삶에 대한 희로애락이 스며있다는 것이다. 그 이야기 뒤에는 섬진강의 아름다운 옛 풍경도 함께 숨어 있을 것이다. 과거에는 그만큼 섬진강 상류의 경치가 아름다웠다는 것이다. 물론 지금도 그에 못지않다.

한 가지 흠이 있다면 옥정호로 섬진강 물을 가두어 버려 물 흐름이 느려지니 강이라기보다는 큰 하천 같은 느낌을 지워버릴 수가 없다. 군데군데 크고 작은 보까지 쌓아 물의 흐름까지 늦추고 있다. 강의 생명력은 거친 흐름이고, 그 흐름을 통해 거친 숨소리를 듣는 것이고, 그 거침 숨소리를 통해서 삶의 의욕을 되찾는 것이다. 그러면 강에는 생명력이 넘쳐

날 것이다. 섬진강을 따라 마지막 목적지를 향해 천천히 걸었다. 경사가 7% 정도 되는 오르막에 올라서면 구미교 삼거리에 이른다. 아스팔트 길로 이어지는 자전거길이라 매력은 없지만 느긋하게 걸어가니 편안했다. 걷기라는 놀이는 혼자 걸어도, 여럿이 걸어도 불편하지 않아서 좋다. 경쟁도, 다툼도, 서두를 필요도 없어서 좋다. 그래서 길은 여유이고 자유가 아닐까 싶다.

첫날은 임실 강진면 '섬진강 생활체육공원'에 텐트를 쳤다. 체육공원 안에 있는 아담한 정자와 화장실이 깨끗하고, 찻길에서 멀리 떨어져 있어 조용할 것 같아 이곳을 택했다. 늦은 저녁. 한 번도 와 본 적이 없는, 아무 연고도 없는 낯선 공간에서 내가 숨을 쉬고 있다는 사실만으로도 짜릿했다. 신비스런 체험을 하는 느낌이다. 이곳에서는 아주 작은 희망 사항만 필요하다. 새벽이슬을 피할 수 있는 작은 공간, 몸의 소통에 필요한 물과 화장실뿐이다. 그 외는 아무것도 갈망하지 않았다. 그래서 자유롭다. 무언가를 갈망하는 순간 자유는 불가능하다. 뭔가를 두려워하는 한 자유는 사라진다. 욕망에도, 두려움에도 휘둘리지 않을 충만한 상태, 그것이 곧 자유(自由)가 아닐까 생각한다.

'그리스인 조르바'의 작가 '니코스 카잔차키스'가 생전에 작성해 둔 묘비명은

-

나는 아무것도 바라지 않는다.

나는 아무것도 두려워하지 않는다.

나는 자유다.

　-

　라고 했다. 우리들이 섬진강 오백 리 자전거길을 걷는 이유는 바로 여기에서 답을 찾을 수 있다. 앞으로 남는 여정도 낯선 세상에 대한 두려움이나 불안을 모두 잊어버리고 걸어가는 것이다. 자유를 찾아서 길 따라, 바람 따라, 물 따라, 구름 따라 흘러갈 것이다. 꿈과 여행의 작가 '니코스 카잔차키스'가 생전에 작성해 둔 묘비명처럼 내일도 그런 느낌으로 걸어가고 싶다. 훗날 그만큼 뭉클하고 기억에 많이 남는 일도 없을 것이다. 걷기라는 놀이는 자유를 누리는 행위이기 때문이 아니겠는가.

섬진강 이야기 둘 - 구미교에서 신덕마을까지

고미숙의 〈로드 클래스, 길 위에서 길을 찾다〉에서 '바야흐로 집의 시대가 去(거)하고 길의 시대가 來(래)하고 있다.

정주에서 유목으로 시대가 변하고 있다. 집을 중심으로 살아가는 정주민에겐 모든 것이 고정되어 버린다. 그래서 소유와 증식, 서열과 위계가 공고해지는 것이다. 하지만 길 위에선 반대다. 모든 것은 유동한다. 국경, 세대, 정체성, 노동과 화폐 등등 그 어떤 것도 절대적 우위를 접할 수 없다. 가치의 고정성은 물론 척도의 절대성도 사라진다. 다른 방향의 힘들이 각축하고 서로 다른 윤리들이 좌충우돌하는 것, 무엇이든 실험할 수 있고 늘 새로운 존재로 거듭날 수 있는 것, 그것이 곧 유목(遊牧)이다'라고 했다. 어쩌면 자전거길을 걷는 것도 어쩌면 소유와 정착에서 벗어나는 싶은 활동이고, 과거의 유목생활로 되돌아가고 싶은 자신의 의지를 서툴게나마 나타내는 것이 아닐까 싶다. 현대인들에게 유목은 길 위에서 길을 찾아가는 자유로운 행위일 것이다. 거기에는 귀천도, 서열도, 위계도 없는 세상이다. 오직 평등과 정직함 그리고 자유로움만이 존재하는 세상이다.

섬진강에서의 하루가 가고 다음 날이 온다. 길을 걷는 것은 우리에게 무슨 의미일까. 한마디로 편안함이다. 편안함은 계획적이지 않고 시간과 장소에도 구애를 받지 않는다. 편안함은 행복 그 자체이다. 편안함은 초록색과 많이도 닮아있다. 길을 걸으면 심신을 시원하게 해주고, 긴장을 완화하며, 마음을 안정시킬 수 있다. 편안해진다는 것은 몸과 마음을 비워진다는 것이다. 비움을 통해서 편안함을 얻는 것이 걷기놀이다. 또 길이 우리를 어디로 데려다줄지 모른다는 그 예측할 수 없는 낯선 공간에 대한 기대도 우리를 행복하게 만들어준다. 길을 걷는 것은 어떤 목적을 가지고 특정한 장소로 옮겨가는 것이 아니다. 어디로 갈지 모르고, 어디에 닿아야 할 이유조차 없는 걸음이다. 걸음은 누구에게나 평등하고 정직하다. 그래서 한 걸음 한 걸음은 느긋하게 들을 수 있는 행복의 발라드인 것은 당연하다.

순창 구미교에서 자전거길 걷기놀이가 다시 시작된다. 섬진강 자전거길 2코스는 구미교에서 (구)금곡교까지 35.34km 구간으로 '노을의 강'이라 부른다. 도보여행자에게 하루 일정으로는 조금 무리라는 생각이 든다. 그래서 두 구간으로 나누었다. 일차 목적지는 향가유원지로 15.5km 지점에 있는 곳이고, 이차 목적지는 (구) 금곡교로 정했다. 하지만 반드시 어디에 닿아야 할 이유는 없다. 자전거길을 따라 걸어가다가 날이 어두워지면 그곳에서 멈출 것이다. 모든 것은 예측할 수 없다. 그냥 강 따라, 길 따라, 풍경 따라, 마음 따라 해질 때까지 걷고, 보고, 때때로 묻고, 스스로 그 답을 찾아갈 것이다.

또 섬진강 2코스의 '노을의 강'에서 '노을' 하면 떠오르는 단어들은 '석양, 붉게 타오르는 너른 평야와 강변, 주홍 빛깔의 서쪽 하늘' 등이다. 섬진강의 붉디붉은 노을은 어떤 모습일까. 풍광이 얼마나 아름다우면 이 길을 '노을의 강'이라고 했을까. 섬진강변을 물들일 저녁노을은 얼마나 다채로운 빛깔을 만들어 낼 수 있을까. 상상은 꼬리에 꼬리를 물고 이어진다. 자전거길은 구미교 왼쪽으로 돌아 나지막한 언덕을 넘어서 섬진강을 우회한다. 우회하면 섬진강은 언덕에 가려진다. 그래서 우리는 좋은 풍경을 바라보면서 걸어가려고 자전거길 반대쪽으로 이동했다. 걷기는 그만큼 자유롭다. 특별한 규칙 따위는 없다. 어디든 걸어가면 길이 된다. 이런 것이 도보여행자만이 가질 수 있는 넉넉함이고 느림이 주는 자유이다.

구미교를 지나 처음 만난 이야기는 '어은정'이다. '어은정'은 조선 선조 13년(1580년)에 양사형이 친구들과 시주(詩酒)를 즐기던 곳이란다. 그때의 사람들은 온데간데없고 그 흔적만 남아 섬진강을 묵묵히 바라보고 있다. 특히 정자 앞에 서 있는 느티나무는 그때 그 시절을 회상하는지 깊은 생각에 잠겨 있고. 아담한 정자에서는 담 너머로 선비들의 호탕한 웃음소리와 시조 읊조리는 낭랑한 소리가 들리는 듯하다. 지금은 선비들의 웃음소리도, 시조를 읊조리는 낭랑한 울림도, 하인들의 부산한 움직임도 모두 사라지고 없다. 남아있는 것은 섬진강가에 역사적 흔적뿐이다. 지나간 세월의 무상함만 알려주고 있다. 첫날의 월파정의 풍경과 어은정의 풍경이 겹쳐진다.

어은정을 지나면 삼거리다. 자전거길은 긴 둑길을 따라 강변으로 이어진다. 멀리 적성교와 체계산 그리고 (구) 적성교가 어렴풋이 보인다. 섬진강 자전거길 옆으로는 '구송정 유원지' 이야기가 전해지고 있다. 길에는 어디나 삶이 있고, 그 삶 속에는 크고 작은 이야기가 숨어 있다. 그 이야기는 과거와 현재 그리고 미래를 연결하는 생명줄 같은 것이다. 나와는 상관이 없을 것 같은 세상도 결국은 서로를 비추고 비추어 주는 관계인 '인트라망'으로 촘촘하게 연결되어있다는 것이다. 크고 작은 삶의 이야기가 모여서 '역사'라는 큰 이야기가 되듯이, 섬진강도 수많은 작은 물줄기들이 흘러들어와서 모여야 비로소 큰 강을 이룬다. 이 세상에는 누구든, 무엇이든, 하찮은 것은 하나도 없다. 이것이 길에서 배운 나의 생각이다.

이곳에서 2.7km 떨어진 서호마을에 전해지는 '구송정 유원지' 이야기는 먼 옛날 조선 숙종 때의 일이다. 동계면 서호리 서호마을에는 70세가 넘은 노인 아홉 명이 살고 있었다. 이 노인들은 재능이 매우 각양각색이었다. 이 노인들이 한 고장에 살다 보니 서로 마음과 뜻이 맞아 '구노회'라는 계 즉, 모임을 만들었다. '구노회'의 아홉 노인은 지금의 '구송정 유원지'인 서호도에 모여 풍악을 즐기거나 시문을 읊는 일을 취미로 삼았다. 서호도에는 당시 버드나무는 울창했으나 상록수가 없어 겨울에 휑하였다고 한다. 그리하여 노인들은 소나무와 대나무를 심어 사계절 푸른 풍경을 만들기로 했다고 한다.

현재 '구송정 유원지'에 있는 수령 300년에 이르는 아름드리 노송은 이 노인들이 심은 것이라고 전해진다. 아홉 노인이 아홉 그루의 소나무를 심은 곳이라 하여 이곳을 '서호의 구노송'이라고 붙였다. 오늘날에는 잔디 구장을 비롯하여 각종 체육시설과 쉼터, 편의시설이 있는 아름다운 조경으로 지역의 명소가 되었고, 아홉 노인의 뜻과 더불어 사계절 푸르고 아름다운 유원지가 되었다고 한다. '구송정 유원지' 이야기를 읽으면서 지금 이 순간에 최선을 다하는 각자의 삶이 결국은 미래의 후손들을 위한 삶이 아닐까 하는 생각이 든다.

멀게만 보이던 적성교가 점점 가까워진다. 다리 위로 차량의 움직임이 분주하다. 보이는 다리는 새로운 적성교이고, 원래의 적성교는 '(구) 적성교'라는 이름으로 뒷전으로 밀려났다. 옛날의 명성이나 분주함은 사라지고 한적함과 쓸쓸함만 남아있다. 은퇴 이후 우리들의 삶도 이와 닮아간다. 그래도 초라해지지는 말고 당당하게 남은 삶을 살아가자고 지금 이 길을 걷고 있는 것이다. 적성교 밑으로 파란 자전거길이 이어진다. 그곳을 지나면 '(구) 적성교' 못 미쳐 체계산 일광사 입구이다. 건너편에는 아담한 정자가 하나 있다. 섬진강이 지척에 보이고, 가로수가 울창하고, 그늘이 많아 참으로 시원했다. 더위를 식히기에는 안성맞춤이다. 텁텁한 막걸리로 목을 축이고, 남원이 고향인 승호 샘의 추억이 서린 어린 시절 이야기를 듣다 보니 시간이 많이 지났다. 일어설 시간이다.

정자 바로 옆으로 수많은 추억이 덕지덕지 붙어있는 '(구) 적성교'가 세월의 무게를 견디지 못했는지 속살과 뼈대를 드러내고 앙상한 형상으로 섬진강 자전거길 도보여행자인 우리를 맞이한다. '(구) 적성교'는 어떤 샘의 많은 추억이 깃든 곳이라고 했다. 어린 시절을 회상하면서 이야기를 술술 풀어냈다. 최근의 일처럼 생생하게 이야기를 들려준다. 50년 가까운 시간이 흘렀다. 그 이야기를 들으면서 이런 생각이 든다. 사람은 '생각하고 살면 생각대로 살고, 그러지 않으면 사는 대로 생각한다'라는 말처럼 결국 우리는 오늘 지금 만난 우연을 나중에 마치 그것이 우연이 아닌 것처럼 그것에 의미를 부여하고 가치를 찾아 필연으로 만들어가는 것이다.

어린 시절 남원에서 8명의 동네 친구들과 여기까지 자전거를 타고 왔다는 이야기며, 가는 길에는 너무 허기가 져서 밭에서 수박 서리를 했다는 이야기며, 어린 시절 추억에 깃든 이야기를 한다. 또 남원에서 곡성 압록까지 배를 타고 왔다는 이야기도 했다. 시간이 많이도 흘렀다. 그 당시에는 교통수단이 차보다는 배가 더 편리한 세상이었다. 도로사정이 불편하고 차량도 귀하던 때이다. 먼 시간의 이야기를 마치 방금 일어난 이야기처럼 회상(回想)한다.

조르주 풀레는 프루스트의 〈잃어버린 시간을 찾아서〉를 다룬 글에서 '회상(回想)이란 인간이 혼자 힘으로 빠져나올 수 없는 허무에서 인간을 구출하기 위해 찾아온 천상의 구원인 것이다'라는 멋진 말을 했다. 이때 풀레가 말하는 구원이란 자기가 누군지, 자기가 진정으로 원하는 것이 무엇인지, 무엇을 위해 살아야 하는지 깨닫고, 삶에 대한 공포, 무력감, 혐오감에서 빠져나오는 것을 말한다.

우리 인생은 그렇게 아름답다고는 믿지 않는다. 그것은 우리가 그것을 매일매일 상기할 수 없기 때문이다. 그러나 우연히 옛날의 어떤 냄새를 맡게 되면 우리는 갑자기 과거의 그리움에 젖어 도취하게 된다. 아마 '(구) 적성교'에서의 그 샘의 추억도 과거의 냄새나 시간에 도취하게 하기에 충분했다. 일종의 무의식적 추억이라는 한 묶음의 꽃다발에 의해서 말이다.

이곳의 지리를 자세히 몰라 거리 감각을 가질 수가 없지만 생각하기에 꽤 먼 거리인데 여기까지 왔다는 것은 정말 대단하다. 어린 시절에는 꿀 수 없는 꿈은 없다. 그리고 실행할 수 없는 꿈도 없다. 그만큼 꿈 많은 시절이었을 것이다. 무엇인들 못 할 수 있겠는가? 또 친구들과 함께하면 말할 필요가 없었을 것이다. 누구나 어린 시절은 다 그럴 것이다. 호기심과 무분별한 용기, 공명심 같은 것이 극에 달했던 시절이다. 그 많은 이야기가 머리로는 이해되었지만, 마음으로는 이해가 되지 않았다. 누군가를 이해하는 것은 2차원을 3차원에서 보는 것이라는 말이 있다. 얼마나 마음을 움직여야 남의 입장이 되어보는지 실감하게 된다. 그렇다면 차원을 달리 본다는 것은 어떤 의미일까?

여행과 비교해 보면 차를 타고 빠르게 여행을 가는 것은 마치 3차원의 세계를 2차원으로 만드는 것과 같다. 빠르기라는 조건 속에서는 세상의 입체적 공간이 평면으로밖에 보이지 않는다. 그 말은 세상을 단편적으로 보는 것이다. 섬세하게 보지 못하니 다 본 것 같은데 기억 속에는 아무것도 남아있지 않다. 그러므로 추억도 사라지는 것이다. 하지만 느릿느릿 걷기는 3차원을 4차원의 세계로 인도한다. 걷기는 3차원의 입체적인 세계를 걸어가면서 과거를 회상하고 미래를 상상하면서 간다. 마치 3차원의 우리가 일상적인 세상 속에서 시간이라는 공간을 여행하는 기분이 든다. 마치 판타지 같은 세상을 열어가는 느낌이다. 이것이 바로 걷기라는 놀이이다.

'(구) 적성교'를 넘었다. 길가에 심어진 가로수를 따라가다 보면 나무는 점점 작아지다가 결국 길 끝에서 지평선과 만나며 소실점(消失点)을 보여준다. 실제로 가로수는 평행하게 심겨 있지만, 눈으로 볼 때처럼 평면에 3차원을 구현한 것이다. 호젓한 시골길은 멀고 가까운 느낌이 확 드러나 마치 이 길에 서 있는 듯한 입체감이 살아있다. 이 길을 걷는 사람과 소박한 마을 풍경이 마음을 따뜻하게 만든다. 이런 3차원적인 세상 속을 걷는 것은 그 안에 과거의 이야기를 되살려내서 살아 움직이게 하며, 미래의 이 길을 걷는 사람들에게 전설 같은 아름다운 이야기를 만들어준다. 우리는 길을 통해서 세상을 알아가고 역사를 배워가며 사람과 사람을 이어간다. 이 길은 단순히 길이 아니다. 수천 년 전부터 이 길은 사람들이 다녔고 그 안에 기쁨과 슬픔과 같은 희로애락이 길 속에 숨어 있다는 사실이다. 그래서 이 길을 천천히 걷는 것은 과거를 회상하고 미래를 상상하는 시공간을 뛰어넘는 일이기에 천천히 걷는 즐거움은 교통수단을 이용한 여행보다 배나 즐겁고 유익하다.

절대적 진리라 인식되는 것들을 뒤엎어 보기. 2차원의 문제를 3차원에서, 3차원을 4차원에서, 4차원을 1차원으로 돌려서 생각하면 누군가를 이해하는 실마리를 찾을지도 모른다. 이렇게 2차원, 3차원, 4차원의 작품을 보며 오감이 열린다면 '이해란 가장 잘한 오해'라는 말을 짜릿하게 체험할 수도 있지 않을까 싶다. 걷기를 통해 우리들의 오감이 열린다면 그때 비로소 세상의 모든 일을 이해할 수 있을 것이다.

섬진강 자전거길은 강둑을 따라 곧장 걸어가면 유적교 밑을 통과한다. 그곳을 통과하면 강둑에 일직선으로 만들어진 새로운 자전거길이 우리를 기다린다. 강변 쪽으로 가로수인 벚나무가 군데군데 심겨 있다. 이제 조성한 가로수라 초여름의 따가운 햇볕을 막기에는 아직은 역부족이다. 길가에 심겨 있는 벚나무들도 시간이 흐르고 삶의 이야기가 스며들면 점점 울창해질 것이다. 훗날 이곳을 지나가는 여행자들에게 큰 그늘을 만들어 줄 것이다. 길옆으로 아담한 정자도 보인다. 자전거 동호인들을 위한 쉼터이다. 최근에 세워진 것 같다. 주변의 모든 사물이 제자리에 정돈된 것 같고, 서로 눈치를 보며 서먹서먹해 하고 어색한 표정이 역력했다. 마치 입학하는 1학년들이 개학하는 첫날 교실의 풍경을 닮았다. 모두 어색한 표정으로 앉아 있다. 심지어 돌담 사이의 잡초들까지도 아직 서로 익숙하지 않은지 삐쭉 삐죽 고개만 내밀고 눈치를 보는 듯했다. 그런 어색한 풍경 가운데 유난히 눈에 띄는 것은 하나 있다. 돌담 사이에 핀 꽃이다. 노란 빛깔이 선명하다. 처음 보는 꽃이다. 스마트폰 앱에 도움을 요청했다. '황금 낮 달맞이꽃'이란다. 낮에 핀다고 해서 낮 달맞이꽃이고, 노란색이라서 황금 달맞이꽃이란다. 두 가지를 합쳐서 '황금 낮 달맞이꽃'이다.

한낮에 꽃잎을 접은 보통 '달맞이꽃'의 모습은 그저 키 큰 잡초일 뿐이다. 게다가 햇살까지 강렬하니 누군가가 달맞이꽃으로 다가와 눈여겨 봐주길 기대하긴 어렵다. 달맞이꽃의 진가는 해 질 무렵에야 비로소 확인할 수 있다. 달맞이꽃은 한자로 '월견초(月見草)' 혹은 '야래향(夜來香)'이라고 한다. '밤에 오는 향기'란 뜻을 가진 '야래향'이란 이름에서 짐작할 수 있듯이 달맞이꽃은 매우 좋은 향기를 자랑한다. 장미처럼 화려하지 않지만 은은하면서도 기품 있는 향기가 난다. 하지만 '낮 달맞이꽃'의 이러한 고운 꽃을 밝은 낮에 보고 싶은 인간의 염원(念願) 때문인지 낮에 피는 달맞이꽃도 있단다. 이것이 '낮 달맞이꽃'과 황금 낮 달맞이꽃'이 그렇다. '황금 낮 달맞이꽃'의 곱게 물든 노란 꽃잎과 그 어떤 꽃들에도 지지 않는 향기는 밤에만 피는 '달맞이꽃'의 처지를 더욱 처연하게 만드는 듯했다.

벌들이 모두 잠든 밤에 보통 '달맞이꽃'을 찾아오는 곤충은 나방과 파리 등 세상으로부터 천대받는 녀석들뿐이다. 밤에 꽃이 피기 때문에 벌과 나비가 찾아오지 않아서 많은 고민에 잠기기도 하지만 달맞이꽃은 틈새를 노리고 있다. 척박한 환경에서도 꽃을 피우지만, 경쟁 대상이 적은 지역에 살면서 밤이면 밝은 빛을 좋아하는 나비의 사촌 격인 '삭각시 나방'을 불러들여 종족 번식을 위해 갖은 수단을 다 부린다. 나방의 몸통은 비늘로 덮여있어서 꽃가루가 잘 붙지 않기 때문에 꽃가루들이 서로 넝쿨처럼 엮어지게 하여 한 번에 많은 꽃가루가 묻어나도록 하며, 끈끈한 액을 내기도 하는데 참으로 그 계책이 기묘하다. 암술과 수술에 붙어있는 꽃가루가 빛을 내는 것이며. 빛을 좋아하는 나비의 사촌격인 '삭각시 나방'은 여느 식물들보다 높이 50~90㎝로 곧추 자라 빛을 내는 달맞이꽃을 더 쉽게 감지하고 찾아올 수 있게 한 것이다. 그뿐만 아니라 아직 꽃받침이 꽃잎을 감싸고 있는 봉우리에서도 붉은빛을 볼 수 있고 꽃받침 피복의 털 부분에서 꽃가루 같은 것들이 붙어있으며 이곳에서도 빛을 내는 것이 아닌가 한다.

어두운 밤에 꽃을 피우고 유충들이 오기를 막연히 기다리는 것이 아니라 살아남기 위해 끊임없이 노력하는 '달맞이꽃'이다. 그래서 달맞이꽃의 꽃말은 '기다림'이다. 종족 번식을 위해 갖은 수단을 다 부리고 기다린다. 서로 공존하며 살아가는 자연 앞에 경이로움이 느껴지는 순간이다. 우리는 순간순간 최선을 다하며 살아가고 있는지 자신에 질문을 던져본다. '달맞이꽃'의 꽃말처럼 오랜 기다림은 인내이다. 도보여행도 인내 없이는 불가능하다. 아무런 대가가 없는 기다림의 결과물은 자유로움이다. 자유로움은 소유보다는 비움에 의해서, 머무름보다는 떠남에 의해서 얻어지는 것이 아닐까 싶다. 도보여행은 평소 같으면 그냥 지나쳤던 야생화 한 송이에서도 배우는 즐거움이 있다. 그래서 길 위의 인연은 소중하다.

유적교에서부터 '화탄세월교'가 1.4km 지점에 있다는 이정표가 보였다. 그 순간 '화탄세월교'라는 이름은 '화탄매운탕'이라는 마치 잃어버린 시간처럼 빛바랜 추억 속에 잠들어있던 공간을 깨어나게 했다. 추억 속의 공간은 어떤 모습으로 우리 앞에 나타날까. 섬진강 자전거길은 나무다리가 깔린 오르막길을 따라 낮은 언덕에 올라서자 시야가 넓어진다. 작은 마을과 화탄세월교 그리고 화탄매운탕 천막이 한눈에 보인다. 눈에 너무 익숙한 풍경이다. 예기치 않았던 곳에서 오래된 추억을 만났다. 추억 속의 얼큰한 메기 매운탕 맛이 퍼져 나오는 듯했다. 성엽 샘의 소개로 처음 왔을 때는 집 앞에 있던 다리가 섬진강 자전거길인 줄 몰랐다. 자전거들이 간간이 지나다니는 것을 보았지만, 그들이 어디서 와서 어디로 가는지도 몰랐고 그때는 관심도 없었다.

이제는 알 것 같다. 이곳이 섬진강이고, 어느 쪽이 남쪽이고, 강물은 어느 쪽으로 흘러가는지 눈앞에 선명해진다. 그때 그 식당은 이름이 바뀌었고 공간은 더 커진 듯했다. 처음에 왔을 때 기억에 가장 남는 것은 얼큰한 국물과 부드러운 시래기의 촉감이다. 매운탕 맛이 일품이었다. 내 입맛에는 딱 맞았다. 또 식당 앞마당에 처진 비닐하우스 천막도 인상적이었다. 그 안에서 땀을 뻘뻘 흘리며 먹었던 메기 매운탕 한 대접이면 소주 서너 병은 거뜬히 마실 수가 있었다. 전교조덕인연합분회 샘들과 함께 하계연수 다녀오면서 뒤풀이로 먹었던 추억 속의 맛이다. 그때 그 시절의 그리운 샘들의 얼굴이 떠오르고, 호탕한 웃음소리가 들리는 듯했다. 이곳은 20년 전의 좋은 추억들이 깃든 곳이다.

섬진강 위에 만들어진 수로 겸 도로인 '화탄세월교'가 보이고, 그 너머 예쁜 정자가 있는 풍경과 마을도 보인다. 올 때마다 보았던 익숙한 풍경이지만 그때는 정작 가보지는 못했다. 오늘은 섬진강 자전거길인 '화탄세월교'를 넘어 저 멀리까지 걸어갈 것이다. 감회가 남다르다. 정자 쉼터는 섬진강을 끼고 서 있고, 그 옆에 있는 소나무가 몇 그루 그늘을 만든다. 제법 섬진강의 운치 있는 풍경을 만들어낸다. 하지만 주변에는 여행자들의 쓰레기들로 몸살을 앓고 있었다. 각종 물병이며 맥주 캔 심지어 김밥까지 주변에 어지럽게 널려 있다. 권리만 누리고 의무를 하지 않으면 공정한 여행자가 될 수 없다. 도시와 달리 시골에서는 이런 쓰레기를 치울 만한 인력도 차량의 지원도 없다. 자신의 쓰레기는 반드시 자신이 거둬가야만 한다. 여행지에서는 어떤 흔적을 남기지 않는 것도 공정한 여행이다. 공정여행은 여행지에서 만나는 현지인의 삶과 문화를 존중하고, 그들의 사회에 도움을 주며, 현지의 환경과 문화를 존중하고 지켜주는 여행이다. 공정여행은 '떠남'이 아니라 '만남'임을, '어디가' 아니라 '어떻게'의 문제임을, '소비'가 아니라 '관계'임을 믿는 새로운 여행이다. 그리고 희망을 말하는 착한 여행이다.

섬진강 자전거길은 강을 따라 일직선으로 끝없이 이어진다. 자전거길을 내면서 길을 많이 정비한 흔적이 역력하다. 마을 쪽에는 어린나무들이 심겨 있고 받침대에 의지해 지탱하고 있다. 강 쪽에는 난간이 설치되었고, 난간 아래쪽에는 금계국이 만발했다. 노란 금계국의 꽃말은 '상쾌한 기분'이라고 했다. 그래서 그런가. 보는 것만으로도 박하사탕마냥 상큼했다. 하늘거리며 반기는 모습이 가을의 코스모스를 닮았다. 노란 꽃을 보고 걸으면 날씨는 덥지만, 기분은 그냥 상쾌해진다. 몸이 마냥 맑아지는 느낌이다. 여행자들의 지친 영혼을 밝게 해주는 듯했다. 강변 둔치에는 금계국이 지천으로 피어있고, 강바람에 살랑살랑 한들거린다. 따가운 섬진강변은 황금빛으로 가득 채워진다. 눈이 부셨다. 저녁 햇살을 받으면 꽃은 한층 은은한 빛깔을 띄운다고 한다. 금계국은 '서양 코스모스'라고 부르며 초여름 강변에서 많이 볼 수 있는 야생화이다.

강가로 심어놓은 금계국의 황금빛 물결이 자전거길을 따라 끝이 없이 이어진다. 쭉 뻗은 자전거길에는 온통 금계국뿐이다. 나무그늘 한 점 없는 따가운 햇살을 온몸으로 받으며 천천히 걸었다. 왼쪽으로 휘어진 자전거길을 따라 걷다 보면 유촌교라는 다리가 나온다. 옛날에 나루터와 주막이 있던 터다. 지금은 한적하고 인적이 거의 없다. 가끔 자전거만이 싱싱 달린다. 옛날에는 섬진강을 건너 장에 가는 촌부들로 가득했을 것이다. 섬진강 나루터는 지금의 순창군 유동면 유촌리(버들) 유촌교 입구에 버들주막이 있었던 곳이다. 주막 입구에는 아름드리 400여 년이 넘은 팽나무가 주막집을 둘러싸 이곳을 지나던 주민과 행락객들의 쉼터 역할을 하였다. 나루터는 버들마을 주민에게는 조상 대대로 애환과 추억을 간직한 곳으로 마을의 상징이 되었던 장소이다. 주막 입구에 있었던 400년 된 고목은 섬진강 제방 공사를 하면서 고사했고, 그 대신 그 자리에는 쉼터가 생겼다. 쉼터에 올라 나루터의 풍경을 드라마에서 봤던 옛 나루터의 풍경과 겹쳐본다. 과거에는 어떤 모습이었을까.

정오 때쯤 유풍교에 왔다. 유풍교는 의미가 깊은 다리이다. 이곳은 영산강 자전거길과 섬진강 자전거길이 만나기도 하고 갈라지기도 하는 지점이다. '영산강과 섬진강 연결노선 자전거길'이라는 안내문에는 이곳에서 영산강 자전거길이 있는 담양 메타세콰이어 길까지는 27km 지점에 있고, 섬진강의 향가유원지까지는 3km 지점에 있다고 했다. 순창과 담양은 이웃에 있으니 강의 출발점은 다르지만 두 강이 지천(支川)에서 통하고 있다는 것이다. 여기서부터 영산강 자전거길을 이어서 달릴 수 있다고 한다.

우리들의 일차 목적지인 향가유원지가 눈앞에 보인다. 섬진강 작은 지천과 곳으로 인해 단절된 자전거길은 나무다리로 언덕에 있던 자동차 도로와 연결했다. 도로에 올라서면 작은 터널로 자전거길이 이어진다. 작은 터널을 보자 비로소 사라진 기억이 되살아난다. 오래전에 이 터널을 지나 향가유원지에 있는 민물매운탕집에 두어 번 왔던 기억이 난다. 그때는 터널을 통해서 그곳으로 갔다. 지금은 그 터널은 자전거와 사람들만이 다닐 수가 있고 찻길은 터널을 우회해서 새로 만들었다. 현재 도로 끝자락 마을에는 '섬진강 향가오토캠프장'이 들어섰다. 승용차로 여러 번 왔어도 그냥 지나쳤던 아름다운 풍경들을 걷기라는 느림을 통해서 섬세하게 살펴보게 된다. 도보여행은 느린 만큼 다양한 풍경을 보게 하고, 오래된 생각을 떠올리게 하고, 끝없는 상상 속에 빠져들게 했다. 이것이 걷기라는 놀이가 주는 매력이다.

향가유원지는 강물이 산자락을 굽이굽이 휘감아 도는 곳이다. 바로 섬진강 중간지점에 있는 이곳은 풍산면 대가리 향가마을에 있는 자연 발생적 유원지다. 이곳에 사는 사람들은 향가리를 향가 또는 행가리라고 부르는데 그 이름의 뜻이 아름답다. 바로 섬진강의 강물이 향기로운 물이라 하고, 근처에 있는 옥출산을 아름다운 산 즉 가산이라고 하여 각각 한 글자씩 따다가 '향가'라고 이름 붙인 것이다. 향가유원지는 경치가 아름다워서 예로부터 시인 묵객들이 여유롭게 뱃놀이를 즐겼던 곳이다. 빛깔 고운 물 위에 배를 띄워놓고 앉아 있노라면 절로 자연을 노래하는 시가 나왔을 것만 같은 곳이다. 향가유원지는 맑게 흐르는 섬진강을 따라 야트막한 산이 이어져 있고, 강변에는 약 2km의 넓은 백사장이 펼쳐져 갖가지 꽃과 나무가 아우러져 있다. 향가유원지는 경치가 빼어나지만, 낚시터로도 유명해 많은 관광객이 찾는 곳이다. 또 향가터널은 일제강점기 말 순창 남원 담양지역의 쌀을 수탈하기 위해 철도가 건설되다가 1945

년 광복 이후 노선 변경으로 마을을 통행하는 터널로 사용되었다. 2013
년도에 국토교통부에서 터널(길이 384m)과 10개의 폐교각을 활용하여
'섬진강 자전거길'로 조성하였다. 섬진강 자전거길 전체구간 중 이 구간의
경치가 가장 빼어나 많은 자전거 동호인들이 가장 선호하는 구간이기도
하다. 새롭게 자전거길로 변모하였으나 일제강점기 순창군민들의 노동력
착취와 애환이 서려 있는 역사의 현장임을 잊지 말아야 할 것이다.

향가마을은 순창의 광덕산이 굽이돌아 설산이 되고, 설산에서 동북방
향으로 뻗어 내려오다가 섬진강에 막혀서 더 나아가지 못하고 우뚝 솟은
산이 옥출산(277m)이다. 섬진강이 옥출산을 휘감고 돌면서 머문 곳이 향
가(香佳)마을이다. 예로부터 수많은 배가 드나들던 나루터로서 그 경관이
아름다웠기 때문에 '향가리'라고도 불리기도 한다. 향가유원지로서의 이곳
의 명성을 오랫동안 유지하려면 모든 사람의 노력이 필요하다는 것이다.

향가마을에 도착해 마을 정자에서 간단히 늦은 점심을 먹고 다시 자전
거길에 선다. 폐철로 위에 만들어진 길은 자전거길을 한층 고상하고 우아
하게 만든다. 자전거길 풍경에 운치를 더한다. 철로 아래 수많은 애환과 아
픔을 함께했던 섬진강이 고요히 흐른다. 마치 아픔의 상처를 치유해주는
듯하다. 섬진강 자전거길은 나무가 깔린 폐철도 다리를 건너면 바로 순창
군과 남원군의 경계선이다. 경계선은 누구에게나 묘한 느낌을 주는 단어이
다. 한편으로는 두렵고 섬뜩하면서도 다른 한편으로는 설레고 기분 좋은
말이다. 바닥 위에 파란색 경계선과 흰색의 지역표시가 선명하다.

경계선은 인간들이 만든 임의적인 구역표시일 뿐이다. 하지만 그곳을
건너갈 때마다 여행자는 나름대로 크고 작은 의미를 부여하게 된다. 사
람의 마음이란 경계를 건너는 일에 익숙하지 않기 때문일 것이다. 특히
한국 사람들에게 있어서 경계란 섬뜩한 기분마저 들게 하고 아주 먼 이

방의 거리감을 느끼게 하곤 한다. 그만큼 경계를 벗어난다는 것이 오랫동안 금지되었고 금기시되었던 한국인들의 아픈 역사 때문이기도 하다. 한국인들에게 경계가 허물어진다면 가장 먼저 생각하는 것은 남북 간의 통일이다. 다음은 동서 간의 화합, 빈부 간의 격차 해소, 기회균등의 세상을 만드는 것이 아닐까 싶다.

　임실에서 순창으로, 순창에서 남원으로 두 지역의 경계를 넘어왔다. 같은 땅이고 이어진 땅인데도 왜 인간들은 많은 의미와 느낌을 부여하면서 살아오고 있을까. 아마 소유하고 싶은 끝없는 욕망 때문이 아닐까. 인간은 그 욕망 때문에 과거에도, 현재에도, 아마 미래에도 다툼은 계속 진행형일 것이다. 다만 방법과 수단만 바뀔 뿐이다. 사람들은 언제쯤 서로의 경계를 허물고, 마음과 마음이 닿아 경계 없이 모두가 어우러져 동등한 삶을 살아갈 수 있을까? 언제쯤 우리는 그런 희망과 용기를 가져 볼 수 있을까?

　향가유원지에서 섬진강을 따라 한 시간쯤 걸어 남원 대강면에 들어선다. 단조로운 길은 강둑을 따라 한없이 이어진다. '방산나루 펜션 민박'이라는 곳에서 잠시 쉬어간다. 이곳은 자전거 동호인들이 쉬어가기도 하고 하룻밤 신세 지는 곳이다. 그늘에 앉아 달콤한 아이스크림으로 열량을 보충하면서 섬진강 자전거길을 바라본다. 강폭은 넓어지고 물 흐름이 더디어진다. 그러다 보니 곳곳에 둔치가 많다. 물이 흘러가는 길목마다 겹겹이 산으로 둘러싸여 있다. 겉보기엔 사방이 막혀있는 형국이다. 이 물이 어디로 흘러갈까. 물은 지형의 높고 낮음을 어떻게 알고 낮은 곳을 찾아가는 걸까. 길을 걸으면서 보이는 풍경은 끝없는 질문으로 이어진다. 자연의 이치가 참으로 궁금했다. 섬진강 물길은 막힐 듯 막힐듯하면서 이 산과 저 산 사이의 틈새를 따라 아래도 아래로 흘러간다. 앞산에 막히면 낮은 골짜기를 찾아서 돌고 돈다. 휘어지는 각도가 120도를 넘나드니 길을 걷는 여행자는 어지러움을 느낄 지경이다. 물길이 어디서 와서 어디로 흘러갈지 한 치 앞도 내다볼 수가 없다. 하지만 물이 흘러가는 이치는 단순하다. 낮은 곳을 향해 흐른다는 것이다. 우리는 단순한 세상을 너무 복잡하게 살아가고 있는 것이 아닐까 하는 생각이 든다.

〈열하일기〉에서 1780년 여름, 연암 박지원은 압록강을 넘어 생애 처음으로 중원 땅을 밟는다. 강을 건너면서 그는 말한다. "그대 길을 아는가? 길이란 알기 어려운 것이 아닐세. 바로 저 강 언덕에 있는 것을. 이 강은 저와 우리의 경계로 언덕이 아니면 곧 물이지. 무릇 세상 사람의 윤리와 만물의 법칙은 마치 이 물이 언덕에 際(사이 제) 함과 같으니 길이란 다른 데서 찾을 길이 아니라 곧 '사이'에 있는 것이네."

'사이'란 무엇인가? 그것은 가운데가 아니다. 평균은 더더욱 아니다. 이것도 저것도 아닌, 낯설고 새로운 길, 시작도 끝도 없이 사방으로 펼쳐지는 고원이다. 천 개의 길, 천 개의 고원이다. 21세기에 섬진강을 걷고 있는 우리에게 길은 어디에 있는가. 과거와 마찬가지다. 국경과 자본 사이에 있다고 할 수 있다. 하지만 요즘은 세계 곳곳에서 국경들이 여지없이 해체되고 있다. 디지털 자본의 가열 찬 진군을 감히 누가 감히 막을 수 있을까? 더 나아가 21세기는 디지털이라는 가상공간 위에 끊임없이 새로운 길이 계속 만들어지고 있다. 예측불허다. 그래서 우리는 지금 불확실성의 시대에 살고 있는 것이다.

섬진강 물길은 겹겹이 쌓여있는 산 사이사이를 돌고 돌아 흘러간다.

그 사이를 통해서 천 개의 길로 나누어 낮은 곳으로 흐른다. 그래서 온 세상에 생명의 물을 공급하는 것이다. 물은 낯설고, 새로운 길이라도 마다치 않고 흘러가 자연에 끊임없이 생명수를 공급한다. 물길이 닿는 곳에 천 개의 길이 만들어지고, 천 개의 고원이 된다. 우리는 지금 그런 물길을 따라 걷고 있다, 그래서 물길에는 삶이 있고, 삶에 관한 이야기가 풍성한 곳이다. 그런 풍성한 삶의 이야기가 그리워 길을 걷고, 길 위에 있는 삶의 풍경을 본다.

또 섬진강 자전거길은 곳곳에 전설 같은 이야기가 많이 내려온다. 물길 따라 아름답고 지혜로운 삶의 이야기가 곳곳에 스며있다. 어느 시대나, 어디서나 전설은 만들어진다. 전설은 감동을 미화하는 작업이다. 어쩌면 사람들은 그런 아름다운 전설을 믿고 싶어 할 것이다. 전설은 오랜 시간에 걸쳐 전해오는 통시간적인 존재이며, 이 시간에 따라 널리 전파되므로 넓은 공간에 파급된 문화형태로 전달하는 내용, 전달하는 사람, 전달방법, 이것을 수용하는 사람, 그리고 어떤 변화가 있다는 점은 언어나 문학, 언론과 비슷하지만, 일정한 형식과 내용이 결합한 형태로 전하는 과정을 수없이 대를 물려서 현재까지 이르렀다는 시간의 여과와 사라질 것은 사라지고 살아남은 것만 전승하였다는 적자 생존한 점이 다른 문화현상과 차이가 있다.

사방이 어둑해질 즈음에 '신덕마을 광명요양원' 근처에 도착했다. 마을 앞 이정표에는 '구미교 28km' 라고 쓰여 있다. 낯설고 먼 곳까지 두 발로 걸어서 왔다. 몸은 지쳐가지만, 마음은 편안해진다. 또 향가유원지에서 성엽 샘을 우연히 만나 함께 야영하는 행운도 따랐다. 그가 좋은 야영지로 추천한 곳은 '용궐산 자연치유공원'이다. '용궐산'은 이름이 특이하다. 순창 용궐산은 말 그대로 '용이 거처한다는 산이고, 하늘을 나는 푸른 용의 품에 머물다'라는 뜻이란다. 숲은 얼마나 깊으며, 산은 얼마나 기품이 서려 있는 곳일까.

순창 '용궐산 자연치유공원'에는 조용한 정자도 있고, 시원한 소나무 그늘도 있고, 밤에는 하늘에 별천지를 만들고, 새벽에는 자연의 고요함과 평온함이 깃든 곳이다. 덤으로 가까운 곳에 화장실도 있고 식수도 풍부했다. 야영하기엔 모든 조건을 다 갖추었다. 우리는 섬진강이 내려다보이는 작은 바위 위에 세워진 정자에 짐을 풀었다. 정자 옆으로 바위틈새에 큰 소나무가 자라고 있어 운치를 더해주고 그늘도 만들어주고 있다. 섬진강 품에 안긴 용궐산 기슭에 서서히 어스름이 내려앉는다. 도보여행자에게는 밤을 지낼 안식처를 찾는 일은 이만저만한 걱정거리가 아니다. 배낭 내려놓을 장소를 선택하는 일은 바닥에 누울 때 잠의 맛이 어떨지를 결정하는 중요한 일이다. 오늘은 이곳 지리를 잘 아는 샘의 도움으로 편안한 보금자리를 얻었다. 이곳은 밤새도록 자연의 깊고도 자유로운 숨소리를 들을 수 있어서 좋은 곳이다.

바닥이 나무로 된 너른 공간에 텐트와 그 옆의 간이주방이 꾸며지자 아늑함이 밀려온다. 압력밥솥에서 나오는 압력 추의 흔들거리는 소리와 향긋한 밥 냄새가 허공 위를 나르기 시작한다. 세상에서 가장 좋아하는 냄새요 소리다. 동료들은 밥을 너무 좋아한다고 나에게 '밥보'라는 닉네임을 만들어주었다. 하루의 힘듦을 막걸리 한잔으로 보상한다. 부딪치는 술잔의 청명한 소리에 위로를 받으면서 깊게 들어 마신다. 맑은 공기 한 모금에 막걸리 한 모금이 섞이어 달짝지근한 향이 목구멍을 자극한다. 이런 것이 걷기라는 놀이의 끝자락에서 맛보는 즐거움이다. 누군가의 말처럼 '공기 반 막걸리 반'이다. 한 모금을 입에 털어 넣을 때마다 아늑함이 온몸으로 퍼지며 부드럽게 가슴속에 자리 잡는다. '용궐산 자연치유 공원'에서 말 그대로 피곤한 심신이 치유를 받은 듯하다. 이것이 서로에 대한 오늘 하루 동안의 힘듦에 대한 위로였다. 위로는 한마디 말이 아니라 따뜻하게 곁에 있어 주는 것이라 생각한다. 쉽게 건네는 위로는 허공으로 쉽게 사라질 뿐이다. 힘든 이에게 한없이 따뜻하게 바라봐주고 곁에 있어 주길 바라는 것이 위로의 마음이다. 서로가 서로에게 위로를 주고받았으니 내일도 잘 걸을 수 있을 것 같다.

섬진강 이야기 셋 – 신덕마을에서 고달교까지

섬진강 자전거길 걷기놀이는 신덕마을 앞에서 부터 새로운 시작을 한다. 새로운 시작은 새로운 만남이고 새로운 연결이다. 우리는 살아가기 위해서는 끊임없이 연결되어야 한다. 걷기는 바로 새로운 것과 만남의 연속이다. 새로운 길, 새로운 마을, 새로운 풍경, 새로운 여행자, 새로운 생각, 새로운 질문 등 수많은 새로움과의 만남을 통해 세상과 소통하는 것이다. 걷기라는 놀이는 '더 나은 나'를 찾고, '더 나은 삶'을 살아가기 위해 세상과 연결하는 것이다. 걷기 여행은 좋은 삶을 찾아가는 힘든 여정이다.

새로운 만남은 무한히 다채로운 자연의 세계와 타인의 상상력이나 독창성과 연결하라는 자극이 들어있다. 우리는 다른 세상과 연결할 수 없다면 스스로 소멸할 수밖에 없다. 사람들은 왜 걷는가. 단순하다. 세상과 만나고, 세상과 소통하고, 세상과 연결하고 싶어서 걷는 것이다. 걷기라는 놀이는 일상을 살아가는 힘과 그 속에서 관계를 소중하게 지키는 그런 지혜를 준다. 걷기라는 놀이는 살아있음을 스스로 증명하는 행위가 아닌가 싶다.

신덕마을 도로 옆에 만들어진 자전거길을 따라 상쾌한 아침을 걷는다. 곡성기차마을을 넘고 섬진강 천문대를 지나서 순자강 횡탄정 앞으로 걸어갈 것이다. 오늘은 어제보다는 발걸음이 가볍다. 길옆에 피어있는 야생화를 만나는 것으로 새로운 아침을 시작했다. 자전거길을 따라 금계국이 아침 햇살에 황금빛 자태를 뽐내며 우리를 반긴다. 또 간간이 패랭이꽃도 손짓한다. 패랭이꽃의 다채로운 빛깔은 볼수록 오묘했다. 그래서 그런지 그것을 바라보는 우리들의 감정도 새롭다. 패랭이꽃은 남악에 이사와서 영산강 지천인 남창천 근처 둑길에서 많이 보았다. 자전거를 타고 가다 보면 가냘픈 손을 흔들며 반기는 패랭이꽃과 정이 많이 들었다. 특히 이름이 너무 서민적이어서 정감이 더 간다.

　'패랭이'라는 말은 조선 시대 신분이 낮은 양민이나 보부상 같은 상인들이 쓰고 다녔던 대나무를 가늘게 쪼개어 엮은 모자이다. 이름의 유래가 궁금하다면 꽃 한 송이를 꺾어 뒤집어 손바닥에 올려 살펴보면 금세 알 수 있다. 모양새가 사극에서 본 패랭이와 똑 닮았다. 패랭이꽃은 석죽과의 여러해살이풀로, 매년 전국 각처의 양지바른 곳에서 여름 내내 꽃을 피운다. 패랭이꽃은 도저히 식물이 뿌리내리지 못할 것 같은 모래밭에서도 꽃을 피울 만큼 강인한 생명력을 자랑한다.

　여기에 민초를 상징하는 패랭이라는 이름까지. 생태와 이름의 유래를 알고 나니 패랭이꽃이 훨씬 친숙하게 다가온다. 패랭이꽃의 한자 이름은 '석죽화(石竹花)'이다. 줄기의 마디가 대나무의 마디를 닮았다는 데에서 유래한 이름이다. 이 때문에 패랭이꽃은 예부터 장수를 기원하는 의미로 그림에 많이 담겼다. 단원 김홍도의 '황묘농접도(黃猫弄蝶圖)'가 그 대표적인 그림이다. '바위(石)'는 장수를 상징하고, '죽(竹)'은 축하한다는 의미를 지닌 '축(祝)' 자와 중국어 발음이 같다. 과거 패랭이꽃이 가졌던 축수(祝 壽)의 의미는 지금도 유효하다. 패랭이꽃은 서양으로 전해져 다른 식물들과 교접해 수많은 원예품종으로 개량됐었다. 그중 하나가 매년 어버이날에 불티나게 팔리는 카네이션이란다. 이 말을 듣고 꽃집에 들를 때마다 카네이션을 잘 살펴보게 되었다. 닮은 데가 많다. 패랭이꽃과 비교해 꽃잎이 훨씬 풍성하고 크지만, 꽃잎의 끝에는 패랭이꽃 특유의 톱니 모양이 그대로 남아있고 꽃받침의 모양도 같다. 카네이션은 패랭이꽃과 같은 석죽과의 여러해살이풀이기도 하다. 개량 과정을 거쳐 남의 나라꽃인 카네이션으로 더 유명해진 패랭이꽃. 이는 마치 한국 원산인 '수수꽃다리'가 '미스킴라일락'으로 개량돼 우리에게 역수입되는 모습과 판박이여서 씁쓸함을 남긴다. 근래에 들었던 '미래는 종자전쟁이다'라는 말이 실감 난다.

지금도 메마르고 척박한 곳에서 아름다운 꽃을 피우는 서민적인 꽃 패랭이. 패랭이꽃의 꽃말은 '순결한 사랑'이다. 다시 길에서 패랭이꽃을 만나면 응답해 주어야겠다. '네가 바로 패랭이꽃이었구나!'하고 말이다. 그 옆에 또 다른 석죽화도 피어있다. 겉모습은 조금 다른듯하지만, 꽃 모양이 닮았다. 석죽과의 한 두해살이풀로 '끈끈이대나물'이라고 한다. 꽃 모양은 작은 패랭이꽃이 수십 개 이어진 모양처럼 보이기도 하고, 키 큰 꽃 잔디와 비슷하기도 했다. 알고 보는 것과 모르고 보는 것은 전혀 다른 느낌이다. 그래서 '아는 만큼 보인다'라는 말이 생겨난 모양이다. 이 꽃도 이름만 다를 뿐 일종에 패랭이꽃이다.

끈끈이대나물이라는 꽃도 패랭이꽃 못지않게 친근했다. 끈끈이대나물은 유럽 원산인 귀화식물이다. 우리나라 각처의 정원이나 길가 또는 빈터와 해변에 자생한다. 끈끈이대나물의 꽃말은 '젊은 사랑, 청춘의 사랑,

함정'이라고 한다. 자연에서의 생존방식들은 모두 다채롭고 신비롭다. 끈끈이대나물은 이름과 같이 대나무처럼 길쭉한 줄기에 우산살처럼 뻗은 꽃대 끝에 분홍의 작은 꽃들을 피워낸다. 줄기에서 끈끈한 점액이 분비돼 곤충을 잡는다고 한다. 끈끈이대나물이 줄기 상단에 점액을 분비하는 것도 날개에 달린 곤충 이외에는 꽃과 꽃가루를 빼앗기지 않으려는 생존방식인지도 모른다. 저마다 꽃을 피우는 시기와 의미가 다른 것도 오랜 진화에 따른 생존의 결과물이기 때문이다.

섬진강 자전거길을 걸으면서 자연에서 또 하나의 가르침을 받았다. 모든 동식물이 자신에게 주어진 환경에 적응하면서 생존하는 모습은 다양했고 절박했다. 자신에게 주어진 척박한 환경을 이겨내고 꿋꿋하게 자신에게 주어진 생존방식대로 열심히 살아가는 야생화의 모습은 아름답기까지 했다. 아무리 상황이 어렵더라도 최선을 다해 살아가는 모습을 보고 자연에서 배운다. 한국이 자살률 1위라는 오명을 쓰고 있다. 주변이 죽을 만큼 척박한 환경이라도 그 환경에서 이겨내고 저렇게 아름다운 꽃을 피우는 야생화들을 보면서 힘을 냈으면 하는 바람이다. 그러면 언젠가는 아름다운 결실을 볼 수 있지 않을까 싶다.

야생화를 보는 재미에 푹 빠져서 섬진강 자전거길을 따라 천천히 걸었다. 멀리 소를 키우는 섬진강가의 마을이 보인다. 우리 앞으로 한가로이 자전거를 탄 시골아줌마도 지나간다. 그 모습이 섬진강 풍경과 어우러져 청순했고 평온해 보였다. 영화 속의 한 장면 같다. 앞서 지나갔던 여인을 우리는 멀지 않는 전망대에서 다시 보았다. 전망대는 창백하고 너른 공간, 아직 정착되지 않는 소나무 등으로 보아 만들어진 지 얼마 되지 않는 모양이다. 전망대 한쪽 그늘에 앉아 조용히 사색도 하고, 경치를 감상도 하면서 간간이 손에 들고 있는 책을 보는 것 같았다. 이것도 길을 걷는 이유가 된다. 섬진강가에 사는 사람들의 다양한 삶을 만난 것도 걷는 자만이 느끼는 기쁨이다. 작은 것에도 감동하고 기뻐하는 것이 걷는 자의 여유이다. 도시에서는 느낄 수 없는 낯선 감동이 밀려온다.

전망대를 지나 내리막길을 걸어가면 섬진강과 다시 마주한다. 좁은 골짜기 사이로 강물이 끊어질 듯 이어져 내려간다. 강가에는 습지가 많고 그 습지 위에는 버드나무들이 많이 보인다. 한적한 길을 따라 걷는 재미도 있고, 가끔 자전거 동호인들이 지나가면 손을 흔들어주는 재미도 있다. 빠르면 빠른 데로, 느리면 느린 데로 물 따라, 길 따라, 바람 따라 함께 걸어간다. 자전거가 오면 비켜주고 그 뒤를 따라 느릿느릿 걸었다. 종종 눈을 들어 너른 산천도 바라본다. 빨리 가는 것에 비해 섬세하게 보인다. 강 너머에 첩첩산중처럼 보이는 산과 산이 여러 겹으로 겹쳐져 원근감을 자랑하는 봉우리들이 친근하게 다가온다. 아래로 내려갈수록 물소리가 조금씩 들리기 시작한다. 물의 흐름이 느껴진다. 섬진강을 따라 걸어가는 발걸음이 가볍고 상쾌했다. 또 가는 길에 심심찮게 보이는 산딸기 열매며, 뽕나무 열매인 오디가 우리들의 입을 지루하지 않게 만들어준다. 심심풀이로 따 먹기도 하고, 씀바귀 꽃이며 이름 모름 다양한 야생화도 구경했다. 이름 모르는 꽃은 모바일 앱을 통해 찾아보는 재미도, 야생화의 이름을 알아가는 재미도 쏠쏠했다. 거기에 꽃말까지 알게 되면 야생화는 잡초가 아니라 도보여행자의 좋은 친구가 된다. 우리 곁으로 한 걸음 더 친근하게 다가온다. 이것이 천천히 걷는 맛이다.

섬진강 자전거길은 곡성 섬진강 기차 마을로 들어가는 삼거리로 이어진다. 삼거리 다리 앞 간이 정자에 마을노인 서넛이 앉아 바람을 쐬고 있었다. 어디로 가야 할지 몰라 방향을 물었다. 다리를 건너면 곡성군이고, 바로 쭉 가면 남원시 금지면이고 남원의 요천과 섬진강이 만나는 길이란다. 다리를 건너면 곡성 횡단정으로 가는 지름길이고, 똑바로 가면 횡단정으로 가는 자전거길이지만 한참을 빙 돌아가야 한다고 했다. 자전거길을 따라가 보기로 했다. 다리 밑을 통과해 끝없이 지루한 직선 길을 따라 섬진강을 길벗 삼아 걸었다. 아무 생각도 없이 걸어간다. 강은 우리에게 길을 안내하고, 심심할 때마다 물소리로 말도 걸어주고, 시원한 강바람으로 땀도 식혀주고, 뻥 뚫린 시야가 우리에게 보는 재미를 준다.

점심때가 되어간다. 섬진강가에 마을이 보여서 라면을 사려고 정자에서 쉬고 있는 노인에게 물으니 이 마을에는 구판장이 없단다. 조금 가다가 요천이 흐르는 요천대교 안쪽으로 들어가면 용천마을에 구판장이 있다고 알려준다. 요천대교는 곡성과 남원의 경계선이 있는 곳이다. 우리들은 용천마을 안을 들어갔다. 이 마을은 남원군에 속하는 마을이다. 갈림길 표시판에 예성교(구례)까지 22km, 남원 광한루까지는 16.5km 남아있다. 예성교 방향은 섬진강 자전거길이고, 광한루 방향은 '요천 100리 자전거길이다. 즉 남원 쪽으로 올라가는 자전거길이 100리(40km) 길인 모양이다. 낯선 마을 안으로 무작정 들어선다. 마을 길이 깨끗하고 집집이 담벼락에 마을 사람들이 줄다리기하는 모습이 그려져 있다. 남녀노소 모두 힘을 합쳐 줄을 당기는 모습이 정겹다. 마을의 옛 풍습을 담고 있는 그림들이 집집이, 담벼락마다 화려한 색채로 그려져 있다. 마을벽화가 인상적이다. 지금은 농번기라 그런지 사람 그림자도 보이지 않는다. 외지사람인 우리가 마을 안으로 들어와도 누구 하나 관심조차 없다. 그만큼 안전한 사회라는 증거일까.

마을 안쪽에 사각형의 넓은 정자가 있었다. 일단 그곳에서 잠시 쉬어가기로 했다. 그 사이에 승호 샘이 용천마을 구판장에 가서 소주 두 병과 라면, 그리고 물을 사 온다. 점심은 라면에 식은 밥 한 덩어리 그리고 소주 한잔이다. 소박한 식사가 길을 걷는 여행자에게는 편했다. 잠시 눈을 붙이고 다시 일어섰다. 느리게 걷는 여행자들의 모습과 소박하고 절제된 밥상은 서로 조화를 이룬다. 이런 것이 착한 여행이고, '느림의 삶'의 실천이 아닐까 싶다.

남원 용천마을을 떠나 다시 자전거길로 접어든다. 섬진강으로 이어지는 지천(支川)의 우회 다리가 까마득히 보인다. 우회하는 자전거길은 가도 가도 끝이 없다. 더운 날씨에 포장도로의 지열까지 합해서 인내심에 한계를 드러내게 되었다. 마침 지천(支川)에 설치된 징검다리 보가 있어 그곳으로 도천(渡川)했다. 그랬더니 횡단정까지의 거리는 4km 정도 단축된다. 횡단정으로 향하는 길 위에 남원군과 곡성군의 경계선이 있다.

유독 자전거길은 수많은 경계를 넘나들며 흐른다. 하지만 길은 경계를 의식하지 않는다. 강물은 가장 낮은 곳을 향해서만 흘러가듯이 자전거길도 강물을 따라 낮은 곳으로 흐른다. 자전거길은 사람의 욕망 때문에 만들어지는 것이 아니다. 오직 낮은 곳을 향해서 자연스럽게 생긴 길이다. 그래서 자전거길은 곡선이고, 아름다운 곳이고, 걸어가고 싶은 공간이다. 파란 경계선을 넘으면 곡성군이다. 경계선은 서로 다른 두 곳이 만나는 점이기도 하다. 하지만 실제로는 하늘에도, 바다에도, 땅에도 경계라는 것은 없다. 둥근 지구에는 어떤 경계도 존재하지 않는다. 다만 인간의 마음속에만 경계라는 용어가 있다. 인간들은 끝없는 욕망 때문에 경계를 나누고 그 경계로 인해서 서로 다툰다.

谷城(곡성) 땅이다. 谷城(곡성)이라는 지명에는 재미있는 뜻이 담겨있다고 한다. 곡성은 백제 시대에는 욕내(欲乃) 혹은 욕천(欲川)군으로 불리었다. 이는 우리말을 한자로 빌려 표현한 것으로 욕의 훈인 골이 골짜기를 의미하여 골짜기가 많은 지역을 의미하는데, 땅의 골을 따라 산과 하천의 흐름을 그대로 본떠 曲城(곡성)으로 부르게 되었다. 직역하면 굽은 고개라는 뜻이다. 곡성의 이름에는 또 다른 이야기도 숨어 있다. 고려 시대에는 곡성이 시골장을 떠돌아다니는 장꾼들이 물건을 지고 다니는 길이었다고 한다. 그런데 길이 워낙 험해서 슬피 우는 소리라는 뜻으로 哭聲(곡성)으로 부르기도 했다. 그 후 곡식 곡자를 사용한 穀城(곡성)으로 바뀌었는데 고을 사람들이 나라에서 세금을 걸어갈 때 곡성에 곡식이 많은 줄 알고 세금을 많이 걸어갈 것이 아니냐는 말이 나왔다. 그래서 이를 개칭하여 골짜기를 뜻하는 글자를 사용한 谷城(곡성)으로 이름을 바꾸어 현재에 이르고 있다. 같은 곡 자이지만 글자마다 제각기 다른 의도가 숨어 있는 것이다. 이렇듯 곡성은 많은 골짜기만큼이나 지명 유래에도 굴곡이 많았다. 그리고 왠지 삶의 팍팍함이 느껴진다. 그 앞으로 고불고불 흘러가는 순자강에도 많은 이야기가 숨어 있을 것만 같다. 지금은 도로가 뚫려 골짜기라는 그런 느낌은 전혀 없다.

섬진강 우회도로를 따라 걸어서 횡단정에 도착했다. 횡단정은 곡성 땅이 있는 유명한 정자이고, 동시에 주변 풍경이 빼어난 곳이다. 입구에 섬진강 인증센터와 간이쉼터가 있고, 안으로 들어가면 보인정(輔仁亭)이 먼저 모인다. 그리고 조금 더 안으로 들어가면 나무숲에 가려져 보이지 않던 횡단정이 나타난다. 같은 장소에 정자가 연이어 두 개나 있다. 그것은 선비들이 보기에 이곳에서 바라본 섬진강 경치가 그만큼 뛰어나다는 것이 아닐까. 횡당정은 전남 곡성군 고달면 뇌죽리 뇌연 순자강(鶉子江) 강변에 자리하고 있으며 단층팔각지붕의 대청형 건물이다. 이 마을 사람이 여럿이 모여 난정(蘭亭)으로 삼았으며 남전 여씨의 향약(鄕約)을 바탕으로 하여 수계입약을 하였다고 한다. 전란으로 인해 폐정되었다가 1887년에 향약계원의 후손들이 모여 다시 세웠다고 한다.

보인정과 횡단정 앞에는 곡성의 순자강이 흐른다. 정자에서 바라본 순자강은 날씨 때문인지 꽤 몽환적인 분위기를 자아내고 있다. 초록 숲과 초록 냇가 그리고 삼각주 같은 초록 섬이 있는 순자강은 이국적인 경치를 보여준다. 이곳은 남원의 요천과 섬진강이 만나는 지점이다. 두 물길이 만나는 이곳에는 많은 이야기를 품고 있다. 그 앞에는 횡단정이라는 정자가 그것을 증명하고 있다. 경치가 좋은 곳에 세워진 정자에는 이곳을 오가는 사람들의 슬프고 기쁜 사연과 삶의 흔적 그리고 선비들의 풍류가 깃들어 있을 것이다. 옛사람들의 많은 사연을 머금고 있는 이곳에서 쉬어가면서 섬진강이 들려주는 이야기를 들었다.

작은 두물머리 앞에 형성된 기다란 삼각주 같은 초록섬은 일명 '딸섬'이라고 한다. 이 딸섬에도 하나의 이야기가 전해져 내려옵니다. 먼 옛날 곡성읍 동산리 동산쟁이 마을이 생기고 얼마 지나지 않았을 때의 일입니다. 한 처녀가 늙은 어머님을 모시고 가난한 살림을 꾸리고 있었습니다. 그 해는 가뭄이 들어 온 마을 사람이 곤경에 빠졌습니다. 이러다가 굶어죽겠다고 생각한 처녀는 강 건넛마을에 가서 일을 해주고 밥을 얻어다가 어머니께 드렸습니다.

어느 날 처녀가 강을 건넌 뒤 무심하던 하늘이 억수같이 많은 비를 쏟아부었습니다. 메마른 땅에 내리는 비를 보며 마을 사람들은 기뻐했습니다. 그러나 여러 날 계속 비가 내리자 강물이 둑을 넘을 만큼 위태로웠습니다. 어머니가 있는 강 건너편으로 가지 못한 처녀는 홀로 굶주리고 있을 어머니를 생각하며 마음만 졸였습니다. 결국, 죽음을 무릅쓰고 강을 건너기로 마음먹고 강물로 뛰어들었지만 거센 물결은 삽시간에 처녀를 삼켜버리고 말았습니다. 얼마 후 정신을 차려 눈을 떠보니 처녀는 어느 돌 위에 누워있었습니다. 처녀는 그 바위 위에서 어머니를 부르고 부르다 지쳐 그만 숨지고 말았습니다. 그 뒤로 아무리 많은 비가 내려도 강물은 그 바위를 넘지 못한다고 합니다. 마을 사람들은 신비로운 그 바위를 하늘이 내려준 섬이라 믿으며 '딸섬'이라 불렀습니다.

지금은 '딴섬'으로 부르기도 합니다. 얼마나 아름다운지 눈이 부신 풍경이다. 딸섬의 5월의 초록은 연둣빛에 가깝다. 아기자기하고 올망졸망한 이야기를 품고 있는 섬진강이 만들어 놓은 자그마한 바위들을 보였다. 지금은 강이라기보다 우리네 고향 어귀에 흐르던 실개천을 떠올릴 정도로 자그마한 물줄기가 수도 없이 흐른다. 긴 섬진강을 따라 걸어가는 동안 형언할 수 없고 표현할 수 없는 감동을 받았다.

횡단정을 벗어나면 오른쪽으로 섬진강을 끼고 형성된 마을이 보이고 풍광이 아름답고 전망이 좋은 자전거길이 나타난다. 우리 앞에 나타나는 자전거길은 비포장 언덕길이 있는가 하면, 잘 닦인 길도 있고, 자전거도로이기보다는 제주도의 올레길처럼 오솔길 같은 느낌을 주는 길도 있다. 논과 밭에 농부들은 농사일에 분주하고 모내기를 시작하는 곳도 있었다. 진분홍 자운영 꽃이 낯선 이방인의 방문을 환영해주고, 봄바람에 너울너울 춤을 추며 옆으로 눕는 청보리밭을 지날 때는 '야호' 소리까지 내면서 두 명의 자전거 탄 일행은 열심히 페달을 밟으며 섬진강을 가슴으로 느끼면서 지나간다. 그리고 그 길 바로 옆 강변에 '둥둥 바위 이야기'가 떠다닌다.

옛날 섬진강이 세차게 흘러넘치면서 고달면 대사리 대동마을 앞을 흘렀다고 한다. 이때 이 강물을 건너기 위해 높은 다리를 놓았는데 다리 이름에 높을 '高(고)' 자를 써서 고다리라고 불렀다. 이후 조선 시대 말에 고달이라 칭했다가 오늘날 고달마을이 되었다. 고달마을의 북쪽 섬진강변에는 둥둥 바위라는 큰 바위가 있다. 둥둥 바위는 그 크기가 마치 광장같이 넓은데 이 바위 위에서 발을 구르면 둥둥 하고 북 치는 소리가 난다고 한다. 옛날 사람들의 말에 의하면 섬진강 물 위에 바위가 떠 있어서 둥둥 소리를 낸다고 전해진다.

현재 이곳은 낚시 장소로 유명하며 외래 관광객이 많이 찾아오고 있는 관광지이다. 이 둥둥 바위에서 섬진강 건너편을 바라보면 동산리에서 고달교까지 수백 년 된 팽나무와 소나무가 숲을 이루어 그 모습이 장관을 이루는 경치 또한 아름다운 곳이다. 순자강과 요천이 만나는 이곳에는 사람들의 많은 이야기가 깃들어 있다.

섬진강을 따라 자전거길이 새로 조성되어 있다. 햇살을 등지고 시멘트로 포장된 자전거길을 끝없이 걷고 걸었다. 이것은 자전거길 도보여행자의 가장 큰 고충이다. 포장된 자전거길은 자전거 타기에는 편리한 길이지만, 걸어가기에는 한없이 퍽퍽한 길이다. 또 발바닥에 무리도 많이 간다. 걸어가기에는 오솔길 같은 비포장도로나 숲길이 안성맞춤이다. 때때로 그런 멋진 자전거길을 만나면 아늑하고 포근했다. 우리가 걷는 길이 자전거길이니 힘들더라도 고행이라고 생각하고 감수했다. 목적지에 도착해서 고달교 옆에 있는 신지마을 정자에서 일행을 기다렸다. 섬진강 자전거길을 사흘 동안 대략 75km 정도를 걸었다. 시원한 정자에 누워 3일간 걸어온 길을, 그 길에서 보았던 풍경을, 그리고 스스로 했던 많은 질문을 돌이켜본다. 걷기라는 놀이는 '빠르게'가 아니라 '느리게' 걷는 것이다. 느림의 실천을 통해 나는 무엇을 얻으려 했을까. 무적자(無籍者)만이 누릴 수 있는 자유 같은 것이 아닐까.

은퇴한 우리를 남들은 무직자(無職者)라고 말한다. 하지만 어쩌면 유직자(有職者)에 가깝다. 직업은 자유를 즐기는 여행자, 즉 프리랜서라고 말하고 싶다. 또 어느 곳에도 소속되지 않는 무적자(無籍者)이기도 했다. 어느 곳에도 소속되지 않아 행동에 제약을 받을 필요가 없다. 그래서 행복하다. 이것이 퇴직한 우리가 누리는 가장 큰 기쁨이다. 모든 일은 스스로 결정한다. 또 스스로 결정한 일을 스스로 실천하면서 살아간다. 우리는 평생을 유적자(有籍者)로 살아왔다. 어딘가에 소속되어 구속을 당하여왔다. 그래서 인간은 사회적 동물이라고 한다. 어려서는 가정에, 학생일 때는 학교에, 사회에 나가서는 직장과 사회에 얽매어 살아왔다. 물론 지금도 완전한 무적자는 아니다. 인간은 완전한 무적자는 될 수가 없다. 하지만 반쪽짜리 무적자라고 해도 충분한 자유와 행복을 느낀다. 그리고 웬만해서는 어딘가에 소속되는 것을 거부하고 싶다.

섬진강 자전거길을 따라가는 사흘간의 걷기라는 놀이가 끝이 났다. 나는 자전거길을 걸으면서 마냥 설렜고, 그냥 좋았다. 내 앞에 길이 있어 행복했고, 그 길을 걸을 때는 편안했다. 집에 돌아와서야 비로소 내는 길을 왜 걷는지, 자전거길에서 무엇을 보았는지, 어떤 질문을 했는지, 그 답을 얻었는지 생각하기 시작했다. 하지만 그때 느낀 감정도, 그때 생각했던 단어들도, 낯선 풍경들도 모두 토막토막 끊어진다. 마치 아날로그 필름처럼 기억들이 쉽게 연결되지 않는다. 그리고 토막토막 끊어진 기억들을 희미한 끈으로나마 연결하고 싶어서 기록을 남긴다. 연결하면 묵직한 아름다움이 남고, 먼 그리움의 흔적들이 만들어질 것이다.

문제는 길을 걸을 때의 느낌과 돌아와서 책상에 앉아 글을 쓸 때의 생각들이 각각 다를 수 있다는 것이다. 기억이 아무리 진실이라고 해도 그것을 진실로 만들 수 없는 부분이 많다. 글을 쓰다 보면 그런 한계를 많이 느낀다. 사람의 생각은 계속해서 변하기 때문이다. 생각은 한곳에 머물지 않고 살아있는 생물처럼 꿈틀거린다. 앞에 장애물을 만나면 돌아가는 것처럼 생각도 장애물을 만나면 변하기 쉽다. 여행을 다녀온 후에 기억이 변질하는 속도를 늦추기 위해서 기록을 남긴다. 또 자전거길을 걷고, 보고, 질문했던 것들이 그리워서 다시 생각하고 기록을 남기는 것이다. 이 세상에는 변하지 않는 것은 없다. 그래서 그런가. 시시각각 여행의 기억들도 뒤죽박죽이 된다.

섬진강 이야기 넷 - 고달교에서 구례구역까지

걷기 여행은 일상적인 타성의 늪, 집착하는 마음에서 벗어나 본질적으로 나다운 나답게 살기 위해서, 참 자아와 만나기 위해서 하는 작은 행동이다. 걷기 여행을 떠나는 것은 현실의 도피가 아니라 더 당당한 내가 되기 위해서이다. 2016년 6월 4일(토)은 초여름 햇빛이 강했다. 내일부터 두 번째 섬진강 자전거길 걷기 여행이 시작된다는 카톡이 왔다. 2주 만에 다시 자전거길 걷기 여행에 나서는 것이다. 나에게 걷기는 참으로 행복한 놀이다. 운동신경이 느리고 순발력이 떨어지는 사람에게는 걷기만큼 잘 어울리는 놀이도 없을 것이다.

걷기의 장점은 서두르지 않아서 좋다는 것이다. 그래서 걸으면 자유롭고 행복하다. 어쩌면 걷기는 나의 성격과 딱 맞는 운동이기 때문에 더 행복감을 느끼는 것이고, 지금 몰입하는 것인지도 모르겠다. 걷는다는 것은 참으로 다른 운동에 비해 마음이 편하다. 전혀 부담이 없다. 물 흐르듯이 가면 된다. 앞에 암초가 있으면 돌아가고, 막히면 쉬어가고, 시야가 탁 트인 곳에서는 아름다운 산천을 바라보면 된다. 이 얼마나 편한 여행인가. 마음이 편하다는 것은 걷기가 그만큼 정직하다는 것을 의미한다. 걷기는 착한 여행이어야 하기에 때론 스스로 많은 모순과 질문에 직면하기도 한다.

그러면 행복은 어디에서 오는 것일까. 대부분의 사람은 행복한 삶을 살고 싶어 한다. 어쩌면 사람은 행복해지기 위해 살아가는지도 모르겠

많아졌다.

　이곳은 곡성군의 기차 마을의 연장 차원에서 만든 기차 마을 자전거 우회도로와 섬진강 자전거길이 만나는 곳이다. 수심이 얕고 강폭이 좁은 곳에 나무다리가 만들어져 있어 섬진강을 가장 가까이서 볼 수가 있다. 강물의 흐름이 빨라 물 흘러가는 소리가 참으로 경쾌하게 들린다. 아침부터 맑고 밝은 소리가 우리들의 귀를 정화해주는 듯하다. 다리 옆에서는 한 가족이 와서 다슬기를 잡는지 모두 물속에 시선을 고정하고 열심히 다슬기를 집어낸다. 바쁜 일상 속에서의 짧은 일탈이지만 소소한 가족의 행복이 느껴진다.

　섬진강 중에서 이 구간은 '소리의 강'이란다. 명칭에 잘 어울린다. 섬진강의 힘찬 물소리를 듣는 것이 오랜만이다. 오면서 군데군데 들려왔지만 이렇게 가까이서 섬진강의 거친 숨소리를 들으니 가슴이 쿵쿵거린다. 낮은 다리 밑으로 흐르는 섬진강의 물 색깔은 맑고 투명했다. 4대강은 홍수조절용 보로 인해 소통이 단절되고 있어 가슴이 아팠는데 그래도 섬진강은 양호했다. 그래도 가는 곳마다 물을 가두기 위해 작은 턱을 쌓아 놓아 물의 흐름이 느리고 소통이 원활하지 못했다. 소통이 막히면 숨이 차고 산소 공급이 느려서 결국은 점점 죽어가게 된다는 것은 모든 자연의 이치이다. 댐의 역할이 물론 인간들에게 식수나 농업용수 공급에 도움을 주는 것은 사실이다. 하지만 댐 이외에도 너무 많은 보까지 쌓아서 조금 남아있었던 숨구멍까지 막아버렸다. 다행히 섬진강은 그런 거대한 보는 없어 깨끗한 강으로써의 명맥을 그런대로 유지는 하고 있다. 하얀 거품이 일으키며 작은 통로를 통해 강물이 힘차게 흘러간다. 마치 섬진강이 활발하게 살아 숨 쉬는 듯했다.

　자전거길은 맞은편으로 방향을 튼다. 우리는 그 길을 따라 싸목싸목 걸었다. '쉴멍, 놀멍, 걸으멍'이라는 올레길의 모토인 삼색 향기를 맡으며 걸었다. 누구도, 무엇도 우리들의 걸음걸이를 방해하지 않는다. 느리면 느린 대로, 빠르면 빠른 대로, 혼자이면 혼자인 대로, 함께이면 함께한 대로 바람 따라, 구름 따라, 꽃길 따라, 물길 따라 흘러간다. 혼자이면서 함께하고, 함께하면서 혼자 걸어간다. 이런 것이 느리게 걷는 자의 넉넉함이 된다.

섬진강을 가로지르는 나무로 된 징검다리를 건넜다. 짧은 거리였지만 긴 여행을 한 기분이다. 자전거길을 걷고, 길에서 만난 풍경을 보고, 길에서 수많은 질문을 주고받았다. 그 안에서 소소한 즐거움과 작은 기쁨이 느껴진다. 섬진강가로 나무들이 간간이 심겨 있었다. 그 나무들은 그늘을 만들어 도보여행자를 위로한다. 길가에 피어난 이름 모를 야생화의 풍경은 도보여행자를 반긴다. 노란색의 작은 씀바귀가 작은 손을 꼼지락거리며 손을 흔드는 모습도, 큰 나무들이 흔들거리며 그늘과 바람을 만들어내는 모습도 자연이 주는 아름다운 선물이다. 우리는 자연 일부분에 속한다는 사실을 망각한 채 살아간다. 길을 걸으면서 소중한 진실을 배워간다.

섬진강이 산과 산 사이를 따라 굽이굽이 흘러간다. 강물은 정말 자연의 이치에 거슬리지 않고 막히면 돌아가고, 높으면 낮은 곳을 찾아 흘러가는 모습에서 '겸손'이라는 단어를 체험했다. 또 겨울잠에서 깨어난 가로수의 파란 새싹들이 삐쭉삐쭉 돋아나더니 이젠 제법 무성해지고 있는 6월이다. 강추위 속에서도 때가 되면 주저하지 않고 쑥쑥 살아나는 새순들이 용감하고 신비스러웠다. 자연의 섭리는 인간의 힘으로 막아낼 수 없는 것이다. 특히, 우리나라처럼 계절의 변화가 있다는 것은 참으로 고마운 일이다. 봄, 여름, 가을, 겨울을 거치면서 우리는 자연의 고마움을 자연스럽게 알아간다. 이런 변화가 자연에 감사하는 마음을 가지게 한다. 길을 걸으면서 자연의 아름다움을 새삼 다시 느끼게 된다. 느리게 걸어가면 자연의 섬세한 부분까지 볼 수 있다는 것이 얼마나 커다란 축복인가. 이런 즐거움은 걸어본 자만이 알 수 있다. 그래서 걷기놀이를 누군가 '긍정적인 중독'이라고 말하지 않았던가.

또 자연은 겉보기에는 무질서하게 보여도 정말로 정확하고 오묘하다는 것이다. 뒤죽박죽 보이는 자연현상에도 다 이유가 있다. 자연은 인간의 삶보다 훨씬 정교한 틀에 의해서 한 치의 오차 없이 움직이고 있다는 것이다. 심지어 자연은 재앙까지도 반드시 예고한다. 다만 우리가 듣지 못할 뿐이다. 아니 우리는 들으려고 하지 않는다. 자연을 사랑하는 것은 자연의 소리에 귀를 기울이는 것이고, 자연을 소중하게 여기는 것이고 함께 살아가는 것이다. 섬진강 자전거길을 천천히 걸으면서 자연의 섭리를 배워간다.

우리는 이렇게 모이면 함께 사람 사는 이야기를 나누고, 혼자이면 자연과 이야기하면서 걸었다. 그 사이에 섬진강 '무익조'라는 조형물 3마리가 세워져 있는 곳에 왔다. 섬진강 정서와는 너무 다르고 특이해서 기억에 오래도록 남아있다. '무익조'라는 조형물은 2003년 7월에 세워졌고 작가는 김성범이다. 왜 여기에 이런 무익조의 형상을 세웠는지, 섬진강과 무익조는 무슨 상관관계인지 이해가 안 된다. 김성범이 지은 〈숨 쉬는 책, 무익조〉라는 책을 보면 '무익조'는 '날지 못하는 새'를 의미한다. '날지 못하는 새'는 우리가 흔히 알고 있는 타조나 닭이 아닐까.

하지만 김성범이 착안한 놀라운 상상력. '무익조'는 실제로 존재한다. 키위(Kiwi)라고도 하는 이 새는 뉴질랜드가 원산지이며 야행성이고 크기는 닭만 하다. 물론 날지 못한다. 공룡의 한 종류인 프시타코사우루스는 '날개 없는 새'의 원조이다. 타조를 비롯한 이 날지 못하는 새들은 모두 파충류적 특징을 지니고 있다. 그러나 '무익조'라는 이름은 생물학적 존재라는 차원을 넘어 우리에게 더 많은 상상력을 자극한다. '퇴화한 집오리의 한유(閑遊)보다는 무익조의 비상하려는 안타까운 몸부림이 훨씬 훌륭한 자세'라고 신영복 샘도 말한 적이 있지만 '비상하지 못하는 새'라는 아이러니는 지금까지 수많은 이야기와 노래를 만들어냈다.

　작가 김성범 또한 '무익조, 즉 '날개 없는 새'라는 의미 자체에서 이야기의 실마리를 풀어가기 시작했다고 한다. 과학적인 근거를 찾아 실현 가능성을 뒷받침하고 동학혁명이 일어난 1894년과 2000년대를 가로지르는 액자식 구성으로 읽는 맛을 더했다. 또, 고조할아버지의 비밀을 파헤쳐가는 소년 한결의 시선이 어린이 독자들을 이야기 속으로 끌어들인다. 〈숨 쉬는 책, 무익조〉가 지닌 힘은 서사의 힘이다. 동학혁명 당시의 역사적 배경을 통해 당대를 살았던 이들의 희망과 갈망을 소년 서술자의 눈을 통해 박진감 있게 진행해 갔다는 점이 높이 평가되었다. 특히 동학 혁명기를 배경으로 하면서도 당대의 역사성과 일정한 거리를 둔 채, 지금 여기에서의 문제와 관련지어 나가는 중층적인 의미 구조도 소중한 것이다.

　여기에서 '무익조' 같은 동화 이야기가 탄생한 것은 섬진강가의 작은 호곡마을이 조선말기동학과 관련된 아픔과 깊은 상처가 있었다. 그 아픔을 다시 한 번 되새기기 위해 작가가 동화로 꾸민 것이고, 작가의 상상력을 통해서 오래전부터 이 마을에서는 동학이라는 신비한 새 '무익조'를 통해서 세상을 바꿀 꿈을 꾸었는지도 모르겠다. 날지 못하는 새의 아픔과 이루지 못한 동학혁명의 아픔을 한 세기의 시차를 두고 비교 재조명했다. 느리게 걸어가는 섬진강 자전거길에서 잃어져 가는 역사적 사실을 알게 되어 기뻤다. 또 이곳에 '무익조'에 대한 형상이 왜 세워졌는지도 어렴풋이 알게 되었다. '무익조'의 아픔을 동학혁명의 아픔과 비교하면서 천천히 앞으로 나아간다. 그리고 '무익조'가 다시 비상할 세상을 꿈꾸어본다.

이곳 고달면 호곡마을에는 나루터가 있어서 사람들이 동서로 오가며 많은 이야기를 실어 날랐을 것이다. 그래서 그런지 이 마을에는 '무익조' 외에도 '호곡나루터의 줄 배 이야기', '도깨비'에 관한 '마천목장군에 대한 이야기'도 전해지고 있다. 아마 이런 전설이 있어서 이곳에는 '도깨비 마을'이 조성된 모양이다. 입구에 도깨비 형상을 한 조형물이 마을 입구에 턱 버티고 있다. 한 손에는 긴 창을 들고, 다른 한 손에는 도끼를 들고 마을을 지키고 있는 형상이다. 이곳으로 들어가면 도깨비 마을전시관과 공원으로 통하는 길이다. 준비만 12년을 하였다는 '섬진강 도깨비 마을'이 문을 열었단다. 도깨비 마을전시관까지 올라가 보지는 못했다. 입구에서 안내문을 읽어보고, 어릴 때 들었던 도깨비 이야기와 우스꽝스러운 도깨비 모습을 상상했다. 그리고 한 가지 의문이 생겼다. 도깨비 이야기는 귀신 이야기와 비교하면 덜 무섭고 더 친근하다. 왜일까.

도깨비 마을을 뒤로하고 한없이 섬진강을 따라 걸어간다. 느리게 걷는다는 것이 이렇게 많은 것들이 보일 줄 몰랐다. 시공간을 뛰어넘어 4차원의 세계를 걷는 느낌이다. 느린 걸음으로 자전거길을 걸으면 시간은 과거와 미래를 왕래하며 우리들의 상상력을 자극한다. 오래된 기억 속의 잃어버린 시간을 회상하게 했다. 승용차를 타고 빠르게 가면 느껴볼 수 없는 낯선 감정이다. 멀리 강 너머에 곡성 기차 마을에서 출발하는 섬진강 관광 기차가 섬진강을 따라 가정역까지 달리고 있다. 한마디로 선에서 선으로 이어지는 낭만 여행이다. 섬진강을 따라 달리는 기차를 타고 강을 바라보는 것은 정감을 자아낸다. 하지만 공간에서 공간으로 이동하는 도보여행을 하면서 섬진강 너머의 기차를 바라보는 것은 정감이 더 풍성해지고 시야가 더 넓어진다. 아마 오감이 작동하는 전면(全面)여행이기 때문이리라. 걷기 여행은 길을 걸으면서 머리를 쓸데가 없다. 걷기 여행은 느낌이다. 같은 경치를 봐도 백사람 모두 다르다. 그래서 걷기 여행은 늘 재창조된다. 달리는 기차를 사이에 두고 섬진강 주변의 산하가 온통 초록빛 푸름으로 물들어간다. 나만의 한 폭의 풍경화가 그려진다.

'두가세월교'가 보인다. 다리 안쪽으로 '두 바퀴 쉼터'라는 한옥으로 된 '두가헌'이 있다. 이곳은 곡성에 있는 자전거 쉼터로 자전거여행자뿐만 아니라 곡성 기차 마을, 도깨비 마을 등을 찾는 관광객들의 숙소로도 이용되고 있단다. 기와 담장 안은 잔디가 정갈하게 깔렸고, 한쪽에 작은 연못과 작은 정자도 있다. 연못에는 빼곡하게 연이 자라고 꽃이 피었다. 햇살이 눈부셨다. 연꽃 봉우리에 잠자리가 앉아 젖은 날개를 말리고 있다. 소나무 숲이 우거진 산자락에 자리 잡은 '두가헌'이 멋진 풍경을 만들어내고 있다.

'두가세월교' 앞에는 '두계 외갓집 체험' 마을로 조성된 두계마을이다. 주변에 다양한 펜션과 편의시설들이 많이 보인다. 두계마을은 지리산 줄기 천마산 아래에 자리 잡고 있다. 마을 앞으로는 맑은 섬진강이 흐르고, 마을을 감싸 안은 8km 길이의 골짝은 오염되지 않은 자연의 모습을 그대로 간직하고 있다. 두계마을은 섬진강 기슭과 깊은 계곡 사이에 조용히 자리한 자연이 살아 숨 쉬는 물과 숲 그리고 인심으로 다져진 전형적인 산골 마을이다. 흐트러지는 초록빛의 아름다움과 온갖 산새들이

지저귀는 노랫소리가 남아있는 아름다운 마을이며, 주변에 청소년 야영장과 수련원이 있어 많은 관광객 유치로 발전을 거듭하고 있는 지역이다.

마을 공터에 있는 정자에서 잠시 한숨을 돌린다. 길가에 심겨 있는 뽕나무 열매인 오디가 검붉고 탐스럽다. 야생인 모양이다. 오는 길에도 오디를 많이 보았다. 오디는 익어가면서 자신을 지키는 흰색의 거미줄 같은 방어물질을 낸다고 한다. 그것이 없어지면 다 익었다는 것을 의미한다. 그 말은 아직 익지 않는 어린 열매를 보호해야 한다는 모성본능 같은 것이 아닐까 싶다. 동물에만 모성본능이 있는 줄 알았는데, 식물에도 자신을 스스로 방어하는 물질을 발산한다는 것을 알게 되었다. 편백나무의 피톤치드도 그런 종류의 일종이라고 한다. 모든 동식물도 적자생존의 세상에서 종족보존을 위해 최소한의 보호 장치가 있다는 것을 '오디'라는 뽕나무 열매를 통해서 알게 되었다. 자연계를 지배하는 원리와 법칙은 가장 단순한 것 같으면서도 참으로 빈틈이 없이 촘촘하고 신비롭다.

두계마을을 뒤로하고 구례 쪽으로 내려가다 보면 예쁜 펜션들이 강가에 자리 잡고 있다. 피서 온 사람들이 강가로 나와 루어낚시를 하고 있다. 하류로 내려갈수록 섬진강은 점점 강폭이 대범해지고, 풍광이 더 아름다워지고, 색상이 더 화려해진다. 눈이 가는 데마다 한 폭의 풍경화가 된다. 멀리 섬진강 세월교와 출렁다리가 잠에서 깨어나고 있다. 출렁다리 건너에는 곡성 기차 여행의 종착역인 가정역도 보인다. 학교에 근무할 때 학생들과 여름방학 때 곡성으로 테마체험 여행을 왔던 일들이 새록새록 생각난다. 좋은 추억들이다.

오늘이 공휴일이라 섬진강 모래톱에는 오토캠핑하는 사람들로 만원이다. 모두 6월의 햇살이 그리워서 온 사람들일까? 누군가 '햇살은 좋은 봄이다'라고 했다. 봄의 보약 같은 6월의 햇살을 맞으며 섬진강 자전거길을 걷고 있다. 6월의 햇살은 5월에 비해 강하고 따갑다. 하지만 6월의 햇살을 통해 다가오는 여름을 조용한 마음으로 바라볼 수 있어서 좋았다. 여름으로 가는 길목인 6월은 봄의 그리움이 배어있는 달이고, 목직 목직한 추억들이 스며있는 달이다. 6월의 그리움과 추억 그리고 간간이 길가에 키 큰 나무들이 그늘이 되어준다. 그늘은 바람을 만들고, 바람은 시원함을 만들고, 그 시원함은 우리들이 섬진강 자전거길 걷기를 추억으로 만들어준다. 아침에 뜨는 해를 보면서 하루 종일 길을 따라 남쪽으로 내려간다. 그늘에 흔들리는 나뭇잎을 보면서, 해가 지나가는 것을 바라보면서 하루의 지나감을 애틋한 눈길로 바라본다. 우리는 6월의 햇살, 섬진강의 푸름, 나무그늘의 시원함, 그리고 길가에 핀 야생화 꽃들을 친구삼아 걸었다.

오토캠프장은 많은 사람들로 시끌벅적했다. 오토캠프장을 막 지나면 곡성과 구례의 경계인 본황교가 있고, 왼쪽에 보이는 건물은 곡성 섬진강천문대다. 이곳에 천문대가 있다는 것은 주변 하늘이 깨끗하고, 오염이 적고, 맑은 날이 많다는 것이다. 그만큼 청정지역이다. 이곳은 기차마을 추억의 증기기관차, 자전거 하이킹, 레일바이크 등 테마여행 코스와 연계하여 자연과 과학 그리고 놀이를 즐길 수 있는 곳이다. 이곳저곳 기웃거리면서 옛 기억을 더듬고 다양한 방법으로 여가를 즐기는 사람들을 구경하는 재미도 쏠쏠했다.

이곳을 벗어나면 곡성 압록까지는 섬진강 자전거길은 포장도로를 따라 일직선으로 길게 뻗어있다. 강변 쪽으로 벚나무가 촘촘히 심겨 있다. 하동의 벚꽃길처럼 터널까지는 만들지 않았지만 울창했다. 이 길도 이른 봄이 되면 분홍빛 세상으로 변하겠구나. 엷은 꽃잎들은 봄바람에 한 마리의 나비가 되어 섬진강을 날아다니겠구나. 이른 봄 섬진강 풍경이 눈에 선하게 그려진다. 이런저런 상상 하면서 단조로운 길을 터벅터벅 걸었다.

압록까지 가는 길에는 도로를 따라 본황마을, 논곡마을, 힐링 온곡마을, 유곡마을을 지나면 섬진강 너머에 압록역이 멀리 보인다. 섬진강가의 마을들은 언제 생겼는지 유래를 모르는 마을도 많았지만, 임진왜란 때 피난지로 정착한 곳이 많았다. 다양한 사연을 안고 이곳에 정착하여 시간이 흐르면서 마을을 형성했을 것이다. 그만큼 아픔도 많고 사연도 많을 것이다. 그래서 그런가. 섬진강가에는 많은 이야기도 스며있다. 유난히 다른 강에 비해 강변을 따라 마을도 많고 설화도, 전설도 그리고 이야기도 많았다. 그중에서 온곡마을은 최근에 새로 조성된 마을 같다. 입구에 '힐링 온곡마을'이라고 돌 표지석이 있다. 섬진강 주변에 주택단지를 조성하여 마을을 이룬 것 같다. 지금도 공사 중이고, 몇 집은 입주를 하여 전원생활이나 민박을 운영하는 집도 있는 듯했다.

곡성과 구례의 또 다른 경계인 예성교에 왔다. 예성교를 건너면 곡성의 압록 유원지다. 압록마을은 섬진강의 두물머리 같은 곳이다. 순자강과 보성강이 만나 섬진강이란 이름으로 합쳐지는 곳이다. 순자강은 순하디순한 강이라는 뜻이다. 압록마을은 역시 맑은 물과 관련이 있는 지명이다. 압록은 순자강과 보성강이 합쳐지면서 강폭이 더 넓어진다. 이제부터가 진짜 섬진강인 셈이다. 그래서 압록 보성강변에는 산장 간판을 내건 집들이 많다. 특히 섬진강 압록마을의 명물 '민물 참게탕'은 일품이다.

예로부터 섬진강을 시원(始原)에서부터 남해로 들어가는 광양까지 지역마다 부르는 이름을 살펴보면, 순창 적성강(赤城江), 구례 잔수강(潺

水江), 광양 섬진강(蟾津江)이라 하여 강의 환경에 따라 이름을 지었다. 특히 섬진강이 곡성을 경유하는 거리 36㎞를 '순자강(鶉子江)'이라 한다. 곡성 고달면에서 오곡면까지를 순자강이라 하는데, 특히 고운 모래가 많아 모래가람, 사천 등으로 불렀다. 남원에서는 금지와 대강 경계에서 방동리까지의 섬진강 상류를 순강(鶉江)이라 했으며, 청정하고 푸른 강물은 이 시대 최고 상급수가 순자강이다.

순자강 유래는 옛날 전남 도계(道界)를 하는 남원 송동에 김취용이란 사람이 병으로 몸져눕자, 아들 김정설은 지성을 다하였으나 전혀 차도가 없었다. 그러던 한여름의 어느 날 아버지가 '메추리 고기를 먹고 싶다'고 했다. 가을철이 되어야 찾아오는 메추리는 무더운 여름철에 구한다는 것은 도저히 불가능한 일. 그러나 효성이 지극한 아들은 천지신명에게 기원하고, 메추리가 많이 서식하는 강을 찾았다. 강가를 더듬어 올라가는데 뜻밖의 기적이 일어났다. 갑자기 메추리 한 쌍이 하늘에서 나타나 강으로 떨어지는 것이다. 아들은 반갑게 메추리를 건져 지극 정성 끓여다 부친에게 공양하였더니 병환이 완쾌되었다고 한다. 나라에서는 그의 효성을 치하하여 효자 정려(旌閭)를 내리고, 메추리가 효도에 기여한 강이니 이때부터 '메추리 순(鶉)', 효도한 '아들 자(子)'를 써서 순자강(鶉子江)이라고 했다.

순자강은 물이 맑아, 새들의 먹이가 많고 강변의 무성한 수풀로 철새에게는 천혜의 낙원이다. 사시사철 갖가지 철새들이 찾아와 강변에 서식하며, 그 가운데에서도 가을에 떼를 지어 몰려와 성시를 이루는 것이 메추리이며 겨울에는 수만 마리의 청둥오리는 장관을 이룬다. 순자강은 하늘, 강물, 숲이 푸른 삼청(三淸)의 명승지로 솔바람 맡으며 자연과 함께한 아름다움은 팍팍한 삶의 한 자락을 적시고 갈 만큼 빼어난 경관이다.

곡성 팔경의 하나가 '순강청풍(鶉江淸風)'이다. 주변의 기암기석과 녹음이 어우러진 청정 협곡을 따라 쪽물을 드리운 채 유유히 흐르는 강물은 삼청의 진경을 옮겨놓은 듯 수려하다.

하지만 1965년 임실과 정읍 사이 섬진강 다목적 댐 옥정호가 생기고 나서 강물도 메말라 도랑물같이 적게 흐르고, 산업화로 은빛 모래는 온통 바닥이 나게 채취하여 자질구레한 돌멩이만 남아 자연훼손이 심각하니 만시지탄이다. 지금의 순자강은 옛날 아름다웠던 풍광, 청정하고 도도히 흐르는 대하(大河)의 '순강청풍(鶉江淸風)'이라는 말은 이제는 각종 개발로 훼파되어 옛 추억 속으로 사라져 버렸다. 산자수명하고 효의 전설이 주저리 엮어진 강, 청정수역에서만 사는 은어가 노니는 강, 은빛 백사장이 좋아 모래찜질로 고달픈 시골 아낙네들의 찜질방, 삶의 젖줄이요 생명수인 순자강을 되살려야 한다는 목소리가 크다. 물론 보성강도 순천시 주암면에 있는 주암댐으로 인해 물줄기가 가늘어진다. 보성강은 보성군 웅치면 용반리의 일림산(선녀샘)에서 발원하여 곡성군 오곡면 압록리에서 섬진강으로 흘러드는 섬진강의 지류이다. 보성 일림산 계곡에서 발원한 보성강은 먼 길을 돌고 돌아 곡성 압록까지 온다고 한다.

고달교에서 예성교 바로 앞까지 오전 내내 걸었다. 더운 날씨에 모두 샌들을 신고 흙길이 아닌 포장도로를 걷다 보니 발이 불편한 모양이다. 앞으로 이틀은 더 걸어야 한다. 도보여행에서는 발의 건강이 가장 중요하다. 한나절 걸었는데 벌써 발바닥에서 열이 나는 모양이다. 열이 나면 발바닥에 물집이 생기고 걷는 데 불편하다. 계속 걷기에는 지장이 생길 수도 있다. 자신의 발을 보호하고 사고를 미연에 방지하는 차원에서 오후에는 트레킹화로 바꿔 신고 걸어야 할 것 같다.

곡성 압록 하면 민물 매운탕이 유명하다. 참게와 메기 등 민물고기가 들어간 매운탕(50,000원)은 깔끔하고 얼큰해서 입맛에 맞다. 큰 뚝배기에 가득 채워진 탕은 순식간에 비워진다. 늦은 점심을 했더니 기운이 나고 정신이 번쩍 든다. 남은 일정은 압록을 출발해서 독자마을을 거쳐 월암마을, 신촌마을을 통해 순천시 황전면 구례구역까지 걸어가면 된다. 자동차로 가면 몇 분이지만 걸어가면 2시간 넘게 걸린다. 하지만 느린 만큼 시야는 넓어지고, 풍경은 담백해지고, 생각은 깊어지는 이득도 있다. 느리게 걸어가는 덕에 길가에 살포시 고개 숙인 순백의 초롱이 꽃도, 분홍색 우단 동자의 화려한 자태도 볼 수 있었다. 길가에 피어나는 다양한 빛깔의 야생화들이 자전거길을 걷는 여행자를 반겨준다. 이런 소소한 행복은 걷기라는 놀이를 통해서만 만끽할 수 있다.

지난밤 천둥이 치는 어려움 속에 피어나는 국화꽃처럼 아마 길가에 핀 야생화의 꽃들도 수많은 흔들림을 견디고서 더 아름답게 피어났을 것이다. 힘든 일을 겪은 사람이 강해지는 것처럼 꽃을 피우면서 흔들림이 많을수록 색깔이 곱고 화려한 자태를 띠는 꽃으로 피어날 것이다. '흔들리며 피는 꽃'이라는 시처럼 누구의 삶이든 나름대로 아픔이 있다. 아픔은 흔들림이다. 누구나 수많은 흔들림과 맞서 살아간다. 고비마다 아픔을 참고 견디면서 살아가지 않는 사람이 어디 있을까. 길가에 흔들리며 피는 야생화 꽃들을 바라보면서 작은 위안을 얻는 것도 걷기놀이의 즐거움이다.

독자마을에서 월암마을까지 가는 자전거길의 섬진강 빛깔은 참으로 선명하고, 곱다. 한낮의 뜨겁던 햇살이 기운을 잃어가자 산천은 점점 힘이 나는지 푸름이 진해진다. 섬진강과 대비를 이루는 주변의 야산들은 점점 푸른빛이 짙어지고, 섬진강 물은 점점 맑아진다. 맑은 강물 속에는 두 장의 똑같은 그림이 만들어지고 있다. 데칼코마니와 같은 형상이 강물 속에 선명하게 만들어지고 있는 늦은 오후이다. 자신을 닮은 그림자를 강물이라는 도화지에 만들고 있는 자연의 그림이 너무 소박하고 평화롭다. 이런 풍광을 보고 싶어 차를 버리고 힘든 걸음을 하는 것이다. 달려가면 절대로 볼 수 없는 풍광들이 눈앞에 펼쳐진다. 독자, 월암, 신촌마을 지나 섬진강을 따라 고개를 돌아서면 큰 마을이 보인다. 구례구역(求禮口驛)이다. 구례구역은 구례로 들어가는 입구에 있다. 구례구역에서 구례교를 지나면 바로 구례로 통하는 길이다. 이 다리는 구례군과 순천시의 경계이다.

오늘도 무사히 섬진강 자전거길 걷기를 마쳤다. 순간 안도감과 피로감이 몰려온다. 길은 도보여행자의 오감을 자극한다. 한 번도 와 본 적도 없는 곳이다. 앞으로도 여기에 올 것이라곤 생각할 수 없는 곳이다. 그곳에서 밤을 보내고, 그곳의 공기를 마시고, 그곳에서 생산된 막걸리를 마시고, 그곳에서 오랫동안 살았던 사람들의 이야기를 듣고, 길에서 만난 낯선 풍경을 보고, 낯선 곳에서 새로운 아침 햇살을 맞이한다는 것에서 또 다른 행복감이 느껴진다. 행복은 고통 뒤에 오는 편안함처럼 불편함 뒤에 오는 짜릿한 즐거움 같은 것이 아닐까 싶다.

그러자 걷기 여행에 관해 쓴 책이 생각났다. 오래전에 읽어본 적이 있는 '베르나르 올리비에'라는 기자가 쓴 〈나는 걷는다〉라는 책이다. 그는 30년간 치열한 기자 생활을 마친, 그해 예순두 살이라는 적지 않은 나이에 또 일을 벌인다. 지금 우리와 비슷한 또래이다. 그는 터키 이스탄불에서 중국 시안(西安)까지 12,000km의 실크로드를 걸어서 횡단한 것이다. 출발 전에 원칙을 세웠다. '어떤 일이 있더라도 걸어갈 것, 서두르지 말고 느리게 갈 것, 사진 없이 오직 글로만 꼼꼼하게 기행문을 담아낼 것' 등이다. 그렇게 4년여를 걸었다. 그 결과물로 도보여행자들에게 바이블로 꼽히는 〈나는 걷는다〉 3권으로 나왔다. 권당 4백 페이지가 넘는 두꺼운 책이며 사진 한 장 없지만 술술 읽힌다. 그것은 그가 몸으로 쓴 여행서이기 때문이다. 그는 '걷기 여행의 결과는 정직하다. 몸 전제를 던지는 일이다'라고 했다. 이 말이 정말 마음에 든다. 정말 걷기 여행만큼 정직한 여행도 없을 것이다. 마치 '공정무역'이라는 말처럼 걷기 여행을 '공정한 여행'이라고 말하고 싶다. 정직한 여행이라는 말은 누구에게도 특혜가 없다는 것이다. 자신의 능력으로만 갈 수 있는 것이 걷기 여행이다. 즉 몸 전체를 던지는 일이다. 누구에게나 공평한 기회가 주어지니 행복하다. 자신의 능력만큼만 걸어가면 된다. 그래서 편하고 자유롭다.

우리들의 5대강 자전거길 걷기 여행도 영산강을 기점으로 시작되었다. 언제쯤 끝날지는 모르지만, 반드시 끝내고 싶다. '베르나르 올리비에'라는 기자도 60대에 시작했다. 혼자만의 힘으로, 누구의 도움도 받지 않고 걸어서만 갔다. 지금 우리들의 나이와 비슷하다고 생각하니 할 수 있다는 자신감도 생긴다. 자신만의 길을 걷는다는 건 참으로 행복한 일이다. 그 길이 어디든 말이다. 이제 5대강 자전거길 걷기는 즐거움으로 변해가고 있다. 두 번째 여정인 섬진강 자전거길을 걷고 있다. 매번 시작할 때마다 크고 작은 흔들림이 있겠지만, 그것은 '더 나은 나'로 나아가는 길이고,

나에게 살아가는 힘이 되기 때문에 끝까지 포기하지 않을 것이다.

　섬진강 자전거길을 걸어오면서 보아 두었던 낯선 공간인 '독자정' 쉼터에 텐트를 쳤다. 주변에 화장실과 수도도 있다. 다만 시설이 조금 부족하여 까끄라기는 하였다. 독자마을에는 정자가 두 군데 있었다. 시설이 좋은 곳은 사람들로 번잡할 것 같다. 그래서 불편하더라도 사람들의 시선이 적게 머무는 한적한 곳을 택했다. 오후 7시가 넘어간다. 초여름의 해가 길어서 아직까지 어둡지는 않았다. 우선 식사를 준비하고, 시원한 이 고향 막걸리로 목을 축인다. 오늘 하루도 나를 위해 고생한 내 발에게 수고함에 무한히 감사했다. 밤이 깊어지자 텐트 안으로 들어가 침낭을 열고 누웠다. 섬진강 자전거길 3코스인 이곳 하늘에서는 '별의 강'이 흐르고, 땅에는 평온함과 고요함이 머문다.

섬진강 이야기 다섯 - 구례구역에서 남도대교까지

책을 읽는 것도 하나의 탐사 여행인 만큼 다양한 정보를 수집해 두는 것은 좋은 일이다. 하지만 어떤 가이드북이 좋을까? 낯선 곳을 여행해 본 사람들은 알겠지만, 여행에 필요한 것은 추상적인 공자님의 말씀보다도 구체적인 지침과 전략들이다. 더구나 그곳이 정글 같은 곳이라면 공자님의 가르침보다는 어떻게 생긴 것은 위험하니 먹지 말고, 어떤 동물을 만나면 괜히 시비 걸지 말고 달아날 것이며, 이쪽 지형은 험한 곳이니 유념해서 걸으라는 식의 정보가 더 절실할 것이다. 섬진강 자전거길을 걷는 것도 이와 같다. 그 길에 대한 정보를 미리 알아두면 그 길이 되살아난다. 오랜 세월 그 길을 걸었던 사람들이 되살아나고, 그들의 삶의 현장이 되살아나고, 그때의 문화와 역사가 되살아난다. 그러면 과거를 느끼면서, 현재를 살피고, 미래를 계획할 수 있다는 것이다.

새로운 하루는 '독자마을'의 경운기 소리와 함께 시작되고 있다. 시골의 하루는 생각보다 일찍 시작한다. 무거운 몸을 일으켜 텐트 밖으로 나온다. 아침 공기가 어제보다 시원하게 느껴진다. 구례구역에 차를 세우고 섬진강 자전거길을 나설 것이다. 대략 남도대교까지는 갈 것 같다. 하지만 꼭 정해진 목적지나 숙소는 없다. 그것이 조금 불안하기도 했지만 불편하지는 않다. 그 대신 반드시 숙소까지 꼭 가야 한다는 부담감은 없어서 좋다. 자전거길을 걸어가다가 날이 저물면 아무런 부담 없이 근처에 있는 정자 같은 쉼터에서 자고 가면 된다. 우리나라는 마을마다 정자문화가 잘 발달하여있고, 어디나 안전해서 편히 쉴 수 있는 곳은 많다. 이것이 걷기라는 놀이의 넉넉함이고 느긋함이다.

기차역 바로 옆에 있는 슈퍼에서 이 지역 막걸리와 안주를 사서 각자 배낭에 나누어 넣고 길을 나선다. 여행을 즐기는 우리에게 그 지방의 막걸리는 여행 중간에 연주되는 간주곡과 같은 존재이다. 지역이 바뀔 때마다 의례적으로 가게에 들러 막걸리를 산다. 그리고 걸어가면서 간간이 쉼터를 만나면 그 맛을 본다. 그리고 막걸리를 마시면서 이 지역만의 토양, 공기, 누룩, 물 냄새를 맡는다. 초여름 내리쬐는 볕이 적어 걷기에도 안성맞춤이다. 공기가 신선해서 좋다. 출발부터 상큼하다. 자전거길은 구례구역에서 구례 쪽으로 큰길을 따라 걷다가 섬진강 체험학교 건물 앞에서 도로 왼쪽 작은 오솔길로 접어든다. 작은 마을이 있는 그 오솔길을 따라가면 파란 길이 보인다. 섬진강 자전거길이라는 표시다. 자전거길에서 보이는 파란색은 도보여행자에게는 길잡이 같은 색이다. 파란색은 자동차 깜빡이처럼 방향을 가리키므로 갈림길에서 고민하지 않아서 좋다.

기차역에서 도로를 따라 섬진강 자전거길로 접어든다. 작은 지천의 우회도로 용문교를 건너면 순천으로 가는 도로인 문척교가 보인다. 다리 아래에는 작은 쉼터가 있고, 근처에 오늘 만나는 첫 마을 구례군 동해마을로 가는 표지판이 있다. 이곳까지 잠깐이었지만 구례군에서 순천시로,

다시 순천시에서 구례군으로 경계선을 넘나든다. 자전거길을 걸으면서 수많은 경계를 넘나들었다. 처음에는 설레기도 했다. 시간이 흐르면서 경계라는 의식이 서서히 무디어진다. 어쩌면 경계라는 가까움과 멂, 친숙함과 낯섦, 안과 밖, 이 지역과 저 지역이라는 굳건한 이분법 논리가 사라지고 있는 것은 아닐까. 도로망과 자동차 그리고 미디어의 발달로 그 의미가 퇴색되어가고 있는 것은 아닐까. 요즘은 여행이라는 도구로 인해 활발히 탈 지역화가 일어나고 있다. 더 나아가 탈 영토화도 밀도 높게 일어나고 있다고 한다. 어쩌면 낮과 밤이라는 시간도, 이곳과 저곳이라는 경계도, 가까운 미래의 가상공간에서는 내 것, 내 지역, 내 나라라는 말도 의미가 없어지게 될지도 모르겠다.

섬진강가의 동해마을이다. 입구부터 기운이 심상치 않다. 예스러운 풍치나 모습이 그윽한 보호수 '푸조나무'가 마을을 지키고 있고 수령이 350년이나 되었다. 그러면 이 마을은 350년 전부터 있었다는 말인가. 동해마을의 역사는 생각보다 훨씬 오래되었다. '고려 7대 목종왕 5년 마호대사가 묘산암(猫山岩) 하부에 '마호사'란 암자를 짓고 마을이 형성되었다고 한다. 처음 입향한 성씨는 김 씨라고 전해지고 있으나 알 수 없다. 묘산암 하부에 암자를 짓고 암자 입구에 마을이 있다 하여 동구정(洞口亭)이라 호칭하다가 그 후 왜정 초기 마을 산맥이 청룡 백호 등의 백운산 지맥산록(枝脈山麓)에 처한 계곡의 산맥이 황룡부주혈(黃龍負舟穴)이라 하여 청룡은 서해에, 황룡은 동해에 산다 하여 마을 이름을 동해라고 했다'라고 주민들은 믿고 있다.

동해마을 보호수인 푸조나무는 처음 접하는 나무이다. 보통 마을에는 보호수로 느티나무나 팽나무를 많이 심는다. 얼른 보기에 팽나무처럼 보였다. 팽나무와 유사한 종으로는 푸조나무와 풍게나무가 있단다. 세 나무는 모두 서로 가까운 형제간이다. 푸조나무 옆에는 현대식 주막이 있다. '동해길 주막집'이다. 이 층으로 된 꽤 넓은 주막이 마을 한가운데 자리하고 있다. 내 생각에 아마 이곳 동해마을에도 먼 옛날에는 섬진강을 넘나들던 나루터가 있었던 모양이다. 나루터가 있는 곳에 주막은 필수이다. 주막 옆에는 최근에 지은 사각형의 '무문정(無蚊亭)'이라는 정자가 있다. 사면이 유리창이 되어 있다. 그런데 정자 이름이 참으로 재미있다. 이름에 '모기 蚊(문)' 자가 들어가 있다. 풀이하면 '모기가 없는 정자'라는 뜻이다. 왜 그런 이름을 지었을까. 이 마을에 모기가 얼마나 많았으면 이런 이름을 지었을까. 이 정자 안에 들어오면 모기가 없다는 뜻으로 지었을까. 별의별 상상을 다 해본다. 섬진강 자전거길에는 많은 마을이 있었고, 마을마다 많은 이름이 있었고, 자신만의 고유한 이름에는 그곳에서 살았던 사람들의 이야기가 있었다. 그래서 천천히 걸어가면서 낯선 세상을 알아가는 도보여행이 즐겁다. 느리게 걷는 여행자만이 이런 상상은 가능하다.

이곳은 오산 명품 휴양 숲으로 지정되어 동해마을, 마고마을, 죽연마을 그리고 사성암과 선바위, 배바위, 동주리봉, 악천사를 하나의 벨트로 묶어 멋스러운 풍경을 형성하고 있다. 섬진강 자전거길은 찻길을 따라 계속 이어진다. 동해마을에서 얼마 안 가면 마고마을이 나온다. 마고마을은 약 400여 년 전 임진왜란을 피하여 밀양 손씨 손진흥이 광양에서 입향했고, 이어 고 씨, 장 씨, 백 씨의 순으로 입향했다고 전해진다. 마을 형태가 시어머니가 삼을 삼는 형국이라 하여 '마고(麻姑)'라고 칭하였다고 전해진다.

다만 '마고(麻姑)'라는 말은 오래전에 신라 박제상의 '부도지'라는 책에서 본 기억이 난다. 박제상이 저술하였다고 알려진 '부도지'에는 마고성과 함께 탄생한 '한민족의 세상을 창조한 신'으로 설명되어 있기도 하다. 그래서 단군과는 별개로 한민족 창세신화의 주인공으로 알려진 할미이다. '마고할미', '마고선녀' 또는 '지모신(地母神)'이라고도 부르는 할머니로 혹은 '마고할망'이라고도 한다. 한국에서는 주로 무속신앙에서 받들어지며, 전설에 나오는 신선 할머니이다. 새의 발톱같이 긴 손톱을 가지고 있는 할머니로 알려져 있다. 한국의 여러 지역에서 전해 내려오는 전설 중에 마고할미와 매고할망이 등장하는 이야기는 아주 흔한 편에 속한다. 마고(麻姑)나 매고(埋姑)는 원래 마고신화에서 나온 것으로 한민족의 생성 신화라 할 수 있다. 환인, 환웅, 단군 이전의 이야기로 현재 학계에서는 단군신화를 역사적 실체로 보면서, 그 이전에 홍수신화나 마고신화 등이 생성된 것으로 보는 견해가 대세를 이룬다. 이 마을에는 어떤 사연이 있어서 이런 마을 이름을 사용하게 되었는지는 모르지만, 점점 궁금해진다. 섬진강 따라 이어지는 자전거길을 걷고, 다채로운 색상의 풍경과 만나고, 길에 깃든 다양한 삶의 이야기를 듣고, 끝없는 상상의 나래를 펼친다. 길에는 우리가 살아온 삶이, 삶의 이야기가, 그리고 전설과 역사가 들어있었다. 길을 걷는 것은 그곳에서 살아온 사람들의 이야기와 마주하는 과정이기에 소중했다.

동해마을에서 '사성암 인증센터'까지 섬진강을 따라 도로 옆으로 벚나무가 길게 심겨 있다. 나무 크기로 보아 이곳에도 봄이 되면 섬진강 벚꽃축제가 열릴 것 같다. 벚꽃축제 하면 하동만 생각했다. 이젠 섬진강 하류인 곡성, 구례, 광양에도 봄이 되면 벚꽃이 만개할 것이다. 옅은 분홍빛 벚꽃 잎이 휘날리는 데크길을 따라 걸어가는 기분은 어떨까? 섬진강의 푸름과 벚꽃의 핑크빛이 어우러져 마치 구름 위를 걸어가는 느낌이 아닐까. 멀리 나무와 풀들이 강물에 그대로 비추어 한 폭의 수묵화를 그려낸다. 도로를 따라 동해마을, 마고마을 그리고 사성암까지 도로 옆에 만들어진 데크길을 따라 걷고 또 걸었다. 도로 위에 심어진 벚나무가 그늘을 만들어주고, 지나는 마을마다 이름에서 풍기는 어감이 오래된 마을임을 느끼게 한다. 이곳은 오래된 과거에도 있었고, 지금도 존재하면, 미래에도 존속할 것이다. 과거에는 어떤 모습이었을까. 또 미래에는 어떤 모습으로 변해갈까.

구례구역에서 사성암 인증센터인 '오섬권역 다목적 교류센터'에 도착했다. 대략 한 시간 반 넘게 걸었다. 이곳은 사성암으로 들어가는 입구인데 자전거길이 만들어지면서 너른 공원으로 변해 있다. 오래전에 이곳 사성암에 왔을 때는 주변은 비포장 된 주차장이 있던 작은 공간이었다. 사성암은 해발 531m의 오산에 있는 암자로 원효, 의상, 도선, 진각 등 네 명의 고승들이 수도했다 하여 '사성암'이라는 이름을 붙였다는 기록이 있다.

언제인지는 정확히 기억할 수 없지만, 대학 동창 여름 모임에서 구례 사성암에 간 적이 있다. 그때는 이런 큰 주차장이 없었고 찻길도 좁았던 것으로 기억된다. 사성암 셔틀버스를 타고 꾸물꾸물하고 가파른 산길을 아슬아슬하게 올라간 적이 있다. 밖을 내다보면 아찔했다. 그때 올랐던 사성암의 오산은 문척면 죽마리에 위치한다. 높이는 531m의 호젓한 산으로 많은 사람의 사랑을 받는 산이다. 산길을 오르다 보면 발아래에 감아 도는 섬진강의 푸른 물이 눈부시게 펼쳐지는 바위 사이에 사성암이 자리 잡고 있다.

풍월대, 망풍대, 배석대, 낙조대, 신선대 등의 12 비경과 기이한 돌이 많아 '소금강'이라 부르기도 한다. 추억 속의 사성암이 아른거린다.

사성암 인증센터 앞으로 시원하게 자전거길이 일직선으로 뚫려있다. 강 건너편 강가에는 대나무로 이루어진 숲이 길게 형성되어 있고 바닷가의 갈대처럼 수풀이 되어 바람에 흔들거린다. 너울너울 춤을 추는 듯하다. 흐린 날과 잘 어우러져 섬진강의 센티한 풍경을 연출한다. 마치 물감으로 그린 한 폭의 산수화를 보는 듯하다. 마음이 정화되고 몸이 깨끗해지는 느낌이다. 섬진강가로 짙은 푸름이 가득하다. 자연이 준 선물을 마음껏 발산하고 있는 섬진강의 모습에서 느리게 걷는 즐거움이 있다. 강둑 반대편에서는 농부들의 손길이 바쁘다. 트랙터 소리가 들리고 분주하게 움직이는 농부들의 걸음걸이가 경쾌하게 들리는 듯하다. 멀리서 닭우는 소리도 들린다.

죽연마을 입구에 세워져 있는 文津亭(문진정)에 도착했다. 지금은 나루터의 흔적은 사라지고 그 자리에 표지판만 남아있다. 1972년 이전까지 문척면은 섬진강에 가로막혀 육지 속의 섬이 아니 섬으로, 읍으로 가는 유일한 교통수단은 이곳의 나루터의 배뿐이었다. 교량이 세워진 이후 나루터, 주막, 뱃사공 등은 역사의 뒤안길로 사라졌다. 문척 사람들의 삶 일부였던 나루터의 아련한 옛 모습을 기억하고자 그 터에 정자를 세우고 문척의 文(문), 나루터의 津(진) 두 글자를 따 문진정(文津亭)이라 이름을 붙여 옛 추억을 영원히 새기고자 한다고 했다. 길은 살아있는 생명체처럼 생성과 소멸을 반복한다. 시간의 흐름에 따라 끊임없이 움직인다. 길에서 삶을 보고, 삶 속에서 길을 본다.

섬진강 자전거길을 따라 한없이 걷는다. 이제는 걷는 것이 일상이 되어 간다. 일상이 되다 보니 걷는 일이 편해진다. 무의식의 세계처럼 발걸음이 허공 위를 나는 듯했다. 발걸음을 의식하지 않으니 몸도 가볍다. 오늘따라 걷기에도 너무 좋은 날이다. 신선들의 신선놀음처럼, 유람 떠나는 유생들처럼 거리에 대한 의식 없이 무의식 속으로 빠져든다. 마치 자전거길이라는 움직길(무빙워크)를 타고 세상구경을 떠나는 기분이다. 섬진강 안에 있는 작은 섬도 보고, 섬진강의 산수화도 보고, 농촌의 풍경화 같은 일상도 보면서 걸었다. 느리게 걸으면 많은 것들이 세세하게 눈에 들어온다. 서두르지 않아도 되고, 속도에 대한 부담도 없으니 마음도 몸과 일체가 된다. 자연스레 무중력 상태가 되어가는 느낌이랄까. 중력의 힘이 전혀 느껴지지 않는다. 이것이 천천히 걷기 여행의 매력이 아니겠는가.

지리산이 잘 보인다는 노고단 전망대 쉼터를 지나 멀리 운조루, 문수사, 화엄사가 보인다. 멀리 지리산의 풍경들이 희미한 그림자처럼 스쳐 지나간다. 정오가 되어서야 섬진강가의 월평마을에 도착했다. 마을 안으로 들어가 정자에서 잠시 쉬어가기로 했다. 농번기라 마을이 한산하다. 모두 논에 나가 모내기를 하다 보니 바쁜 때이다. 집집이 대부분 비어 있다. 마을 안에 큰 나무가 그늘을 만들어주고 있는 통나무 정자가 보인다. 어딘지도 모르는 낯선 마을 안으로 무작정 들어갔다. 낯선 곳이지만 믿고 사는 세상이 너무 좋다. 내 집 앞마당처럼 배낭을 내려놓고 아담한 정자에 걸터앉았다.

섬진강 자전거길은 도로를 따라 '섬진강 수달서식지 생태경관보전지역 탐방안내소'까지 곧장 이어진다. 탐방안내소에는 두 명의 관리요원이 상주하고 있었다. 여기는 지키는 두 요원은 환경단체에서 파견 나온 준공

무원신분으로 영산강유역환경청에 소속되어 있다고 한다. 이곳에 수달이 산다는 것은 섬진강 물이 그만큼 오염되지 않았다는 것이다. 두 사람은 본래 섬진강 둑길이 자전거길로 변하면서 포장되어 버린 것에 대한 아쉬움도 나타냈다. 원래 섬진강 둑길은 모두 비포장 길이었단다. 섬진강 자전거길이 생기면서 많은 강둑을 포장했다. 다행히 이 지역만은 환경단체의 노력과 수달을 보호한다는 명목으로 포장하지 않고 원래의 모습을 그대로 유지하고 있다고 했다. 그 둑길을 가로질러 가면 '섬진강 어류 생태관'이 나온다.

원래는 모두 이런 흙길이었을 것이다. 포장도로에서는 느끼지 못한 아늑함이 흙길을 걷는 한걸음 걸음마다 내 마음 깊은 곳으로 전달되고 있다. 비록 얼마 되지 않는 짧은 구간이지만 지금까지 걸어온 길과 비교하면 너무 생소하고 아직은 문명의 손길이 스며들지 않는 길처럼 느껴진다. 걷는 내내 자연에 동화되는 기분이다. 이 길은 지금까지와는 색다른 느낌이고 새로운 길이다. 어쩌면 섬진강 자전거길을 걷는 것, 그 자체가 우리에게는 새로운 길이다. 한 번도 와 본 적이 없는 새로운 길을 걷고 있다. 그 길을 어제도 걸었고, 오늘도 걷고 있으며, 내일도 걸어갈 것이다. 강둑길을 따라서, 마을고샅길을 따라서 한없이 걸어갈 것이다. 포장도로도 걷고, 비포장도로도 걷고, 숲길을 지나고, 다리도 건너고, 지천으로 있는 징검다리도 건너고, 이 마을 저 마을을 지나서 새로운 길을 찾아 계속 걸어갈 것이다. 이 길이 끝나는 곳에는 또 다른 길이 있을 것이다.

비포장 된 흙길을 걷다가 우회도로가 너무 멀어 곳곳에 만들어진 징검다리 보를 따라 도강(渡江)했다. 아니 도천(渡川)했다가 옳겠다. 그리고 곧바로 '섬진강 생태관'으로 나가면 다시 포장된 자전거길과 만난다. '도강'이라는 말을 상상하니 〈열하일기〉에 나오는 압록강 도강(渡江)장면이 연상된다. 도강은 연암에게는 새로운 세계로 들어가는 첫 번째 문이었다. 첫 번째 나오는 도강록(渡江錄)은 압록강을 건너 중국 요양에 이르기까지의 15일간의 기록이다. 청나라의 선진 문물에 관한 관심이 주를 이룬다. 연암 박지원의 인간과 세계에 대한 호기심은 대단했다. 이것은 여행작가가 갖춰야 할 중요한 덕목이다. 더구나 그 글이 여행을 기록한 기행문이라면 더욱더 그러하다. 연암은 그 문으로 들어가 15일간의 여행 내내 야음을 틈타 혼자서 숙소를 빠져나와 현지 중국인들과 밀회하면서 필담을 나누는 잠행과 모험을 반복한다. 백탑(白塔)이 보이는 요동 벌판에 이르러 드넓은 평원을 보는 순간 연암은 말한다. '내 오늘에 처음으로, 인생이란 본시 아무런 의탁함이 없이 다만 하늘을 이고 땅을 밟은 채 떠돌아다니는 존재임을 알았다고' 그리고 이어 천지간에 아무 막힘이 없는 사방을 돌아보며 이렇게 외친다. '아, 참 좋은 울음 터로다! 가히 한번 울만하구나!'라고 말한다. 넓은 세상이 있다는 사실에 감격하는 모습이 눈에 선하다. 시대를 앞서간 연암의 사유가 시대에 뒤떨어진 제도 때문에 슬피 우는 듯해 가슴이 찡해진다. 시대를 앞서간다는 것은 어쩌면 핍박과 고난의 길이기도 하다.

섬진강 자전거길 걷기 여행도 작은 의미의 '도강(渡江)'이 아닐까. 걷기 여행을 통해서 새로운 세상으로 바라볼 수 있고, 더 나아가 자신을 바라볼 수 있기 때문이다. 새로운 세상을 올바로 바라보려면 사물에 대한 호기심과 새로운 문화를 알려는 열정이 필수적이다. 어쩌면 오늘날의 여행은 모두 연암의 도강(渡江)과 비슷한 행위가 아닐까. 낯선 세상을 향한 호기심과 열망 때문에 힘들어도 도보여행자 들은 걷고 또 걷는 것이다. 그리고 앞으로 계속 나아가는 것이다. 도보여행자들이 길을 걷는 것도 넓은 세상을 바라보고 싶은 연암의 '호곡장론(好哭場論)'과 같은 심정이 아닐까 싶다. 너무 거창한가. 지금 이 순간 나에게 자전거길 걷기 여행은 그런 느낌이다.

'섬진강 어류생태관'을 끼고 돌면 거대한 자전거 바퀴 모양의 건축물이 보인다. 미색 페인트로 곱게 치장된 그곳은 화장실이다. 상상을 초월했다. 생각지도 못한 풍경이다. 모양이 너무 특이해서 인상에 남아있다. 그곳에 '섬진강 자전거길 4코스인 〈소리의 강〉, 섬진강 물소리와 함께 남도의 판소리가 전해지는 곳'이라는 글씨가 선명하게 보인다. 이곳은 남도의 판소리로 유명한 고장이다. 길은 다시 일직선으로 강을 따라 이어지고 간간이 쉼터가 보인다. 산수유 쉼터를 지나고 도로 옆에 파란색의 자전거 표시가 끝없이 이어지고 있고 가로수가 무성하게 자라고 있다. 도로 표지판에 남도대교라는 글씨가 보이기 시작한다. 아마 가까워지는 모양이다.

섬진강 자전거길을 따라 벌써 5일째 걷고 있다. 길을 걸으면서 한 가지 깨달음이 있다면 길에서의 삶이 단순하다는 것이다. 배낭의 무게가 무거워지는 것은 너무 많을 것을 움켜쥐려는 욕망의 삶이다.

거의 모든 사람들은 제 욕망이 부추기는 데로 살아간다. 이 삶의 바탕을 이루는 것은 '나'에 대한 집착의 과도함이다. 욕망을 비우고 집착을 그쳐야 한다. 걷기 여행을 시작한 순간부터 살아가는 데 필요한 것은 그다지 많지 않다는 생각이 자주 든다. 배낭의 무게가 가벼워도 사실 그것만으로도 부족함 없이 살아갈 수 있다는 사실을 알아간다. 욕망의 삶 반대편에 단순하고 작은 것에 충실한 삶이 있다. 걷기라는 놀이는 그런 삶을 지향하는 작은 여행이다.

어쩌면 삶을 풍요롭게 하는 건 그다지 거창한 게 아닌지도 모른다. 길을 걷다 만나는 쉼터에서 먹는 라면 한 그릇, 막걸리 한 잔, 그리고 짧은 휴식만 있어도 길에서의 생활은 행복했고, 함께 걷는 일행들과 나누는 짧은 대화는 발걸음을 가볍게 만들었다. 또 섬진강가에서 만나는 매일매일 엄청나게 아름다운 하늘과 풍경을 바라보는 것, 이것만으로도 충분하다. 일상에서는 필요함조차 느끼지 못하는 사소한 것들이지만 그것 하나만으로도 삶이 풍요로워질 수 있다는 것을 배워간다. 걷는 일은 누군가 대신 걸어줄 수도 없다. 자신을 생각하지 않고 다른 이를 쫓아간다고 쫓을 수도 없는 게 길이다. 앞서가는 사람들의 모습을 보고 조급해할 필요는 더더욱 없다. 내가 가진 그릇에 맞게 나만의 길을 만들어가면 된다. 그래서 걷는 행위는 정직하다는 것이다.

멀리 푸른색과 주홍색의 교각이 만나는 남도대교가 보인다. 두 빛깔의 교각은 만남과 화합을 의미한다. 그곳에 지난 70년 동안 가까우면서도 아주 먼 이웃이었던 화개장터가 있다. 그래서 화합의 차원으로 이곳에 남도대교를 설치한 것이다. 남도대교 아래는 상류에서는 볼 수 없었던 은빛 모래톱이 등장한다. 남도대교는 섬진강을 걸으면서 넘나들었던 수많은 경계선 중의 하나이다. 하지만 다른 경계선과는 또 다른 의미가 있다. 순간 이스탄불 보스포루스해협에 있는 다리를 순간 연상케 했다. 흑해와 마르마라해를 잇는 보스포루스 다리는 아시아와 유럽대륙을 이어주는 곳이다. 어쩌면 가까운 거리이지만 아주 먼 이웃이다. 그곳에는 오랫동안 불화가 끊이질 않았던 공간이다. 여기 남도대교도 섬진강이라는 같은 공간에 살면서도 전혀 다른 공간처럼 느껴지는 곳이다. 과거에는 서로 가까운 이웃이었다고 한다. 근대에 와서 정치적인 이해로 인해 전혀 다른 먼 관계로 변질되어 버린 공간이다. 이곳은 누가, 언제부터, 어떻게 만든 악연일까. 얼마나 깊은 악연의 연속이었으면 화합과 만남의 의미가 있는 남도대교까지 만들었을까.

'이스탄불은 유럽인가 아시아인가' 하는 말처럼 이곳은 '경상도인가, 전라도인가' 항상 갈등의 위험을 안고 살아가는 공간이다. 해협을 사이에 두고 전혀 다른 두 문명이 부딪치는 길목처럼 섬진강을 사이에 두고 가까운 이웃 같으면서도 너무 먼 이웃이 되어버린 공간이다. 지금의 이스탄불은 유럽의 그리스 정교회와 소아시아의 이슬람교 두 종교가 한 사원 안에 머물며 서로 다른 둘을 하나로 합쳐 놓았다. 마치 겉보기의 남도대교처럼 인류 문명의 역사와 함께한 이스탄불은 경계 위에 서 있다. 이스탄불 여행자들이 이 도시의 정체성이 궁금해지는 것처럼 남도대교로 이어진 두 지역이 왜 영원히 경계선 위에서 서서 갈등을 빚어야 하는지 도보여행자는 궁금했다. 우리는 지금 그 갈등의 경계선 위에 있다. 오래전 과거에는 하동에서 광양으로, 광양에서 하동으로 자신의 이해관계에 따라 자연스럽게 이동했을 것이다. 하지만 지금은 전혀 다른 생각을 하면서 살아간다. 경계선 위에 산다는 것은 어떤 의미일까. 언제쯤 그들은 가까운 이웃처럼 서로 소통하면서 살아갈 수 있을까. 미래의 섬진강은 '단절'이 아닌 '이음'의 강이, '불화'가 아닌 '화합'의 강이 되었으면 하는 바람이다.

사방에 어둠이 내린다. 오늘 하루도 발들의 고생이 말이 아니다. 내 발에 가장 해주고 싶은 말은 '쉬어라'이다. 근처에 있는 '평사리공원'에 텐트를 칠 예정이다. 남도대교를 사이에 두고 앞에는 광양군 하천마을이고, 다리 건너면 하동군 화개마을이다. 남도대교를 넘어 화개장터로 들어간다. 옛날의 재래식 농촌 오일장이었던 화개장터는 2014년 화재로 소실되었고, 지금 화개장터는 도로 입구에다 새롭게 만든 장터가 아닌 도회지시장 같다. 장날보다 주말이 훨씬 사람들이 많다. 관광지가 되어버린 탓에 장터의 기능은 사라지고 시장으로 새로운 역할을 담당하고 있다. 새 건물이라서 그런가. 어딘지 모르게 어색하고 생경한 분위기가 느껴진다.

남도대교를 넘어 화개면으로 들어가 택시를 타고 구례구역을 간다. 차창을 통해 오늘 걸어온 길들을 바라본다. 짧지만 큰 울림을 주는 글 하나가 생각났다. 〈먼 길을 걸어온 여인〉이라는 사진 앞에서 그 사진을 설명하는 시인의 글을 또박또박 한자도 빼지 않고 읽어본다. '라자스탄의 여인이 불볕의 사막을 걸어간다. 아이를 안고 30리 길을 걸어 장에 다녀오는 길, 먼 길을 가는 사람은 늘 발걸음이 더디다. 욕망이 말을 타고 질주하는 세상에서 먼 길을 오랜 시간을 들여 걸어온 발걸음에는 일일이 입맞춤해온 삶들이 가득할 것이다'라는 글이 인상적이다. 자동차로 몇 분이면 갈 거리를 하루 종일 시간을 소모하면서 천천히 걸었다. 왜냐고 묻는다면 이 시인의 글처럼 길가에 피어난 다양한 삶들과 만나보고 싶었기 때문이다. 천천히 걸으면 길가에 피어난 마을 속에서 수세기를 살아온 민초들의 질긴 삶의 흔적들을 볼 수 있다. 과거의 그들, 현재의 그들, 그리고 미래의 그들과 일일이 입맞춤할 수 있는 시간적 여유로움을 가질 수 있다. 그런 느긋함 속에 도보여행자의 진정한 행복이 들어있지 않을까. 걷기라는 놀이가 너무 좋아진다.

섬진강 이야기 여섯 - 남도대교에서 광양 배알도까지

　은퇴 이후 가벼움으로 시작된 도보 여행이 점점 이루고 싶은 꿈으로 변해 간다. 하지만 5대강 자전거길은 대략 1,000km가 넘는 두 발로 걸어가기에는 너무 멀고도 먼 거리이다. 그 꿈을 이룰 수 없을 만큼 허약하지는 않은지, 아니면 길에 나설 용기가 부족하지는 않은지 수시로 생각해본다. 5대강 자전거길을 내 두 발로 걷고, 세상의 다양한 모습을 보고 싶다는 작은 꿈이 이루어졌으면 한다. 5대강 자전거길 도보여행은 온 힘을 다해 이루고 싶은 나만의 숙제 같은 것이 되어간다. 그리고 그 꿈을 실현시키기 위해서는 문을 과감히 열 수 있는 나만의 용기와 자전거길의 멋진 풍경을 보고 싶어 하는 간절한 그리움이 필요하다.

　어젯밤에 내리던 이슬비의 여진이 아침까지 미치고 있다. 하늘은 무겁고 날은 어슴푸레하다. 비만 오지 않는다면 걷기에는 그런대로 좋은 날이다. 섬진강 자전거길 마지막 구간인 '하늘의 강'을 걷는 날이다. 도보여행 마지막까지 모두 무탈하기를 빌면서 막걸리 한잔을 길 떠나기 전에 '고수레'하면서 허공에 뿌렸다. 삼신할미에게, 자연의 신에게, 그리고 조상님께 소박한 소원을 빈다. 무사히 섬진강 자전거길 걷기를 마칠 수 있도록 도와달라고. 술로 여행을 축원하는 것이야말로 가장 잘 어울리는 제의인 셈이다. 이 소탈한 의례는 길 떠나는 자의 허허로운 마음이자 여정의 복선이다. 그리고 모두 '마지막'이라는 짠한 마음에 막걸리 한 잔씩을 아침 반주로 마셨다. 술이야말로 먼 길을 떠나는 나그네의 좋은 벗이자 동시에 함께 걷는 동료들의 무탈을 바라는 마음의 표시이다.

어제는 악양면 '평사리 공원'에 텐트를 칠 계획이었다. 하지만 텐트장이 '유료'란다. '유료'라는 말에 순간 들어갈까 말까 망설였다. 날은 점점 어두워지고 날씨는 끄물거린다. 밤에는 비가 올 모양이다. 바람도 심상치 않았다. 하지만 '유료'라는 말이 불쾌했는지 일행 중 한 분이 근처에 있는 마을회관이나 정자를 찾아보자고 제안했다. '평사리 공원'에서 지나 우회도로를 따라가면 작은 마을이 보인다. 무작정 좁은 오르막길을 따라 낯선 마을로 들어선다. 넓은 공터 한편에는 주차장이, 다른 편에는 정자와 마을회관도 있다. 모두 비어 있는 것 같다. 일단 허락을 얻으려고 마을 이장을 찾아보았다.

아무리 시골이라지만 집집이 불은 밝혀 놓았는데 사람의 인기척은 없다. 집주인을 불러보아도 허공의 메아리만 울릴 뿐이다. 몇 분 동안 이집 저집 돌아다니면서 어렵게 마을 이장 집을 찾았다. 이장 집은 공터 바로 앞에 있었다. TV 소리 때문에 듣지를 못했다고 한다. 마을 이장에게 사정 이야기를 했지만, 외지사람들에는 빌려줄 수 없다는 말만 들었다. 그 말이 이해는 됐지만 참으로 시골인심이 야박했다. 밖은 어두워지고 비까지 내리는 데 말이다.

야박한 인심에 섭섭했지만 좌고우면(左顧右眄)할 겨를이 없다. 마을 밖으로 나와 도로를 따라 아랫마을로 향했다. 이곳저곳 기웃거리다가 우연히 발견한 곳은 이웃 마을 앞에 만들고 있는 넓고 깨끗한 생활체육시설이다. 잔디가 갈린 축구장을 갖춘 체육시설은 시골에 있는 시설치곤 넓은 공간이다. 이런 큰 시설이 작은 마을에 필요할까 하는 생각이 들 정도였다. 일단 주차장에 차를 세우고 체육시설을 둘러본다. 운동하는 동네 사람들이 간간이 눈에 띈다. 대부분 공사를 마쳤고 마무리만 남은 상태였다. 잔디축구장 입구에는 화장실과 수도 그리고 평상까지 있다. 또한, 화장실 옆으로 공사장 현장사무소 같은 조립식건물도 있다. 하룻밤 지내기에는 안성맞춤이다. 다만 한 가지 불편한 것은 아직 전기가 연결되지 않았다는 것이다. 그래도 이런 시설이 있어 천만다행이다.

낯선 이곳에서 숙식을 해결하기로 했다. 서둘러서 짐을 풀고, 저녁을 하고, 하루를 마무리할 준비를 한다. 운동하는 마을주민들이 화장실 앞에서 저녁을 준비하고 있는 우리들의 모습을 신기하다는 듯이 바라본다. 다행히 비가 오기 전에 저녁을 마무리했다. 공사장 조립식건물이라 바닥은 먼지도 많고 냄새도 나지만 그런 것을 생각할 여유가 없다. 밖에 비가 내리기 시작했기 때문이다. 대략 간단히 세수와 양치만 하고 세 공간에 나누어 잠을 청한다. 서로 잠을 방해하지 않기 위해서이다. 낯선 곳에 와서 이렇게 넓은 공간에서 텐트도 없이 독방에서 자보는 것은 지금까지 느껴보지 못한 색다른 체험이다. 혼자서는 할 수 없는 일이다. 함께하는 동료가 있어 용기를 냈고 가능했다. 섬진강 자전거길에서는 시작부터 마지막까지 행운의 연속이다. 이런 것도 걷기 여행의 예측할 수 없는 매력이다.

새벽이 시나브로 밝아온다. 비는 갠 상태이다. 몸은 찌뿌듯했다. 간밤에 잠자리도 불편했고 잠도 부족한 모양이다. 부족한 잠을 신선한 공기로 채워보려고 잔디축구장을 한 바퀴 걸어서 돌고, 간단히 운동기구에 매달려 몸을 푼다. 운동하는 마을주민들이 간간이 보인다. 인조잔디가 깔린 축구장의 초록빛이 낯선 여행자를 반긴다. 낯선 곳에서 맞이하는 아침이지만 상쾌했다. 주변을 정리하고 그곳을 벗어나자 곧바로 '토지길'이라는 표지판이 나온다. 그때야 이곳의 위치를 짐작했다. 이곳이 박경리의 〈토지〉라는 책의 배경이 되는 마을이고, 바로 최 참판 댁의 너른 들판이다. 최 참판 댁에서 보인다는 너른 논두렁 사이로 난 찻길을 따라 '토지길'을 벗어난다. 섬진강과 나란히 이어지는 길을 따라가면 '평사리(平沙里)공원' 입구가 나온다. 평평하고 풍성한 모래가 있는 너른 강변이다. 모래 빛깔이 너무 곱다. 섬진강이 주는 혜택을 한몸에 받은 가장 축복받은 땅이 바로 '악양면 평사리'가 아닌가 싶다.

　새로운 아침. 또다시 밝은 햇살이 피어오른다. 어제의 드라마 같은 힘든 기억들은 모두 좋은 추억으로 묻어두고 자전거길을 따라 걸어갈 것이다. 섬진강 자전거길을 마지막까지 함께 걸어갈 네 분 모두 교직에서 퇴직한 샘들이다. 처음 학교에 발을 디뎠던 해는 1981년도이다. 그때 내 나이 또래의 선배 샘들의 모습에 비해 모두 건강하고 젊어 보인다. 많은 선배 샘들은 은퇴한 후 편안하고 자유로운 삶을 온전히 누리지 못하고 오래되지 않아 세상을 떴던 것으로 기억된다. 그로부터 30년이 지난 2016년 오늘. 한국인들이 평균수명이 남자는 80세를 넘어간다고 한다. 그 말은 건강하면 100세까지는 살 수 있다는 것이다. 문제는 오래 사는 것이 아니고 잘사는 것이 중요하다, 우리는 어떻게 하면 좋은 삶을 살아갈 수 있을까.

　소설가인 현기영 작가는 최근에 산문집 〈소설가는 늙지 않는다〉를 펴냈다. 그는 도둑처럼 슬그머니 찾아든 자신의 노년을 아프게 고백한다. '흔들리던 이빨이 두 개나 빠지고, 눈시울도 입꼬리도 아래로 처져서 우울하고 무뚝뚝한 얼굴이 되어버리는' 노경(老境)을 맞이하는 무기력함, 죽음에 한 발짝 다가서는 인생 끝자락의 두려움. 그러나 작가가 노년의 삶에서 새롭게 발견한 기쁨이 있다. 노경에 접어들면서 나는 이전과는 좀 다른 꿈을 꾸게 되었다. 노경에서 누릴 수 있는 즐거움들이 적지 않은데, 그중 제일 큰 것이 포기하는 즐거움이다. 이전 것들에 너무 아등바등 매달리지 않고 흔쾌히 포기해버리는 것, 욕망의 크기를 대폭 줄이는 것이다. 포기하는 대신 얻는 것은 자유이다. 허리를 굽혀 앉은뱅이 노랑 제비꽃을 찬찬히 들여다볼 수 있는 자유, 드넓은 초원에 가슴을 맞댈 수 있는 자유를 꿈꾼다. 은퇴 이후, 우리도 자전거길 걷기놀이를 통해 작가와 같은 그런 자유를 꿈꾼다. 익숙한 것을 포기하는 대신 얻는 자유 말이다. 그래서 지금 이 길에 서 있다. 아름다운 산천을 서서히 바라보고, 들판을 느릿느릿 걷고, 길가의 야생화를 찬찬히 살펴본다. 그런 '느긋함'을 통해 '홀가분함'을 얻었으면 한다. 일상에서 분수에 넘치는 마음의 크기를 줄이고, 잡다한 생각을 버리고, 노후생활을 단순하게 살아가려고 한다. 걷기라는 놀이는 덧셈보다는 뺄셈을, 채움보다는 비움을 통해 자유를 꿈꾸는 활동이다.

섬진강 자전거길 도보여행 마지막은 남도대교에서 배알도 수변공원까지 남쪽 바다를 향해 남동쪽으로 내려간다. 거리는 대략 32.3km로 만만치 않다. 조금 벅찬 거리이다. 거기다가 연진 샘은 무릎이 어제부터 조금씩 불편해서 많이 뒤처지고 있었다. 장거리 걷기 여행이 처음이라 무리를 했는가 보다. 불편한 다리로는 함께 먼 거리를 완주하기가 어려울 수도 있다. 괜히 미안한 마음뿐이다. 우리를 따라와서 고생만 하고 혹 다리에 무리가 가면 어쩌나 하는 걱정이다.

화개장터로 가서 간단히 준비물을 사고 출발을 서두른다. 하동 화개마을에서 남도대교를 건너면 광양 다압면 하천마을이다. 우리들의 출발을 반기는 듯이 길가에는 철 이른 코스모스가 한들거린다. 다압면은 매화축제로 유명한 곳이다. 가는 길마다 매화나무로 가득했다. 여기서부터 자전거길은 대부분 섬진강을 따라 이어지고 있는 도로로 연결된다. 이차선 아스팔트 길을 따라 하천, 염창, 매각, 직금, 평촌마을을 따라 걷는다. 봄에는 이곳의 풍광이 정말 아름다웠겠구나. 봄이 오면 섬진강을 따라 수 십km나 되는 다압면과 하동의 섬진강가에는 수많은 매화꽃이 피어난다. 이른 봄에 이곳을 지나다니면서 먼 산을 바라보면 산 중턱마다 군락을 이룬 매화꽃이 마치 거대한 꽃다발처럼 보였다.

섬진강을 따라 이차선 도로가 있고, 그 도로를 따라 많은 부락이 형성되어 있다. 강 쪽 인도에는 파란 자전거길이 있다. 파란 자전거길만 쭉 따라가면 배알도 수변공원에 도착할 것이다. 염창마을 앞에는 섬진강 백사장과 은빛 물결이 가을 햇살에 빛나고 있다. 재첩 채취와 낚시가 한창인 사람들이 여유로운 강변의 풍경을 만들어낸다. 기다랗게 뻗은 강변을 따라 걷다 보면 푸른 소나무 숲과 함께 다압면에 있는 염창마을이 그 모습을 드러냈다. 섬진강 줄기가 훤히 내려다보이는 전망과 백운산의 곧은 정기가 서려 있는 이 마을은 인근 지역인 구례나 하동지역으로의 이동성도 편리해 다른 마을보다 귀농 가구 수가 꾸준히 증가하는 추세며 귀농을 문의하는 사람도 많다고 했다. 자전거길은 찻길과 분리되어 아래쪽으로 연결된다. 너그럽게 모든 것을 감싸 안고 잔잔히 흐르는 섬진강. 그 강변을 따라 시원하게 뻗은 자전거도로를 보면 꼭 한 번쯤 강바람을 타고 달려 보고 싶다는 생각이 든다. 특히 염창에서 매각마을 가는 길에는 아름드리 소나무가 무성한 길을 걷기도 했다. 소나무 숲이 울울창창하고 곧아 기상이 높았으며 시원한 숲을 만들어주고 있다. 이런 곳에 자그마한 정자 하나 있었으면 좋겠다. 섬진강의 저녁노을을 바라보면서 노후를 즐겼을 조선 선비들의 모습이 별안간 떠오른다.

마침 북섬 팔각정자가 보인다. 내 마음과 통했나 보다. 이름하여 '금직정'이다. 도로보다 높은 곳에 있는 이 정자는 계단을 올라가야 한다. 작은 언덕 위에 있어 전망이 좋고 시야가 넓다. 섬진강 소박한 풍경이 한눈에 들어온다. 푸름으로 덮인 섬진강 주변과 섬진강을 둘러싸고 있는 지리산 자락들이 조화를 이루어 내 품에 안겨온다. 자연은 언제 보아도 아늑하다. 이곳 마을은 평촌으로 백운산에서 맑은 물이 끊임없이 섬진강으로 몰려든다. 이 맑은 물이 이곳에 휴양지를 만들었는가 보다.

북섬 팔각정자에서 내려와 넓은 백사장을 끼고 돌면 죽천마을이다. 강 건너편에는 아침에 지나왔던 '평사리 백사장'이 보인다. 주변의 울창한 숲이며, 잘 조성된 공원에 만들어진 캠프시설들이 어렴풋이 보인다. 그리고 그 공원 앞으로 넓은 백사장이 자연스럽게 만들어져 있다. 천혜의 관광자원이다. 지금도 찾는 여행자들이 많다. '평사리 공원' 주변의 눈부신 백사장과 섬진강의 푸른 강물이 흘러가는 S자 모양의 느러지를 한없이 경이로운 눈길로 바라본다. 섬진강의 자태가 너무 곱고 온화했다. 섬진강 자전거길을 걷고, 보고, 물으면서 그렇게 걷는 사이에 '다압(면민)광장'에 도착했다.

남도대교부터 섬진강을 따라 내려오는 이 부근은 모두 '다압면'에 속한다. 한 20여km 섬진강 따라서 들어선 마을이 18개나 된단다. 그만큼 섬진강변에는 살기 좋은 곳이고 삶의 이야기가 많다는 것이다. 이곳에 '송정공원' 백운산 들머리가 있다. '백운산'을 뒤로 하고 섬진강을 바라보는 마을들이다. 축복받은 마을들이 아닐 수 없다. 오늘 걷기의 출발점은 동서화합의 상징인 '남도대교'였다. 동서화합과 태극무늬를 형상화한 아치교인 남도대교에서 섬진강을 왼편에 끼고 861번 지방도를 따라 종일 걸었다. 도보여행은 한마디로 고통의 연속이다. 그리고 자기와의 싸움이다. 이런 고통을 감내하면서까지 나를 세상 밖으로 내모는 동력은 무엇일까. 내가 길을 걷는 이유는 무얼까. 내가 길을 걷는 이유는 세상과의 만남, 다른 사람들의 삶에 대한 호기심과 자연에 대한 열정이다. 결코, 결과만을 바라보는 탐욕이 되어서는 안 된다. 탐욕은 다른 세상을 천천히 바라볼 수가 없게 만든다. 소중한 자유를 잃어버린다. 그래서 과정을 중시하는 걷기 여행을 원했다.

나는 늘 궁금했다. 다른 사람들은 어떻게 삶을 살아가고, 무엇으로 어려움을 견디며, 어디를 향해 가고 있는지, 내가 나고 자란 좁은 땅 바깥, 그 너머의 삶이 궁금했다. 길 끝, 저 너머, 다른 땅의 삶, 그 바깥세상을 향해 내 발로 걸어가 보고 싶었던 열정이 내 안에 이글거렸다. 자전거길을 걷는 것은 다른 세상을 향한 호기심과 열정이 있어야 가능하다. 결과에 대한 욕심을 버려야 한다. 걷기는 결과보다 과정이 중요한 여행이기 때문이다.

자전거길은 한적한 강변길을 따라 매실나무가 퍼레이드를 벌인다. 매화는 붉은 동백꽃이 떨어지기 전에 춘설 속에서 피어난다고 한다. 매화가 피기 시작하면 섬진강변은 삽시간에 순백의 매화꽃으로 치장한다. 하천교, 매화랜드, 염창마을, 매각마을, 금촌교, 죽천마을, 섬진마을(다압면사무소)로 이어지는 대략 10.2㎞나 되는 산천은 매화꽃 속에 묻힌다. 섬진강 자전거길을 걸으면서 2년 전 봄에 보았던 매화마을의 모습을 그려본다. 지난 일을 돌이켜 생각하면 행복한 기운이 절로 가슴속에서 웃음으로 피어난다.

섬진강 자전거길은 다압(면민)광장, 항동마을, 고사마을, 관동마을을 차례로 지나 한참을 섬진강 따라 돌고 돌면 '송정공원'이다. 섬진강은 상감청자처럼 푸른 물속에 가려 있던 금모래 해변이 단아한 자태를 드러내고 있다. 섬세한 강의 부드러운 손결로 쉼 없이 매만져져 고운 입자로 단장한 모래알들이 금가루를 흩뿌려놓은 듯 햇살에 반짝인다. 하류로 내려갈수록 모래톱은 넓어진다. 힘들 때마다 지친 발걸음을 잠시 멈추고 길에 서서 섬진강을 바라본다. 아름다운 산천의 정경에 피로가 사라진다. 맨발을 담그고 싶은 충동을 느껴지는 풍경이다. '송정공원'은 전망이 좋고 경치가 수려했다.

이곳에서 잠시 쉬어간다. 점심은 라면에 막걸리 한잔이다. 소박한 밥상이고 걷기와 잘 어울리는 밥상이다. 다압면 고사리 관동마을에 위치한 '송정공원'에 서면 섬진강을 따라 희미하게 지리산이 보인다. 자전거길과 접해있는 송정공원 전망대 아래쪽 섬진강변에는 족구장 등 시민들의 편의시설이 갖추어져 있다. 전망대에서 편의시설로 내려가는 나무계단 앞에서 바라본 섬진강은 한 폭의 산수화로 그려진다. 산과 산으로 끼고 이어진 골짜기를 감싸면서 돌고 있는 섬진강의 모습은 날씬한 S자 모습을 하고 있다. 마치 섬진강이 코발트블루를 닮은 호수처럼 보였다.

걷기 여행에서 소소한 즐거움 중 하나는 정자에 앉아 좋은 경치를 바라보면서 마시는 막걸리 한잔이다. 그늘에 앉아서 마음에 맞는 이들과 술잔을 기울이고 싶은 마음에 선뜻 길을 나서는지도 모르겠다. 평소에는 잊어버리고 지냈던 술 생각이 밖에 나오면 더 간절해진다. 그것은 술보다는 술자리가 만드는 정취가 그립고, 함께 하는 사람들이 좋고, 길의 풍경이 아름답기 때문이 아닐까 싶다.

애주가들의 말에 따르면 야외에서 먹는 막걸릿잔은 주둥이가 넓은 잔이 제격이란다. 그 이유는 주발이 넓어야 시원한 자연의 청량감을 더 많이 느낄 수 있단다. 또 장거리 도보여행에서는 막걸리만큼 몸에 부담이 적은 술이 없다는 것이다. 기본적으로 막걸리는 발효주이다. 발효식품은 장내 활동을 돕는다. 막걸리는 풍부한 유산균을 포함하고 있다. 야쿠르트 유산균의 수에 비해 막걸리 속 유산균은 100배나 많다고 했다. 한마디로 유산균 덩어리인 셈이다. 그래서 막걸리를 먹으면 장이 편안한 모양이다. 문제는 도보여행자에게 무엇이든 과한 것은 금물이다. 과한 것은 화를 부르기 때문이다. 우리들은 섬진강을 걸으면서 처음에는 임실 강진면 막걸리를, 그다음에는 순창 적성막걸리를, 곡성 압록막걸리, 구례 지리산 둘레길 막걸리, 하동 화개막걸리, 광양 다압막걸리 등 다양한 막걸리를 맛볼 수 있었다. 모두 만드는 곳이 다르고, 지역마다 물이 다르고, 만드는 비법이 다르고, 재료가 다르고, 작물을 기르는 토양과 기후가 다르므로 그 맛 또한 참으로 다양했다. 이렇게 맛의 오묘함이나 간사함을 느껴보기는 처음이다. 우리들의 걸음은 마을과 마을을 지나고, 지천과 지천을 건너서 남쪽으로 계속 내려간다. 강은 시원의 기억을 좇아 바다를 향해 흘러가듯이, 우리도 지나온 시간의 기억을 길에 새기며 섬진강을 따라 앞으로 나아간다.

섬진강 자전거길 걷기놀이에 푹 빠져있는 지금은 벚꽃과 매화가 결실을 보고 있는 6월이다. 햇살에 반짝이는 금모래 강변, 옥빛 강물과 선선한 강바람이 귀를 간지럽히는 운치 있는 정자. 한국의 '아름다운 길'을 선정하면 빼놓지 않고 들어가는 이곳은 섬진강 자전거길에서 가장 아름다운 구간이다. 이 길은 그 자체로 '풍경'이 된다. 마지막 결실을 남겨놓고 있는 매실나무는 가지가지마다 열매가 주렁주렁 달려있고, 마을마다 열매수확이 한창이다. 바위 사이를 휘감아 돌돌거리는 물소리, 고운 양탄자 흙길을 밟는 소리가 한층 맑고 선명해지는 나름의 운치가 있는 길이다.

섬진강 자전거길에서 주인공은 사람이 아니라 길이다. 길은 변화무쌍할뿐더러 끊임없이 진화되고 있다. 강가의 길에는 수많은 인연이 오고 또 갔을 것이다. 그 유동성이 길을 계속 변형시킨다. 길은 늘 우연의 연속이다. 어쩌면 길 자체가 우연의 산물인지도 모르겠다. 길 위에선 언제나 사건이 벌어지고 그때마다 새로운 말들이 탄생한다. 사건과 말들의 향연, 그것이 곧 길이다. 그래서 길은 결코 끝나는 법이 없다. 하나가 길이 끝나면 반드시 또 다른 길이 이어진다. 이것은 필연이다. 이처럼 길은 길을 부른다. 길은 길을 낳기도 하고, 길을 기르기도 한다. 또 각개약진(各個躍進)하던 길들이 어느 순간 하나로 이어져 새로운 지도로 탄생하기도 한다.

길 위에선 사건과 스토리가 탄생한다. 그런데 그러기 위해서는 벗이 있어야 한다. 사건과 이야기와 친구. 길이 주는 최고의 선물이다. 머무름 없이 흐르는 마음. 그것을 일러 도(道)라고 했던가. 마찬가지로 끊임없이 흘러가는 것이 인생이다. 여행자는 섬진강 자전거길을 걸으면서 보고, 듣고, 배운다. 그리고 끝없이 세상에 질문을 던지고 그 답을 찾기 위해 걷는다. 여행자는 여행을 통해 비움만큼 자유를 얻고, 자기만의 길을 열어 더 나은 세상으로 나아가기를 바라는 마음으로 걷는 것이다. 고사마을을 지나고, 섬진강이 여울지는 관동마을을 거쳐 소학정마을과 다사마을까지 호젓한 맛을 간직한 정겨운 시골 마을을 차례로 지나친다. 다사마을에서 700m쯤 가서 버스정류소가 보이면 지방도를 버리고 좌회전해 강변길을 타고 매화마을로 들어선다. 왼쪽으로는 광양 매실의 역사를 개척한 45만 평 규모의 청매실농원도 있다.

다압면에서 이름이 가장 널리 알려진 매화마을이다. 두 해 전 봄, 이곳에 왔던 기억이 난다. 오늘은 그때의 봄과는 전혀 다른 풍경이다. 매화꽃의 화려함은 사라지고, 매실의 차분함과 사람들의 분주함만이 마을에 감돈다. 관광객들의 차량으로 복잡했던 흔적은 사라지고 어느 시골 마을처럼 조용하고 한산하다. 다만 매실을 구입하기 위해 온 승용차와 택배 차량만 넓은 주차장에 작은 자리를 차지하고 있다. 우리는 섬진강 자전거길을 따라 천천히 나아간다. 느린 걸음은 이곳저곳을 기웃거리게 하고, 사람들과 새로운 만남의 기쁨과 스토리를 만들어주고 있다. 마을 한 모퉁이에서는 아주머니들이 마을 특산물을 팔고 있다. 노점을 기웃거리고, 가격도 물어보고, 이런저런 이야기를 나누다가 연진 샘이 매실 장아찌 한 병을 샀다. 이처럼 걷기 여행은 길에서의 삶과 함께하는 것이다.

광양 매화마을 하면 가장 먼저 떠오르는 것은 바로 섬진강변의 청매실농원이다. 1만여 그루가 넘는 매화나무가 그윽한 청매실농원은 멀리서 바라보면 그 일대가 분홍빛 눈꽃들로 덮여있는 듯하다. 섬진강을 따라 길을 가다 보면 같은 매화라도 저마다 빛깔이 다르다는 것을 알게 된다. 백매화와 홍매화는 색만으로 확연하게 차이가 나고 중간 색조의 고운 분홍빛 매화도 구분이 쉽다. 하지만 같은 백매화라도 꽃받침이 붉은색인 것과 녹색인 것이 두 가지가 있는 데 꽃받침의 색 때문에 꽃의 빛깔이 미묘하게 다르다. 같은 백매화도 붉은 꽃받침의 꽃은 설명할 수 없는 붉은 기운이 느껴지고, 녹색 꽃받침은 푸른 기운이 감돈다고 한다. 또 매화는 정취의 삼 분의 일쯤은 향기로 맡아야 한다. 매화 향은 부드럽고 은은하지만, 그 내음이 흐릿하지 않고 명료하다. 관심을 두지 않으면 매화 꽃 터널 속에서도 향을 맡을 수 없지만, 조금만 집중하면 코끝을 스치는 달콤한 내음만으로 주변에서 매화를 찾아낼 수 있을 정도이다. 매화의 향기를 일러 '그윽이 풍기는 향기(暗香)'이라고 부르는 건 아마도 이런 이유 때문이지 싶다.

광양 매화마을은 인상에 남아있는 섬진강 마을 중 하나다. 2014년 3월 중순쯤에 섬진강의 봄꽃인 매화와 산수유를 보러 장모님과 동서와 처형 그리고 우리 부부가 함께 '구례 산수유 축제와 광양의 매화축제'에 왔었다. 그것이 장모님의 마지막 나들이가 될 줄이야. 그래도 다행이다. 구례 산수유 노란빛 세상과 광양 매화의 분홍빛 세상을 보면서 행복해했던 장모님의 기억 때문이다. 아름드리 나뭇가지 끝에서 무리 지어 피어나면 흡사 파스텔로 그려낸 몽실몽실한 노란 구름과도 같은 산수유 꽃의 몽유적인 분위기도 좋았고, 매화의 은은한 기품과 벚꽃의 화사함을 보고도 기뻐했다. 누군가 '매화가 기품 있는 꽃이라면 벚꽃은 화려하다 못해 눈부시다. 벚꽃은 열흘 남짓 핀다. 그래서 벚꽃은 피는 게 아니라 흐트러진다고 해야 제맛이다. 여기에서 남도의 가장 아름다운 봄날이 시작된 것입니다'라는 했던 말도 기억난다.

이처럼 섬진강의 봄꽃여행 행로는 선(線)으로 이어진다. 때로 점(點)이나 면(面)에 머물 때 여행은 더 깊어지는 법이지만, 봄꽃을 따라가는 여정만큼은 꽃향기를 쫓아 소요하듯 선(線)처럼 흘러야 제맛이다. 그 행로의 길잡이가 되는 건 바로 남도의 땅에서 부드러운 굽이를 이루며 흐르는 섬진강이다. 봄볕으로 다스해진 섬진강이 지리산 아랫자락 구례에서 광양과 하동으로 굽이치면 그 물길을 따라 계절이 흘러간다. 겨우내 쌓였던 눈은 봄의 훈김에 녹아 섬진강을 흘러들었고, 강물을 빨아들여 촉촉해진 가지마다 봄꽃이 만발했다. 구례의 산수유는 절정으로 향하고, 광양과 하동의 매화는 지천이다. 그리고 바로 이어 섬진강 도로 따라가는 19번 국도에는 환희에 찬 하동 벚꽃 십 리 길이 열린다. 일명 '벚꽃 터널'이라고 부른다.

우리도 이 섬진강을 따라 때로는 점(點)처럼, 때로는 선(線)처럼, 때로는 면(面)처럼 걸어간다. 때로는 선(線)처럼 무심코 강을 따라 걷다가도, 때로는 점(點)처럼 좋은 경치를 만나면 그 자리에 서서 섬진강을 아름다움을 넋 놓고 바라보기도 하고, 때로는 면(面)처럼 과거의 아름다웠던 추억에 젖어들기도 하고, 풍광이 좋은 곳에 세워진 정자를 만나면 차분히 대포 한잔을 하면서 세상 이야기를 했다. 많은 시간을 함께하는 동안 섬진강 자전거길 걷기는 점점 더 여행의 깊은 맛을 더해준다. 지금은 6월이라 산수유도, 매화, 벚꽃도 다 지고 없어 조금 아쉬움이 남지만 그 대신 여름의 강한 햇살에 결실의 열매가 맺어지는 시기이니 또 다른 위로가 된다.

노란, 분홍, 빨강 빛깔로 피어난 꽃들의 세상을 보면서 웃지 않을 자가 누구겠는가. 춤추지 않을 자가 누구겠는가. 니체는 살아있는 이 순간에 잘 웃고, 잘 먹고, 살아있음을 자축하기 위해 어린아이처럼 춤을 추면서 잘 사는 것이 최고의 삶이라고 말했다. 그래서 사람들은 철마다 꽃을 보고 싶어 한 것이 아닐까 싶다. 이것은 섬진강에 내리는 신의 선물이다.

매화마을 지나면 섬진강 자전거길은 도로를 따라 이어진다. 유연한 'S' 자를 그리며 오르막길을 만난다. 여울을 만나 하얀 포말을 일으키는 섬진강 물줄기가 굽어 내려다보이는 곳에 아담한 정자 하나가 산수화처럼 깃들여있다. 광양 출신으로 선조 때 나주 목사를 지낸 정설이 만년을 소일할 뜻으로 세운 '수월정(水月亭)'이다. 이른 봄 '수월정'에 앉으면 온 세상을 하얗게 물들인 매화 꽃잎이 섬진강 푸른 물 위로 떨어져 물결 따라 흐르는 동양 미학의 정수를 맛볼 수 있단다. 송강 정철도 '달빛이 비치니 금빛이 출렁이며 그림자는 잠겨서 둥근 옥과 같으니 물은 달을 얻어 더욱 맑고, 달은 물을 얻어 더욱 희다'라는 구절로 이곳의 멋진 풍광을 '수월정기'란 가사작품에 남겼다. 송강 정철이 가사작품을 통해 단아한 자태를 찬미한 '수월정'에 앉으면 바람에 흩날리는 매화 꽃잎이 푸른 물 위로 물결 따라 흐르는 선경(仙境)을 감상할 수 있단다.

수월정 옆으로는 섬진강유래비가 있다. 섬진강은 모래가 많아 모래내, 다사강(多沙江)으로 불렸으나 고려 우왕 때 왜구가 강 하구에 침입했을 때 수십만 마리의 두꺼비 떼가 울부짖어 놀란 왜구들이 광양 쪽으로 피해갔다는 전설이 내려온다. 이때부터 두꺼비 '섬(蟾)' 자를 붙여 섬진강(蟾津江)이라 불렀다 한다. 마을 앞 섬진나루터에는 섬진강유래비, 돌두꺼비, 수월정, 수월정 유허비 등 유적이 자리 잡고, 이곳 섬진나루터는 섬진강의 지명유래가 되는 두꺼비 전설을 간직한 곳이다.

연진 샘의 다리 상태가 더 이상 걸어가기에는 무리였다. 그래서 고심 끝에 두 팀으로 나누어서 가기로 했다. 승호와 대회 샘은 한 팀으로 그대로 계속 끝까지 걸어서 완보하기로 하고, 나와 연진 샘은 가는 데까지 함께 걸어가다가 더 이상 걸어갈 수 없으면 승용차로 마지막까지 완주할 계획이다. 앞서간 두 사람을 저만치 자전거길을 따라 걸어간다. 휘어진 고갯길을 돌아서니 이젠 보이지 않는다. 남은 두 사람은 수월정에서 잠시 쉬어간다. 수월정에 누우니 시원한 강바람이 불어온다. 하늘은 푸른색이 조금씩 회색으로 변해가고 있다. 수월정이 있는 이곳은 섬진마을이고 도롯가에 제법 규모가 큰 공원이 섬진강을 바라보며 깨끗하게 조성되어 있다. 하류 쪽에서 바라본 섬진강은 제법 큰 강의 규모를 유지하고 있다. 여기에서 광양 배알도 수변공원 인증센터까지는 아직도 대략 15km가 남아있다. 승용차로 가면 금방 갈 거리이지만, 걸어가기에는 대략 3시간가량 걸리는 먼 거리다. 우리는 승용차로 섬진강 자전거길을 앞서 걸어가는 두 사람을 천천히 호위하면서 가기로 했다. 자전거길에서 기다리고 머물면서 가다 서기를 반복한다.

앞서간 두 사람은 매화로를 따라 섬진교를 지나 바다로 가는 길을 재촉한다. 멀리 섬진교 다리 밑을 지나 걸어가면 신원삼거리를 만난다. 거기서 좌회전해 계속 강변을 따라 걸어간다. 861번 지방도를 타고 1.3㎞가량 걸어가면 열차가 지나는 철교 밑으로 아스팔트 자전거길로 들어선다. 자전거길을 타고 중섬을 빠져나온 뒤 비포장 임도를 타고 김녕김씨문

중묘원과 구인정을 지나면 남해고속도로와 만나는 곳이 아동마을이다. 굽이굽이 꼬불길을 따라 오르막 경사를 지나다 섬진강 휴게소(상행)가 보이면 좌회전해 휴게소 뒷길로 접어든다. 망덕포구 이정표를 따라 선소마을을 지나 벚나무길 사이로 걸어가면 저 멀리 광양제철단지 공장 굴뚝에서 내뿜는 연기가 아련히 보일 것이다. 도로를 따라가다가 섬진강 자전거길과 합류하는 망덕포구로 가는 입구에 서서 두 사람을 기다린다. 아무리 걸음이 빨라도 아직 오기는 먼 거리이다. 차에서 내려 섬진강 하류의 지형을 바라본다. 작은 포구에는 배들이 고기잡이 준비를 하는 듯하다. 섬진강을 따라 둑길이 끝없이 이어진다. 과연 이 길의 끝에서 나를 기다리고 있는 것은 무얼까. 지금 내 앞에 펼쳐진 길을 나는 기꺼운 마음으로 걸어가고 싶다. 그것으로 충분한 게 아닐까. 긴 여행의 끝에 섰을 때 내가 누구인지, 나는 무엇을 원하는지를 찾아내서 앞으로 가야 할 남은 길의 방향을 정할 수 있었으면 좋겠다.

　자전거길 도보여행이 끝날 그때쯤에는 줏대 없고 나약한 자신에서 벗어나 문명 전체에도 등을 돌릴 수 있는 그런 강인하고 단단한 내가 되기를 꿈꾸어본다. 이처럼 걷기는 물질문명에 대한 도전일 수도 있다. 자동차라는 문명의 이기를 거부하고 문명과는 반대의 방향으로 나아가는 것이 걷기라는 활동이다. 나약한 자신에서 벗어나 문명의 힘을 빌리지 않고 자신의 힘으로 나아가는 것이 걷기의 즐거움이다. 걷기의 즐거움은 문명의 빠른 발달에 브레이크를 걸어 좀 더 느긋하게, 좀 더 신중하게 인류가 나아가야 방향을 모색해보자는 의미도 있다. 빠르게 발전하는 문명은 지구 환경의 심각한 파괴를 가져오고, 그것은 지구를 끊임없이 위기 속으로 몰아가고 있다는 것이다. 세상 속으로 걷기는 스스로에 대한 강인한 의지의 표현이자, 잘못된 문명의 발달에 대한 반항일 수도 있다. 너무 거창한가. 자전거길을 걷는 행위도 어쩌면 빠른 세상에 대한 느린 행동이고, 나만의 작은 저항이 아닌가 싶다.

섬진강 망덕포구다. 이곳이 섬진강 물줄기가 바다와 합수하는 지점이다. 멀리 광양제철단지 풍경이 눈에 들어온다. 망덕포구에 들어서면 짭조름한 바다 냄새가 바람에 실려 콧속으로 스며든다. 포구에 정박한 어선, 끼룩거리는 갈매기, 싱싱한 활어를 손질하는 횟집 촌이 어느 바닷가 풍경과 다르지 않다.

망덕포구는 처음 와보는 곳이다. 강 건너에는 하동포구가 손에 잡힐 듯이 서로 마주 보고 있다. 주차장에 차를 세우고 밖으로 나오니 가장 먼저 눈에 띄는 것은 '여기는 호남정맥의 시발점 망덕포구입니다'라는 표지판이다. 이 작은 마을은 호남정맥이 끝나는 망덕산자락에 있다. 망덕산은 백두대간을 이어온 호남정맥의 끝자락이다. 백두대간은 백두산에서 시작해서 태백산맥을 따라 지리산까지이며, 호남정맥은 지리산에서 서쪽으로 뻗어 전라북도 장수군 주화산을 시작으로 마이산(진안), 만덕산(완주), 내장산(정읍), 추월산(담양), 강천산(순창), 무등산(광주), 제암산(장흥), 조계산(순천), 백운산(광양)을 거쳐 섬진강 하구에 있는 망덕산에서 그 장대한 끝을 맺는다.

망덕포구는 광양 진월면에 있는 유명한 포구이다. 관광객이 많이 찾는 곳인지 도로가 깨끗하고 잘 정비되어 있다. 섬진강변 쪽으로 길고 넓게 나무로 바닥이 깔려있어 바다를 조망하기에도 편리했다. 또 망덕포구

입구에 세워진 거대한 전어조형물이 인상적이다. 이곳은 옛날부터 전어와 깊은 관련이 있다. 저녁에 가면 조명을 받아 한층 더 아름답다고 한다. 전어하면 광양 진월면의 망덕포구라는 말이 있을 정도이다. 그래서 그런지 섬진강 조망대 한쪽 면을 따라 망덕포구의 유래부터 전어잡이 유래 등 전어에 대한 다양한 정보가 액자에 걸려있다. 그것을 읽으면서 섬진강 자전거길을 산책하는 재미도 쏠쏠했다. 망덕포구는 '전어고을 망뎅이' 라고 불린다.

우리나라 호남정맥의 출발지이자 종착지인 망덕산 아래에 있는 망덕포구는 옛사람들이 섬진강을 거슬러 다압, 구례, 곡성으로 가는 유일한 길목의 역할을 했다고 한다. 광양만을 한눈에 파수(望)할 수 있는 위치라 하여 '망뎅이'라 이름하였고, 한자의 음을 빌려 '망덕(望德)'이라고 표기했다고 한다. 섬진강이 바다와 만나는 곳에 자리한 망덕포구는 전어잡이가 주 소득원이었던 탓으로 전어요리법이 일찍 발달했다. 이곳의 전어회는 새콤달콤 매콤하면서도 담백한 맛에 은은한 향을 낸다. 전어구이와 전어내장으로 담는 전어밤젓 또한 별미이다. 전어는 가을철에 살이 오르고 맛이 최고에 달하기 때문에 가을 전어라고 불리고, 활동을 많이 하기 때문에 탄력이 있고 성질이 급해 수족관에 넣으면 하루를 넘기지 못하고 죽는데, 전어회의 기본은 그날그날 살아있는 고기를 사용하는 데 있다. 조리법은 비늘을 제거한 다음 지느러미를 잘라내고 배를 가르고 뼈를 발라낸다. 지방분인 기름을 살균이 잘된 수건으로 닦아내고 물로 씻어낸 후 행주로 다시 닦아낸다. 칼질하여 고르게 썬 후 양념과 버무린다. 이때 쓰는 양념은 들깨 참깨 꿀 생강 마늘 식초 배 오이 무 미나리 풋고추 고추장 엿물 등 각종 재료를 사용한다. 특히 이곳의 전어회는 가정에서 정성껏 빚은 식초, 고추장 등 기초양념에서 그 독특한 맛이 나온다.

섬진강 끝자락에 있는 망덕포구는 남해고속도로 진월나들목을 빠져 나가면 얼마 안 가서 진월면 면 소재지로 들어가는 좌회전 푯말이 보인다. 이 길을 들어서면서 망덕포구 방문이 시작된다. 섬진강이 바다와 만나면서 전라남도 땅에 뿌려놓은 최후의 포구인 망덕포구에 대해 '강석오'라는 사람이 노랫말을 지었다는 노래비가 마을 한 귀퉁이에 서 있다.

-

내 고향 망덕포구 새 우는 마을
울고 웃던 그 시절이 하도 그리워
허둥지둥 봄바람에 찾아왔건만
님은 가고 강 언덕에 물새만 운다.
내 고향 망덕포구 꽃 피는 마을
웃고 놀던 그 사람을 차마 못 잊어
허둥지둥 봄바람에 찾아왔건만
님은 가고 강 언덕에 동백꽃 핀다.

-

노래비 옆에는 '진남루'라는 정자가 있어 마을 사람들의 쉼터 구실을 한다. 적당히 대중가요 가락처럼 흥얼거리면서 망덕포구를 한 바퀴 돌아보면서 일행을 기다린다. 진월남초등학교 앞의 동해 횟집에서부터 배알도 라는 자그마한 섬이 바로 앞에 떠 있는 보물섬 횟집까지 해안을 따라 30여 개의 횟집이 늘어서 있다. 이곳이 별미의 본고장임을 실감한다. 횟집 앞바다에는 드문드문 고깃배들이 정박해있다. 해안도로 중간쯤에서 북쪽을 바라보면 남해고속도로의 섬진강교, 남쪽을 보면 배알도 해수욕장

해변과 광양시 태인도와 하동을 잇는 섬진대교가 보인다.

또 망덕포구를 돌아보면서 횟집 사이에 허름한 집이 한 채를 발견했다. 이름하여 '정병욱 가옥'이다. 이 건물은 윤동주 시인이 생전에 써서 남긴 원고가 온전히 보존되었던 곳이다. 윤동주는 1941년에 '하늘과 바람과 별과 시'를 발간하려 하였으나 일제의 방해로 실패하였다. 이 원고를 그의 친우인 정병욱 교수에게 맡겨 이 건물 지하에 보관하여 어렵게 보존되다가 광복 후 1948년에 간행되어 비로소 빛을 보게 되었다. 친구의 노력이 아니었으면 윤동주의 귀한 시집은 영원히 사라졌을지도 모른다고 했다. 이 집은 정병욱의 부친이 건립한 양조장과 주택을 겸용한 건축물이고, 최근에 대한민국 근대문화유산으로 등록되었다.

섬진강 자전거길을 따라 걸어오는 두 사람의 모습이 눈에 들어온다. 오후 6시가 넘어간다. 남도대교에서 배알도 수변공원까지는 어림잡아도 32km 정도는 된다. 여기까지 27km 정도 되는 거리이다. 앞으로 5km 정도를 더 걸어야 한다. 기진맥진할 줄 알았던 두 사람은 의기양양하고 당당하게 망덕포구에 입성했다. 은퇴했지만 건강한 모습이 보기에 좋았다. 마지막 배알도가 한눈에 보이는 곳까지 왔지만, 아직도 갈 길이 멀다. 바로 갈 수가 없고 멀리 돌아서 가야 하기 때문이다. 망덕포구에서 태인대교로 들어서는 막바지 구간은 가파른 경사가 저항한다. 태인대교 자전거길에서는 갓길로 붙어서 걸어가야 한다. 태인대교를 건너면 마주치는 첫 번째 삼거리에서 공장 물류창고를 끼고 좌회전, 가파른 임도가 보이면 임도는 버리고 강변도로를 타고 배알도 해수욕장을 향해 나아간다. 우리는 차를 타고 와서 느끼지 못했는데 뒤따라 걸어온 두 사람은 자동차 매연으로 곤욕을 치렀다고 한다.

드디어 섬진강 자전거길 종점에 왔다. 이곳 주차장은 공사 중이다. 꽤 넓은 공원인데 어수선하다. 매점 옆으로 난 숲길을 따라 나무로 꾸며진 산뜻한 산책로가 있다. 바닷가를 따라 늘어선 배알도 소나무 숲이 인상적이다. 나무다리로 된 섬진강 자전거길을 따라 대략 500m쯤 걸어가면 드디어 배알도수변공원 섬진강 인증센터가 보인다. 빨간 공중전화박스처럼 생긴 구조물이 오늘따라 유난히 다정했다. 바다 너머로 거북이가 헤엄치고 있는 모습의 '솔섬'이 '배알도'이다. 대략 500m쯤 달려 바다 너머로 거북이가 유영하는 듯한 모습의 '솔섬'과 마주 보고 있는 곳이 바로 섬진강 자전거길의 종점인 배알도수변공원이다.

　　장수 팔공산기슭 자그마한 데미샘에서 발원한 섬진강가는 물줄기가 전라도와 경상도를 가로지르며 540리를 장대하게 굽이쳐 남해로 명멸해 들어가는 이곳에서 섬진강 자전거길의 마침표를 찍었다. 그곳에 '하늘의 강'이 머물고 있다. 배알도수변공원 인증센터에서 바라본 거대한 섬진강은 또 다른 감동으로 다가온다. 섬진강 자전거길을 완보(緩步)하여서 완보(完步)하였다. 하루가 이렇게 흘러간다. 섬진강 풍경만 눈앞에 아른거린다. 섬진강 자전거길 걷기놀이가 끝나고 다시 평온한 일상으로 돌아간다. 대략 6일간 섬진강 자전거길에 머물면서 행복했고, 그 안에서 기다리는 여유를 배웠고, 익숙한 것에서 벗어나는 대신 자유를 얻었다. 길고 긴 여행을 한 섬진강은 이렇게 남쪽 바다를 만나 평온한 안식에 들어간다.

섬진강 자전거길을 닫는 풍경

인간은 늘 길에서 살아간다. 여기에서 저기로, 청년에서 중년으로, 탄생에서 죽음으로, 천지 만물이 생성소멸을 멈추지 않는 한, 사계절이 끊임없이 돌아오는 한 인간은 늘 길 위에 있을 수밖에 없다. 선택은 둘 중 하나이다. 이미 정해진 길을 갈 것인가. 아니면 내가 길을 열어갈 것인가. 다시 말해 길 위에 정주할 것인가 아니면 길 위에서 새로운 길을 찾을 것인가.

5대강을 따라 자전거길 걷기놀이 (상)

새로운 길을 떠나려면 지도를 그려야 한다. 지도를 그리기 위해서는 하늘의 별을 보라는 것이다. 길 위에서 길을 찾으려면 먼저 묵은 것들을 흘려보내야 한다. 비우는 만큼 새로운 길이 열릴 것이다. 소유에서 자유로 이어지는 새로운 길을 찾아가야 한다.

헤르만 헤세는 〈데미안〉에서 '모든 인간의 생활은 자기 자신에게 도달하기 위한 긴 여행의 과정이라고 했다. 그 길을 찾아보려는 시도이며, 오솔길을 찾아가는 암시이다. 어느 누구도 완전히 자기 자신이었던 인간은 여태껏 한 사람도 없다'라고 말하고 있다. 누구나 자기 자신의 여행 종점을 찾아내기 위해 내일도 새로운 여행을 계획하고 있다. 우리도 앞으로 금강, 남한강, 북한강, 낙동강, 그리고 국토를 종주하는 꿈을 꾼다. 섬진강 자전거길 걷기놀이는 끝이 났다. 하지만 섬진강 자전거길 걷기 여행은 끝나도 길은 계속될 것이다. 길이란 시작도, 끝도 없이 무한히 펼쳐지는 천 개의 고원이기 때문이다. 누군가의 또 다른 천 개의 희망이고, 만 개, 십만 개의 꿈들이 된다. 그런 꿈들을 찾아 떠나는 여행이 바로 '걷기'라는 놀이가 아닐까 한다.

섬진강 자전거길을

완보(緩步)하여서

완보(完步)하였다.

하루가 이렇게 흘러간다.

섬진강 풍경만

눈앞에 아른거린다.

섬진강 자전거길 걷기놀이가 끝나고

다시 평온한 일상으로 돌아간다.

-

2016년 6월 7일 오후 7시 18분

광양 배알도 수변공원

세 번째 여정
금강 자전거길

08/30/2016   09:50   AM

5대강을 따라 자전거길 걷기놀이 (상)

금강 자전거길 146km

금강하굿둑 - 대청호

실뱅 테송의 〈여행의 기쁨〉에 '여정의 끝에 이르러 지도위에서 자신이 달려온 거리를 측정해 보는 것보다 큰 만족감은 없을 것이다. 걸어서 길을 가는 여행자는 시간이 넘쳐나므로 세상의 거대함을 두려워하지 않는다. 바빠서 서두르는 유목민을 본 적이 있는가. 유목민은 잔걸음으로 길을 간다. 그 열정적인 발걸음 앞에서 굴복하지 않을 지평선은 하나도 없다'라는 말이 감동으로 밀려온다.

우리는 보폭 60cm의 잔걸음으로 금강 자전거길의 수많은 지평선을 굴복시켰다. 나만의 색깔로 금강 자전거길을 따라 걸었고, 꽤 먼 거리를 금강의 다양한 풍경과 함께했고, 수많은 질문과 상상을 하면서 걸었다. 그 답은 각자의 몫이다.

금강 자전거길을 여는 풍경

금강 자전거길 걷기는 채만식의 〈濁流(탁류)〉에서부터 시작된다. 채만식의 〈濁流(탁류)〉는 시간을 찾아가는 길이다. 바다에 이르기까지 금강의 물결은 쉽 없이 흐른다. 물결의 흐름처럼, 시간의 흐름처럼 우리의 의식도 조금씩 밀려간다. 참고 기다려야 하는 의미. 이곳에 오면 걸음의 속도를 늦추게 된다. 아픔 때문이리라.

금강(錦江)….

이 강은 지도를 펴놓고 앉아 가만히 들여다보노라면, 물줄기가 중동께서 남북으로 납작하니 째져 가지고는(한강이나 영산강도 그렇지만) 그것이 아주 재미있게 벌어져 있음을 알 수 있다. 비행기라도 타고 강줄기를 따라가면서 내려다보면 또한 그럼직할 것이다.

이렇게 어렵사리 서로 만나 한데 합수집 한줄기 물은 거기서부터 고개를 서남으로 돌려 공주를 끼고 계룡산을 바라보면서 우줄거리고 부여로…. 부여를 한 바퀴 휘돌려 급히 남으로 꺾여 단숨에 논산. 강경까지 들이 닫는다. 여기까지 백마강이라고, 이를테면 금강의 색동이다. 여자로 치면 흐린 세태에 찌들지 않은 처녀 때라고 하겠다. 백마강은 공주 곰나루에서부터 시작하여 백제 흥망의 꿈 자취를 더듬어 흐른다. 풍월도 좋거니와 물도 맑다. 그러나 그것도 부여 전후가 한참이지. 강경에 다다르면 장꾼들의 흥정하는 소리와 생선 비린내에 고요하던 수면의 꿈은 깨진다.

물이 탁하다. 예수부터가 옳게 금강이다. 향은 서서남으로 빗밋이 충청 전라 양도의 접경을 골 타고 흐른다. 이로부터 물은 조수까지 휩쓸려 더욱 흐리나 그득하니 벅차고, 강 너비가 훨씬 퍼진 게 제법 양양하다. 이름난 강경벌은 이 물로 해서 아무 때고 강중을 잊고 촉촉하다. 낙동강이니 한강이니 다른 강들처럼 해마다 무서운 물난리를 휘몰아 때리지 않아서 좋다. 하기야 가끔 홍수가 나기도 하지만

이렇게 에두르고 휘돌아 멀리 흘러온 물이, 마침 서해에다가 깨어진 꿈이고 무엇이고 탁류째 얼러 좌르르 쏟아져 버리면서 강은 다하고, 강이 다하는 남쪽 언덕으로 시가지 하나가 올라앉았다. 이것이 군산이라는 항구요, 이야기는 여기서부터 실마리가 풀린다.

금강은 일제강점기의 傷痕(상흔)을 포용하며 흐르는 강이다.

금강은 남한에서는 낙동강, 한강 다음으로 세 번째 긴 강이며, 우리나라에서는 5대 하천의 하나이다. 금강은 전북 장수읍 뜬봉샘에서 발원해서 충청남북도의 공주, 부여 등 백제의 옛 수도를 지나 강경에 이르고, 강경에서부터 충남 전북의 도계를 이루면서 군산만으로 흘러드는 강이다. 길이 394.79km로 비단처럼 곱고 아름답다고 해서 '금강천리(錦江千里)'라 부른다.

〈동국여지승람〉에 의하면 금강의 명칭은 여러 가지로 표현되고 있다. 즉, 상류에서부터 적등진강(赤登津江), 차탄강(車灘江), 화인진강(化仁津

江), 말흘탄강(末訖灘江), 형각진강(荊角津江) 등으로 되어 있으며, 공주
에 이르러서는 웅진강, 부여에서는 백마강, 하류에서는 고성진강(古城津
江)으로 되어 있다.

백마강은 백제의 혼(魂)과 함께하면 흐르는 강이다.

금강하굿둑에서 웅포대교까지

금강의 하늘은 오늘따라 청명했다. 하늘에 떠다니는 조각구름들이 유영하는 모습은 한 폭의 수채화처럼 투명했다. 하늘이 유리천장 같은 느낌이다. 금강의 물빛은 스카이블루를 닮아 선명했다. 맑은 하늘은 금강을 화폭 삼아 데칼코마니를 만들어내고 있다. 이런 초가을 풍경은 참으로 오랜만이다. 좋은 날에, 멋진 길을 따라 동료 샘들과 함께 자전거길 걷기 여행에 나섰다. 금강 자전거길 걷기 여행은 영산강과 섬진강에 이어 세 번째 도전이다. 자전거길을 걸어가는 내내 고통스럽지 않고 행복하다면 걷기는 우리에게 노동이 아니라 놀이가 되지 않을까 한다.

금강하굿둑에서 대청호까지 거리는 대략 146km이다. 순간순간을 놀이하듯이 즐기면서 금강 자전거길을 걸어가려고 한다. 춤추듯이 사뿐사뿐 길을 걸어가고 싶다. 상상만 해도 벌써 벅찬 감동이 밀려온다. 네덜란드의 위대한 문화사가인 '하위징아'는 〈호모 루덴스 - 놀이하는 인간〉에서 노동과 놀이의 차이를 이렇게 말하고 있다.

'우선 그리고 무엇보다도 중요한 것은 모든 놀이가 자발적인 행위라는 점이다. 명령에 따른 놀이는 놀이가 아니다. 기껏해야 놀이의 억지 흉내일 뿐이다. 자유라는 본질에 의해서만 놀이는 자연의 진행과정과 구분된다. 어른이나 책임이 있는 인간들에게 놀이는 도외시해도 무관한 기능이다. 놀이는 여분의 것이기 때문이다. 놀이에 대한 욕구는 즐거움이 놀이하기를 원하는 한에서만 절실해진다. 놀이는 언제고 연기될 수도 있고 중지될 수도 있다. 왜냐하면, 놀이는 물리적 필요가 도덕적 의무로 부과되는 것이 결코 아니기 때문이다. 놀이는 임무가 전혀 아니다.'

인간의 본질을 놀이에서 찾았던 작가는 노동과 놀이를 이렇게 구분하고 있다. 노동은 수단과 목적이 분리된 것이고, 놀이는 수단과 목적이 결합되어 있는 것이다. 그러면 놀이와 노동의 차이는 무언가? 놀이가 노동이 아니라 놀이가 되기 위해서는 인간의 자유 즉 자발적인 행위가 전제되어야 한다. 놀이는 명령에 따라서 이루어지는 순간 결코 놀이가 될 수 없다. 그의 말대로 그것은 놀이의 억지 흉내이지 그 자체가 노동이 되기 때문이다. 무엇보다도 중요한 곳은 모든 놀이는 자발적인 행위라는 것이다.

자전거길 걷기가 노동으로가 아니라 놀이로써 즐겼으면 하는 바람이다. 걷기라는 놀이를 통해서 충분한 만족과 기쁨 그리고 홀가분함을 얻었으면 하는 것이다. 그러면 반평생을 노동으로 살아온 은퇴하신 샘들에게 조금이나마 위안이 되지 않을까 싶다. 걷기가 노동이 아니 놀이가 되려면 자발적인 참여가 필수적이다. 그래야 우리들이 길을 걷는 내내 즐겁고 행복할 것이며, 여유와 자유를 동시에 느낄 것이다. 과연 지금까지 자전거길을 걸으면서 행복하고 자유롭고 즐거웠는가?

나는 흔쾌히 '예'라고 대답할 것이다. 모두 자발적으로 참여했고, 영산강과 섬진강 자전거길을 걷는 동안 충분히 행복했고, 아름다운 풍경을 보는 것이 즐거웠고, 자전거길에 서면 마음이 가벼웠고 자유로웠기 때문이다. 또 걷는 행위가 놀이가 되려면 걷는 자체로 향유되는 긍정적인 현재여야 한다. 노동처럼 미래를 위해 소비되어야 하고 견뎌야만 할 현재에서는 안 된다. 그 순간 우리의 걷는 행위는 수단으로 전락해버리고 고통스러워진다. 그것을 느끼는 순간 우리들의 걷기는 노동으로 전락해버리기 때문이다. 노동으로 전락하는 순간 우리는 걷기에서 아무런 행복도, 여유도, 그리고 자유도 얻을 수가 없다는 것이다.

영산강에서 시작된 걷기라는 놀이는 섬진강을 넘어 금강 자전거길까지 이어지고 있다. 앞으로도 많은 길을 걸어갈 것이다. 그때마다 노동이 아닌 놀이로 즐겼으면 하는 바람이다. 그리고 그 안에서 자유로움과 편안함을 누리고 싶다. 또 걷기놀이는 오직 우리에게 긍정적인 현재가 필요하다. 오직 현재에 충실한 삶만이 행복한 삶이다. 이것이 자전거길을 걸어가는 가장 단순한 이유이다.

어쩌면 내가 은퇴 이후에 하고 있는 여행도, 둘레길이나 자전거길 걷기도, 그리고 글쓰기 활동도 모두 노동이 아니라 놀이라고 생각하고 출발했다. 그래서 즐겁고 행복한 것이다. 내가 기록한 여행보고서를 함께 걸었던 동료들과 공유하는 것만으로 나는 충분히 놀이를 즐기고 있다는 느낌이 든다. 해마다 은퇴하는 많은 은퇴자가 자신만의 고유한 놀이문화를 만들어가고, 그 안에서 참 자유를 찾았으면 한다. 간혹 그렇지 못한 분들도 있을 것이다. 비록 외부로부터 어떤 명령이나 의무 때문에 충분히 즐거울 수 있는 일이라고 할지라도 결코 놀이로 경험하지 못한다면 우리에겐 차선책이 존재한다. 그곳은 자기 일에서 놀이가 가진 즐거움과 창조성을 되찾으려는 노력을 게을리하지 않는 것이다. 하지만 명심하자. 걷기라는 행위와 같은 자신만의 고유한 놀이문화가 없다면 또 그런 놀이에서 즐거움을 찾지 못한다면 우리에게 행복한 삶은 그만큼 멀어질 수밖에 없다는 사실을 말이다. 자전거길을 걷는 내내 그런 즐거운 걷기놀이가 쭉 이어지기를 바랄 뿐이다.

금강 철새도래지 서천 쪽 주차장에 왔다. 금강을 가로막고 있는 금강 하굿둑과 마주한다. 호수로 변해버린 금강의 풍경을 보면서 여러 생각이 교차한다. 거대한 장벽 같은 금강하굿둑은 군산과 서천 사이에 있다. 두 시군을 사이에 두고 흐르던 바다와 강을 가르고, 그 대신 두 시군을 연결했다. 강과 바다는 멀어지고 두 시군은 가까워졌다. 금강 자전거길을 걸어가면서 '금강하굿둑은 물의 흐름을 느리게 해서 강바닥의 오염을 가중하고 있다'라고 하소연하는 금강 환경감시원의 말을 들었다. 그 순간 번뜩 환경운동가 그레타 툰베리의 말처럼 '우리는 미래를 훔치고 있는 것은 아닐까'라는 생각이 든다. 미래를 대가로 현대를 살아가는 방식은 더 이상 지속할 수 없다. 그런 지속 불가능한 상황을 우리는 '위기'라고 한다. 불통은 연결되지 않는 상태이며 그 단절은 곧 무언가의 해체나 소멸을 내재한다. 낡은 것에서 새로운 것으로의 전환이 필요한 때이다. 우리는 자연을 필요한 만큼만 억제하면서 사용해야 한다. 그것이 서로가 상생하는 길이다. 한계치를 넘으면 자연은 회복할 수 없는 불능의 상태에 빠진다. 그리고 결국은 공멸의 길로 들어선다는 것이다.

　넓은 주차장에는 차량이 거의 없다. 아침이고 주중이라 그런 모양이다. 금강하굿둑 위로 차가 씽씽 달린다. 충남과 전북을 잇는 교량 역할을 겸하는 하굿둑은 1990년도에 완공했다. 하굿둑이 없던 과거에는 오리, 기러기, 도요새 등 다양한 물새들의 천국이었다. 지금도 생태계가 조금 바뀌었지만, 여전히 철새들의 낙원이다. 금강하구는 고니, 개리, 가창오리, 청둥오리, 고방오리를 비롯한 오리류와 기러기류가 월동하는 곳이다. 주변 갯벌은 오리나 기러기류 외에도 북극권과 동남아시아, 호주 등으로 이동하는 데 먹이와 쉼터를 제공한다. 특히 1~2월 중에는 수십만 마리 가창오리들이 월동하며 아침저녁으로 황홀한 철새 군무를 선사한다.

금강하굿둑 철새 군무하면 오래전 일이 생각난다. 금강하굿둑이 완성되어 얼마 되지 않았을 때다. 당시에 철새를 보러 이곳까지 온 적이 있었다. 1993년 대전과학엑스포가 있던 해. 큰아들이 10살쯤 되던 여름방학일 것으로 생각된다. 처음으로 부모님을 모시고 가족끼리 '대전엑스포'에 갔었다. '대전엑스포'는 대전에서 열린 세계적인 과학박람회다. 우리나라에서 처음 열렸던 관계로 정부 차원에서 대대적인 홍보가 있었고, 많은 사람이 호기심 때문에 가고 싶어 했다. 마침 우리 가족도 형님과 내가 승용차를 구입했던 해여서 '대전엑스포'에 가볼 수 있었다. 형님은 엘란트라, 나는 엑셀이라는 승용차를 타고 처음으로 가족끼리 먼 거리를 나들이했다. '대전엑스포' 여러 곳을 구경했다. 처음 접하는 과학기기들은 보는 것마다 신기했고 놀라웠다. 부모님과 아이들이 무척 좋아했다. 아직도 그때의 좋은 기억이 소중한 추억으로 남아있다. 하루를 대전에서 자고 이튿날 돌아오는 길에 할아버지 고향이라는 충남 서천 어딘가에 들렸던 기억도 어렴풋이 난다. 지금은 찾아가 보고 싶어도 어딘지 잘 모르겠다. 그래도 언젠가 기회가 되면 한번 찾아가 보고 싶다는 생각은 가끔 한다. 나에게는 본향과도 같은 장소이니 말이다. 지나가는 길에 철새도래지라는 금강하굿둑에 들렸다. 그때 말로만 들었던 수천 마리의 가창오리 군무를 관람했다. 참으로 장관이었다.

금강으로 난 자전거길을 따라 걷기 시작했다. 금강 자전거길은 영산강이나 섬진강을 걸을 때처럼 잘 정비가 되어 있다. 강둑을 따라 첫걸음을 내디딘다. 날씨도 우리들의 출발을 반기는 듯하다. 쾌청한 하늘과 넓은 시야가 걷기에는 좋은 날이다. 처음에는 미미했던 걷기의 시작이 영산강을 지나고, 섬진강을 건너서, 여기 금강까지 오게 된 것이다. 처음의 작은 바람은 이젠 현실이 되었다. 그리고 큰 소망이 되어 멀리 나아가고 있다. 가끔 남한강과 북한강을 거쳐 낙동강까지 자전거길을 걸어가 보고 싶다는 꿈도 꾼다.

금강하굿둑에서 한 400m 거리에 있는 '서천조류생태전시관'을 지나면 갈대숲으로 이루어진 자전거길이다. 자전거길은 황토 빛깔로 물들었고, 푸른 갈대들이 강둑을 따라 늘어서고 있고. 잎 사이에 꽃대들이 고개를 살짝 내밀고 때를 기다린다. 길산천 위로는 자전거 라이더들을 위해 우회하지 않고 바로 건너갈 수 있도록 나무다리인 '길산보행교'가 생겼다. 작은 하천의 나무다리를 건너자 갑자기 녹색의 개천을 만났다. 금강환경감시원의 말처럼 '금강의 녹조'이다. 생각보다 더 심각했다. 물은 온데간데없고 녹조만이 개천 전체를 덮고 있다. 금강 하류는 녹조로 인해 고기가 살 수 없을 것만 같았다.

자전거길 옆으로 도로에는 자동차들이 빠르게 달리고 있다. 전봇대에는 '홍성 86km, 청양 63km, 부여 39km'라는 이정표가 매달려있다. 그 거리는 승용차로는 금방 갈 수 있는 거리지만 걸어서 가는 것은 쉬운 일이 아니다. 도보여행자들이 그 쉬운 길을 놓아두고 어렵고 힘든 길을 걷는 것은 어렵고 힘들어서 역설적으로 걷는다고 말한다. 마치 '산이 거기에 있어서 오른다'라는 어느 산악인의 말처럼 단지 길이 거기에 있어서 걸어간다. 또 자전거길을 걷는 것이 놀이처럼 즐겁기 때문이다. 길을 걷다가 잠시 멈춰 서서 산천의 풍경을 바라보는 것도 즐겁고, 낯선 세상에 대해 상상하고 질문을 하는 것도 즐겁고, 그 질문에 대한 답을 찾아가는 과정도 또한 즐겁다. 자전거길 옆으로 가로수인 메타세과이어 나무가 큰 그늘을 만든다. 그 길을 따라 설레는 마음으로 천천히 앞으로 나아간다. 아직 금강 자전거길이 매우 낯설다.

금강 자전거길을 따라 두어 시간쯤 걸었을까. 자전거길은 강 쪽으로 휘어지면서 시야가 밝아진다. 넓은 공간이 나타나자 자연스럽게 금강의 하늘이 보이기 시작했다. 생기 있는 파란 하늘, 주변의 군청색 대지, 짙음과 옅음의 조화를 발산하는 수많은 나뭇잎, 숲에 있는 모든 나무하나하나가 개성 있는 존재가 되는 풍경을 보는 순간 '풍경'이라는 책을 탐독하는 것은 걷는 자만의 권리입니다'라는 장석주 시인의 글귀가 마음을 사로잡는다. 풍경은 걸을 때야 만날 수 있는 한 권의 책이다. 풍경이라는 책을 탐독하는 것은 걷는 자만의 권리이다. 풍경이라는 책은 시간대에 따라, 바라보는 방향에 따라 다른 이야기를 보여준다. 시시각각으로 달라지는 빛의 양에 따라 눈부신 한낮의 햇빛도, 붉은빛으로 걸려있는 석양과 땅거미 그리고 어둠이 나를 감싸고 동행하게 된다. 바로 이때 책장은 넘어가지 않고 시간은 멈추거나 유예된다. 시간은 걷고 있는 지금 이 찰나에만 멈추어 움직이지 않게 된다.

눈 앞에 펼쳐진 금강의 하늘은 눈이 시릴 만큼 아름다움을 간직하고 있다. 스카이블루의 에메랄드빛을 닮은 파란 하늘은 가슴이 뜨거워질 만큼 강렬했고, 탁 트인 시야는 마음이 포근하고 부드러워질 만큼 선명했다. 우리는 열정적으로 신선한 공기와 하늘의 광채에 들떠서 걷기를 놀이처럼 즐겼다. 최근에 이렇게 깨끗하고 맑은 하늘을 본 적이 있었던가. 이곳의 하늘은 현재의 하늘이 아니라 과거의 하늘이었다. 요즘 도시에서는 다양한 자연재해에 의해서 이런 하늘을 본다는 것은 꿈꿀 수도 없다. 동화 속에서나 볼 수 있는 파란 하늘이 지금 내 앞에 있다. 다시는 볼 수 없을 것만 같은 하늘 풍경을 연신 시선에 담았다. 그것으로는 부족했던지 사진에도 담았다. 그때의 금강의 푸른 하늘은 이젠 사진으로밖에 볼 수 없다.

빨간색 포장도로를 따라 다시 강둑 쪽으로 내려온다. 멀리 보이던 금강이 바로 눈앞에서 보이기 시작했다. 강둑에서는 섬진강만큼 야생화들이 많지는 않다. 듬성듬성 야생화가 보이기는 하지만 군락을 이루지는 않는다. 하늘은 맑고, 논에 벼들은 누렇게 익어가고, 강과 맞닿는 하늘은 조각구름들이 떠다니고, 사방은 자신을 비추고 싶을 만큼 맑고 투명하다. 간간이 그늘을 만들어내는 조각구름들은 지친 여행자를 쉬게 했고, 푸른 산천은 여행자의 눈을 시원하게 했다. 이런 풍경을 바라보면서 걸어가는 자전거길은 마치 천국을 향해 걸어가는 느낌이다. 영산강과 섬진강 자전거길을 걸어왔지만, 오늘 같은 맑은 풍경은 보지 못했다. 금강의 풍경에 취해 걷는 속도가 느려질수록, 가야 할 길이 멀수록 감탄할 일이 늘어난다.

금강하굿둑에서 12km 되는 지점에 유명한 '신성리 갈대밭'이 있다. 풍경이 아름다워 '금강 2경'이라 불리는 곳이다. 자동차로도 올 수 있도록 도로를 잘 정비가 되어 있다. 도로 끝에는 '신성리 갈대밭 체험관'이 있다. 주차장도 넓고 화장실도 깨끗해서 이곳에서 텐트를 치고 오늘 저녁을 지내면 어떨까 생각했다. '신성리 갈대밭'은 가을 낭만 여행지로, 영화나 드라마의 촬영지로 많이 알려진 곳이다. 옛 역사를 품고 내일로 흐르는 비단 물길을 따라 일렁이는 가을 갈대의 풍경은 참으로 아름답다고 한다. 아직은 만개하지 않아 그런 모습을 만끽할 수는 없지만, 드넓은 갈대밭을 보는 것만으로도 웅크린 몸과 마음을 활짝 열어주는 듯했다. 서천 '신성리 갈대밭'은 우리나라 4대 갈대밭 중 하나로 한국 갈대 7선에 꼽히기도 했다고 한다. 무려 198,000㎡에 이르는 갈대밭은 가을바람이 불면 물결이 일렁이듯 흔들리는 갈대의 안무는 장관이다. 덩달아 시시각각 변화하는 갈대의 빛깔도, 금강의 풍경도 아름답다고 전해지고 있다.

갈대밭을 걸어가면서 체험할 수 있도록 갈대밭 사이에 나무다리로 연결되어있다. 나무다리 길은 끊어질 듯 이어진다. 중심에 전망대와 갈대 연못을 중심으로 동심원을 그리면서 나무다리가 이어진다. 나무다리마다 재미있고 특색 있는 다양한 이름이 붙여져 있다. 갈대기행길, 갈대문학길, 솟대소망길, 하늘산책로 재미있는 길, 갈대소리길, 철새소리길, 영화테마길 등 다양한 길들을 걷는 재미도 쏠쏠할 것 같다. 신성리 나루터에서 비로교를 건너 갈대밭 전부를 천천히 느껴보려면 한나절은 시간을 갖고 서둘지 말고 천천히 걸어보는 것도 좋은 추억이 될 것 같다. 우리는 길에 서서 '신성리 갈대밭'은 바라보고, 오감을 열어 잔잔한 풍경소리를 듣고 느껴본다.

금강 자전거길 걷기를 통해서만 느낄 수 있는 감정이다. 걷는다는 것은 보고, 듣고, 만질 수 있는 감각적 경험을 한다는 것이다. 걷는 것은 오감을 열어놓는 것이다. 걷기의 즐거움은 무엇보다 풍부한 감각적 경험을 낳는다는 데에 있다. 풍경을 바라보고, 자연의 소리를 듣고, 사물을 만지며 걷는다. 걷기는 저 바깥에서 내 안으로 전달되는 소리와 냄새와 시각적 자극들을 바탕으로 한 사유와 상상력의 촉매제이다. 걷기에 몰입할 때 우리는 시공간을 향해 자신의 존재를 열어젖힌 채 세상의 풍경들을 제 안으로 받아들이게 된다. 걷기는 이것들을 모아 자신을 빚는 성분으로 삼는 것이다. 또한, 걷기는 관능적 기쁨을 되살리고, 몸의 건강에 보탬이 될 뿐만 아니라 나를 오롯이 나 자신에게로 되돌리는 수단이 된다.

두 다리를 번갈아가면서 앞으로 내밀어 쇄빙선 같이 전진할 때, 눈은 사람들과 간판들, 햇빛과 가로수 아래 그늘들을 훑어본다. 문득 걸음을 멈추고 가늘게 눈을 뜨고 강렬한 늦여름 햇빛 속에 바래진 듯한 사람들과 거리 풍경을 바라본다. 사람과 거리는 희디흰 햇빛 속에 둘러싸인 채 불타는 듯하다. 이렇게 어디에 있든지 나는 걷는다. 걷기는 자아와 낯선 세상 사이에 다리를 놓는 행위가 아닐까.

서천군 한산면 신성리에 있는 갈대밭은 처음 와 본다. 날이 점점 더워진다. 목도 마르고, 속도 출출했다. 자전거길 아래쪽에 있는 '신성리 갈대밭 체험관'으로 내려갔다. 당연히 편의점이 있을 것이라 생각했다. 한데 너무 조용하다. 입구에 [오늘은 월요일이라 휴관일입니다]라는 안내문이 걸려있다. '간 날이 장날이구나' 시원한 맥주 한 잔을 상상했는데 힘이 쭉 빠진다. 더위를 먹었나.

도보여행자는 길 위에서 가면을 쓰지 않는다. 누구의 시선도 의식하지 않는다. 오직 자신을 들여다볼 뿐이다. 도보여행자는 걷고 있을 때 머리를 쓰지 않는다. 찾아오는 모든 만남에 몸으로 정직하게 반응할 뿐이다. 자전거길을 벗 삼아 이야깃거리를 만들고, 다가오는 풍경을 애정 어린 시선으로 바라보고, 자연과 대화하면서 걸었다. 초가을의 옅은 황금빛 물결들은 가는 곳마다 우리를 반긴다. 초반 힘찬 발걸음은 갈수록 느려지고, 갈수록 터벅터벅 걷게 된다. 자전거길이 포장된 길이라 오래 걷기에는 팍팍했다.

금강 자전거길은 서해안고속도로 금강다리 아래를 지나면 서천 화양면이다. 자전거길은 오른쪽으로 29번 국도와 나란히 이어진다. 금강 자전거길은 국도와 분리되더니 갑자기 넓어진다. 그곳은 '황포돛배 선착장'이 있는 공원이다. 영산강 자전거길 시작점 어귀에 있던 '황포돛배 선착장'이 여기에도 있다. 유람선인 '황포돛배'라는 배는 영산강에만 있는 고유명사가 아닌 모양이다. 우리나라 어느 강에서나 사람들이 많이 이용했던 범선 같은 배라고 했다.

황포돛배는 말 그대로 누런 포를 돛에 달고 바람의 힘으로 물자를 수송했던 배이다. 황포돛배는 대부분 0.4t에서 0.5t 정도의 작은 배로 어업이나 물자수송 등에 쓰였다. 몸통은 삼나무로 만들고 노는 쪽나무로 만들며, 돛대는 죽나무와 아주까리나무로 만든다. 돛대는 6m 정도로 길게 세우고, 황토를 물들인 기폭을 매단다. 가로 2m 50㎝, 세로 6m의 기폭을 황토물에 담가서 물을 들인 후에 잘 말려서 사용한다. 황토물은 두세 번 반복하여 들인다. 한번 마련한 기폭은 2~3년 정도 사용할 수 있다. 예전에는 수많은 황포돛배가 5대강을 누비며 소금, 미역, 쌀, 생선 등 생필품을 싣고 여러 포구마다 북적였을 것이다. 지금은 4대강에 하굿둑이 생기면서 아주 오랫동안 역사의 뒤안길로 사라졌다가 근래에 와서 전통적인 황포돛배를 유람용으로 띄우기 시작했다.

이곳은 서천과 부여의 경계쯤 되는 곳이다. 너른 공원에는 인적이 드물고 잡초만 무성하다. 강가에 이 정도 규모의 공원을 조성하려면 비용이 만만치 않을 것인데 황포돛배 이용자는 거의 없다. 영산강하구언에 있는 황포돛배 선착장도 지금은 이용객이 없어서 폐쇄되었다. 옛 뱃길을 복원하려는 취지는 좋았으나 지속적인 활용방안이 없어 아쉽다. 많은 세금을 낭비하는 것 같아 기분이 씁쓸했다. 앞으로는 업적이나 의욕보다는 세심한 사전계획과 사후처리를 생각하면서 올바른 선택을 해야 하지 않을까. 텅 비어 있는 공원 때문에 생각이 많아졌다. 진정으로 무엇이 자연과 공생할 수 있는 길일까.

자전거길이든, 뱃길이든, 숲길이든, 산길이든 길은 사람이 걸어간 흔적이다. 걷기는 대개 길 위에서 이루어지는 행위이다. 사람이 사는 곳이라면 어디에나 길은 뻗어있다. 그러니 길은 인간들이 남긴 땅의 흉터이고 무수한 발자국들로 다져진 땅의 흔적이다. 옛 도로들과 산속에 이어지는 숲길들은 앞으로 향하여 나아간다. 평지에서는 길과 길이 끝없이 이어지고 헤어지면서 뻗어 나간다. 아주 가끔 길들은 막다른 곳이나 절벽을 만나면서 갑자기 끊어지기도 하지만 사실은 또 다른 곳으로 길은 이어간다.

그곳을 벗어나 다시 생각을 비우고 자연과 하나가 되려고 노력한다. 시선은 하늘을 바라보고, 마음은 금강의 공기를 느끼고, 발걸음은 금강의 초원을 걸어간다. 짧은 거리지만 농가도 보이지 않고, 논밭도 거의 없고, 오로지 하늘과 초원과 강물만이 흐르는 자전거길이다. 똑같으면서 똑같지 않은 길을 따라 계속 걸어간다. 자신을 놓아버린 느낌이랄까. 길을 걷는 내내 머리는 맑아지고, 마음은 평온과 안정을 찾아간다. 마음의 평화로움과 안정이야말로 행복과 자유에 이르는 지름길이다. 자연과 하나가 된 느낌으로 걸어가니 어찌 마음이 편안해지지 않겠는가.

금강 자전거길이 웅포대교에 가까워지자 차 소리가 들린다. 고요했던 자전거길에 세상의 잡음이 들려오기 시작했다. 처음으로 사람이 왕래할 수 있는 금강다리이다. 다리 아래에 도착하자 마을도 보이고 사람들의 흔적들도 보인다. 자전거길은 웅포대교 아래쪽으로 해서 대청호까지는 우회한다는 표시가 있다. 우회도로 쪽으로 올라서면 익산과 서천과 부여 세 시군의 갈림길이다. 태어나서 처음으로 발을 내디뎌보는 낯선 땅이다. 걷기라는 놀이가 아니면 와 볼 수 없는 공간이다. 여기는 어딜까?

　도로 위에 '대청댐 127km, 금강하굿둑 18km'라는 이정표가 있다. 이곳은 부여군 도계마을이고, 삼거리 앞에는 작은 마을 쉼터가 있다. 낯선 길을 걸으면서 이곳에서만 만날 수 있는 또 다른 경치가 우리들을 반겨 준다. 낯선 길, 낯선 풍경은 우리들의 잠들어있는 감각을 깨워준다. 이처럼 걷기는 잠든 몸을 깨어나게 하는 행위이기도 하다. 또 잠든 감각을 깨어나게도 한다. 걷는 자들은 자기도 모르는 사이에 몸의 자기 회복력을 경험하는 것이다. 걷기는 자유, 기분전환, 생체 리듬의 회복에 기여하게 된다. 나는 걷기를 '존재의 광합성 운동'이라고 말하고 싶다. '피에르 쌍소'라는 철학자는 '지혜의 형태와는 사뭇 다른 몽롱한 상태, 체념, 내면의 세계에 틀어박히는 일에서 벗어나게 해 준다'라고 걷기의 효과에 대해 말했다. 속도에 빚진 오늘날 우리 모두는 산책자라는 정체성을 되찾아야 한다. 느리게 걷는 가운데 삶의 한가운데로 들어가고, 단순함 가운데 진리에 가 닿을 수 있을 것이다. 금강 자전거길을 걷는 것은 낯선 길을 통해 낯선 세상의 풍경을 보고, 낯선 풍경 속에서 수많은 상상과 질문을 하고, 그 답을 스스로 찾아가는 과정이다.

일단 마을 쉼터에서 한숨을 돌리고 다음을 생각해보기로 했다. 우선 날씨가 너무 덥다. 갈증 해소가 급선무였다. 마을 쉼터는 간판도 없는 전형적인 시골 어른들의 사랑방 같은 작은 구멍가게이다. 현대식 슈퍼는 아니고 동네 구판장 같은 곳이다. 앞마당에는 빨갛게 익은 고추나 콩을 말리고 있다. 가게 앞에 느티나무 한그루가 짙은 그늘을 만들고 있다. 그 아래는 의자 4개짜리 파라솔이 쳐져 있다. 동네 어른들이 그곳에 앉아 지나가는 차량도 보고, 지나가는 자전거 행렬도 보고, 또 우리처럼 걸어가는 사람들도 보면서 재밌게 품평회 같은 것을 하는 곳이고, 김치에 소주 한잔에 하면서 즐겁게 노는 곳이다. 잠시 그늘 속의 파라솔은 우리 차지가 된다. 그곳에서 먹는 시원한 맥주 첫 잔은 그야말로 꿀맛을 능가했다. 맥주가 이렇게 달콤새콤할 줄은 몰랐다. 단맛이 나는 시원한 맥주는 태어나서 처음인 것 같다. 이구동성으로 환호를 지르며 맥주를 마셨다. 걷기의 고통이 이런 즐거움으로 되돌아왔다. 한잔만이라는 말이 두 잔, 셋 잔으로 이어진다. 맥주의 상쾌함은 땀 흘린 자만이 느낄 수 있는 짜릿함을 준다. 이런 것이 느린 삶이 주는 달콤한 맛이고 행복한 걷기놀이가 아닐까 싶다.

두 다리로 걷는 것은 인간에게만 주어진 숙명이다. 인류에겐 독수리나 비둘기에게 있는 날개가 없다. 자동차와 자전거가 없던 시절, 하물며 아직 바퀴조차 없던 시절에는 이동의 주요 수단으로 두 다리를 썼다. 두 다리를 써서 이곳에서 저곳으로 나아가는 행위는 인류의 가장 오래되고 단순한 이동 방법이다. 이러한 직립보행은 영장류의 숙명이기도 했다. 그런데 인류가 속도와 효율성을 섬기게 되면서 인간의 두 다리가 아닌 더 빠른 이동수단을 찾아가게 되었다. 결국, 자동차와 기차, 비행기 같은 두 다리보다 훨씬 빠른 이동수단에 의존하는 일이 더 많아졌다. 점점 인간은 걷기의 즐거움을 잊어버리고 만 것이다.

자동차로 지날 때와 두 발로 지날 때 서로 다른 풍경이 펼쳐진다. 하지만 기계와 동력에 의존해 이동하는데 길든 오늘날에도 제 신체 기능만을 써서 움직이는 것의 가치는 줄어들지 않았다. 자동차로 빠른 속도로 이동할 때 만나는 풍경과 두 다리로 천천히 걸으면서 만나는 풍경은 같지만, 느끼는 풍경은 다르다. 자동차를 이용해 빠른 속도로 이동할 때면 풍경은 내 안으로 스미지 못하고 그저 미끄러져 사라져버린다. 오직 천천히 걸을 때만 풍경은 흥미로운 한 권의 책처럼 펼쳐지는 것이다. 그 책 속에서 오롯이 살아나 나의 눈과 귀를 거쳐 마음에 가닿는 것이다. 대략 30분 정도 마을구판장 앞에 앉아 땀도 식히고 갈증도 해소했다. 이곳에서의 시간은 평범한 하루 중에 아주 특별한 시간이었다.

웅포대교를 건너 익산 웅포면에 들어선다. 다리 밑으로 파란색 자전거길이 선명하다. 파란빛은 금강을 따라 끝없이 이어지고 있다. 저 길이 군산 쪽에서 대청호로 가는 금강 자전거길임 모양이다. 이곳까지 오면서 어딘가에 금강 자전거길 인증센터가 있을 것이라고 생각했다. 인증샷이라도 찍으려고 찾아보았지만, 인증센터를 나타내는 빨간색 공중전화박스가 어디에도 보이질 않았다. 이제야 의문이 풀렸다. 군산 쪽에 인증센터가 있다는 사실을 알게 된 것이다.

2차선으로 된 긴 웅포대교를 따라 금강을 건넌다. 대교 위에서 잠시 금강을 바라본다. 금강은 하늘과 맞닿아 있다. 맞닿아 있는 부분에는 뭉게구름이 포근하게 대지를 감싸고 있는 형상이고, 그 위에는 금강을 닮은 스카이블루의 에메랄드빛 하늘이 청명하고 높다. 금강은 바람이 흔들릴 때마다 은빛 물결이 반짝거린다. 무수한 별들이 물 위에 떠다니다 사라진다. 다리 하나를 사이에 두고 익산, 서천, 부여가 갈라진다. 파란 금강 자전거길에 올라선다. 자전거길바닥에는 부여, 강경이라는 화살표가 선명하다. 다리를 건너 2km쯤 걸었을까. 금강 자전거길 20km 지점에서 걷기를 중단했다. 이곳은 '성당포구와 웅포곰개나루'라는 이정표가 있는 곳이다. 내일은 이곳에서부터 걷기를 시작할 것이다.

'신성리 갈대밭 체험관' 1층 안쪽 현관에 텐트를 쳤다. 마침 이곳은 쉬는 날이라 조용할 것 같고, 이슬이 내려도 비를 피할 수 있을 것 같았다. 자전거길 걷기를 통해서 배운 것은 어디서나 우리나라는 안전하다는 것이다. 아무 데나 텐트를 쳐도 크게 위협이 될 만한 것들이 없었다. 이런 면에서는 우리나라는 안전하고 살기 좋은 나라이다. 야외 숙소로 돌아오는 길에 한산면에 있는 마트에 들렀다. 삼겹살, 돼지 앞다릿살, 막걸리, 그리고 이 지역특산물인 '한산 소곡주'도 한 병 샀다. 특별히 '한산 소곡주'를 산 이유는 이 근처가 고향인 경호 샘에게 들었던 '앉은뱅이 술'이라고 달리 부르는 이름 때문이다. 어떤 맛인지 궁금했다.
'한산 소곡주'는 멥쌀과 고운 누룩 가루로 빚는 한국의 전통술이다. '한산 소곡주'는 원래 백제왕실에서 즐겨 마시던 술이라고 한다. 맛은 단 편이고 도수는 18도 정도이다. '한산 소곡주'는 서천군 한산면에서 만든 전통주이다. 전통주라는 말은 고유한 맛과 특별한 주조방법이 집집이 대를 이어 내려왔고, 그 안에 재미있는 이야기가 들어있다는 것이다. 면 소재지를 지나다 보니 골목마다 소곡주 명인이라는 상표를 가진 양조장이 참으로 많았다. 우리들이 양주 같은 술은 수입까지 해서 많이 먹지만 가까이에 있는 우리나라 명품 토속주에는 관심이 적다. 프랑스의 포도주, 러시아의 보드카, 중국의 고량주처럼 가장 전통적인 것이 가장 세계적인 것이 아닐까 싶다.

'한산 소곡주'를 '앉은뱅이 술'이라고 부르는 까닭은 조선 시대 한양에 과거보러 가던 선비가 한산 지방을 지나다 인근 주막에 들러 미나리부침을 안주로 소곡주 한잔을 마셨다. 그 맛이 매우 좋아 취흥이 돋은 선비는 시를 읊고 즐기는 동안 결국 과거를 치르지 못하게 되었다. 그래서 술맛에 취하면 자리에서 일어설 줄 모른다 하여 '앉은뱅이 술'이란 별명을 얻게 된 것이 바로 충남 한산의 명주 소곡주이다. 또 감칠맛을 내는 독특한 술맛 때문에 '앉은뱅이'술로 유명한 '한산 소곡주'는 1500년 전 백제왕실에서 즐겨 마신 술로 전통주 가운데 가장 오래된 술이며, 독특한 감칠맛과 깊고 그윽한 향이 으뜸이라는 평가를 받는다. 백제가 나당연합군에 의해 멸망의 길로 접어들게 되었을 때 왕족과 유민이 망국의 한의 달래기 위해 빚어 마셨다고 전해지며, 이때 소복을 입고 술을 빚었다고 해서 소(素)자가 붙여졌다는 설도 있다. 그래서인지 '백제의 눈물주'로 불리기도 한다. 왠지 '한산 소곡주'에는 오래된 백제의 아픔이 들어있는 듯했다.

오래전부터 파릇파릇 미나리 요리에 어울리는 우리 술이 소곡주라고 알려져 있다. 오늘 저녁 비록 미나리 안주는 없지만 그 대신 텐트 안에서 삼겹살에 누룩 향이 짙게 밴 '한산 소곡주'를 투박한 등산용 잔에 따라 한 모금씩 음미해 볼 것이다. 금강 자전거길 도보여행을 마치고 집에 돌아가면 미나리 무침에 소곡주 한잔하면서 '앉은뱅이 술'이 되었던 선비의 사연을 느껴보고 싶다.

대략 20km 정도 금강 자전거길을 따라 앞선 삶의 흔적을 보면서 걸어왔다. 하루해가 진다. 금강이 보이는 둑 아래 텐트를 쳤다. 여행자에게는 하루를 무탈하게 마치고 저녁을 먹는 시간이 제일 행복하다. 하늘을 지붕 삼고, 금강을 말동무 삼아 '한산 소곡주' 한잔으로 목을 적신다. 소곡주의 깊은 맛을 갈대들의 은밀한 속삭임과 금강의 물소리에 귀 기울이면서 느껴본다. 걷는 자만이 가질 수 있는 느긋함과 넉넉함을 함께 즐겨본다. 그리고 백제가 멸망의 길로 접어들게 되었을 때 왕족과 유민들이 '백제의 눈물주'라는 소곡주를 마셨던 그때 그 심정을 상상해본다. 오래된 아픔이 녹아있다는 '한산 소곡주' 한잔 입에 머금고 백제의 맛을 음미했다. 천 년이 지난 지금 다양한 맛이 입안을 감돌고 있다.

웅포대교에서 부여 현북양수장까지

익숙한 것들과의 결별한 아침이다. 이슬로 촉촉해진 금강에서의 아침은 상쾌했다. '신성리 갈대밭 체험관'에서 낯선 아침을 맞는다. 특별한 곳에서 평범한 하루가 열리고 있다. 어제보다 구름의 양이 많아진 느낌이다. 하늘이 심상치 않다. 그래도 비만 오지 않는다면 그늘을 만들어주는 구름은 많아도 괜찮다. 금강 자전거길을 나설 준비를 한다. 체험관은 오늘은 휴관일이 아니라서 사람들이 일찍 나와 가게 문을 열 것이다. 그 전에 흔적을 말끔히 없애고 떠나야 한다. 여행지에 흔적을 남기지 않는 것은 여행자들이 반드시 지켜야 할 의무이다.

이곳 신성리 갈대밭은 많은 사람이 찾는 곳이고, 많은 사람의 깊은 기억이 깃든 곳이다. 특히 우리들의 인상에 오랫동안 남아있는 것은 바로 이곳이 영화 '공동경비구역 JSA'의 촬영지이기 때문이다. 이 영화는 판문점 공동경비구역에서 발생한 남북 병사의 총격 사건을 추리극 형식으로 그린 영화이다. 이 영화가 색다른 점은 남북한 병사들의 우정을 통해 분단의 아픈 현실을 그렸다는 점이다. 남북한 병사들이 우정을 맺는 결정적인 장소가 신성리 갈대밭이란다. 신성리 갈대밭은 영화를 통해 널리 알려지면서 관광명소로 떠올랐다. 영화 속에서 본 광경은 휴전선 부근 어디일 것이라고 상상했는데 이곳이라는 사실이 뜻밖이다.

금강제방으로 올라서면 드넓은 신성리 갈대 밭이 끝없이 펼쳐진다. 햇살에 반사된 금빛 갈대의 물결이 강 넘어 '곰개나루터'까지 이어지고 있다. 갈대밭은 너비 200m, 길이 1.5km, 면적 10만여 평이 넘을 정도로 규모가 크다. 지역적으로 금강 하류에 있는 까닭에 퇴적물이 쉽게 쌓이고 범람의 우려로 인해 강변 습지에서 농사를 짓지 않아 무성한 갈대밭이 생겼다. [신성리 갈대밭]이라고 적힌 안내판 왼쪽으로 전망대가 있다. 그곳에 송강호·이영애·이병헌 등 영화 '공동경비구역 JSA' 주인공 사진이 여행자를 반긴다. 영화 속에서 갈대밭은 스산하게 그려졌지만, 현실의 모습은 금강과 갈대·억새가 어우러져 풍요롭다. 드넓은 갈대밭 안에는 영화 테마길, 문학 테마길 등 다양한 산책로가 있다. 시간 여유가 있으면 설렁설렁 걸어 다니며 사진 찍기 좋다. 몇 그루의 버드나무가 억새와 갈대 그리고 강물과 어우러진 모습이 그림처럼 아름답다. 강 건너편 옛 나루는 '곰개나루터(진포)'라고 불렀다. 고려 말 최초로 화약을 가지고 왜구를 소탕시킨 진포해전이 있었던 곳이라고 했다.

금강 2경인 신성리 갈대밭의 도보여행 길은 금강 8경 중 1경과 2경을 잇는 길이다. 시종일관 금강하굿둑의 자전거길을 따라 이어진다. 따라서 걷는 것은 물론 자전거를 타고 즐길 수도 있다. 본래 출발점은 금강하굿둑에서 신성리 갈대밭까지 이어지지만, 강물 따라 흘러내려 가면서 반대쪽으로 걸어보는 것도 나쁘지 않을 것 같았다. 금강 8경은 국토해양부에서 지정한 금강의 아름다운 8곳을 말한다.

* **1경은** 서천·군산 금강하굿둑 철새도래지
* **2경은** 서천 신성리 갈대밭
* **3경은** 강경 옥녀봉과 팔괘정

* **4경은** 부여 낙화암과 부소산성
* **5경은** 청양 왕진나루와 부여보
* **6경은** 공주 곰나루와 금강보
* **7경은** 세종시와 금남보
* **8경은** 연기군 합강정

'성당포구와 웅포 곰개나루' 이정표 앞에 선다. 서천과 군산을 이어주는 웅포대교를 넘어서 다리 아래에 보이는 우회도로를 따라 자전거길로 올라선다. 끝없이 이어지는 파란빛이 선명하다. 자전거길 위에 군산과 부여 강경으로 가는 화살표가 있다. 우리가 서 있는 위치는 군산이고, 앞으로 걸어갈 길의 방향은 익산을 지나 강경 부여 쪽이다. 둘째 날 가장 기대가 되는 곳은 과거 금강의 화려하고 번창했던 역사를 지닌 성당포구와 강경포구 그리고 부여의 부소산성과 낙화암이다.

곰개나루터는 군산 방향 웅포대교 아래쪽에 있다. 지난날 금강은 충청도와 전라도 내륙까지 물자를 실어 나르던 중요한 뱃길이었다. 바다에서 내륙으로 들어가는 뱃길이 있었으니 자연스럽게 포구가 생기고 마을도 들어섰다. 웅포 역시 뱃길 따라 생긴 포구다. 웅포의 옛 지명은 곰개나루. 마치 곰이 강물을 마시는 모습을 닮았다 하여 붙여진 지명이란다. 오늘날 웅포는 관광지로 조성되어 여행객들의 발길이 끊이지 않는 곳이다. 웅포 관광지를 즐기려는 사람들은 각양각색이다. 금강변에서 낚시를 즐기는 사람, 자전거를 타는 사람, 캠핑을 즐기는 사람, 일몰을 감상하거나 사진을 찍는 사람 등 저마다 즐길 거리를 하나씩 가지고 있다. 또 서해 낙조(落照) 5선의 하나인 곰개나루에서 해넘이를 볼 좋은 기회이며 너른 금강물 위에 지는 해를 배경으로 한 가창오리의 군무는 아름다움의 극치(極致)를 이룬다고 했다. 일몰이 시작되면 유유히 흐르던 금강 물줄기도 붉은 기운을 머금는다고 했다. 우리는 서천 쪽 자전거길로 걷다 보니 군산 쪽 자전거길에 있는 일몰이 아름답다는 곰개나루터를 보지 못하고 지나쳐 버렸다. 자전거도로를 따라 군산 방면으로 가다 보면 곰개나루의 흔적을 만난다고 했다. 20여 년 전만 해도 강경포구까지 고깃배가 드나들었지만, 금강 하굿둑이 생기면서 뱃길도 자연스레 끊겼다. 옛 명성만 전해지는 곰개나루는 우리가 가야 할 방향과 반대여서 아쉬움이 남는다.

　출발부터 우리들의 마음은 풍요로워진다. 금강 자전거길 옆으로 풍요로움이 넘친다. 너른 들판에 벼가 탐스럽게 익어가고 있다. 여름 내내 성장의 빛깔이 시간이 흐르면서 결실의 빛깔로 서서히 변해가는 모습에서 세상의 넉넉한 인심을 본다. 길가에 세워져 있는 '금강정'이라는 간이쉼터에서 바라보는 농촌의 들녘은 풍요롭고 평화로운 풍경이다. 그곳에 걸터앉아 막걸리 한잔에 풍년가라도 부르고 싶은 심정이다. 평일이라 금강 자전거길은 한산했다. 이것이 걷는 자만이 느낄 수 있는 자연의 신비로움이고 아름다움이다. 그 아름다운 풍경 속에는 자유로움이 숨어 있다. 자유의 반대는 구속이 아니라 타성이라는 것을 깨달아간다. 타성은 그것이 억압이나 구속이라는 사실을 깨닫지 못하고 있을 뿐 그곳은 견고한 무쇠의 방이다. 새로운 사고와 새로운 감성이 갇혀있는 상태이다. 자연은 걷는 자에게 새로운 사고와 새로운 감성을 준다. 타성의 견고한 방을 뚫고 나올 힘을 준다. 이것이 걷는 자만이 가질 수 있는 의지(意志)이다.

오늘 일정에 작은 변화가 생겼다. 함께 걸었던 승호 샘이 어제 늦게부터 발목이 안 좋다고 했다. 아침에 상태를 보고 결정하기로 했는데 아침까지도 통증이 멈추지 않아 병원이 다녀와야 할 것 같다고 한다. 강경읍에 있는 한의원에서 침을 맞고 물리치료를 한 후에 점심때쯤 만날 약속을 하고 헤어졌다. 나머지 일행은 일직선으로 시원하게 뚫린 자전거길을 약 40분 정도 걸었다. 자전거길은 해변으로 튀어나온 산등성이로 인해 성당포구를 가는 길이 막혔다. '용골'이라는 작은 마을로 우회하여 성당포구로 들어가야 한다. 빠른 걸음으로 조용히 마을을 벗어난다. 빛바랜 파란 자전거길은 야트막한 산등성이를 따라 이어진다. 갈림길에서 전봇대에 붙여진 '백제의 숨결, 익산 둘레길'이라는 빛바랜 이정표를 발견했다. 이 길은 금강 자전거길이면서 동시에 '익산 둘레길'인 모양이다.

　'익산 둘레길'은 1코스에서 5코스까지 총연장 90여km에 이르는 천천히 걷는 길이라고 했다. '익산 둘레길'은 익산시 함라면 함라산 일원에 산과 강으로 이어지는 길로써 백제의 역사가 가장 깊이 스며들어 있는 역사적인 공간이다. 경치가 아름다운 산과 강을 잇고, 백제의 유적을 연결하는 도보 여행길이라고 했다. 그래서 '익산 둘레길'에는 '백제의 숨결'이라는 부제(副題)와 함께한다. 익산에는 백제에 대한 유적들이 많이 남아있고, 특히 우리나라 4대 종교인 불교, 천주교, 기독교, 원불교 등의 성지를 모두 품고 있는 고장이다. 그래서 종교에 대한 유적들도 많이 남아있다. '익산 둘레길'은 천천히 걸어가면서 자신을 되돌아보고 깨달음의 시간도 가져볼 수 있는 좋은 장소가 많다고 한다. 길은 사람들의 숨결이 고스란히 살아있는 그야말로 노천 박물관이다.

성당포구에서 나바위 성지로 이어져 '아름다운 순례길'은 제5코스에 속한다. 최근 우리나라에는 많은 둘레길이 우후죽순처럼 생기고 있다. 둘레길을 만든 이유는 새로운 길을 만드는 데 있지 않다. 옛길을 복원하는데 그 의미가 크다. 둘레길은 그 옛길을 따라 걸으면서 조상들의 삶의 발자취를 되돌아보고, 역사적 흔적들을 발견하고, 종교적인 깨달음을 얻고, 아름다운 자연을 바라볼 수 있는 귀중한 자산이다. 그래서 '둘레길'의 기본은 자연스러움에서 출발하며 끊겨 잃어버린 길을 찾는 것이 중요하다. 임의로 만들거나 인위적으로 길을 내면 그 길은 의미가 사라진다. 길은 자연스러움이 생명이다. 자연스럽게 만들어진 길에 아름다움과 신비로움이 깃든다.

금강 자전거길에서는 또 다른 세상을 본다. 작은 마을에도 수많은 길이 교차했다. 크고 작은 길들은 헤어졌다 만나기를 반복한다. 그리고 길은 생겨남과 없어짐을 되풀이한다. 길은 과거와 미래를 연결하는 통로였다. 인간과 자연의 조화로운 삶을 일구어내고, 걸어가는 순간순간을 통해 사람과 사람을, 마을과 마을을, 이 생각과 저 생각을 연결한다. 그래서 길은 소통의 문 같은 것이 아닐까 한다.

'익산 둘레길'과 '금강 자전거길'이 함께하는 용골마을에서 성당포구로 들어가는 길목은 경사가 낮은 오르막이다. 서쪽엔 금강이 흐르고 동쪽엔 평야가 펼쳐지고 있어 자연의 아름다움은 우리들을 사로잡는다. 이제 본격적으로 익산 땅에 들어선다. 야트막한 언덕을 넘어서면 고개가 끝나는 점에서 작은 마을이 또 하나 있다. 바로 '성당포구'이다. 처음 '성당포구'라는 말을 들었을 때는 금강의 자그마한 포구에 성당이 있어서 성당포구라고 하는 줄 알았다. 하지만 성당포구는 익산의 한 지명이고 이 포구는 과거 금강에서 번창했던 나루터였다. 고려 때부터 조선 후기까지 세곡을 관장하던 성당창이 있던 곳이어서 성당포(聖堂浦) 또는 성포(聖浦)라 불렸다고 한다. 여기서 비로소 성당포구 이름이 등장한다. 성당포구라는 지명은 왠지 모르게 친근하고 정겹다.

익산 '성당포구' 마을 안으로 들어서자 첫인상은 작고 아담한 마을, 다정하고 예쁘고 고운 심성을 가진 마을이라는 느낌이 든다. 이곳은 전국 최고의 생태 마을이자 농촌 휴양마을의 하나로 꼽히는 곳이란다. 아늑한 둘레길과 아침 물안개, 근사한 낙조, 포근한 숲, 넉넉한 인심 등을 맛보기 위해 사시사철 손님이 이어지고 있다. 마을 주변에는 체육공원과 황룡산 산책로, 금강 자전거 순례길, 문화예술 공연장, 야외캠프장을 조성해 자전거 여행과 산책, 여가활동을 동시에 즐길 수 있게 되어 있다. 마을 역사와 생태공원을 관찰할 수 있는 보트체험과 대나무밭 트레킹, 좌도농악 배우기, 국궁체험도 할 수 있다. 자전거를 타고 온 몇몇 일행은 기념스탬프를 찍고 사라진다. 이곳은 금강 자전거길의 중간기착지다. 자전거길 2km 양편에 한 달 전 설치했다는 수백 개의 바람개비가 울긋불긋했다. 가을바람에 힘차게 도는 바람개비들이 '세곡선이 넘실대던 옛 성당포구의 영화를 재현시키겠다'라는 주민들의 의지를 응원하는 듯했다. 비록 마을은 작지만 깨끗하고 여행자들의 마음을 끌어당기는 독특한 매력이 있다. 마을 사람들의 노력으로 여행자들이 찾아가고 싶은 곳으로 만들어가고 있다는 인상을 받았다.

성당포구는 몇 해 전만 해도 풍족한 어자원 덕분에 웅어와 황복, 장어, 참게까지 잡히던 산지였다. 하지만 하굿둑이 막히면서 나룻배는 발목이 묶여 옛 명성만 남아있는 곳이다. 또 강변은 땅을 경작하여 벼농사와 참깨, 참외, 콩 등 밭농사로 인해 농산물도 풍족했으나 4대강 사업으로 강변의 토지를 정부에 수용당하면서 그 명맥만 이어가고 있다. 성당마을은 4대강 사업으로 인해 아픔이 많은 곳이라고 한다. 자연의 숨통을 끊어버린 4대강은 지금도 곳곳에서 부작용을 발생하고 있다. 비단결 같은 금강은 펄은 썩어가고, 펄 속은 시궁창으로 변했으며, 주변에 깔따구와 실지렁이가 득실거린다고 한다. 이것이 혈세 22조 원을 들인 사업의 기막힌 진실이라고 이곳 주민들은 하소연한다고 들었다. 환경단체에서는 빠른 치유를 해야 한다고 외친다.

올해(2016년) 노벨문학상을 받은 가수 밥 딜런의 〈바람만이 아는 대답〉이라는 노랫말처럼 '얼마나 시간이 지나야, 얼마의 세월이 지나야,' 4대강은 다시 살아날 수 있을까. 지금 이곳의 아픔을 '저 부는 바람은 알고 있을까?' 또 얼마나 많은 사람이 더 죽어야 세월호의 진실은 밝혀질 수 있을까. 세상에는 수많은 미제 사건들이나 미스터리한 사건들의 연속이다. 자연재해는 어쩔 수가 없지만, 사람들의 작은 실수로 인해 일어나는 사건들은 은폐하지 말고 공개하여 재발을 방지하는 것이 옳다. 왜 사람들은 자신들의 실수를 인정하기 싫어하는 걸까. 얼마나 더 많은 귀를 가져야 사람들의 절규를 들을 수 있고 진실을 말할 수 있을까.

금강으로 흘러들어 가는 산북천을 잇는 나무다리를 건너 성당마을을 서서히 벗어난다. 나무다리 끝자락에는 빨간색 전화통 모양의 자전거길 인증센터가 보인다. 빨간 인증센터와 고동색의 나무다리, 자전거길을 따라가며 돌고 있는 형형색색 바람개비, 그리고 그 옆에 서 있는 커피를 파는 푸드 트럭은 영화 속의 한 장면을 연상케 한다. 거기에 갑자기 잿빛이 감도는 우중충한 날씨는 환상적인 풍경을 연출하는데 한몫 더해준다. 커피 향기가 바람개비의 바람을 타고 허공을 떠돌다가 여행자의 마음속으로 날아올 것만 같은 회색 풍경이다.

바람개비가 돌아가는 강 건넛마을의 저녁노을 같은 풍경이 동화 속의 한 장면처럼 다가온다. 다시 찾아오고 싶은 충동을 불러일으킨다. 그리고 한참 지난 후 그곳에 집사람과 함께 찾아갔다. 물론 그곳에는 그때 그 풍경은 없었지만 그래도 운치가 있는 풍경은 그대로였다. 맑은 날은 맑은 대로, 비 오는 날은 비 오는 대로, 궂은 날은 궂은 대로 제각각 이곳만의 또 다른 풍경을 만들어내고 있다. 아침의 산들바람으로부터 저녁의 붉게 타오르는 강가 너머의 노을까지 한 폭의 수채화 같은 서정적 일상이 늘 연출되는 이곳이다. 이곳의 아름다운 사계절 풍경이 머리에 그려진다. 언제든 하루하루의 삶들이 가끔 식상하고 공허해지면 찾아오고 싶은 곳이다.

나무다리를 건너 생태공원을 들어서는데 하늘이 갑자기 변덕을 부린다. 하늘은 어두워지고 비가 조금씩 내리기 시작한다. 기온이 갑자기 내려가고 추위가 밀려든다. 잠시 공원 쉼터에서 비를 피해간다. 우리가 비를 피하고 있는 곳은 4대강 사업으로 만들어진 '금강 용안 지구 잔디광장'이다. 이곳에는 아주 넓은 생태공원이 조성되어 있다. '호습성 식물관찰원, 갈대체험원, 억새동산' 등 많은 시설들이 있다. 그중에서 가장 볼만한 풍경은 바로 용안 바람개비 길이다.

소나기라도 내릴 것 같았던 하늘이 살짝 개자 다시 길을 나선다. 자전거길을 따라 형형색색 바람개비가 춤을 추는 이곳 풍경은 무척 인상적이다. 총 4.8km의 바람개비 길은 여행자의 소망, 사랑, 평화, 희망, 그리고 꿈이 담겨있다. 바람개비는 빨주노초파남보 순서로도 있고, 색깔이 섞여있기도 하고, 흰색에 태극기 바람개비도 있고, 각 나라의 국기 그려진 것도 있다. 바람개비 길에는 저마다의 의미가 들어있다. 소망을 이루어지게 하는 무지개 바람개비 길, 조국 사랑을 나타내는 태극기 바람개비 길, 세상의 평화를 소망하는 만국기 바람개비 길, 화합과 상생의 노란색 바람개비 길, 석양 노을빛 빨간색 바람개비 길, 강 내음을 느끼는 파란색 바람개비 길로 이루어져 있다.

바람개비의 힘찬 울림은 여행자의 가슴을 덩달아 두근거리게 한다. 끝없이 이어지는 바람개비의 행렬은 도보여행자들에게 꿈과 희망을 말하고 있는 듯했다. 마지막 한 걸음까지 용기를 내서 걸어가라고 응원을 보내는 것처럼 보인다. 지금 이 순간, 이 공간은 유난히 특별한 시간이다. 마치 특별한 하루라는 것이 평범한 나날의 틈에서 반짝 존재할 때 비로소 특별해지는 것처럼 평범했던 자전거길에서 바람개비 길은 유난히 특별해진다. 물론 길에서는 매시간 특별해질 수는 없지만 지금 이 순간은 걷는 여행자만이 만날 수 있는 특별한 풍경이다. 그것을 벗어날 때의 짜릿함도 잊을 수 없다. 바람개비 길이 너무 아름다워 한참을 뒤돌아보고 걷고, 가끔 거꾸로 걸어가기까지 했다. 보이지 않을 때까지 이런 행동을 반복했다.

성당포구에서 한 시간쯤 더 걸었을까. 금강 앞에 환상의 초록섬이 나타났다. 날씨 탓인가. 도보여행자의 눈에는 잿빛 하늘과 흙빛 금강 물결 위에 떠 있는 작은 초록섬은 마치 동물들만 사는 작은 왕국처럼 보인다. 모든 세상의 빛이 초록이다. 초록빛 섬은 여행자에게 꿈을 꾸게 하고, 동화를 만들어내게 하고, 시를 읊조리게 만드는 마력이 있다. 너무도 신비로운 체험이다. 몽환적인 풍경은 마음을 차분하게 만들어준다. 마치 깊은 남국의 정글 속에서나 볼 수 있는 풍경이다. 문명의 손길이라곤 한 번도 닿아본 적이 없을 것 같은 순백의 경치였다. 태곳적 모습 그대로였다. 그 안에는 자생적으로 자란 서너 그루의 키 작은 나무가 전부였다. 걸음을 멈춘다. 한동안 넋을 잃고 초록빛 환상을 본다. 어떻게 저런 세상이 만들어졌을까.

금강 자전거길을 걸으면서 또 하나의 질문을 던진다. 보이는 것은 정말 모두 참인가. 보이는 것이 세상 전부인가. 날씨가 만들어내는 초록섬의 환상을 보면서 그런 생각에 잠긴다. 어쩌면 이 세상의 참도, 거짓도 모두 인간이 만들어낸 허구가 아닐까. 이처럼 자전거길을 걷는 것은 낯선 세상과 마주치는 것이고, 낯선 세상의 풍경을 바라보는 것이고, 또 다른 세상에 질문을 던지는 행위가 아닐까.

〈사피엔스〉의 저자 '유발 하라리'는 네안데르탈인이 지구에서 사라지고, 현생인류인 호모사피엔스가 살아남은 이유는 우리에게만 있는 고유한 언어 때문이라고 말하고 있다. 이것을 '인지 혁명'이라 한다. 하지만 인지 혁명 이후 언어가 허구를 통해 인류와 문명을 만들었다고 한다. 이것이 호모사피엔스가 성공할 수 있는 핵심요인이다. 만약 일대일 결투라면 네안데르탈인이 호모사피엔스를 이겼을 수도 있다. 네안데르탈인은 픽션을 창작할 능력이 없어 대규모의 협력을 효과적으로 이룰 수 없었다. 급격하게 바뀌는 외부의 도전에 맞게 자신들의 사회적 형태를 바꿔 적용할 수 없었다.

말하자면 인류가 사용하는 언어의 서사적 기능 즉 허구적인 이야기를 만들어 전하는 기능이 가상의 실체를 통해 인간의 사회성을 무한히 확장했고 그 사회성이 인류의 진화와 문명발달의 원동력이 되었다는 것이다. 그뿐 아니라 개인의 차원에서도 언어는 특히, 허구를 만들어내는 언어의 서사적인 기능은 개인의 생각, 마음, 행동 곧 인간성 전체를 구성하는 핵심요인이다. 이것이 현생인류가 지금까지 살아남은 가장 중요한 이유란다.

결국, 허구, 거짓말, 과장, 기만, 상상력, 가상현실, 신화, 종교 이런 단어들이 곧 인류의 문명발달에 도움이 되었다는 것이다. 허구(虛構)가 인류의 문명발달과 생존에 지대한 영향을 미쳤다는 '유발 하라리'의 설명이다. 이처럼 세상에 있는 수많은 초록섬 같은 환상을 보면서 사람들은 상상력을 키우고, 이야기를 만들고, 신화를 꾸미고, 종교를 만들어간다. 이런 인지 혁명이 인류의 진화와 문명발달에 도움을 주었다는 것이고 살아남을 수 있는 원동력이 되었다는 것이다. 또 일상에서 우리는 어떤 현상이 참인지 거짓인지 끊임없이 고민하고 갈등하여야 한다는 것이다. 그러면 더 나은 인지 혁명이 일어나고, 그것이 자신을 더 나은 세상으로 인도할 것이며, 더 나은 문명사회를 형성할 것이다. 길은 상상을 통해서 또 다른 세상으로 여행자를 인도할 것이라고 믿는다.

아무런 생각이 없다. 아니 생각이 사라져 버린 듯하다. 자전거길에서 만난 형형색색 바람개비, 잿빛이 감도는 하늘, 몽환적인 작은 초록섬, 그리고 금강에 떠다니는 거대한 녹조의 띠 등 다양한 색채에 미혹되어 몽롱한 상태로 길을 걸어왔다. 몽유병 환자처럼 아직 꿈에 덜 깬 상태로 파란 자전거길을 얼마쯤 걸었을까. 금강을 가로지르는 다리가 보이기 시작했다. 아파트 빌딩도 눈에 들어온다. 올망졸망한 마을이 보인다. 비로소 제정신으로 돌아온다. 이곳이 바로 한때는 '강경포구'로 유명했던 논산 강경읍이다. 젓갈로 유명하다는 강경포구이다. 어릴 때부터 사회시간에 배웠던 것 중의 하나가 강경하면 젓갈이다. 그래서 그런지 강경포구에 들어서는 입구부터 온통 사방에 젓갈 냄새가 풍기는 듯하다. 상상속의 냄새이지만 그만큼 어릴 적에 배웠던 기억들이 얼마나 오래도록 자기 생각을 지배하는지 새삼 느껴진다.

강경하면 젓갈에 대한 기억이 가장 깊게 남아있다. 젓갈은 삭힘의 미학이 깃든 음식이다. 삭힘은 기다림이다. 우리말에 '장은 오래 묵혀야 맛이 깊어진다'라는 말이 있다. 묵힌다는 것도 기다림이다. 발효식품은 기다림의 결과물이다. 기다림의 시간이 길어질수록 맛은 깊어지고 음식은 오묘한 맛을 낸다. 음식 재료에 '씨 간장'이 있다. '씨 간장'은 말 그대로 종자 간장이다. 가장 기본이 되는 간장이다. '씨 간장'은 10년은 기본이고 50년 심지어 100년을 기다려야 만들어진다. 발효식품인 김치, 된장, 간장 고추장 모두 기다림의 결과물이다. 모두 패스트푸드와는 다른 슬로푸드의 대표적인 식품이다. 어쩌면 도보여행도 발효식품과 닮아있다. 걷기는 슬로푸드와 같은 느린 여행이다. 발효식품은 단순하다. 단순함은 시간이 지나면 오묘하게 변한다. 도보여행도 단순하다. 그 단순함이 가장 큰 매력이다. 그 단순함의 매력에 빠져 금강 자전거길을 걷는 것이다. 그 단순함은 기다리는 시간이 길수록 더 깊은 맛을 낼 것이다.

강경포구에 도착해 발목이 아파 병원에 갔던 승호 샘과 만났다. 마을 정자에서 동네 분과 막걸리 한잔 나누면서 우리들을 기다리고 있다. 금강을 가까이서 바라보면서 막걸리 한잔 마시는 기분은 걷는 자만이 가질 수 있다. 한없이 즐겁고, 한없이 편하고, 한없이 느긋하고, 한없이 넉넉했다. 가만히 있어도 저절로 머릿속에 시조 한 수가 떠오르고, 노래 한 구절을 부르고 싶은 충동을 불러일으키는 풍경이다. 옥에 티라면 너른 둔치공원을 가로지르는 큼직한 다리였다. 그 다리가 없었다면 금강은 더 멋진 풍경을 보여주었을 텐데.

이곳까지 자전거길을 걸어오면서 많은 나루터와 포구를 지나왔다. 지금은 과거의 영광은 사라졌고 마을은 쇠퇴했다. 이곳 강경포구도 마찬가지였다. 자연스럽게 '흥망성쇠'라는 말이 떠올랐다. 그리고 '부귀영화'라는 것이 허무하고 부질없다는 생각을 했다. 나이 탓인가. 강경포구 앞으로 수많은 물줄기가 이곳을 지나고 흘러갔을 것이다. 그리고 흘러가고 흘러들어오는 이곳에 자연의 수많은 소리들이 역사 속에서 소멸하고 생성하는 과정을 겪으면서 사라지고 생기고를 반복한다. 지금도 그런 현상은 반복되고 있다. 그러면서 자연은 스스로 혼돈한 세상을 정화할 것이며, 혼돈의 세상에서 질서를 지켜나가는 것이다. 그것이 자연이 품고 있는 소리이다.

자연은 무수한 소리를 품고 있다. 그 소리는 분명 음악과는 다르다. 생성과 생장, 생존 활동과 사멸의 순간에 이르기까지 흘러가고 흘러오는 그 모든 소리가 의미 없이 뒤섞인 혼돈이기 때문이다. 하지만 그 혼돈 가운데에서 평안과 위안을 가져오는 소리를 마치 채집하듯 찾아내려고 했던 것이 인간이다. 무질서한 소음 가운데에서 질서의 소리를 구축하려한 것이다. 그리하여 비록 그 재료는 자연에서 가져왔지만, 그 소리에는 자연과는 다른 무언가가 있었다. 그곳에는 질서가 있었고 의미가 있었다. 다시 말해 음악이 있었다. 우리는 금강 자전거길 위에서 그런 소리를 들을 수 있을까.

지금 우리는 박범신의 소설 속에 자주 등장하는 장소인 금강 3경에 속하는 옥녀봉과 논강 평야를 걸어가고 있다. 논강 평야는 논산시와 강경읍에 걸쳐있어 이 두 지역의 이름에서 각각 첫 글자를 따 부르게 되었다. 이 지역 밑에는 백제문화관광지역으로 각종 문화유적이 풍부하고 자연경관이 수려하다. 또한, 옥녀봉은 논산 8경 중 7경으로 금강을 비롯한 부여와 익산 일대가 내려다보이는 전망이 아름다운 곳이다. 이곳 옥녀봉 정상에는 금강 물줄기, 강경읍과 논산 시내, 그리고 드넓게 펼쳐진 논강 평야를 조망할 수 있는 전망대가 자리한다. 금강 자전거길 걷기는 이처럼 다양한 볼거리와 읽을거리도 제공한다. 빠름 속에서는 순식간에 그냥 지나쳐버릴 수 있는 이곳이다. 느림을 통해 풍경을 천천히 바라볼 수 있었고, 문학적 상상을 할 수 있어서 너무 좋았다. 그것이 느린 여행의 매력이다.

　부여와 논산의 경계인 작은 다리 위에 선다. 우리는 자전거길을 걸으면서 많은 경계를 넘나들었다. 오늘은 한 발은 논산에, 한 발은 부여에 걸쳐 놓고 보니 마치 두 대륙을 밟고 있는 쾌감 같은 것이 느껴진다. 경계란 시간과 같은 것이 아닐까 하는 그런 의문이 들었다. 어떤 때는 경계를 넘으면서 '크로노스 시간'과 같은 개념으로 받아들이기도 하고, 어떤 때는 경계를 넘으면서 '카이로스 시간'과 같은 개념으로 받아들이기도 한다. 내가 느끼는 여러 가지 감정에 따라 경계는 다르게 마음에 와 닿는다.

　그리스어에서는 '때'를 나타내는 말이 '카이로스'와 '크로노스'의 두 가지가 있다. '크로노스 시간'은 과거부터 미래로 일정 속도 일정 방향으로 기계적으로 흐르는 연속한 시간을 표현한다. 흔히 시계가 말해주는 시간 그 자체라고 볼 수 있다. 크로노스는 일반적인 의미의 시간으로 모두에게 공평하게 주어진 시간 개념이다. '카이로스 시간'은 일순간이나 인간의 주관적인 시간을 나타내고, 카이로스는 크로노스와 달리 사건과 기회, 혹은 위기로 이해되는 시간이다. 특별한 의미 부여의 시간으로 능동적인 시간이다.

어떤 경계선은 마치 시계 속의 시간처럼 인간이 인위적인 만든 공간처럼 별 의미 없이 지나쳐 버리는 경우도 있는가 하면, 어떤 경계선은 넘어가면서 그 공간에 주어진 사건이나 의미를 생각하면서 지나가는 경우도 있다. 그래서 그곳에서는 시간처럼 그냥 흘러가는 것이 아니라 때때로 생각하게 된다. 자기의 생각 속에서 시간은 빠르게 또는 느리게, 덧없이 또는 의미 있게 흘러갈 수도 있다. 우리는 시간의 노예가 아니라, 싸목싸목 걷기라는 행위를 통해 시간에 초연(超然)할 수도 있지 않을까.

이탈리아 토리노 박물관에는 카이로스의 조각상이 있는데 이 신상은 벌거숭이 젊은이가 달리는 모습을 하고 있다. 발에는 날개가 달려있고 오른손에는 날카로운 칼이 들려있으며 이마에는 곱슬곱슬한 머리카락이 늘어뜨려져 있지만, 뒷머리는 민숭민숭한 대머리의 모습이다. 이 신상을 본 시인 포세이디프(Poseidipp)는 이렇게 '시간'을 노래했다.

-

시간은 쉼 없이 달려야 하니 발에 날개가 있고
시간은 창끝보다 날카롭기에 오른손에 칼을 잡았고

시간은 만나는 사람이 잡을 수 있도록
앞이마에 머리칼이 있다

그러나 시간은 지나간 후에
누구도 잡을 수 없도록 뒷머리가 없다.

-

카이로스의 앞머리가 무성한 이유는 그를 발견한 자가 그의 머리채를 쉽게 붙잡을 수 있도록 하기 위해서라고 한다. 그러나 지나간 그를 다시 붙잡는 것은 불가능하고 전해진다. 뒷머리가 대머리인 까닭에 머리카락을 붙잡는 것이 불가능할 뿐만 아니라 발에 날개가 달려 순식간에 사라져버리기 때문이다. 한번 지나가면 다시 잡을 수 없는 것, 그리스 사람들은 이를 '기회'라고 보았다.

카이로스가 들고 있는 저울과 칼은 무엇을 의미하는 것일까? 그것은 기회가 왔을 때 해야 하는 행동을 의미한다고 한다. 저울과 같이 정확한 판단을 내리고, 칼과 같이 날카로운 결단을 행동으로 옮기는 것. 그리스 신화에 묘사된 카이로스의 모습처럼 기회를 잡는 것은 기회를 발견하는 것만큼이나 어려운 일이다. 기회가 오기 전에 정확한 판단력과 날카로운 결단력을 갖추기 위해 노력해야겠다.

어떤 시간이든 미리 발견하면 붙잡을 수 있지만, 한번 놓치면 붙잡을 수가 없다. 다시 말해 되돌릴 수 없다는 것이다. 그래서 기회가 왔을 때 붙잡아야 하므로 기회가 오기 전에 미리 정확한 판단력과 결단력을 갖추어야 한다고 말하고 있다. 바로 걷기는 느림을 통해 그런 판단력과 결단력을 길러 시간을 지배할 수 있도록 도와준다. 길을 걸으면 시간은 우리들의 세상에서 사라지는 듯했다. 시간에서 벗어남은 곧 자유롭다는 것이다. 걷기는 그런 자유로움을 우리에게 전해준다. 그런 자유로움은 우리들을 계속 걸어가게 만든 원동력이 아닐까 싶다.

금강 자전거길은 〈걷고, 보고, 묻다〉라는 시간 속에서 계속 이어진다. 하루 종일 파란빛을 따라 길을 걸었다. [백제보 37km, 공주보 62km, 금강하굿둑 43km]라는 거리표시가 길 위에서 교차되고 있다. 길모퉁이에는 작은 표지판도 보인다. [백제 수도 사비의 최후 방어선이라는 석성산성]이다. 처음 들어보는 이름이다. 파란 선이 이어지는 길 앞에는 작은 산이 가로막고 있는 듯 보이는 데 그곳이 바로 석성산성인가. 최후 방어선이면 얼마나 치열한 전투가 벌어졌으며, 또 얼마나 많은 사람이 나라를 지키기 위해 목숨을 버렸을까. 유유히 흐르는 백마강은 알고 있겠지, 하지만 말이 없다. 금강 자전거길은 백제의 과거와 현재가 만나는 오래된 길이다. 그 길을 통해 오래된 오늘을 만나고 내일의 번영을 꿈꾼다. 금강 자전거길은 끝나는 듯 강 쪽으로 휘어지더니 나무다리로 길을 이었다. 나무다리를 건너면 바로 '현북양수장'이다. 빨간 벽돌의 이 층 건물이 인상적이다. 대청댐까지는 대략 99km가 남아있는 지점이다. 이곳에서 걷기라는 놀이를 멈추고 내일을 기약한다.

　도보여행에서 즐거운 일 중 또 하나는 먹는 것이다. 어쩌면 먹는 일도 여행의 한 부분이다. 하지만 야외에서는 준비할 것이 많아 조금 번거롭다. 그래도 함께 식사를 준비하고, 함께 소주 한잔하는 시간은 걷는 일 못지않게 행복하다. 저녁을 준비하기 위한 장보기와 머물 공간을 찾기 위해 부여읍으로 나간다. 저녁 만찬을 위해 이것저것을 샀다. 사람 사는 일이 모두 '밥'으로 귀결되는 듯했다. 밥을 통해서 삶이 계속 이어져 오고 있다. 밥을 통해 대화하고, 밥을 통해 만나고, 밥을 통해서 가까워진다고들 한다. 결국, 함께 사는 가족도 밥을 함께 먹는 가장 가까운 관계라고 할 수 있다. 이처럼 밥은 사람이 살아가는 중요한 역할을 한다. 밥을 준비하는 시간은 누구에게나 소중하고 즐거운 시간이다. 사람의 삶 가운데 일하는 시간보다도 먹고 자는 시간이 훨씬 많다. 그만큼 중요하다는 것이다.

부여 읍내에 있는 사비성공원 안에서 머물 멋진 공간을 찾았는데 갑자기 빗방울이 하나둘 떨어진다. 그래서 방향을 바꿔 강경 황산대교 앞에 있는 소공원 정자에다 텐트를 쳤다. 이곳은 지붕도 있고 공간이 넓어서 비를 피하기에는 부족함이 없었다. 아직은 빗방울이 많이 떨어지지는 않는다. 텐트 안에서 작은 공간이지만 아늑하고 편안했다. 그 안에서 술 익어가는 저녁은 한없이 길어진다. 낯선 강경에서의 밤은 깊어만 간다. 황산대교를 지나는 대형화물차들의 소음만이 적막한 어둠을 뚫고 텐트 속으로 들어온다. 작은 세상은 텐트 천 조각으로 밖과 안을 나누고 있다. 이것도 일종의 경계선이다. 경계선 안에서는 '카이로스 시간'의 흐르는 듯했다. 밖에서 흐르는 시간과 안에서 흐르는 시간이 다르게만 느껴진다.

오늘 하루도 금강 자전거길에서 소중한 것들과 함께했다. 길섶의 풀한 포기, 다채로운 빛깔로 피어난 야생화 한 송이, 하늘의 뭉게구름, 땀을 식혀주는 바람, 흔들리는 나뭇잎, 그늘을 만들어주는 가로수, 길 위의 기어 다니는 수많은 벌레도 도보여행자와 함께 길에서는 주인공이 된다. 그럴 때만이 길은 걷는 자의 것이 된다. 길이 온전히 걷는 자의 것이 되기 위해서는 한없이 길에서 겸손해지고, 자연이 주는 혜택에 한없이 고마워해야 한다는 것이다. 금강 자전거길을 따라 온종일 느릿느릿 걸었다. 느린 길에서 아름다운 산천의 풍경을 보고, 자연의 소리를 듣고, 섬세하게 사물과 자잘한 대화를 나누고, 모르는 세상에 대해 자문자답을 했다. 자전거길을 걸으면서 놓친 것은 없었는지, 못 보고 지나친 것은 없었는지, 자연이 주는 고마움을 잊어버리고 걸었던 것은 아닌지, 길 자체의 아름다움을 잊어버리고 걸었던 것은 아닌지 곰곰이 되돌아본다. 금강 자전거길을 걸으면서 나는 무엇을 보고, 무엇을 듣고, 무엇을 생각하고, 무엇을 놓쳤는가.

―

내려갈 때 보았네.
올라갈 때 보지 못한
그 꽃…

―

하루를 마무리하면서 고은의 '그 꽃'이라는 단 세 줄의 짧은 시가 주는 울림이 크다. 소중한 것들과의 인연을 놓치지 말고 이어가기 위해 내일도 금강 자전거길을 걸어갈 것이다. 그리고 여기에 짧은 기록이나마 남겨 함께 걸었던 샘들과 조촐한 기쁨을 나누고자 한다.

덤으로 걸었던 군산 구불길

청암산
둘레길

익산 성당포구

'여행한다는 것은 방랑한다는 뜻이고, 방랑이 아닌 곳은 여행이 아니다. 여행의 본질은 의무도 없고, 일정한 시간도 없고. 소식도 전하지 않고, 호기심 많은 이웃도 없고, 환영회도 없고, 이렇다 할 목적지도 없는 나그넷길이다'라고 했던 〈임어당〉의 글이 생각난다. 오늘따라 그 글이 절실하게 와 닿는 하루였다. 군산 구불길은 임어당의 글처럼 본래 계획에는 없었다. 아무 생각 없이 갔던 길이다. 원인은 날씨로 인해 주어졌지만, 결과는 진정 여행다운 여행이 되었다는 것이다. 여행의 참맛을 느끼게 해주어서 그 순간만큼은 그냥 모든 것에 감사하고 싶었다.

어제저녁부터 내린 비가 아침까지 계속되고 있다. 우리는 강경 황산대교 앞에서 차량의 소음으로 인해 시끄러운 아침을 맞고 있다. 이곳은 제법 넓은 도로라서 그런지 차량의 통행이 빈번했다. 이른 새벽부터 빗소리에, 차량의 소음까지 일찍 잠에서 깬다. 잠을 깨고도 한동안 침낭 속에 누워 있다가 답답하고 시끄러워 일어났다. 텐트밖에 날씨는 비 탓에 쌀쌀하다. 기온이 많이 내려갔다. 텐트 밖으로 나오다가 하나의 '마주침'이 있었다. 우발적인 '마주침'은 나에게 큰 충격이었다. 순간 많은 상상을 하게 된다. 매스컴에서나 보았던 노인학대가 사실일까. 기우이거나 허상일 것이라고 스스로 생각했고 믿고 싶지 않았다. 그런데 그런 일이 바로 내 앞에 나타난 것이다. 물론 나만의 상상일 수도 있다.

우리가 하룻밤 묵은 곳은 강경 황산대교 앞 정자이다. 이곳은 옛날 황산나루터가 있었던 자리다. 입구에는 도로가 열십자로 형성되어 있고 안쪽으로 형성된 작은 공원에는 노인정과 휴게실 그리고 공중 화장실이 있다. 그리고 노인정 옆으로 작은 정자 2개가 길옆에 나란히 있다. 어제저녁부터 우리가 묵은 정자 옆 정자에 우리 또래의 나이가 지긋한 어르신 한 분이 작은 가방을 옆에 놓고 서 있었다. 금강을 바라보면서 하염없이 주변을 서성이고 있는 모습이 왠지 안쓰러웠다. 당연히 날씨도 추운데 어디론가 금방 가겠지 했다. 거기다 우리만의 식사와 이야기의 즐거움에 빠져 마음에 담아두지 않았다. 그런데 아침에 보니 그 노인은 아직도 그 정자에 서 있다. 밤새 그곳에 있었을까. 아니면 아침 일찍 다시 온 것일까. 여러 생각이 교차했다. 8월 말이라지만 비가 내려서 그런지 제법 쌀쌀하다. 그 연세에 밖에서 하루를 보내기에는 너무 연로했다. 우연한 '마주침'은 나와 나이가 비슷해서 그런지 신경이 많이 쓰였다.

아침을 먹고 주변을 정리한 다음 출발을 준비했다. 그때 노인이 우리 쪽 정자로 넘어온다. 어제 모습 그대로였다. 손에는 작은 가방뿐이다. 옷도 얇게 입었다. 길을 잃었는지 아니면 자식들 때문인지 정확한 사연은 알 수 없지만 측은해 보였다. 정자에 서서 금강을 하염없이 바라보는 눈길은 깨끗하고 순수함 그 자체이다. 금강을 바라보는 그분의 눈길에서 지나간 시간을 본다. 다시는 되돌아갈 수 없는 시간이다. 우리도 그 지나간 시간이 그리워 지금 이 길을 걷고 있는지도 모르겠다. '지금 이 순간'이 그래서 더 아름답고 소중한 것이 아닐까 싶다.

시간은 그 누구도 피해가지 못하는 폭력적 파괴자 곧 '크로노스'다. 그리스 신화에서 '크로노스'는 자기 자식을 낳는 대로 잡아먹는 끔찍한 신(神)이다. 그것은 이 시간 안에서 경험하는 우리의 삶이 단지 죽어가는 것, 흘러가고 마는 것, 허무하기 짝이 없는 것, 무의미하고 값어치 없는 것이 되고 마는 것을 의미한다. 곧 지나가 버린 시간일 뿐이다. '크로노스'라는 물리적 시간은 이처럼 세상의 모든 것을 좀먹게 하고, 소멸시키고, 없애고, 종결시키고, 폐허로 만들고, 무의미하고, 무가치하게 만든다. 그 때문에 이 시간 안에서 개인은 자기 정체성을 정립할 수 없고, 국가와 민족은 역사의식을 형성할 수 없다. 그 결과 자기 또는 자신들이 누구인지, 왜 살아야 하는지, 또 어떻게 살아야 하는지를 파악할 수가 없다. 바로 여기에 우리의 삶에 짙게 드리워진 실존적 불안과 절망 그리고 모든 허무주의가 발을 딛고 있다. 이런 이유에서 시간의 파괴성은 고대부터 인간이 극복해야 할 가장 중요하고 심각한 문제였다.

그 답으로 죽음처럼 우리의 삶을 위협하는 불가항력적인 공포에 대항하여 싸우는 길로서 에피쿠로스가 선택한 것은 '내세의 삶에 대한 희망'이 아니라 '현세의 삶에서 느끼는 행복'이다. 그래서 에피쿠로스는 오직 '지금' 곧 현재에 몰두할 것을 권한다. '카르페 디엠' 즉 지금 잡아라. 되도록 내일이라는 말은 최소한만 믿어라. 이 말은 로마 시인 '호라티우스'의 금언이다. 마치 풀 속에서 숨어있는 산딸기 열매를 한 알 한 알 찾아 따듯이, 그때그때를 행복하게 살라는 뜻이다. 그럼으로써 바람처럼 흘러가 버려 '이미' 존재하지 않는 과거 때문에 생기는 회한과 절망 그리고 신기루처럼 멀리 있어 '아직' 존재하지 않는 미래에서 오는 불안과 공포를 떨쳐버리라는 뜻이다.

우리는 누구나 '크로노스'라는 물리적 시간 안에서 산다. 미래에서 와 과거로 흘러가는 시간은 우리의 삶도 한갓 흘러가는 것, 무의미한 것으로 만들어 버린다. '세월이 덧없다'든지 '인생이 무상하다'라는 말이 그래서 나 왔다. 문제는 우리는 그런 시간 속에서만 살아갈 수가 없다는 것이다. 따 라서 이런 덧없음과 허무에 물들지 않으려면 기억을 통해 삶의 의미와 가 치가 드러나게 해야 한다. 그리고 아름다운 추억을 만들기 위해 매 순간 노력해야 한다. 추억이 없는 사람은 기억할 것이 없는 사람이다. 우리의 일상에서 체험하는 시간과는 전혀 다른 새로운 시간의 가능성을 드러내 보인 것이다. 그것은 오직 우리의 마음 안에 존재하며 사건에 의해서 흐르 는 우리의 보통 '기억' 또는 '회상'이라고 부르는 것을 통해 드러나며 때로 는 과거로 또 과거의 과거로 거슬러 흐르고 때로는 건너뛰고 정지하며 되 풀이되기도 한 그런 시간이다. 바로 이런 시간을 '카이로스'라고 한다.

이 시간을 통해서만 인간은 '크로노스'라는 시간의 폭력성을 극복할 수 있기 때문이다. 이 시간 안에서만 인간은 자기가 누구인지, 진정 원하 는 것이 무엇인지, 또 역사가 무엇인지, 무엇을 위해 살아야 하는지를 깨 달을 수가 있기 때문이다. 다시 말해 오직 이 시간에 의해서만 인간은 자 기의식과 역사의식을 획득할 수 있기 때문이다. 흘러간 시간들을 기억하 고, 회상하므로 자기 자신을 깨우치게 하고, 역사의식을 높일 수 있다는 사실과 그런 기억과 회상을 기록하는 일을 통해 스스로 지금 이 순간 열 심히 살아가는 것이 가장 행복하다는 깨달음을 얻는다.

자전거길 걷기라는 놀이도 우리에게 그런 시간을 찾아가는 과정이 아 닐까 싶다. 오늘도 걷고, 어제도 걸었고, 내일도 걸을 것이다. 그리고 앞 으로도 계속 걸을 것이다. 자전거길 도보여행에서 만난 많은 기억과 추 억들을 차곡차곡 쌓아 지금 이 순간의 행복을 만들어 갈 것이다. 우연히 마주친 노인도 지나간 시간은 잊혀버리고 지금 이 순간 그런 행복을 찾아갔으면 좋겠다.

떠나려고 짐을 차에 실었다. 한 끼 먹기 위해 준비해야 할 살림살이가 참으로 많다. 떠나려고 하니 우리 옆에 서 있는 노인네가 눈에 밟힌다. 어제 먹다 반쯤 남긴 통닭 상자를 살며시 정자 난간에 놓아두었다. 우리가 할 수 있는 일이 없었다. 마음뿐이다. 저분에 왜 여기에 있을까. 왜 집에는 들어가지 않을까. 어떤 사연이 있을까. 자식들이나 부인은 있을까. 등 많은 생각이 빠르게 뇌리를 스쳐 지나간다. 저분은 무언가 살아온 인생에 대한 깊은 자괴감이 들어서 홀로 이곳에서 방황하는 것은 아닐까. 누구에게나 닥칠 수 있다. 이때의 자괴감은 자신의 존재가치가 부정당하거나 격하될 때 갖는 괴로운 감정, 즉 '모멸감'이라고 할 수 있다.

사회학자 김찬호의 〈모멸감〉이라는 책에서 이를 '정서적인 원자폭탄'이라고 비유했다. 그만큼 받아들이는 사람에게는 충격일 수 있다는 말이다. 모멸감은 인간이 인간에게 가할 수 있는 가장 무서운 폭력이다. 그러나 모멸을 주는 것은 사람이 아니다. 여러 가지 기준으로 열등한 집단을 범주화하고 멸시하는 통념이나 문화의 위력 또한 만만치 않다. 그래서 많은 경우 모멸은 다른 모멸로 이어지며 자괴감이나 수치심으로 확대 재생산하고, 거기에서 비롯되는 분노는 자기나 타인에 대한 폭력으로 표출된다. 존중과 자존의 문화는 여럿이 만드는 것이지만, 그 출발과 귀결의 지점은 각자의 내면에 있다.

과거에는 부모와 자식 간에 존중과 자존의 문화와 사회적인 공감대가 있었는데, 지금은 그런 문화나 공감대가 신자유주의라는 사회적인 제도에 의해 급속히 소멸되어가고 있다는 것이다. 오늘날 그런 문화가 지금 내가 보고 있는 노인 학대라는 현상으로 나타나고 있다. 정자에 계시는 그 노인에게는 내가 생각하는 모든 일이 지나친 걱정이었으면 하고 바란다.

굵은 비가 계속 내린다. 마음속에 작은 갈등이 싹튼다. 계획대로 금강 자전거길을 걸을 것인가. 아니면 다음을 기약하고 집으로 돌아갈 것인가. 어떤 결정이든 마음속의 갈등은 앙금처럼 마음속에 남을 것이다. 어떤 선택이든 그 선택이 '더 좋은 길'이라고 생각했다. 여러 여건상 돌아가는 것이 가장 좋은 선택이라고 결정했다. 하지만 바로 귀향(歸鄕)하기에는 이른 시간이다. 그래서 내려가는 길에 금강 자전거길 시작점인 군산에 들러보기로 했다.

아침 내내 날카롭게 퍼붓던 빗줄기가 내려가는 길에 점점 빗방울이 작아지더니 어느 순간 사라진다. 이번 금강 자전거길 걷기 여행은 유난히 아쉬운 것은 어쩌다 보니 금강 자전거길 군산구간이 빠져버렸다. 자전거길을 걷는 내내 아쉬움이 남았는데 궂은 날씨 때문에 다시 군산에 가게 되어 다행이다. 채만식의 〈탁류〉에서 보듯이 금강의 아픔은 군산의 아픔과 함께한다. '군산 구불길'의 한 코스인 청암산 둘레길과 군산 근대 문화유산 거리를 걸으면서 군산의 아픔을 통해 금강의 오래된 이야기를 듣고 싶었다. 궂은 날씨라는 우연한 계기로 가게 된 '군산 구불길'이다. '군산 구불길'을 천천히 걸으면서 어제의 아픔을 통해 오늘을 어떻게 살아가야 할지 질문도 하고 현명한 답을 찾아가는 여행이 되었으면 좋겠다.

군산에 들어와 곧바로 청암산 둘레길 입구를 찾았다. 입구에서 저수지 쪽으로 올라서자 넓은 호수 같은 옥산저수지가 나타난다. 정갈하게 가꾼 둘레길 입구에서 이곳 사람들의 정성이 느껴진다. 오늘은 포장된 자전거길 대신 숲길로 이루어진 저수지 둘레길을 걸어보는 것도 또 다른 즐거움이 될 것 같다. 어디든 어느 곳이든 장소가 중요하지 않다. 걷는 사람의 마음이 가장 중요하다. 저수지 둑 위에 돌고 있는 형형색색의 바람개비와 억새 그리고 푸르고 깊고 너른 저수지를 보는 순간 나른한 몸이 치유되는 기분이다. 그래서 자연은 인간의 본향이라고 하는 모양이다. 우리와 친숙한 아파트 건물 속에서도, 포장된 자전거길 위에서도 느낄 수 없었던 편안함이 이곳에서는 느껴진다.

구슬뫼(玉山)란 지명에서 알 수 있듯 평화로운 저수지를 둘러싼 작은 산들이 마치 구슬을 이은 듯 자태를 뽐낸다. 1939년 다섯 마을이 있던 자리에 조성된 옥산저수지는 상수원 보호지역으로 통제돼 오다 최근 개방됐다. 정감이 가는 구슬뫼(玉山)라는 순우리말 대신 옥산(玉山)이라는 한자어 발음이 귀에 거슬린다. 우리 조상들의 삶의 발자취를 담고 있는 지명들이다. 아직도 자의 반 타의 반 간편하다는 이유나 혼란을 핑계로 사용되고 있다.

청암산 둘레길은 주차장에서 시작한다. 제방에 오르면 오른편에 물억새가 한창이다. 왼편엔 소나무 숲이 펼쳐진다. 저수지를 보호하듯 둘러선 소나무가 호수 위에 그림자를 드리운다. 갈대를 헤쳐 온 오리 떼가 그림자 속으로 유유히 헤엄쳐간다. 솔잎이 가득 깔린 오솔길은 두 갈래 길로 나뉜다. 능선을 따라 걷는 등산길과 물가를 따라 걷는 길이다. 우리는 아래쪽 물가로 방향을 잡고 걸었다. 물가를 따라 좁은 길로 들어서면 은빛 파도를 만들어 내는 억새의 향연이 펼쳐진다. 억새밭 옆엔 물에 잠긴 버드나무 군락지가 나타난다. 감청색 짙은 호수, 노란 단풍잎, 파란 하늘, 어디선가 들어온 붉은 햇살이 묘하게 어우러져 호수의 물빛이 일곱 가지 색깔로 반짝인다.

청암산 둘레길은 소나무와 굴참나무, 갈참나무, 상수리나무 등이 무리를 이루며 각기 다른 풍광을 자랑한다. 억새밭과 대나무 숲, 물에 잠긴 버드나무 군락지 등 주변 풍경도 다채롭다. 젖은 길엔 나무를 통으로 다져놓은 나무 산책길을 만들어 걷기에도 편하게 조성돼 있다. 습지엔 부교를 설치해 물 위로 탐방할 수 있다. 노랗게 물든 수변길을 지나면 습지가 나타난다. 소나무 숲길이 끝날 무렵 황금빛 갈참나무 단풍 아래 벤치에 앉아 쉬어가는 여유를 느낄 수 있어서 좋았다. 이것이 도보여행자만이 느낄 수 있는 즐거움이다.

기름진 들판과 넓은 바다, 나지막한 산과 강을 모두 품은 도시가 군산이다. 이곳 '구불길'은 도보여행자들에게 인기 만점이다. '구불길'이란 말의 어감에서는 어릴 적 놀던 고향의 냄새가 물씬 풍긴다. 지금은 아파트가 생겨 구불길이나 골목길이 많이 사라졌지만 어릴 적에는 신작로를 따라 미로처럼 수많은 구불길이나 골목길과 연결되어있었고, 그 안에 많은 사람들이 살아가고 있었다. 어릴 적에 골목길은 유난히도 길고 깊었다. 하나의 골목길에 들어가면 또 다른 골목길을 구불구불 따라 걸어가야 비로소 집에 보인다. 처음 온 사람들은 찾기가 어려웠다. 그만큼 미로였다. 이처럼 구불길이나 골목길은 고향의 향수가 깃들어 있어 누구나 그리워하는 공간이다.

옥산저수지 둘레길은 일직선이 아니다. 말 그대로 구불길이다. 그래서 보는 것과 걷는 것은 많이 다르다. 물길을 따라 구불구불 돌아서 가야하므로 직선거리보다 몇 배는 더 멀다. 금방 한 바퀴 돌 것 같았던 둘레길이 가도 가도 끝이 보이지 않는다. 눈짐작으로는 한 시간 정도면 될 것 같았는데 걸어보니 무려 3시간 정도 걸렸다.

군산 '구불길'의 한 코스인 청암산 옥산저수지 둘레길인 '구슬뫼 길'은 깊은 인상을 남긴다. 강을 따라 단조롭고 일직선으로 이어졌던 자전거길보다 이 길 위에는 다양함이 포함되어 있다. 깊은 숲길도 있고, 외진 오솔길도 있다. 야트막한 산길을 넘는가 했더니 저수지를 바라보며 걷는 물길도 나온다. 또 간간이 마을을 이어주는 작은 다리를 건너는가 싶더니 저수지 위에 설치된 나무다리로 만들어진 계단과 지그재그로 만들어진 긴 다리를 지나고, 마을 앞길을 지나기도 하였다. 마지막에는 산림욕을 할 수 있는 편백나무 숲길이 마무리할 수 있도록 우리를 안내한다. 세상의 모든 길이 함축된 듯했다. 청암산 옥산저수지 둘레길은 변화가 있어서 멋진 길이고, 다양성이 있어서 지루하지 않은 길이었다.

　　무엇보다 여름의 푸름을 벗고 은빛으로 물든 청암산 갈대밭은 가을 절정을 이루는 시기로 가을의 낭만과 정취를 제대로 만끽할 수 있는 장소였다. 산은 사람에게 축복이다. 산행하고, 땀이 솟아나고, 정상에서 부는 바람에 상쾌함을 느끼면 스트레스는 어느덧 사라지고 행복감이 밀려온다. '산에 간다'는 것은 새벽부터 이것저것 준비할 것이 많다는 것을 뜻한다. 그러나 여기 청암산은 그냥 떠날 수 있는 몇 안 되는 명소 중 하나이다. 청암산은 밀림에 온 듯 수목으로 뒤덮인 호숫가 숲길, 마음에 안식과 평화를 제공하는 곳, 스트레스로 병든 마음을 치유하는 곳, 체력이 약해도, 나이가 어리거나 많아도 찾을 수 있는 곳, 바로 청암산 둘레길이다. 또 청암산 둘레길 입구에는 유난히 등산객들을 위한 유기농 식당이나 국숫집이 많았다. 우리도 둘레길 걷기를 마치고 입구에 있는 국수 식당에서 시원한 국수 한 그릇에 행복을 담았다.

　　군산 '구불길'을 걷는 것은 빠른 속도나 효율성을 중시하는 요즘 세상과는 어울리지 않는 행위이다. 어쩌면 걷기는 느림이나 무용성, 대화나 침묵

을 우선시하는 저항행위이라고 할 수 있다. 이제까지 우리의 삶을 좌지우지
해온 신자유주의적인 감수성에 과감하게 맞서는 가치들도 중히 여긴다. 시
간을 들인다는 것은 일상을 전복시켜 내재한 성질 속으로 깊이 파고드는 일
이기도 하다. 이런 표면 위에서만 살아가며 그 표면을 자신의 유일한 깊이로
삼고 겉으로 보이는 외모와 이미지, 스타일에 사로잡힌 채 살아가는 숱한
요즘 사람들에게는 심연처럼 여겨지는 일이다. 그래서 걷기라는 놀이는 마
냥 즐겁다. 바쁜 현대인에게는 꼭 필요한 활동이라 권장하고 싶다.

　다음으로 '군산 근대 문화거리'라고 부르는 '진포해양 테마공원'을 찾았
다. 군산근대역사박물관 주차장에 차를 세우고 걸어서 주변을 둘러본다.
월명동 거리까지는 가보지 못하고 선창 주변만 둘러본다. 가장 인상에
남는 것은 장미공연장 앞에 설치된 채만식의 소설 〈탁류〉 인물 동상들이
다. 장미공연장은 1899년 5월 1일 개항 이후 군산은 호남지역의 토지와
쌀 수탈의 거점 항구가 되었다. 장미동에 위치한 장미공연장 건축물은
1930년대 조선미곡창고주식회사에서 쌀을 보관했던 창고였다. 2012년도
에 다목적 공연장으로 개 보수하였고 10월 말까지 내부 수리 중이었다.
　〈탁류〉는 1930년대의 풍자 소설가였던 군산 출신 채만식의 작품으로
1937년~1938년 조선일보에 연재되었던 장편소설로 식민 자본주의 탁류
에 빨려 들어가는 여인 초봉이의 삶의 비극을 통해 당대 사회의 부조리
함과 인간 군상의 타락상을 특유의 필체로 풍자하여 적나라하게 고발한
소설이다. 〈탁류〉라는 소설 속의 주인공과 주요 인물들을 형상화한 동상

옆에는 인물 한 사람 한 사람마다 자세한 설명이 적혀있다. 그 당시 힘들었던 우리 민족의 생활상을 알아가면서 한편으로는 가슴 아팠고, 다른 한편으로는 과거를 되풀이해서는 안 되겠구나 하는 생각도 하게 된다.

우리들이 둘러본 순서는 진포해양테마공원, 군산근대건축관, 군산근대미술관, (구)군산세관, 군산근대역사박물관, 신흥동일본가옥, 동국사 순이다. 군산항이 열린 것은 1899년이다. '개항'이라는 말은 '항구가 열린다'라는 뜻이다. '항구'는 '무역항'을 말하는 것이다. 무역에는 통관 절차와 관세가 따르고, 이런 업무를 맡아 보는 기관도 필요했을 터다. 그래서 세워진 것이 (구)군산세관이다. 1908년 지어진 옛 군산세관 본관 건물은 지금은 호남관세전시관으로 쓰인다. 아담한 서양식 단층건물인데, 석재와 벽돌이 적절한 비율로 쓰여 고풍스러우면서도 세련된 느낌을 준다. 세관이라는 기관의 특성상 군산항을 통해 이뤄졌던 수탈의 기록을 담고 있다. 또 '일본 18 은행 군산지점' 건물은 군산 근대미술관으로 개축하였다. 일제강점기 조선인 대출을 통해 토지 수탈에 앞장섰다는 18 은행은 독특한 창문이 인상적이다. 미술관은 미술관과 금고동, 관리동으로 기증작가들의 작품전이 기획 전시되며 일제 수탈사진전, 건물역사 사진전, 보수과정 전시 등이 상설전시 중이다. 그 외 일제 강압 속에도 치열한 삶을 살았던 군산이라는 도시의 역사, 수탈의 현장, 서민들의 삶, 저항과 삶, 근대건축물까지 차례로 둘러보았다.

'군산 근대문화거리'를 천천히 걸어 다니면 1930년 군산의 거리를 만나 볼 수 있다. 거리 곳곳에서 근대 군산의 아픈 역사와 마주친다. 군산의 근대건축물, 강점기 군산 사람들의 삶의 모습, 조선은행에서 발행한 화폐 등 근대의 다양한 모습도 볼 수 있어서 좋았다. 마치 가까운 과거 속을 여행하는 기분이다. 특히 근대건축물을 보수하면서 벽체와 기둥, 천장 등을 과거 그대로 보존, 노출하여 역사의 흔적을 남겨두려는 노력이 무척 인상적이다. 과거의 나를 현재의 나와 구분하는 것도, 과거의 나를 현재의 나와 동일시하는 것도 기억의 작용 때문이다. 기억은 문화와 유산을 만들고 축적한다. 인간은 끊임없이 새로운 공간을 추구하는 한편으로 자기가 속한 공간에서 과거를 되돌아보며 정체성을 확립해간다. 공간은 어떤 방식으로든 우리 삶을 규정하고 규제한다. 공간의 연결 관계를 주목하면 그 공간들에 내재해있는 의미와 가치를 파악할 수 있다. 그렇게 된다면 공간과 인간의 상호관계도 자연스럽게 이해할 수 있다.

〈탁류〉에서 형상화된 1930년대 말 군산을 현재에 되살리는 노력이 역사적으로, 문학사적으로 중요한 이유가 바로 여기에 있다. 군산의 오래된 아픔의 흔적들을 돌아보면서 금강 자전거길에서 보았던 지금의 풍경과 겹쳐본다. 미래의 금강 자전거길의 풍경은 군산의 오래된 아픔을 치유할 수 있을까.

부여 백제대교에서 공주 대학리까지

찰스 디킨스의 '걸어서, 행복해져라. 걸어서, 건강해져라,'라는 말이 생각난다. 걷는 것은 인간에게 알맞은 기본 윤리의 장이다. 걷기는 상호성의 세계이다. 길에서는 타인이 더는 경쟁상대가 아니다. 우리와 밀접한 관계를 맺는 한 사람이라는 보편적인 인간성의 근원으로 회귀하는 것이다. 금강 자전거길 걷기의 세 번째 날이다. 걷기는 느림이고, 느림은 망각이다. 망각은 시간을 잊어버리는 것이다. 시간을 잊어버려야 자신과 자연 그리고 세상과 섬세한 교감을 할 수 있고 길에 동화될 수 있다. 이것이 바로 '걷기놀이'이다.

걷기는 나라는 존재의 시간과 공간에 차분하게 다시 매력을 불어넣는 방법으로 일단 집에서 나와 삶의 의욕을 흐리는 구태의연한 습관에서 벗어나기만 하면 된다. 오솔길이나 도로 지나기, 숲이나 산을 활보하기, 힘겹게 언덕에 올라갔다가 내려가는 기쁨 만끽하기 등 모든 걷기는 오로지 자신의 신체수단 하나에만 몸을 맡긴 채 세상과 연결되는 느낌을 누리고자 하는 인간에게 어울리는 일이다. 이것이 내가 자전거길을 걷고 싶은 이유이다.

새벽 햇살이 우리의 마음을 깨운다. 시원한 늦가을 공기를 가르며 먼 길을 돌고 돌아 느지막이 부여읍 현북리에 도착했다. 8월 말에 걸었던 금강 자전거길에 대한 기억이 난다. 기억은 '현북양수장' 앞에 멈춰있다. 현북리는 부여읍의 작고 아담한 시골 마을이다. 마을버스 종점 같은 아늑한 느낌을 주는 곳이다. 아침 겸 점심을 간단히 라면으로 때우려고 주변 장소를 물색했다. 아무리 둘러봐도 마땅한 장소를 찾을 수가 없다. 마땅한 식당도 보이질 않는다. 일단 부여읍으로 나가 점심을 먹고 길을 나서기로 했다. 이래저래 시간이 많이 지체되었다. 부여 읍내에서 가까운 거리에 있는 백제대교에서부터 금강 자전거길 걷기를 시작한다. 그러다 보니 현북양수장 앞에서 백제대교까지 자전거길은 여백 같은 공간으로 남겨둔다.

백제대교 아래 너른 공간에 차를 세웠다. 강변을 따라 이어진 자전거길은 백제대교에서 방향을 튼다. 기존의 다리 옆으로 새로운 다리를 이어서 금강 자전거길을 만들었다. 다리 밑으로 멀리 군산에서부터 이어지는 빨간 길 위에 파란 자전거길이 선명하다. 금강의 물길은 어디론가 끝없이 이어지고 있다. 구불구불하게 돌고 도는 물길을 따라 멋진 자전거길이 흐른다. 그리고 아름다운 풍경도 따라 흐른다. '아름다운 길에 직선은 없다'라는 말이 생각난다. 구불구불한 자전거길은 단순히 풍경을 보여주는 선에서 그치지 않고 늘 겸손한 자세로 돌아가라고 가르친다. 자전거길은 평범한 일상에서 벗어나 예상치 못했던 일이 현재 어디에서 튀어나올지 모르는 공간이다. 자전거길을 걷는 것은 잠자는 감각을 깨우고 다양한 풍경을 껴안는 느낌이다. '눈을 감고 금강의 바람을 느껴봐'라고 말하는 듯했다. 그런 길을 자기만의 속도로 천천히 가는 것이 바로 자전거길 걷기놀이가 아닐까 싶다.

백제대교 아래 '사비수 체육공원' 주변에는 다양한 체육시설이 있다. 부여 백제 리그 야구장, 인라인스케이트장, 축구장 등 많은 체육시설이 이곳에 밀집되어 있다. 부여대교부터 백제대교까지 금강 둔치에는 넓은 공원이 조성되어 있다. 공원 이름은 '나래 공원', '사비수 체육공원', 그리고 '구드레 조각공원' 등이다. 특히 '구드레 공원' 주변인 낙화암 근처는 금강 4경에 속한다. 백제대교에서 바라본 금강의 둔치공원은 넓고 광활하기까지 했다. 강물의 느긋함이 만들어낸 풍요로운 땅이다. 늦가을이라 조금은 삭막했지만 봄, 여름, 그리고 가을이 되면 둔치공원에는 다채로운 빛깔의 많은 꽃이 피어날 것이고, 금강 둔치는 멋진 정원으로 변해갈 것이다. 강의 흐름은 끊임없이 주변 환경을 변화시키고 있다. 그래서 살아 숨 쉬는 생물과 같다고 한다. 강의 흐름이 빠르면 주변은 삭막하고, 날카롭고, 딱딱해진다. 반면 강의 흐름이 느리면 주변은 풍요롭고, 완만하고, 부드러워진다. 걷기도 마찬가지다. 느리게 걷는 것은 여행자를 더 여유롭게, 더 부드럽게, 더 풍요롭게, 더 섬세하게 변화시켜준다. 그래서 걷기는 자연 친화적인 활동이다.

백제대교를 건너면서 '백제'라는 말은 우리에게는 친숙하고 익숙한 것 같으면서도 왠지 낯설게 들리는 것은 왜일까? 우리는 어릴 때부터 경주라는 신라와 더 친밀했고 친근했다. 모든 학교에서는 수학 여행하면 모두 경주로 갔다. 불국사, 다보탑, 석가탑, 석굴암, 토암산, 첨성대 천마총 등 이런 말들이 우리들의 기억 속에 아직도 생생하게 남아있다. 그러다 보니 자연스럽게 신라 경주는 성공한 나라처럼 보였고, 백제 부여나 공주는 실패하고 타락한 나라처럼 우리 눈에 비쳤고 인식되었던 것 같다. 신라 경주는 긍정적인 면이 많이 주목받았던 반면에 백제 부여나 공주는 낙화암, 의자왕, 삼천궁녀 등 부정적인 이미지가 더 강하게 부각했던 면이 없지 않았나 생각된다. 세상에 수많은 나라가 사라지고 다시 세워졌다. 흥망성쇠는 끊임없이 반복된다. 그러나 사라진 국가가 반드시 실패한 국가는 아니다. 지금 생각하면 신라나 백제는 대등한 나라였고, 역사적으로도 삼국시대에는 신라와 비교하면 백제가 모든 면에서 더 융성하고 문화도 더 우수했다고 배웠다. 하지만 위정자들의 역사에 대한 잘못된 인식과 교육의 잘못으로 백제는 신라보다 훨씬 초라하고 작은 나라처럼 인식하게 되어버렸다. 나이가 들어가면서 역사교육이 얼마나 중요한지를 알게 된다. 최근에 '국정역사교과서' 문제로 나라가 시끄럽다. 일본의 '역사왜곡'도 마찬가지이다. 어린 학생들에게 공정하게 역사를 가르치면 된다. 옳고 그름의 판단은 자신들의 몫이다. 비록 역사가 승리한 자들의 기록물이라고는 하지만 가르칠 때만이라도 객관적이고 정직했으면 한다. 다른 생각을 가르치는 것과 틀린 생각을 가르치는 것은 또 다른 문제이다.

백제대교를 건너면서 이런저런 생각들이 겹쳐진다. 우리는 길을 통해 낯선 세상을 보고 다양한 생각을 한다. 길을 통해 자신을 되돌아본다. 길을 통해 사람들이 살아온 모습과 살아가는 모습을 본다. 길은 과거와 미래를 연결하고 새로운 세상으로 통하는 열려있는 문 같은 것이다. 길에는 세상의 모든 것이 있다. 길은 앎이라는 확신 속에 안주하기보다는 확신을 깨뜨리는 공간이고, 옳고 그름을 경험할 수 있는 소중한 장소이다. 그래서 길은 배우고 가르치는 학교와 같다고 하지 않았던가. 금강 자전거길을 걸으면서 그 길이 만든 풍경을 보고, 길을 통해 자연의 소중함을 배우고. 그 길에 많은 질문을 던지고, 그 답을 얻기 위해 깊은 사색에 잠긴다.

백제대교 끝에 이르러 백마강을 굽어보고 서 있는 정자(亭子)와 마주친다. 부여 수북정(扶餘 水北亭)이고, 충청남도 문화재자료 제100호이다. 광해군 때 양주 목사를 지낸 김흥국이 이곳에 와 살면서 지은 정자이고, 자신의 호를 따서 '수북정'이라 불린다. '부여문화관광' 자료에 따르면 건물은 앞면 3칸, 옆면 2칸이며, 지붕은 옆면에서 볼 때 여덟 팔 자 모양인 팔작지붕이다. 부여 백마강변의 자온대 위쪽에 있으며, 부여 팔경의 하나로 경치가 매우 뛰어나다. 동에는 부소산과 나성이 있고, 정자 밑에는 백마강이 맑게 흐르고 있다. 수북정 아래쪽에 있는 자온대(自溫臺)는 백제 시대 왕이 왕흥사에 행차할 때 이 바위를 거쳐 가곤 했는데, 왕이 도착할 때마다 바위가 저절로 따뜻해져서 '구들돌'이라 명명했다 한다.

11월의 수북정에는 마지막 단풍이 매달려있다. 백마강을 배경으로 노란색과 붉은색이 조화를 이루며 물들어간다. 빛깔이 곱고 선명해서 눈이 부시다. 단풍잎 틈새로 백마강도 덩달아 울긋불긋한 색깔로 변해간다. 과거에 백제의 도읍지였던 곳이다. 수북정에 올라 백마강을 바라보니 역사의 흥망과 성쇠 그리고 인생의 무상함이 함께 느껴진다. 백마강은 믿기 어려울 만큼 조용하고 잔잔하게 흘러간다. 곱고 화려했던 시절도 세월의 무게 앞에서는 견딜 수가 없는 모양이다. 수북정 앞마당에는 한잎 두잎 떨어진 단풍잎이 수북이 쌓여 나뒹굴고 있다. 빛바랜 낙엽은 머지 않아 겨울이 올 것을 알려주는 듯했다. 그리고 시간이 흐르면 다시 봄이 찾아올 것이다.

수북정에 올라서서 사방을 바라본다. 동쪽으로는 백마강을 따라 부소산이 보이고, 서쪽으로는 부여대교와 그 너머 저 멀리에는 금강하굿둑이 보이는 듯하다. 아침에는 부소산을 힘겹게 올라온 해님은 순식간에 백마강을 붉은빛으로 집어삼켜 버릴 듯하고, 일출의 붉은 해는 백마강에 반사되어 반짝거리고 서서히 부여 땅을 환하게 비춰줄 것이며, 더 나아가 온 세상을 밝게 비춰줄 것이다. 또 저녁에는 군산 앞바다로 서서히 잠기는 일몰의 햇살이 금강을 붉은 물감을 풀어 놓은 듯이 적실 것이다. 수북정에 앉아 이런저런 상상을 한다. 느리게 걷는 자만이 가질 수 있는 넉넉함이다.

수북정 옆으로는 백마강 나루터가 있고, 아래쪽에는 축소판 낙화암처럼 뾰족한 바위인 '자온대'가 우뚝 솟아있어 수북정의 풍경을 한층 더 운치 있게 만들어주고 있다. 그 풍경에 취해 대회 샘이 자온대(自溫臺)에 올라 사진을 찍는다. 몹시 경사지고 험했다. 그래야 배경이 더 아름답고 멋진 사진이 카메라 속에 담긴다나. 수북정의 단풍이 곱고, 백마강의 물빛이 선명해서 막걸리 한잔이 빠질 수 없다. 잠시 옛 선비처럼 흥내를 내본다. 막걸리 한잔 들고 시 한 수 읊조릴 수는 없어도 백마강을 바라보는 것만으로도 충분히 행복했다. 마른 낙엽의 바삭거리는 소리를 들으면서 수북정을 내려온다.

금강 자전거길은 백제대교 아래쪽 횡단보도를 건너 규암마을 속으로 빨려 들어간다. 규암마을은 오래된 시간 속에 존재했던 마을이다. 규암리는 사비성을 휘감아 도는 반월성과 백마강의 풍광을 한눈에 볼 수 있는 마을이다. 부여에 백제가 천도하였을 때는 한촌이었으나 여러 갈래로 드나드는 길이 있어 강을 건너던 쉼터임을 짐작할 수 있다. 백제 말기 나당군의 침공이 있을 때는 전쟁터였으며 사비성이 점령된 후에는 백제 부흥군의 요람지였다. 부풍사라는 사당이 있고 마을에서는 매년 음력 정원 초삼일 '자온당산제'를 지내고 있다. 천 년이 지난 이곳은 1968년 백제대교가 개통되자 부여를 왕래하던 규암나루는 현재 유람선 선착장으로 이용되고 있고, 한때 활기가 있던 규암시장은 교통의 발달로 부여 영향권에 속하게 되어 쇠퇴하였다. 지금은 현대화에 밀려 쇠퇴하고 한적한 시골 마을처럼 변해가고 있다. 한때 화려했던 시간들은 어디서나 지나갈 것이다. 시간에 따라 그 공간 속에 존재했던 도시도, 마을도, 건물도, 사람도 함께 늙어갈 것이고, 서서히 소멸할 것이며, 언젠가는 사라져 갈 것이다. 먼 훗날에는 단지 소문이나 글로만 존재하게 될지도 모르겠다.

금강 자전거길은 규암마을 마을 길로 연결된다. 마을 길이 끝나면 금강 쪽으로 이어지는 광활한 개활지가 나온다. 이렇게 넓은 둔치공원이 만날 줄이야. 비가 오려는지 날씨가 오락가락했다. 흐린 날씨 때문에 시야가 뿌옇다. 둔치공원 끝자락에 신기루마냥 멀리 쉼터가 아른거린다. 공원 끝까지 언제 가나 하면서도 놀다 걷다 보니 어느새 끝이 보인다. 강 건너에는 부소산 낙화암과 고란사 그리고 낙화암 앞으로 백마강을 지나다니는 황포돛배와 구드래 나루터가 있다.

오래전 일이라 기억도 가물거린다. 이곳은 전교조덕인연합분회모임에서 여름연수로 여러 샘들과 함께 왔던 곳이다. 부여에서 보냈던 소중한 추억이 깃든 곳이다. 물리적 시간이 지나면서 잠시 망각했던 추억들이 금강 자전거길을 걸으면서 즐거움으로 되살아나고 있다. 여러 샘들과 함께 부소산 성곽 둘레길을 걸었던 일이며, 부소산에 올라가서 백마강을 바라보던 일이며, 고란사와 낙화암을 보고 부소산 고란사 아래 나루터에서 황포돛배를 타고 백마강을 건너던 일들이 새록새록 떠오른다. 그때는 아주 멀게만 느껴졌던 이곳까지 걸어서 왔다는 사실이 감개무량했다. 역사책에서만 보았던 역사의 현장이기도 하다. 백제 의자왕과 삼천궁녀의 이야기는 널리 알려졌다. 천 년이 훌쩍 지난 이야기다. 지금은 그때의 사람도, 모습도 모두 사라지고 없다. 다만 그 흔적만 남아 우리를 상상 속으로 빠져들게 한다. 마치 잃어버렸던 시간 속에서 행복을 찾는 기분이랄까.

마르셀 프루스트의 자전소설인 '잃어버린 시간을 찾아서'에서 주인공이 마들렌을 홍차에 찍어 먹는 그 순간 잊고 있었던 예전 기억이 떠올렸던 것처럼 걷기라는 놀이를 통해 솟아나는 오래된 추억이 주는 즐거움이다. 과거와 현재의 자기를 연결함으로써 삶에 대한 두려움, 무력감, 혐오감에서 빠져나올 수 있었던 장소였다. 느리게 걷는 자만이 얻을 수 있는 기쁨이다. 우리의 몸은 부득이 물리적 시간밖에 살 수 없지만, 우리의 마음은 부단히 과거와 미래를 마치 눈앞에 보이는 것처럼 현전케 하는 심리적 시간을 살아야 한다. 매 순간순간 기억과 기대를 통해 과거와 미래를 현전(現前)시켜야 한다. 그럼으로써 자기가 누군지, 진정 원하는 것이 무엇인지, 무엇을 위해 살아야 하는지를 순간마다 깨달아야 한다. 또 그럼으로써 일상의 삶에서 다가오는 두려움, 무력감, 혐오감을 이기고, 순간마다 소소한 기쁨을 느끼며 행복하게 살아갈 수 있다.

가끔 현실이 괴로울 때면 현실을 외면하고 미래에 기댈 때가 있다. 니체 같은 철인들은 현실을 외면한 채 미래에 기대는 것들을 우상이라고 생각하며 그 우상들을 이성의 망치로 부수려고 하였다. 맹목적으로 미래나 사후에만 의존하는 것들은 현재의 자신과 삶을 바로 살아가지 못하게 하는 비겁을 준다. 물론 가끔은 그 비겁도 필요하다. 그 비겁은 희망의 비겁함이기 때문이다. 몸이 아픈 환자가 고통스러운 수술을 견디고 죽음과 싸우는 것은 뒤에 남아있는 것들의 사랑과 살아서 자신에게 돌아올 행복을 생각하기 때문이다.

그 미래의 희망을 우상으로만 생각하고 거부한다면 고통스러운 삶을 어찌 견디겠는가. 고통스러운 오늘의 자신을 더 사랑하고 현재를 사랑하기 위해서라도 미래의 희망에 의존하는 비겁을 부끄럽게만 생각해서는 안 된다. 그렇지만 우리가 진정 부끄럽게 생각해야 할 비겁이 있다면 현재의 자신과 현실을 외면한 채 맹목적으로 미래에만 의존하는 것이다. 그것은 맹목적 종교로서 추종일 뿐이다.

오늘을 등지고 내일을 희망해도 막상 내일이 오면 그 내일은 오늘이 된다. 우리 삶은 한 번뿐이고 우리에게 주어진 시간은 지금 이 순간이다. 이 순간을 사랑하지 못한 채 그 어떤 내일의 시간을 사랑할 수 있을까. 그보다 슬픈 비겁도 있을까. 현실과 운명이 고통스러울지라도 용기 있게 맞서야 한다. 자신과 자신의 운명을 더 사랑하고자 하는 마음은 슬픈 운명조차 이기는 긍정의 용기니까. 그래서 니체는 그 자신의 고통 속에서도 '몇 번이라도 좋다. 이 끔찍한 생이여, 다시!' 라고 용기 있게 외칠 수 있었다. 가끔은 우린 위로 받길 갈망한다. 현실이 힘들수록 더더욱 위로가 필요하다.

그렇지만 가끔은 거짓의 달콤한 희망보다는 쌉쌀한 현실을 냉정하게 인정하고 태양을 똑바로 바라보는 심정으로 고통을 견디는 마음이 자신을 더 강하게 한다. 그것이 내일만을 기대하는 비겁보다 아름답지 않은가. 진정한 위로는 타인이 감싸주는 위로가 아니다. 자신 스스로가 삶을 다독이는 용기가 진정한 위로다. 자신조차 사랑하지 않는 자신을 어느누가 사랑해줄 수 있을까. 가끔 눈물이 앞을 가리고 슬픔이 밀려올 때, 지금까지 견뎌온 자신이 얼마나 대견한가를 생각하며 그 대견한 자신을 다독이고 사랑해줄 수 있기를. 한 번뿐인 삶인 지금 이 순간을 더 간절히 사랑할 수 있기를 자전거길 걷기라는 놀이를 통해 배워간다.

우리마냥 이 길을 걸었던 조선의 선비들도 그냥 지나치지 못했던 모양이다. 역사 속으로 한순간에 사라져버린 백제에 대한 아픔과 덧없음에 대해 시조 한 수를 아니 적을 수가 없었을 것이다. 우리가 걷고 있는 이곳은 바로 금남정맥의 끝자락 부소산의 물줄기가 금강물이 되는 구드래 나루이다. 백마강, 낙화암, 부소산 그리고 구드래 나루를 바라보는 심정은 우리와 비슷했으리라. 그런 느낌으로 조선의 선비 '석벽 홍춘경'이 지은 '낙화암'이라는 시조 한 편을 음미했다. 그리고 낙화암과 의자왕, 삼천궁녀 그리고 쓰러져 가는 백제의 마지막 모습을 상상한다.

-

나라가 망하니 산과 강도 예와 다르구나.
홀로 강에 뜬 달은 몇 번이나 차고 기울었으나
낙화암 언덕에는 아직도 꽃이 피어있으니
당시 비바람은 아직도 다 불지 않았던가.

-

지금은 아무 일도 없었던 것처럼 백마강은 유유히 흘러간다. 하지만 천년 전에는 이곳에 살기(殺氣)가 넘치고, 백마강은 핏물로 물들어졌지 않았을까? 천년의 세월 앞에 서서 인생이 덧없음을 느낀다. 머리가 절로 숙어지고 마음이 겸손해진다. 이 길은 과거에도 누군가 걸었던 삶의 길이고, 현재에도 내가 걸어가고 있는 미래의 길이며, 미래에 누군가 이 길을 또 걸어갈 것이다. 이처럼 길은 만남과 헤어짐의 연속이다. 먼 훗날 누군가는 이 길을 걸으면서 지금 우리와 똑같은 감정을 느끼게 되지 않을까 싶다.

구드래 나루를 지나면 금강 자전거길은 강가를 벗어나 백제문화재단 쪽으로 방향을 돌려 우회한다. 부여에서 2시간 반 정도 걸었을까. 작은 언덕에 올라서자 멀리 거대한 공룡처럼 백제보가 금강 한가운데에 우뚝 서 있다. 바로 계백 장군을 형상화했다는 백제보가 서서히 모습을 드러낸 것이다. 금강 백제보는 자전거길과 연결되지 않아 원점으로 회귀해야 한다. 이곳은 금강 5경에 속하는 곳으로 왕진 나루터가 있었던 곳이다. 왕진 나루터가 있었던 곳이라 과거에는 사람들의 왕래가 잦았을 것이고 이곳의 풍광이 아름다웠을 것이다. 그 풍광을 바라보기 위해 전망대에 올랐다. 옅은 물안개가 백제보 주위에 살포시 내려앉았다. 자연적으로 형성된 광활한 둔치에 숲을 조성하고 다양한 시설들을 설치해 놓았다. 주변 경관이 빼어나고 곱다. 거기에 물안개까지 내려앉아 신비로움을 더해준다.

　백마강을 지키기 위해 돌아온 계백 장군을 형상화했다는 백제보 전망대에 올라서서 바라보면 마치 내 눈에는 '쥐라기 공원'이라는 영화에서 본 무시무시했던 '티라노사우루스'를 닮아있다. 내 눈에는 마치 자연을 할퀴고 있는 모습처럼 보인다. 자연은 가장 자연스러울 때가 가장 아름답고 신비하다고 했던가. 아마 소통하지 못해 점점 오염상태가 갈수록 심각해지고 있다는 말을 들어서 그런가. 금강의 녹조는 심각 이상이다. 평일이라 백제보 공원은 고요하다. 관광객도, 도보여행자도, 자전거 라이더도 거의 없다. 간간이 자전거를 타고 오고 가는 동네 사람들만 눈에 띈다. 백제보 관리건물이 있는 공원은 꽤 넓고 단정했다. 건물 안에 편의점이 있어서 컵라면으로 늦은 점심을 했다. 그리고 마지막 커피믹스 한잔으로 이곳에 다녀갔다는 추억의 달달한 향을 남긴다.

백제보 앞 도로를 따라 금강 자전거길은 앞으로 나아간다. 길은 가끔 예측 불가능할 때가 종종 있다. 그래서 걷기라는 놀이는 흥미롭다. 찻길을 따라 긴 강둑을 걷다가 이정표에 찻길로 우회하라는 안내가 있었지만 무시하고 직진했다. 혹 자전거길이 막히더라도 사람이 걸어갈 수 있는 오솔길이라고 있지 않을까 하는 막연한 기대감 때문이다. 하지만 강둑길은 야트막한 작은 능선으로 가로막혀 있다. 작은 언덕을 넘어갈 수 있는 오솔길이 어디에도 보이질 않는다. 하는 수없이 강둑 아래 낯선 마을로 내려갔다.

이곳은 부여읍 지석리다. 강둑길은 우회하는 길이 너무 멀게만 느껴져서 똑바로 갈 수 있을까 기대하면서 온 길이다. 예기치 않게 잘못 든 길 때문에 낯선 마을을 지나가게 되었다. 이것도 도보여행만의 묘미이다. 마을은 고요했고 사람들은 보이지 않는다. 자전거길을 걸으면서 많은 시골 마을을 통과했지만, 시골 사람들을 좀처럼 볼 수가 없다. 집집이 대문은 열려있고, 마당에는 곡식이 널려 있다. 사람의 흔적은 곳곳에 남아있는데 어디에 있는지 알 수가 없다. 시골 마을을 걸어가면 마치 미궁 속에서 헤매는 기분이다. 농촌은 항상 일손이 달리고, 농사일이 바쁘기도 해서 한가할 틈이 없는 모양이다. 또 도시와 달리 젊은 활동인구가 적어 그럴 수도 있다. 농촌에서는 사람구경이 하늘의 별 따기만큼 힘들다. 우리 농촌만의 문제는 아닌 듯했다.

마을회관을 지나면 마을 길조차 끊어진다. 추수가 끝난 논둑을 따라 걷다가 우회 자전거길로 올라선다. 우회 자전거길 끝자락 언덕에 '분강 매점쉼터'가 있다. 언덕 때문에 막혔던 금강이 서서히 보이기 시작한다. 언덕 분기점을 기준으로 부여와 공주가 갈린다. 언덕을 넘어서면 공주 땅

탄천면으로 들어선다. 부여나 공주는 백제의 도읍지이다. 과거 한 나라의 수도인 곳이다. 그러다 보니 자연히 삶에 대한 사연과 이야기가 많을 것이고 또 땅속에는 유적과 유물이 꿈틀거리고 있을 것이다. 이곳은 개발이라는 미명아래 땅을 파헤치는 일에 심중을 기해야 한다. 천 년 이상의 역사가 땅속에 살아 숨 쉬는 곳이다. 역사는 우리들의 올바른 모습이다. 역사를 통해서만이 우리들은 다시 새로운 길을 찾을 수 있고, 올바른 세상으로 나아 갈 수 있을 것이다. 자신들의 지나온 역사를 사랑하고 아껴야 그 나라의 미래가 있다는 사실을 터키 사람들의 이스탄불 사랑에서 보고 느낄 수가 있었다. 그들은 세계화라는 말의 뜻을 자신들이 가지고 있는 소중한 문화, 문명을 아끼고, 지키고, 가꾸는 것이라고 한다. 세계화는 결코 자신의 것을 버리고 남의 것을 받아들이는 것이 아니다. 자신의 것을 지키고 부족한 부분만 남의 것을 받아들여 채우는 것이다. 천년의 도시 부여나 공주도 백제의 소중한 문화를 지키고 가꾸는 일을 신중히 해야 할 것이라고 생각한다.

금강과 연결된 직선도로를 따라 한 시간 정도 걸었을까. 비슷비슷한 풍경의 단조로움은 지루함으로 변해간다. 그리고 지루함의 끝에 보이는 마을이 바로 '공주시 탄천면 대학리'이다. 마침 길 위에 '마을 버스정류장'이 보였다. 백제대교로 원점 회귀하려면 이곳이 안성맞춤일 것 같다. 금강 자전거길을 따라 대략 23km 정도 걸었다. 먼 길이지만 여럿이 함께하니 힘듦을 견딜 수 있었다. 우리는 힘들고 단조로운 길을 함께이면서 때때로 홀로 걸었다. 함께 걸어갈 때는 두루 생각을 나누고, 홀로 걸어갈 때는 두루 생각을 모았다. 가끔은 홀로 싸목싸목 걸으면서 금강 주변 경치를 무심히 바라본다. 그 풍광을 통해 홀로 사유하고, 묻고, 그 답을 찾아간다. 그런 소소한 즐거움이 있었기에 여기까지 걸어올 수 있었다.

'사비수 체육공원'이 있는 백제대교 아래에다 오늘 밤 둥지를 마련했다. 이곳저곳 야영지를 찾아 돌아다녀 봤지만, 이곳만큼 편리한 곳은 없다. 이곳은 화장실도 있고, 나무 평상도 있고, 비바람을 막아주고, 인적이 드물어 밤에는 조용하고 한적한 곳이다. 다만 다리 위에 차량통행으로 약간의 울림이 있고 가로등이 없어 조금 불편했지만 자유롭게 하룻밤을 보내기에는 안성맞춤이다. 우리만의 저녁 만찬은 이 낯선 공간에서 시작된다.

순간 이런 생각이 들었다. 낯선 공간에서 가장 소중한 사람은 누구일까. 바로 옆에 있는 동료들이 아닐까. 내 삶이 소중한 만큼이나 내 삶을 공유하고 있는 가족, 친구, 동료, 이웃들이 중요하다. 우리는 살아가면서 가장 소중한 옆 사람을 놓치고 있지는 않은지 되돌아볼 필요가 있다. 또 낯선 곳에서 가장 소중한 시간은 '지금 이 순간'이 아닐까. 그런데 지금 우리는 어떤가. 아직 오지 않는 미래에, 인간의 존엄성 밑으로 추락할 수 있다는 불안 때문에 오늘을 빼앗기고 있지는 않은지 되돌아볼 필요가 있다. 깨달음은 어디서나 부지불식간에 찾아온다. 하루가 고요히 흘러간다.

공주 대학리에서 공주 고마나루까지

덜컹 덜컹거리는 날카로운 소음에 새벽잠을 깬다. 시간이 조금 지나서야 이곳은 바로 백제대교 밑이라는 것을 알게 된다. 낯선 곳에서 새벽을 맞는다. 사방은 깊은 어둠이 갇혀있고, 세상은 침묵에 잠들어있는 듯했다. 시간은 침묵의 포로가 되는 듯이 흐름을 멈춘다. 침묵은 두려움에 흔들리는 나를 관찰한다. 침묵의 순간 주변에 대한 사색이 시작된다. 사색은 많은 생각을 낳는다. 내가 침묵한다는 것은 관찰자가 되겠다는 의미다. 반대로 말하는 순간부터 관찰당하는 자가 된다. 침묵은 나의 외부에 존재하는 것처럼 보이지만 생각하는 나는 사실상 침묵 안에 존재하며 침묵을 통해 나를 관찰하면서 '자아' 혹은 '내면'이 성장한다. 막스 피카르트(Max Picard)에 의하면 '우리는 이러한 침묵의 중요성을 잊고 산다. 침묵한다는 것은 시작과 끝을 인식하는 것으로 사람을 겸허하게 만드는 힘을 갖고 있다. 또한, 말로 표현되는 모든 것의 허무를 알아차리고 진실과 거짓 사이에서 기만당하는 나를 보호하는 중요한 장치이기도 하다'라고 했다. 텐트 안에서 짙은 어둠에 갇혀 비몽사몽 속에서 헤맨다. 침낭 안에서 몸을 뒤척거린다. 텐트 밖은 사방이 고요했다. 그 고요함은 아무도 없을 때보다 더 진한 고요함이다. 무언가에 집중할 때 발생하는 고요함이다. 고요함으로 인해 나는 생각이 많아지고, 신경이 예민해진다. 그때 갑자기 자동차 라이트가 켜지면서 차 한 대가 들어온다. 순간 고요함은 깨지고 소리가 들려온다. 조금 긴장했다. 이곳을 관리하는 공무원이란다. 이곳은 야영과 취사가 금지된 곳이니 말끔히 정리하고 돌아가라고 한다.

　일찍 일어나 아침을 준비한다. 아직 동트기 전이다. 공원 주변은 가끔 차량 소리만 들릴 뿐 운동하는 동네 사람들은 별로 없다. 다리 밑에는 평상과 화장실이 있어서 이곳에 텐트를 쳤다. 야영장 비해서는 시설이 많이 부족했지만, 그런대로 야영의 조건인 물, 화장실, 평상, 그리고 비바람을 막아줄 지붕에 있어서 텐트를 치게 되었다. 동네 사람들이 오기 전에 주변 정리와 청소를 하고 출발준비를 한다. 이곳은 공원지구이고, 다리교각 사이에는 '야영이나 취사를 금지한다'라는 현수막이 나부낀다.
　'공주시 탄천면 대학리' 마을 앞 공터에 차를 세웠다. 금강 자전거길 걷기는 어제의 시간과 이어진다. 길은 사방으로 연결되고 있다. 길을 통해 어제와 오늘이 이어지고 내일과도 연결될 것이다. 이처럼 길은 이곳과 저곳을 연결하고, 과거와 현재와 미래를 연결해주는 것 또한 길이다. 그래서 길은 삶의 흔적이고 기록이다. 자전거길을 걷는 시간의 색깔은 자신이 지향하는 빛깔로 서서히 변해갈 것이다. 날이 꾸물거린다. 바람도 조금 불고, 하늘에 먹구름도 간간이 남아있다. 어제도 아침 출발할 때 빗방울이 보였는데 오늘도 심상치 않다. 일기예보에는 종일 비가 내린다는 말은 없었고 오전에 간간이 이슬비를 뿌린다는 예보는 있었다. 날씨가 여행자들의 마음을 움직인다. 여행할 때의 다양한 날씨는 사람들의 삶과 같다. 항상 좋을 수만은 없다. 맑은 날, 궂은 날, 비 오는 날, 바람 부는 날, 눈 오는 날도 있기 마련이다. 그런 긴장감은 도보여행자에게 몸에 리듬을 주고 활발한 기운을 불어 넣어준다.

'대학리' 마을 앞에 도로를 건너 강변 자전거길로 내려선다. 아침은 바람 때문에 체감온도가 낮다. 옷깃을 움켜쥐고 싸목싸목 걷기 시작했다. 금강 자전거길에 들어서는 첫 풍경은 사물들의 '선명함'이다. '선명함'은 느린 걸음에서만 얻을 수 있는 즐거움이다. 촉촉한 기분이 드는 잿빛 하늘 때문인지 자전거길을 나타내는 파란빛이 한층 선명하게 반짝거린다. 물빛은 더 파랬고, 풀빛은 더 푸르고, 억새 줄기는 더 노랗고, 억새꽃은 더 희게 보였다. 또 작은 바람에 물결처럼 일렁이는 억새의 잔잔한 모습에서는 늦가을의 여유로움이 묻어난다. 잿빛 하늘의 억새는 순박하고 청초하게 보였다. 하지만 지금 내 눈에 보이는 사물들의 색깔이 진짜일까. 어디까지 믿을 수 있을까. 이런 의문을 종종 가져본다. 잿빛환상 같은 것은 아닐까. 조금 혼란스럽다. 그래서 '지금 이 순간' 보이는 색깔만 믿기로 했다.

느린 걸음에서만 얻을 수 있는 또 다른 즐거움은 바로 '섬세함'이다. 그것은 느리게 걷는 자만이 볼 수 있다. 발아래 꽃들의 미세한 떨림도, 바람에 흔들리는 억새나 갈대의 회색빛 미세한 물결까지도 느껴진다. 심지어 길바닥에서 기어 다니는 작은 벌레들의 움직임까지도 보인다. 내가 마치 〈걸리버 여행기〉에 나오는 거인처럼 느껴진다. 길에는 온통 살아 숨쉬는 생물투성이이다. 내 발자국 하나에 수많은 벌레의 삶과 죽음이 갈림길에 서 있다고 생각하니 내딛는 걸음마다 조심하게 된다. 마치 소인국의 거인처럼 느껴진다.

시야가 탁 트인 자전거길은 시간이 지날수록 잿빛 하늘이 서서히 밝아지고 있다. 길옆으로 끝없이 이어지는 억새 물결은 한 폭의 풍경화를 만들어내고 있다. 늦가을 순백의 색깔로 물들어져 가는 억새꽃들은 마치 모든 욕망을 비워가는 노인들의 순박한 모습을 닮아가고 있다. 가을바람에 날리는 억새꽃의 흔들림이 풍향계처럼 한쪽으로 나부낀다. 금강의 가을 풍경은 겉보기에는 을씨년스럽고 쓸쓸해 보이지만 어딘가 모르게 범접하기 힘든 성스러운 기운이 감돌고 있다. 회색 기운의 그림자는 세상의 모든 죄악을 짊어지고 사라져 갔던 위인들의 모습을 닮아가고 있다. 금강 자전거길에서 보았던 소소하고 아늑한 풍경이 2시간 가까이 이어졌다. 이 시간은 사유의 시간이며, 비움의 시간이며, 자신과의 대면하는 시간이며, 삶을 살찌우는 시간이기도 했다.

금강 억새들과 동무 삼아 길을 걷는다. 강물을 친구삼아 함께 흥얼거리며 길을 걷는다. 자전거길을 걸어가는 묵직한 즐거움 속에서 몸 안에 갇혀있던 생기가 볕 좋은 오후 빨래 마르듯 새록새록 춤추며 피어오르는 것이 느껴진다. 금강 자전거길을 걷다가 순간순간 걸음을 멈추고 걸어온 길을 돌아본다. 도보여행의 철칙 중 하나는 자주자주 숨을 돌리며 뒤를 돌아봐야 한다는 것이다. 이미 지나온 풍경이라고 '뭐 별것 있겠냐'하고 앞만 보고 가다가는 시시각각 변하는 풍경이나, 보는 각도마다 다르게 변하는 비경(祕境)을 통째로 놓치게 된다. 같은 풍경인데도 앞에서 보는 것과 뒤에서 보는 것은 다르다. 또 다른 풍경을 만들어낸다. 인생으로 치면 젊을 때 삶을 바라보는 것과 나이가 들어서 삶을 바라보는 것은 같은 사물이라도 다르게 보인다는 이치와 같다. 우리는 살아오면서 뒤를 돌아볼 여유를 갖지 못했다. 앞만 보고 달리다 보니 삶의 느긋함을 잊어버리고 살아왔다. 나이가 들면서 '완벽이란 가득 채운 것이 아니라 무엇이든 받아들일 수 있도록 모두 비워둔 상태'라는 것을 이제야 깨닫게 된다. 바쁠수록 종종 뒤를 돌아보면서 자신의 삶을 관조했다면 좀 더 여유로우면 삶을 살 수도 있지 않았을까.

강변 도롯가에 3층으로 된 카페 겸 식당인 '강가에서'라는 건물이 보인다. 잠시 쉬어간다. 이곳은 원래부터 있었던 운전자들을 위한 쉼터이다. 지금은 금강 자전거길이 그 앞으로 뚫리면서 자전거 마니아들의 쉼터 역할도 동시에 하고 있다. 입구에 '곤드레 해장국 개시', '아메리카노', '금강길 따라', '휴게식당' 이런 문구가 눈에 들어온다. 도보여행자에게 필요한 공간이다. 자전거길을 걸으면서 이런 공간이 드물었다. 물론 자전거길 여행자를 위해 처음부터 세워진 건물은 아니지만, 그래도 그 자리에 있어 반갑고 고마웠다. 몸과 마음이 지친 여행자에게 쉼터는 오아시스와 같은 것이다.

　이런 것을 보면서 길은 만드는 것만으로 완성되는 것이 아니구나 하는 생각이 든다. 어떤 길이 살아 숨 쉬려면 다양한 편의시설인 식당, 편의점, 숙소 등이 적당한 거리에 있어야 한다는 것이다. 하지만 자전거길은 유동하는 인구가 서울 근교를 제외하고는 불규칙하고 적어 그런 시설을 만들기에는 적자의 폭이 크다는 데 문제가 있다. 우리도 걸어오면서 평일에는 자전거길에서 자전거를 타거나 걷는 여행자를 거의 볼 수가 없었다. 이런 문제가 개선해야만 쉼터를 원활히 운영할 수 있다는 것이다. 또 어떤 길이든 만든다고 여행자가 모여드는 것이 아니다. 그 길에 이야기가 흘러야 한다. 그러기 위해서는 그 길 위에 시간이 흐르고 사람들의 삶의 흔적이 쌓여야 한다. 좋은 길은 하루아침에 똑딱 만들어지는 것이 아니다. 제주의 올레길이나 스페인 산티아고 길처럼 역사, 신화, 시간, 삶의 흔적이라는 이야기들이 쌓이고 쌓여서 만들어진다. 그런 길이 좋은 길이고, 혼자이면서 함께 걷고 싶은 길이다. 자전거길을 걷고 싶은 길로 만들려면 어떤 대안이 필요한지 생각해 볼 때이다.

우리는 식당이 없을 경우를 대비해 점심을 미리 준비해 왔다. 하지만 밖에 날씨가 쌀쌀하고 준비해온 밥에는 온기가 남아있지 않았다. 따뜻한 컵라면과 함께 먹으려고 식당에 들어왔다. 식당 안은 훈훈했다. 컵라면 4개를 주문하자 약간의 반찬도 서비스로 준다. 고마운 마음에 커피까지 덤으로 시켰다. 우리가 식사하는 동안 나이가 지긋한 사람이 식당 안으로 들어온다. 자전거를 타고 온 복장이다. 아마 금강 자전거길을 혼자 여행하는 모양이다. 대단하다고 느껴진다. 혼자 쌀쌀한 날씨에 자전거를 탄다는 것이 쉬운 일은 아니다. 옆자리에 앉아 식사를 주문한다. 나이 듦에 대한 동병상련(同病相憐) 같은 아련함이 느껴졌다. 아무쪼록 건강하기를 바라본다. 주인아주머니의 구수한 입담과 넉넉한 인심에 취해 있다 보니 시간 가는 줄을 몰랐다. 쉼터에서 체력을 회복한 곧바로 출발했다.

쉼터에서부터는 지금까지와는 다르게 자전거길은 도로와 인접해서 끝없이 이어진다. 자동차들은 소음을 내면서 달려간다. 마치 문명의 손길이 대도시에서 이곳까지 이어지는 듯했다. 오전 내내 금강 둔치를 따라 만들어진 자전거길을 강과 하늘 그리고 야생화와 억새들을 동무 삼아 걸어왔다. 갈색과 회색으로 이루어진 공간 속에 파란빛으로 꾸며진 길은 유난히 선명했고 아름다웠다. 여행자의 마음도 덩달아 파란 빛깔로 변해갔다. 마음이 담백해지고 맑아지는 느낌이다. 자연과의 무언의 대화를 하면서 사색의 길을 걷는 기분이랄까. 그래서 그런지 지루하지 않았다. 하지만 오후가 돼 공주보로 들어서는 자전거길은 그런 길이 아니었다. 풍경은 단조롭고, 길은 딱딱했고, 여행자의 감정은 따분했다. 자동차도로 따라 인도에 설치된 금강 자전거길은 장애물을 만나자 강의 반대편으로 우회해서 한참을 돌아간다. 얼마쯤 걸었을까. 야산을 우회하여 다시 금강과 만났다. 시원스런 풍광이 눈앞에 펼쳐진다.

대청댐까지 56km 지점인 공주보가 있는 '금강웅진공원'이다. 자전거길은 도로에서 조금씩 멀어지면서 아래쪽으로 향한다. 금강웅진공원으로 통하는 입구에 '디디울 나루터(加加津)' 표지석이 보인다. '디디울'이라는 한글지명이 다정다감하게 마음을 울린다. 그런 다정다감함을 한글이라는 언어로 표현할 수 있다는 사실이 놀랍다. 세상의 어떤 언어로도 표현할 수 없는 우리만의 감정이고, 느낌이고, 말이다. 히브리 대학교의 역사학 교수 유발 하라리의 〈사피엔스〉라는 책을 보면 이런 주장이 나온다. '호모사피엔스의 성공비결은 무엇이었을까. 우리는 어떻게 생태적으로 전혀 다른 오지의 서식처에 그렇게 빠르게 정착할 수 있었을까? 우리는 어떤 방법으로 다른 인간종들을 망각으로 밀어 넣을 수 있었을까? 튼튼하고 머리가 좋으며 추위에 잘 견뎠던 네안데르탈인은 어째서 우리의 맹공격을 버텨내지 못했을까? 논쟁은 뜨겁게 계속되고 있다. 그리고 가장 그럴싸한 대답은 바로 이런 논쟁을 가능하게 하는 것, 즉 언어다. 호모사피엔스가 세상을 정복한 것은 무엇보다 우리에게만 있는 고유한 언어 덕분이다'라고 말하고 있다.

그렇다면 유발 하라리가 말하는 '우리만의 고유한 언어'란 무엇을 뜻하는가? 어쩌면 한 민족의 생존 또는 존재할 가능성을 의미할 수도 있다고 생각한다. 언어가 없으면 사회성이 없고, 사회성이 없으면 사회를 형성할 수 없으니 적자생존의 세상에서 살아남기가 어려웠으리라는 것이 유발 하라리의 지론이다. 한글이라는 우리 고유한 언어가 우리 민족을 존속시키는 데 얼마나 중요한 역할을 하고 있는지 새삼 이 글을 통해서 알게 된다. 우리 말과 글을 아끼고 가꾸어야 한다. 단순히 우리 말과 글이라는 것보다는 우리의 생존 가능성과 깊은 관련이 있기 때문이다.

불행한 과거의 강압 때문에 '디디울 나루터'이라는 순우리말을 '加加津'으로 표현했다면 이제는 우리말로 바로 잡아야 한다는 것이다. 우리나라 모든 지명을 순우리말로 바꾸는 작업을 시작해야 한다는 것이다. 조금의 시간이 걸리고 혼란이 있더라도 말이다. 그래야 진정 일본으로부터 벗어날 수 있고 미래로 도약할 수 있다. 단순히 국민소득의 증가만으로는 민족적 자긍심을 과거처럼 세울 수가 없다는 것이다. 자긍심을 세울 수 있는 것은 우리 문화를 지키고 보존하는 것이다. 그중에 가장 중요한 것이 바로 '우리만의 고유한 언어'라고 유발 하라리는 말하고 있다. 그러면 한국인들의 섬세함과 다정다감함이 미래에는 더 빛을 발할 것이다. '디디울 나루터'. 이곳은 공주 웅진동과 우성면 옥정리를 연결하던 나루로 고마나루보다 하류에 위치하고 있다. 동쪽 여울과 서쪽 여울이 있어 '덧여울 나루'라고 부르다가 더더울 나루, 데데울 나루, 디디울 나루로 변하였다가 한자로는 '加加津'이라 쓴다. 혹은 왕래객의 편의를 위해 새로 나루를 만들었기 때문에 새로움이 더해졌다는 의미에서 유래되었다고도 한다. 지금은 그 흔적만 남아있다.

'디디울 나루터' 위에 공주보의 6개의 수문이 금강을 가로막는 수문장처럼 서 있다. 멀리서 보이는 공주보 근처의 풍경은 아름답고 화려했지만 가까이 다가서면 공주보로 인해 금강은 몸과 마음이 지쳐있는 모습이 선명하다. 금강하굿둑에서 여기까지 오면서 곳곳에서 '녹조 라테'의 그림자를 보았다. 마치 어떤 곳은 잔디가 갈린 축구장을 연상케 하는 곳도 있었다. 갈수록 심각해지는 불통의 문제는 4대강뿐 아니라 사회 전반에서 해결해야 할 심각한 문제이다. 이제는 찬반주장으로 싸울 때가 아니라 대안이 필요한 때가 아닌가 싶다.

이 중 3개의 수문에서는 물이 조금씩 방출되고 있다. 공주보(公州洑)의 기본구상은 공주시가 간직해온 역사문화를 통째로 백제의 잃어버린 명성을 되찾은 무령왕의 부활을 꿈꾸며 백제의 황제를 상징하는 봉황을 디자인 모티브로 사용하였으며, 백제의 관문을 지키는 비단수라는 상징성을 부여하고 백제 르네상스를 향해 펼쳐진 봉황의 큰 날갯짓을 형상화한 의미라고 한다.

공주보(公州洑)는 백제보보다 훨씬 너른 공간에 공원과 다양한 시설이 설치했고 공원시설로서도 손색이 없어 보였다. 공주보가 있는 이곳은 과거에 '고마나루'가 있었던 공간이다. '고마나루'는 곰나루, 즉 백제를 상징하는 동물인 곰에서 취한 지명이다. 곰은 백제를 상징하는 토템으로 백제인은 곰족의 후예다. 곰은 '고마(固麻)'로 발음되기도 한다. 곰을 의미하는 지명은 백제의 여러 지역에서 발견된다. 백제 초기 한강유역에 축조된 몽촌토성의 몽촌(夢村)은 고어로 '곰 마을'을 뜻하며, 금강유역으로 수도를 옮기면서 새로 정착한 도읍지에 고마나루, 한자로는 웅진(熊津)이라고 지명을 부여했다. 고마나루는 웅천주(熊川州)라 부르기도 했으며 고려 시대에 곰주, 즉 공주(公州)로 개칭되어 오늘에 이르고 있다. 백제의 상징동물인 곰은 일본으로도 건너갔다. 백제인들이 많이 이주한 일본의 규슈에는 곰과 관련된 지명으로 쿠마(곰)모토, 쿠마가와 등이 남아있다. 이를 통해 고마나루가 곰의 본향이라는 사실을 알 수 있다.

백제의 문주왕은 475년 고구려의 장수왕이 3만 명의 병력을 이끌고 한성을 공격하자 한강유역을 버리고 금강유역의 요충지였던 고마나루(웅진)로 천도하게 된다. 고마나루는 이때부터 538년(성왕 16) 사비(부여)로 다시 도읍을 옮길 때까지 약 60여 년 동안 백제의 수도였다. 그러나 도시 이름이 공주로 바뀌면서 오늘날 고마나루는 강변의 나루 지역을 지칭하는 말로 사용되고 있다. 고마나루는 금강이 공주시 유역을 굽이돌아 흘러가는 강변에 위치하고 있다. 고마나루는 웅진 시대 백제의 행정, 군사, 교통의 중심지였다. 660년 나당연합군이 백제를 공격할 때 당나라의 장수인 소정방이 금강을 거슬러 올라와 주둔한 곳으로 백제 멸망 이후 웅진도독부가 설치되기도 했다. 1010년 고려의 현종도 거란의 침략으로 나주로 피난할 때 고마나루를 이용했다. 이러한 역사적 사실로 보아 고려시대 이후로도 고마나루는 우리나라의 남북을 연결하는 중요한 교통로 역할을 했음을 알 수 있다.

고마나루에는 강변의 백사장과 모래 언덕 위에 솔숲이 조성되어 있다. 공주시를 굽이치는 금강에 큰물이 질 때마다 상류에서 급류에 실려 온 깨끗한 모래가 고마나루에 긴 백사장을 형성한 것이다. 연미산 방향에서 보면 백사장의 흰 모래가 강변을 따라 길게 청정한 모래밭을 이루어 소상팔경에서 말하는 평사낙안(平沙落雁)의 명승지를 연상하게 한다. 또한, 모래밭 언덕 위로는 연륜이 오래된 소나무가 울창하게 조성되어 있어 나루의 배경을 이루고 있다. 이 솔숲은 과거에 더 규모가 크고 길게 형성되었던 것으로 추정되며 고마나루의 명승적 가치를 한층 높여주고 있다. 20세기 들어 근대적 교통이 발달함에 따라 수운(水運)을 급격히 쇠퇴했고 나루의 기능 역시 사라지게 되었다. 그러나 고마나루의 아름다운 경관과 함께 문화적 가치가 높게 평가되어 2006년 12월에 명승으로 지정되었다.

고마나루는 근래에 크게 훼손될 위기를 맞았었다. 최근에 4대강 사업이 시행되면서 '금강살리기' 계획의 일환으로 공주보가 고마나루의 바로 아래에 건설될 예정이었다. 이곳에 공주보가 건설되면 나루 주변의 수위가 크게 높아져 전통적인 모습이 크게 훼손될 상황이었다. 문화재청과 문화재 전문가들은 공주보의 위치를 옮기도록 강력하게 주장했다. 그래서 당초보다 800m 정도 아래에 건설하도록 계획이 조정되었다. 이러한 노력으로 고마나루는 4대강 사업으로 인한 영향이 최소화되어 명승의 모습을 최대한 보존할 수 있게 되었다고 한다. 공원 게이트볼장 옆으로 야트막한 언덕에 있는 솔숲이 고마나루의 운치를 더해준다. 살짝 운무가 가득 내려앉은 솔숲의 풍광은 아마 최고의 아름다움을 나타낼 것만 같다. 솔밭으로 이루어진 고마나루의 언덕은 사색을 즐기며 산책하기에 더없이 좋은 솔숲길이다. 소나무의 향기와 형태와 질감이 정감을 자아낸다. 소나무는 우리 민족에게는 의복과 같은 것이다. 수천 년을 함께 해 오면서 이제는 가장 사랑받는 나무가 되었다. 소나무가 울창한 숲을 이룬 고마나루는 산책을 겸할 수 있는 공원으로 조성되어 있다. 솔숲 가장자리에는 백제의 토템인 곰을 모신 사당이 위치하고 있다. 이곳에 가면 웅진단과 더불어 곰 사당을 둘러볼 수 있다.

금강 자전거길은 공주답사의 1번지라는 고마나루를 지나면 '공산성'을 돌아서 공주 시내로 관통한다. 금강은 공주를 휘어 감고 돌고 있다. 처음으로 만난 건물은 '고마복합문화센터'이다. 이것은 '고마'라는 말과 밀접한 연관이 있다. '고마복합문화센터'는 주변 광장이 아주 넓다. 이곳에서

해마다 축제가 열린다고 한다. 축제가 본래의 취지를 잘 살려서 백제의 전통이 계승되고 발전되기를 바랄 뿐이다. 너무 흥행에 치우쳐 변질하는 일이 있어서는 안 될 것이다. 문화센터를 둘러보고 잊혀가는 백제문화에 대해 생각했다. 우리 모두 호남에서 살고 있다면 옛 백제 사람이다. 하지만 백제에 대해 아는 것이 너무 부족하다. 아니 거의 없을 정도다. 또 알려진 것도 많지 않다. 그만큼 멸망해 버린 나라는 역사에서도 사라지는 모양이다. 최근에 와서야 하나둘씩 백제에 대한 역사가 재조명되고 있고 되살아나고 있다고 한다.

　금강 자전거길은 공주시민체육관, 한옥마을, 공산성을 따라 이어지고 있다. 자전거를 길을 따라 천천히 주변을 둘러보고 그 옆에 있는 한옥마을까지 구경했다. 날이 많이 저물어가니 머물 공간이 걱정이다. 이곳저곳 후보지 두세 곳을 물색하고 서로 의견을 나눈다. 햇살의 기운이 서서히 옅어지자 그 사이로 찬 기운이 밀려온다. 바람도 조금 부는 것 같다. 아직은 그런대로 견딜 만했다. 걱정은 뒤로 미루고 공산성 입구까지 자전거길을 따라 걸었다. 공산성은 백제가 고구려의 공격권에서 벗어나 전열을 재정비하고 패색 짙은 백제를 다시 일으켜 세운 역사의 장으로 5대 왕 64년의 백제 웅진의 역사를 써내려간 곳이다. 고구려에 맞서 영토를 지키고, 중국과 일본 등 외국과 활발히 교류한 해상왕국으로서 명성을 날렸던 백제. 그러나 475년에 이르러 고구려의 대대적인 침략으로 도성인 한성이 함락되는 불운을 겪게 된다. 이 전투에서 개로왕이 전사하자, 개로왕의 뒤를 이어 백제 제22대 왕으로 즉위한 문주왕이 웅진(지금의 공주)으로 천도하면서 공산성은 백제의 도성이 된다. 백제 웅진의 64년 도성이 된 공산성은 백제 이래 천 년 이상의 세월 동안 세월과 시대의 변천을 겪어 온 역사의 장으로 그 세월만큼 역사가 이루어진 곳이다. 공산성을 따라 자전거길을 걸어가면서 1,500년 전 그때 그 풍경과 아픔을 느껴본다. 백제의 공주는 어떤 모습이었을까.

공산성을 넘어가는 길목에서 우연히 택시를 발견했다. 모두 춥고 힘들었는지 한순간의 망설임도 없었다. 곧바로 예정에 없던 유턴을 해서 '대학리' 마을로 향한다. 오늘은 한옥마을 오토캠프장에서 텐트를 칠 예정이다. 텐트를 칠 장소를 미리 물색해 두었다. 작은 공간이고 사방이 막혀 있어 바람을 피할 수 있고 바로 앞에 화장실과 따뜻한 물이 나오니 금상첨화이다. 가장 큰 문제는 관리인의 허락을 받아내는 것이다. 그리고 그 자리가 비어 있어야 한다.

아침에 출발했던 '대학리' 마을에 도착했다. 저녁이 되자 기온이 많이 떨어진다. 갑작스러운 추위에 모두 당황했다. 모두 가지고 온 옷들이 얇다. 일기예보에 내일은 기온이 더 떨어진다고 했다. 두꺼운 바지나 티 그리고 침낭도 필요했다. 그래서 생각난 것이 부여에 롯데아울렛이 있다는 정보였다. 시장도 갈 겸해서 아울렛으로 향했다. 롯데아울렛에 도착해서 이곳저곳을 둘러보다가 아웃도어 매장에서 필요한 물건을 한 가지씩 사게 되었다.

모두 준비하고 공주 한옥마을로 돌아왔는데 우리가 생각했던 공간이 차량으로 채워져 있다. 오늘은 손님들이 많은 모양이다. 두 번째로 생각하고 있던 '공주시민운동장'으로 가본다. 나이가 지극한 어른들 몇몇이 운동장을 걷고 있다. 쌀쌀한 날씨인데도 열심이다. 우리는 화장실에서 가장 가깝고 바람을 막아줄 수 있는 곳에 텐트를 치고 짐을 푼다. 마치 속살을 보여주는 듯이 조금은 쑥스러웠다. 하지만 지금 이 시간에 마땅히 갈만한 장소를 찾을 수가 없다. 날도 많이 저물었다. 이곳에 텐트를 치는 일은 혼자라면 할 수 없었을 것이다. 함께여서 용기를 낼 수 있었다.

사람이란 혼자 살아가는 데는 어려움이 많다. 사람은 서로가 서로에게 기대어 살아가는 사회적 존재라고 했다. 우리는 함께할 때 더 큰 용기를 낼 수 있다. '함께'라는 말이 요즘처럼 가슴 깊이 와 닿았던 때가 또 있었을까. 아마 없었던 것 같다. 세월호 인양, 탄핵 촛불집회, 헌법재판소 판결, 대통령 선거 등 다양한 이슈가 온 나라를 흔들고 있다. 모두 함께 촛불을 들었기에 변화할 수 있었다. 그 결과 헌법재판소의 판결은 우리들의 마음을 시원하게 해주었다. 판결문을 들으면서 온 국민은 '그러나'에 울고, '그런데'에 웃었다. 생각해보면 너무나 상식적인 결과이지만 세상은 그 상식하나를 바로 세우는 것조차 버거울 만큼 무너져 있었다. 그래도 세상은 살만하다고 마음을 추스르려 할 때마다 나타나는 '그러나'를 닮은 사람들이 나타나 세상을 혼탁하게 만들었다. 하지만 '그런데'를 닮은 사람들이 있기에 상처 속에서도 다시 사람 곁으로 돌아가는 것이다. 꺾어진 무릎을 다시 일으켜 세우는 '그런데'를 닮은 사람들이 지금 내 곁에 있어서 오늘도 금강 자전거길 걷기놀이가 즐겁다. 남아있는 자전거길도 쭉 함께할 수 있었으면 행복할 것만 같다.

저녁을 준비하는 손길은 생존을 위한 움직임처럼 일사불란하고 빠르게 움직인다. 어두워지면 더 춥고 더 불편하기 때문이다. 오늘 메뉴는 승호 샘이 배워온 '돼지 앞다릿살 샤브샤브'란다. 처음 먹어보는 음식이다. '돼지 앞다릿살'이 얇게 썰어서 냉동해 놓은 것과 거기에 들어갈 각종 채소도 함께 구입했다. 텐트에 들어오니 밖과는 다르게 아늑하고 평온했다. 텐트 밖의 어색하고 쑥스러움은 사라진다. 얇은 천막의 안과 밖은 전혀 다른 세상이다. 안과 밖은 서로 차단된 세상이다. 보임과 보이지 않음은 다른 세상을 만들어내고 있다. 처음 와 보는 낯선 곳에서 텐트를 치고, 저녁을 먹고, 편안히 잠을 청할 수 있다는 것이 참으로 두렵고 떨리지만 신기했다.

추운 날 낯선 땅에서 하루를 마무리하면서 과연 자전거길 걷기는 우리들의 자발적인 행동이었을까? 무슨 행위이든 자발적이면 노동이 아닌 놀이이기 때문에 가볍고 자유롭다고 했다. 또 자유로우므로 행복하고 즐거운 것이다. 자발적인 행동에서 개인은 세계를 자기 안으로 받아들인다. 그 과정에서 개인의 자아는 더 온순해지고, 더 강해지며, 더 단단해진다. 자아는 적극적으로 활동하는 만큼 강해지기 때문이다. 우리가 함께 길을 걷고, 함께 식사하고, 함께 야외에서 텐트를 치는 행위는 모두 자발적인 행동이다. 그래서 시간이 지날수록 우리는 더 강해지고, 더 단단해지는 것이다. 진정한 힘은 물질의 소유에도, 감정이나 사고 같은 정신적 자질의 소유에도 있지 않다. 무엇이든 창조적 활동을 통해 진정한 관계를 맺는 것만이 자기 것이 된다. 걷기놀이는 느림을 통해서 세상을 섬세하게 바라볼 수 있게 하는 힘을 가지고 있다. 낯선 세상과 진정한 관계를 맺게 해준다. 우리의 자발적인 활동이 낳은 속성들만이 우리의 자아에 힘을 주고, 자아가 온전할 수 있도록 기틀을 닦아준다.

공주대교에서 세종 햇무리대교까지

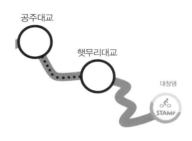

금강 자전거길 걷기놀이에서 가장 중요한 것은 활동 그 자체이다. 결과가 아니라 과정이 중요한 것이다. 걷기라는 놀이는 결과가 아니라 걷는 과정이고, 자발적인 행위이기에 움직임 하나하나가 즐겁고 자유롭다. 자전거길에서는 서두를 필요도, 이유도 없다. 왜냐하면, 우리는 어디를 가고 있는 것이 아니기 때문이다. 아주 오래 걸어도, 아주 멀리 걸었어도 우리는 항상 같은 시간과 공간에 놓인 존재일 뿐이다. 내 앞에는 자전거길만이 놓여있을 뿐이다. 어제도 그 길을 걸었고, 오늘도 그 길을 걸을 것이며, 내일도 그 길을 걸어갈 것이다. 오로지 길옆으로 흐르는 강물만이 우리들의 변치 않는 유일한 친구요 동료였다. 자전거길은 매우 크고 출구가 없는 하나의 선이다. 길은 수많은 선이 실타래처럼 엉켜있다. 아무리 길이 복잡해도 길은 결국 서로가 서로에게 연결된다.

그런 금강 자전거길을 대략 100km 가깝게 걸었다. 머리로는 측정할 수 없는 거리다. 오로지 발로만 잴 수 있는 거리이다. 그 길 위에서의 도보여행자의 삶은 단순했고 시간의 의미는 멈추었다. 날이 어두워지면 자고 밝아지면 일어나 걸었다. 걷기라는 놀이는 길을 걷는 과정만이 의미를 준다. 결과에 대한 어떤 약속이나 의무, 속박, 임무, 특별한 야망도 없고 필요한 것은 눈곱만큼도 없다. 길을 걷는 내내 마음에 어떤 감정도 느껴지지 않는다. 길에서 여행자의 마음은 그냥 고요할 뿐이다. 자전거길 걷기는 우리에게 노동이 아니라 즐거운 놀이이기 때문이다.

이른 새벽 시끄러운 발소리에 잠을 깬다. 사방의 짙은 어둠은 시나브로 사라지고 있다. 공주 시민운동장이라는 사실을 잠시 망각했다. 낯선 곳에서 맞는 아침이다. 번데기 같은 작은 침낭 속에서의 생활은 답답하고 불편하지만 찬 기운을 막아주는 것을 분명했다. 밤새 깊은 잠은 잘 수가 없었어도 춥다는 생각은 들지 않는다. 밖 기온이 낮은데도 침낭 안은 포근하고 아늑했다. 이처럼 텐트 안과 밖은 시간이 흐르는 느낌이 다르다. 안에서는 평온한 시간들이 시냇물처럼 잘도 흘러간다. 반면 기온이 급격히 내려간 바깥에서는 일분일초가 후려치는 채찍처럼 길게 느껴진다. 텐트 밖에서는 시간의 걸음이 더욱 느려진다. 갑작스러운 추위에 시간의 흐름이 굳어버린다. 텐트의 문턱은 따뜻함과 차가움, 풍족한 환경과 적대적인 환경을 나누는 천 조각이 아니라 시간이 같은 속도로 흐르지 않는 모래시계의 두 구를 잇는 조절밸브였다.

아침 일찍 분주하게 주변을 정리한 다음 운동장을 벗어난다. 여행자는 어디서나 흔적을 남기지 않는 것이 머물고 간 땅에 대한 예의이고 의무가 아닐까 싶다. 이곳에서 차가운 물로 설거지만 했다. 나머지 양치질과 세면 그리고 기타 필요한 일은 따뜻한 물이 나오는 한옥마을 화장실에 가서 해결하기로 했다. 화장실은 과거에 비하면 너무 많이 변해왔다. 재래식에서 수세식으로 바뀌면서 정말 깨끗하고 편리해졌다. 한국인들은 마치 화장실의 청결을 민주주의 발전과 선진국의 진입 척도로 볼 정도이다. 선진국이라는 나라들도 막상 가보면 우리만큼 화장실 문화가 발달한 것은 아니다. 우리나라의 화장실 청결에 대한 의식은 마치 불결에 대한 강박증에 걸린 사람마냥 너무 예민하고 민감하다. 재래식 화장실에 대한 콤플렉스 같은 것이 아닐지. 아직도 한국의 화장실은 계속 진화 중이다. 이제 화장실은 안방에서 가장 멀리 설치한다는 과거 '뒷간'이라는 개념을 떠나서 새로운 문화공간으로 자리매김하고 있다. 겨울철에는 온풍에, 온수까지 나온다. 덤으로 비누와 화장지는 필수로 구비되어 있다.

오래전 일이 생각난다. 겨울방학을 맞아 경기도 포천까지 산행을 간 적이 있었다. 동료 세 사람이 겨울산행에 동행했다. 그때 두 사람은 겨울 침낭이 없어 성엽 샘의 소개로 러시아산 겨울 침낭을 약 60만 원 정도 주고 함께 구입했다. 물론 지금도 겨울에는 유용하게 사용하고 있다. 처음 가서 야영한 곳이 포천 이동막걸리 공장이 있었던 근처라고 기억된다. 거기에서 국망봉, 명성산, 연인산을 차례로 올라갈 계획이었다. 그런데 갑자기 눈이 많이 내렸고 기온이 영하로 뚝 떨어졌다. 모든 것이 꽁꽁 얼어버렸다. 그 추운 날 우리가 텐트를 세울 곳은 찾다가 선택한 곳이 바로 공원화장실 옆이었다. 그곳이 화장실과 물 그리고 가게가 가깝기 때문이다.

문제는 그날 밤에 일어났다. 날씨가 너무 추워 침낭 속에 있어도 잠이 오지 않았다. 그래서 생각한 것이 화장실의 온기였다. 화장실은 동파를 막기 위해 종일 따뜻한 기운이 감돌았다. 참다 참다 새벽 4시쯤에 발은 너무 시리고, 몸은 너무 추워서 화장실로 들어가서 한동안 언 몸과 언 발을 녹였던 기억이 난다. 어릴 적 화장실에 대한 불결하고, 어둡고, 무섭고, 힘들었던 기억이 있었지만, 그때만큼은 너무 고마웠다. 훈훈한 공기가 온몸에 퍼지자 살 것 같았다. 화장실에서 꼭두새벽에 1시간 가까이 있어 본적은 그때가 처음이다. 그 당시에는 화장실이 따뜻하다는 것이 너무 신기했다. 그때 기억이 아직도 생생하다. 남쪽 지방은 그런 온방시설을 갖춘 화장실이 없었다. 공주 한옥마을 화장실에서 따뜻한 물로 세수와 양치를 하니 피로감이 말끔히 사라진다. 몽롱했던 머리가 맑아지고 초롱초롱해진다. 새로운 하루가 화장실에서 시작되나니.

　공산성에서 가까운 공주대교 밑에 차를 세웠다. 이른 아침이라 그런가. 공원에는 간간이 운동하는 사람들만 보인다. 주차문제로 공산성에서 공주대교까지 도심 자전거길은 살짝 건너뛰었다. 공주 시내 자전거길은 차로 지나치면서 풍경을 보는 것으로 만족했다. 공주대교 아래 주차장에서 시야가 확 뚫린 금강을 무심히 바라본다. 수천 년을 지금처럼 흘러가고 있는 강물이다. 과거에도 흘렀고, 지금도 흐르고 있고, 먼 훗날에도 지금처럼 흘러갈 것이다. 참으로 인생무상이다. 강은 백 년을 살지 못하는 우리가 논할 대상이 아니다. 그런데도 사람들은 산하(山河)를 '몰아세움'과 '닦달'이라는 도발적인 요청이 근대적 이성의 민낯이다. '몰아세움'과 '닦달'은 자본주의 경제의 탐욕적인 성격과 폭력성을 나타내고 있는 말이다. 강을 막고, 산을 허물고, 농경지를 조작해서 인간들의 소유물처럼 만들어 버리고 있다. 신자유주의 세상에서 마치 자연을 고문대 위에 올려놓고 고백을 받아내야 하는 대상으로 취급하고 있다. 사람들은 편리를 위한다는 명분으로 수많은 다리와 보 그리고 산과 산을 이어 만든 각종 댐이 그런 현상을 증명하고 있다.

하이데거는 그의 〈기술과 전향〉에서 다음과 같이 설파하고 있다. '농부들이 예전에 경작하던 밭은 그렇지 않았다. 그때의 경작은 키우고 돌보는 것이었다. 농부의 일이란 농토에 무엇을 내놓으라고 강요하는 것이 아니라 씨앗을 뿌려 싹이 돋아나는 것을 그 생장력에 내맡기고 그것이 잘 자라도록 보호하는 것이었다. 그러나 오늘날의 농토 경작은 자연을 닦아세우는 이전과는 다른 경작 방법 속으로 흡수되어 버렸다. 이제는 그것도 자연을 도발적으로 닦아세운다. 경작은 이제 기계화된 식품공업일 뿐이다. 공기는 이제 질소 공급을 강요당하고, 대지는 광석을, 광석은 우라늄을, 우라늄은 원자력을 강요당하고 있다' 4대강 사업의 결과물이 4년이라는 시간이 흘렀다. 지금 그 부작용이 나타나고 있다. 전국 곳곳에서 고통의 아우성이 들린다.

4대강을 '몰아세움'과 '닦달'이라는 자본주의 경제의 탐욕적인 욕구를 충족하기 위해 건설했다는 정부의 주장과 4대강 수질에 별문제가 없을 것이라는 전문과학자들의 맞장구는 과연 맞는 말일까. 그리고 지금 왜 4대강의 결과물에 대해서는 아무 반론도 하지 않고 침묵하는가. 옳고 그름에 관한 판단은 누구의 몫일까? 또 그 큰 피해는 누구에게 돌아갈까?

파란색으로 이어지는 자전거길을 따라 천천히 걸었다. 어제도 그제도 천천히 걸어갔다. 걷기 위해 혹은 도착하기 위해 걷는 것이 아니라 그저 매 순간 그 자리에 현존하기 위해 걷다 보니 걷는 듯 마는 듯 제자리걸음 속도로 저어간다. 맑은 강물도 흐르고, 구름도 유유히 흘러가고, 내 발걸음도 마음도 함께 따라 흐른다. 모든 것은 흐르고 흘러간다. 잠시도 머물러 주저앉아 있는 것은 없다. 언제까지고 한곳에 머물러 있을 수 있는 것은 이 지구별에는 없다. 모든 것은 끊임없이 변한다. 이렇게 끊임없이 흘러가는 세월 속에서 유난히 그 흐름을 멈추려 하고 붙잡으려 애쓰는 것이 하나 있으니 그것은 바로 인간의 마음이 아닐까. 잠시도 쉬지 않고 역동적으로 흐르며 변해가는 세월 속에서 사람들의 마음은 모든 것을 멈추고 싶어 안달이다. 사랑도, 소유도, 생명도, 젊음도, 돈도, 명예도, 이모든 것들을 어디로 달아나지 못하도록 꽉 움켜진 채 도무지 놓아주려하지 않는다. 처음 만난 이정표는 '세종까지는 16km'이다.

금강 자전거길을 따라 한 시간가량 걸어서 만난 것은 '석장리 박물관'이다. 이곳은 구석기 시대의 유물들이 대량으로 출토된 곳이다. 돌도끼와 움집 등 생활의 터전이 이곳에 발견되었다. 먼 나라의 오래된 언어라고만 생각했던 '구석기 시대의 흔적'이라는 말이 생소했다. 더구나 금강자전거길에서 본다는 것은 신기했다. 아주 오래전부터 이곳은 우리 조상들이 살아왔던 터전이라는 말이다. 아주 오래된 시간이라서 그 당시의 풍경을 상상한다는 것은 불가능했다. 구전동화 속의 이야기처럼 들릴 뿐이다. 상상 대신 이런 질문을 생겼다. 그들은 어디서 왔을까. 그들은 왜이곳에 터전을 잡고 살았을까. 얼마나 많은 사람이 이곳에 살았을까. 그들은 이곳에서 무얼 먹고, 어떤 환경에서 살았을까. 구석기 시대에는 이곳은 어떤 풍경이었을까. 과거의 인류는 어떤 모습이었고, 미래에는 어떤모습으로 변해갈까.

'석장리 박물관'은 길 위에서 발견한 먼 과거로의 시간여행과도 같은공간이다. 인류는 수백 년 동안 진화해 왔다고 한다. 그리고 어려운 고비마다 그때그때 상황에 맞고 환경에 맞게 선택하여 생존해왔다. 인류는 가장 좋은 선택을 고민하기보다는 그때 적합한 선택을 해서 앞으로 나아갔다. 우리가 알고 있는 인류의 조상은 아프리카에서 발생했다고 하는데 어떤 경로와 어떤 선택을 통해서 이곳 석장리까지 흘러왔는지 참으로 궁금했다.

〈인류의 기원〉이라는 책에 '인류의 진화 역사에 등장하는 수많은 이야기에서 되풀이되는 것은 '정답은 없다'입니다. 진화에 유익한 형질, 적응에 유리한 형질은 우연의 작품입니다. 우연히 이루어진 환경 변화 속에서 마침 우연히 생겨난 형질이 유익했고, 유익한 형질을 가지고 있는 개체가 더 많은 자손을 남겼을 뿐입니다. 어느 한때 유익하다고 영원히 유익하지 않습니다. 모든 것은 변합니다'라고 했다. 이처럼 이 땅에서 살아왔던 수많은 사람은 '우연히'라는 연속의 결과물이라는 것이다. 우리도 우연히 유리한 형질을 가지고 태어났고, 우연히 끊임없는 진화의 물줄기 속에서 살아남아 세상에 태어난 것이다. 모든 생물은 적자생존의 환경에서 살아남기 위한 끊임없는 변화를 통해서 살아왔고, 앞으로도 끊임없이 더 나은 형질을 추구하면서 환경의 변화에 맞서 자신을 변화시키면서 살아갈 것이다. 그들만이 세상을 이어갈 수 있기 때문이다. 이것이 환경에 적응하면 살고, 못하면 도태한다는 적자생존의 원리이다. 우리의 삶도 결국 '우연히'의 산물일 뿐이다. '우연히'라는 말은 어쩌면 자연의 순리대로 사는 것이 아닐까.

'석장리박물관' 입구에는 적자생존의 상징처럼 우람하게 석장리박물관의 상징물인 석장리 출토 유물 중 대표석기인 '주먹도끼'가 형상화되어있다. 인상적이다. 그 형상은 석장리박물관이 우리나라 선사문화의 단초를 여는 '선사문화 일 번지'임을 나타내고 있다고 했다. 이곳에 구석기 시대에 사람들이 산 것도 '우연히'의 산물일까. 금강 자전거길에 많은 질문들이 남겨진다. 그 답은 각자의 몫이다.

자전거길은 석장리 박물관을 우회하여 금강에 보이는 길로 들어선다. 이곳은 금강하굿둑 100km 지점이다. 금강 자전거길을 따라 여기까지 대략 100km 걸어온 셈이다. 참으로 멀리도 왔다. 금강을 따라 이어진 길에서 다양한 삶의 흔적들을 만났고, 수많은 생각과 질문을 만났다. 일직선으로 이어지는 자전거길을 한없이 걸어가다가 다리를 만나 'ㄱ'자로 꺾어진다. 자전거길의 방향이 바뀌고 있다. 이곳은 세종시 금남면에 있는 '불티교'라는 다리다. 이름이 특이하다. 순수한 우리말에서 유래한 이름 같다.

　금강을 사이에 두고 형성된 세종시는 강을 끼고 있어 도시를 이어주는 아름다운 다리가 많다. 첫 마을에 있는 학나래교를 비롯하여 한두리대교, 금남교, 불티교, 미호대교, 아람찬교, 햇무리대교 등이다. 그 이름들이 한결같이 맑고, 밝고, 곱다. 세종대왕이 만든 한글의 이름다움을 그대로 표현하고 있어서 보기에도 듣기에도 좋았다. 이곳이 세종시라서 그런 이름으로 명명했을까. 세종시의 새로 지은 모든 이름이 모두 된장국처럼 구수하고, 묵은김치처럼 아삭아삭하며, 동치미처럼 시원한 감칠맛을 내고 있다. 한글의 아름다움을 한껏 뽐내고 있다.

　그런데 왜 우리 귀에는 순수한 한글 이름이 어색하고 쑥스럽게 들리는 것일까. 우수한 우리말을 두고 많은 기업이 외래어에 집착하는 것은 왜일까. 모두 자본주의나 소비성향과 깊은 관련이 있는 것은 아닐까. 세계화란 자신들의 고유한 문화를 찾는 것일까, 버리는 것일까. 내가 알고 있는 세계화라는 것은 자신들의 고유한 문화를 소중히 보존하고, 지켜나가고, 널리 알리는 것이라고 알고 있다. 대도시나 대기업들의 간판에는 세계화하는 구실로 순수한 우리말은 찾아볼 수가 없고 온통 영어뿐이다. 과연 우리는 우리만의 고유한 언어나 문화를 지키고 있는가. 세종시를 지나면서 우리말과 우리글에 대해 깊이 생각하게 한다.

지금 건너가고 있는 '불티교'라는 말도 '불티나게'라는 말에서 나온 것이다. 불티교(불티橋)는 세종특별자치시 장군면과 금남면을 잇는 금강의 다리이다. 다리 입구에 불티교에 대한 오래된 풍경이 상세히 적혀있다. '금강이 굽이치고 병풍처럼 바위로 둘러쳐진 청벽이 자리 잡은 자연 경관이 수려한 곳으로 이곳이 나루터이었는데, 서해안에서부터 금강을 따라 상선(일명 꺼먹배)에 소금을 가득 싣고 들어오면 소금을 사려는 사람들로 인산인해를 이루고 소금은 삽시간에 불티나듯 팔려 나갔다고 한다. 그래서 지역의 유래를 살려 '불티교'라 이름하였다' 우리 선조들의 삶의 슬기와 지혜가 스며있는 맑고 고운 이름이다. 고유한 자신들의 문화와 역사와 전통을 지키는 것이 세계화가 아닐까. 과거에 이렇게 아름다웠고 수심이 깊었던 불티교 아래 나루터는 자연경관의 수려함은 사라지고, 오염된 녹조의 초록 물결만이 강가에 출렁거린다.

세종보가 세종시의 첫 마을 아파트 숲 사이로 눈에 들어온다. 이 보는 '금강 살리기'라는 명목으로 세종지구생태하천으로 조성되었다. 세종보는 거대한 백제보나 공주보보다 기존에 있었던 보를 보강한 정도의 크기이며, 물을 저장하기 위해 설치한 작은 보이다. 차량이 건너다닐 수 있는 그런 거대한 보의 모양은 아니다. 세종보로 가는 자전거길은 금강대교 옆으로 마치 지하터널처럼 만들어져 있다. 그곳을 지나면 바로 금강 7경이라는 세종공원 즉 세종보 우안이라는 곳에 도착한다. 세종생태공원은 금강을 중심으로 산책로가 좌안길과 우안길로 나누어져 있다. 도심 옆에 있는 공원이라 관리가 잘 되어 있고 넓이도 꽤 넓다. 조금씩 자리를 잡아가는 세종생태공원은 강물과 어우러진 자전거길 풍경 속에서 작은 행복과 여유로움을 맛보고 치유를 얻는다. 금강 자전거길은 세종보를 통해 빌딩 숲 속으로 이어지고 있다.

세종시에서 가장 아름다운 다리인 '한두리대교'가 멀리 보인다. 구름이 아름다운 날에는 주변의 은빛 갈대숲이나 솔숲과 어울려져 더 돋보일 것 같다. '한두리대교'는 세종시 첫 마을과 금남면 대평리를 잇는 다리다. 한두리대교는 880m 왕복 6차선으로 금강의 돛단배를 형상화한 것이란다. 금강이 흐르고 있는 세종시는 참으로 평화롭다. 시간이 지날수록 세종시는 도심의 높은 빌딩 속에 금강이라는 천혜의 자연경관이 있어 참 살기 좋은 도시가 될 것이다. 금강변 갈대숲은 서서히 황금빛으로 변하고 있다. 강변의 작은 바람에도 살랑거리는 갈대는 마치 봄을 부르는 손짓 같다.

세종보 인증센터에 도착했다. 빨간색 전화박스 모양의 작고 앙증스럽게 생긴 인증센터가 관리동 한쪽에 자리 잡고 있다. 관리사무소 직원에게 이곳에 식당이 있는지 물었다. 건물 안에는 없고 도로 건너편에 있는 아파트단지에 가야 식당이 있단다. 관리사무소를 나와 미음완보(微吟緩步)하는 기분으로 세종보 공원을 지나서 도심으로 들어간다. 금강을 중심으로 양쪽에 세종시가 조성되고 있다. 아직 완성되지는 않았지만, 도시의 모습이 서서히 나타나고 있다. 찻길을 건너 세종시 첫 마을이라는 아파트 숲 속으로 들어선다. 자전거길에서 느꼈던 여유로움은 사라지고 번거로움만 남는다.

세종보는 백제보나 공주보와는 다르게 도심과 밀접하게 연결되어있다. 바로 세종보 앞에는 8차선 도로가 있고 그 도로 건너에 아파트단지가 들어서 있다. 주변은 아직 정리정돈이 안 된 방금 이사 온 집처럼 온통 어수선한 느낌이다. 도심에서 식당을 찾는 일도 어렵지만, 아파트단지에서는 더 어려웠다. 한참을 헤매다가 제풀에 지쳐 편의점에서 컵라면으로 점심을 대신했다. 더구나 편의점 안이 좁아서 도로에 설치된 간이테이블에 앉아 점심을 먹게 될 줄이야.

그래도 걸어서 다녀야만 볼 수 있는 낯선 풍경이다. 서두르지 않아서 좋다. 모두 시간이 가면 간대로 그냥 바라보기만 했다. 마치 관망자처럼 말이다. 걸음을 재촉하지도 않았다. 처음 와 보는 곳, 아무 연고도 없는 곳, 앞으로 와 볼 수 있을지 모르는 낯선 곳이다. 편의점 간이테이블에 앉아 컵라면으로 점심을 때우는 우리 모습이 초라해 보이지 않았다. 어쩌면 우리는 마치 세상이라는 레고 놀이를 즐기고 있는 듯했다. 봄(觀)을 즐기고, 시간을 즐기고, 일탈을 즐기고, 느림을 즐기고, 여유를 즐기고, 한가함을 즐기고 있는 것이다. 이런 것이 느리게 걷는 자만이 즐길 수 있는 소소한 일탈 같은 것이 아닐까 싶다.

모두 낯선 공간에 멍하니 앉아 있다. 그때 승호 샘이 갑자기 사라지더니 사각휴지 한 통을 얻어왔다. 아파트광고 판촉행사장에서 이름만 쓰고 얻었다는 것이다. 세상은 생각하고 행동만 하면 적은 비용으로도 많은 일을 할 수 있다. 또 주변을 둘러보면 작은 것이지만 그만큼 공짜도 많다. 고미숙의 〈몸과 인문학〉에서 읽었던 공짜에 관한 이야기가 생각났다. 공공시설들을 잘 활용하면 최고의 문화생활을 공짜로 누릴 수 있다고 했다. 게다가 요즘은 점심식사도 공짜로 먹을 수 있는 곳이 많다고 한다. 공짜를 즐기는 힘은 '부지런함'과 '다양한 정보력'이라고 말한다. 부지런히 발품을 팔면 여행도 적은 비용으로 할 수 있고 문화시설 관람이나 식사는 공짜로 할 수 있는 곳이 얼마든지 있다는 것이다. 맞는 말일까. 우리도 이름만 쓰고 휴지 한

통씩을 얻어왔다. 낯선 도시에 와서 공짜를 얻다니 횡재한 기분이다. 편의점 밖에 한참을 앉아 있었더니 따뜻한 곳이 그립다. 커피 가게에 들어가 커피 한 잔씩 시켜 따뜻하고 개운한 맛을 음미했다. 낯선 곳에서 느긋함과 넉넉함을 즐긴다. 유리창을 통해 콘크리트로 꽉 채워진 도심의 삭막한 풍경과 지나가는 사람들의 분주한 모습을 바라본다. 우리도 과거에는 저런 모습이 아니었을까. 우리들의 낯선 모습에서 한없이 보기에 좋았다.

세종시 첫 마을이 있는 세종보를 떠나 낯선 곳으로 또 길을 나선다. 금강 7경에 해당하는 세종공원의 풍경은 겨울의 문턱에 접어들었다. 자전거길에는 사람들이 거의 없고 적적함만이 공원의 너른 공간 속에 흐른다. 공원을 둘러싸고 있는 아파트 숲이 공원 속 자연의 숲과 대조를 이룬다. 그 모습이 마치 숨을 쉬고 있는 인간의 허파와 같은 구실을 하는 듯하다.

도심의 허파라는 주변 공원은 참으로 중요하다. 그것이 도심을 푸르게, 맑게, 깨끗하게 해준다. 그곳에는 숨이 있고, 삶이 있고, 쉼이 있다. 공원에 있는 숲 속의 나무는 의외로 민감하다. 내부적인 생명은 오로지 껍질 바로 안쪽의 종이만큼 얇은 3개의 조직층 즉 채관부, 목질부, 형성층 안에서만 존재한다. 이것들은 나무의 가운데 죽은 부분인 적목질을 둘러싸고 있는 수관을 함께 이루고 있다. 얼마나 크게 자라든 간에 나무는 단지 뿌리와 나뭇잎 사이에 엷게 퍼져있는 몇 파운드의 살아있는 세포에 불과하다. 이 3개의 부지런한 세포층들은 한 나무를 살아있게 하는 모든 복잡한 과학과 공학의 기능을 수행한다. 이들의 효율성은 생명의 경이(驚異) 중 하나다. 떠들썩하지도 않고, 야단법석을 떨지 않고 숲에 사는 한 그루의 나무는 엄청난 양의 물을 뿌리로부터 나뭇잎으로 빨아 올려 대기에 돌려준다. 소방서에서 그만한 양의 물을 빨아올리기 위해 기계를 가동할 경우 생겨나는 소음과 소동 그리고 혼란은 상상을 초월할 것이다.

숲에 들어오면 매번 느끼는 것이다. 우리가 사는 지구 상에서 가장 소중한 생명체는 나무가 아닐까. 나무만큼 세월을 거슬러 올라가며 빛나는 존재가 또 있을까. 나무는 붙박이로 태어난 제 운명을 탓하지 않고 자리에 선 채 유목한다. 햇살에 볼을 비비고, 바람에 몸을 섞고, 새들을 품에 거둔다. 나무는 존재와 존재 사이에는 거리가 필요하다고 몸으로 말한다. 햇빛과 바람이 넘나들 수 있는 길임을, 나무는 알고 있다. 나무는 기다림을 알되 그 기다림에서 자유롭다. 때를 맞춰 잎을 틔우고, 꽃을 피우고, 열매를 맺고, 다시 빈 몸으로 돌아가는 데 서두름이 없고, 서투름도 없고, 망설임도 없다. 그저 제자리에서 할 일을 하고 또 할 뿐인 나무들이다.

이 나무들이 오래 살기 위해서는 느리게 가야 한다. 천천히 걷는 여행자들은 세상의 시간 따위는 잊어버린 채 이 숲의 시간을 느낄 수 있지 않을까. 느리게 흘러가는 지구의 시간을 잠시나마 호흡하는 것이 아닐까. 수십억 년에 걸쳐 이루어진 지구의 소중한 자산인 모든 것들을 백 년도 되지 않아 소진해버리는 우리다. 미래의 삶도, 후손의 삶도 생각하지 않는 이토록 짧고 허망한 시간 개념이다. 자전거길을 느릿느릿 걷는 것은 어쩌면 미래의 자산을 후손을 위해 남겨놓으려는 사람들의 작은 노력이 아닐까 싶다.

세종보에서 세종공원을 지나 금강 자전거길을 따라 걸어가면 '햇무리
대교'가 보인다. 햇무리대교에는 군 초소나 전방의 GP 같은 이색적인 모
양의 3층짜리 건물이 다리 양 끝에 세워져 있다. 이곳은 햇무리전망대란
다. 세종시에는 밀마루 전망대와 함께 새로운 명소로 자리 잡은 햇무리
전망대는 세종시 기술정책연구원 앞에 있다. 햇무리전망대에 오르면 세
종시의 아름다운 풍경과 함께 뒤로는 전월산의 모습까지 볼 수 있고, 금
강유역을 아우르는 일몰과 세종시의 야경이 일품이란다. 금강의 아름다
운 모습들을 볼 수 있는 곳이라고 안내하고 있다.

　처음에는 다리 옆에 서 있는 괴상한 저 건물은 무얼까. 몹시 궁금했
다. 대회 샘이 가까이 가서 관찰하고 안으로 들어가려 했다. 하지만 문이
닫혀 있다. 안내문을 보고서야 의문이 풀렸다. 오늘은 평일이고 비성수기
라서 그곳을 찾는 사람들이 많지 않아 관리 차원에서 개방하지 않는다
고 했다. 그 대신 햇무리전망대를 중심으로 금강 둔치를 천천히 걸으면서
금강유역의 풍경을 상상했다. 한 해가 저물어가는 늦가을이다. 공원 주
변의 모든 사물도 한해를 정리하려는 듯이 조용하면서도 차분한 분위기
다. 모든 것이 누렇게 변해가고 결국은 소멸하여갈 것이다. 하지만 모든
식물은 씨앗을 남긴다. 씨앗은 또 다른 생명력을 품고 있다. 씨앗은 새
삶을 기다리며 웅크리고 있다가 새로운 봄이 찾아오면 움이 뜨고 새싹이
자랄 것이다. 그리고 또다시 새로운 세상을 만들어갈 것이다. 우리들의
살아가는 모습과 닮았다. 세종 햇무리대교에 올라서서 택시를 기다린다.
햇무리대교 사거리에 이르자 어둑어둑해진다. 어제보다 바람 끝이 더 매
섭다. 금강 자전거길 걷기놀이도 끝자락에 가까워진다. 그리고 오늘의 긴

여정에 대해 생각해본다.

　실뱅 테송의 〈여행의 기쁨〉에 '여정의 끝에 이르러 지도위에서 자신이 달려온 거리를 측정해 보는 것보다 큰 만족감은 없을 것이다. 걸어서 길을 가는 여행자는 시간이 넘쳐나므로 세상의 거대함을 두려워하지 않는다. 바빠서 서두르는 유목민을 본 적이 있는가. 유목민은 잔걸음으로 길을 간다. 그 열정적인 발걸음 앞에서 굴복하지 않을 지평선은 하나도 없다'라는 말이 감동으로 밀려온다. 우리는 보폭 60cm의 잔걸음으로 자전거길의 수많은 지평선을 굴복시켰다. 꽤 먼 거리를 금강의 풍경과 함께 걸었다. 이것은 두 발로 금강 자전거길을 걸었던 느린 여행자의 풍경이고, 느림의 삶을 실천함으로써 보이는 세상의 경이로움에 대한 질문들이다.

　또 이런 말도 나온다. '현대문명은 빠른 속도로 세계를 축소시켰다. 그로 인해 우리는 미지의 세상을 상상할 수 있는 능력과 위대한 바깥을 온몸으로 느끼는 즐거움을 잃어버렸다' 바로 느리게 걷는 것은 이런 잃어버린 즐거움을 되찾아주는 여행이다. 우리가 주로 신발 밑창을 이동수단으로 사용하여 자전거길을 걷는 것은 고통을 즐기는 취향 때문이 아니다. 빠름에 비해 느림이 속도에 가려진 사물들의 참모습을 드러내 주기 때문이다. 느리게 걷는 것은 시간을 따라잡기 위해서가 아니라 시간에 무심해지기 위해서이다. 시간에 무심해지면 질수록 풍경은 우리에게 더 가깝게 다가온다. 기차나 자동차를 이용한 빠른 여행으로는 유리창 뒤로 풍경을 흘려보내면서 풍경의 베일을 벗길 수 없다.

세종시 중척에코공원에서 대청호까지

공주보
STAMP
중척에코공원
대청호

오늘 아침처럼 기온은 끝없이 내려 가고, 바람은 세차게 불고, 몸은 무겁고, 마음이 지쳐갈 때쯤에는 우리를 웃게 만드는 유머가 필요하다. 삶이 힘들고 지쳐갈 때 유머는 삶의 활력소가 된다. 금강 자전거길을 걸으면서 가끔 툭툭 내뱉는 동료들의 짧은 유머 한 마디가 우리를 웃게 하고, 활기를 주고, 걸어가게 하는 힘이 된다. 이처럼 유머는 오락이나 자기방어나 저항을 넘어선 또 하나의 역할을 한다. 극작가 콩그리브는 '유머가 있는 사람은 유머를 발산하는 데 아무런 두려움이 없다' 또 외교관 윌리엄 템플 경은 '누구나 자신의 유머를 따르고, 유머를 보여주는 데서 즐거움, 아마 자부심을 느낀다'라고 쓰고는 이렇게 덧붙였다. '대화의 첫 번째 재료는 진실이고, 두 번째는 양식, 세 번째는 좋은 유머. 네 번째는 재치다'라고 했다. 이처럼 사람이란 서로가 서로에게 기대어 살아가는 존재이기에 유머는 사람 간의 만남에서 중요한 위치를 차지하고 있다.

유머가 있는 사람은 단순히 재미있는 사람이 아니라 자신도 즐길 줄 아는 사람이다. 나는 그런 재능을 가진 사람이 부럽다. 유머는 타인과의 대화에 대한 기본조건이다. 유머에서 공감 요인은 세상을 상대의 관점에서 보는 법을 가르쳐주고, 환상요인은 새로운 대안을 그려보는 법을 가르쳐준다. 요즘 유머는 인간관계에서 중심역할을 수행하고 있다. 유머를 하는 사람들이 과거에는 광대라는 이름으로 천대를 받았지만 갈수록 유머의 필요성과 중요성이 커지는 세상이 되어가고 있다. 지금은 연예인이라는 직업도 세상 사람들에게 웃음으로 삶의 고통을 치료해주는 좋은 직업으로 변하고 있다. 시장 국밥집에서도, 길 위에서 처음 만나는 수많은 사람과의 대화에서도 짬짬이 주어지는 짧은 농담 같은 한 마디 유머가 지쳐가는 여행자에게 생기를 불어 넣어준다.

　금강 자전거길 걷기 마지막 날. 날씨가 어제보다 훨씬 더 춥다. 한파가 닥쳐올 것이라는 뉴스가 올라와 있다. 추운 날 찬물에 설거지하고 나니 손발이 꽁꽁 언다. 쓰레기 뒤처리와 텐트만 빠르게 정리하고 자리를 뜬다. 추운 날씨 때문에 아침은 식당에서 먹기로 했다. 그래서 찾아간 곳이 공주 산성시장 안에 있는 작은 국밥집이다. 승호 샘이 어디서 수소문을 들었는지 시장 안에 맛있는 국밥집이 있다고 했다. 하지만 상호도 모르고 위치도 모른단다. 아침부터 시장 안을 헤매고 있는 이유는 춥기도 했고, 오랜만에 집밥 같은 식당 밥을 먹고 싶어서이다. 집밥 같은 푸짐함과 넉넉함이 그립고, 이곳만의 토속적인 음식을 맛보기 위해서 새로운 집을 찾아 나선 것이다. 바로 그 푸짐함과 넉넉함 속에 한국인의 정서와 해학이 들어있다. 한참 이곳저곳을 기웃거리며 시장 안을 헤매다가 우연히 좁은 골목 안에서 일하고 계시는 할머니를 발견하고 국밥집을 물었다. 여기가 바로 그 집이란다.

바로 그 할머니가 운영하는 허름한 국밥집이다. 비좁은 골목길을 통해 국밥집에 들어선다. 구수한 사골국물의 향기와 텁텁한 돼지머리 고기 냄새가 식당 안에 가득하다. 정말 시골 장터에서나 만날 수 있는 국밥 냄새다. 식당 안은 좁고 어수선했지만, 인정으로 가득 채워져 있고, 식탁 위에 놓인 음식에는 푸짐함과 넉넉함으로 가득 채워진다. 마치 더 못 주어서 안달이 난 우리네 어머니를 연상케 한다. 대접에는 넘칠 듯한 깍두기와 배추김치, 새우젓 그리고 얼큰한 청양고추와 마늘로 식탁을 가득 채운다. 국밥 그릇 속에는 밥보다는 고기가 더 많이 들어있다. 고기를 좋아하던 분들도 조금씩 남길 만큼의 푸짐함이 넘치는 '할머니 표 국밥'이다. 어머니의 손맛이기에 국밥집이 오래오래 기억에 남아있고 가끔은 그리워지는 것이다.

금강 자전거길 걷기놀이는 '중척에코공원' 입구에서 시작된다. 대청댐까지 10km 지점인 [세종 71번] 이정표가 세워진 곳이다. 강 건너에는 금강을 따라 길게 형성된 세종시가 보인다. 늦가을이라 그런지 공원은 넓지만 까칠해 보였다. 해가 뜨자 공기는 생각했던 만큼 차갑지는 않다. 하늘은 맑고 깨끗하며 햇살이 마치 가벼운 옷을 걸친 것처럼 포근하다. 걷기에 딱 좋은 날씨다.

자전거길 걷기라는 놀이가 4일째 이어진다. 자연과 함께 걸어가는 마음은 가벼운데 다리는 갈수록 무거워지고 있다. 특히 무릎, 발목, 발바닥의 통증이 가끔 느껴진다. 장거리를 걷다 보면 신체적인 한계에 부딪힐 수밖에 없다. 하지만 자연 속에 깃들어 자연과 하나 되어 걸어가면 갈수록 자연

치유의 힘이 작용하는지 통증은 조금 완화되는 듯하다. 과학적으로 우리 몸은 자가 치유작용에 대해 간과하기 쉬운 신비로운 사실이 하나 있다. 자연치유란 말 그대로 자연스럽게 제 스스로 치유하게 되어 있는 우리 몸의 자정작용이요, 일종의 자가 치유시스템이다. 누구나 몸에 병이 오면 자연 치유시스템이 작용하여 어지간한 병이라면 특별히 치료하지 않더라도 저절로 치유되게 마련이다. 어떻게 하면 우리 몸의 자가 치유시스템을 극대화할 수 있을까. 하나는 자연과 가까이하는 것이다. 자연과 하나가 되었을 때 자연치유가 극대화된다. 말 그대로 자연이 자연스럽게 치유하는 게 자연치유이다. 또 하나는 자연과의 교감이다. 인공적이고 인위적인 도시를 벗어나 자연을 가까이하고 자연의 살아 움직이는 생명력을 우리 안에 충분히 느끼고 받아들이며 그 안에 깃들어 살 때 자연 치유력은 극대화된다.

자연스럽다는 것은 무엇을 인위적으로 붙잡아 집착하지 않으며 그저 있는 그대로의 현실을 있는 그대로 내버려 두는 것을 의미한다. 그렇기에 자연스럽게 산다는 말은 바로 봄(觀)의 문제와 직결되어 있다. 있는 그대로의 중립적인 평등한 현실을 인위적으로 판단하지 말고 자연스럽게 있는 그대로 자연스러움 그 자체로써 보라는 것이다. 이것이 바로 봄(觀)이요, 자각이고 깨어있음이고, 명상이라는 인류 최고 지성들의 공통적인 사자후요 가르침이다. 있는 그대로를 있는 그대로 보는 게 자연스러움이요, 있는 그대로를 왜곡해서 보는 게 부자연스러운 것이다.

우리는 자연스럽게 길을 따라 걷고, 공원을 따라 걷고, 강물을 따라 걸어간다. 금강을 따라 발달한 도시들이 우리들을 따라오는 듯하다. 우리들의 그림자처럼 한 걸음 한 걸음 내디딜 때마다 걸음과 보조를 맞추어 거대한 도시의 그림자가 함께 따라온다. 이젠 자전거길이 도심을 벗어나 작고 아담한 마을로 이어진다. 마을이 아주 깨끗하다. 이곳은 충북 청원군의 한 마을이다. 원래 있던 마을이 새로 단장된 듯하다. 마을 옆으로는 고속도로가 지나고 금강 자전거길은 우회해서 이 마을을 통과한다. 옛날에는 강가에 있는 작고 아담하고 한적한 마을이었을 것이다. 그리고 교통이 불편해서 문명의 손길에 닿지 않았을 순수하고 수수한 외진 마을이었을 것이고, 사람들의 심성은 순박하고 소박하였을 것이다.

마을을 벗어나 고속도로 아래로 뚫린 도로를 따라 걸어가면 경사가 낮은 오르막이 나오고 멀리 강 건너에 '신탄진'이라는 도시가 보였다. 오래된 이야기지만 신탄진 하면 담배가 먼저 생각난다. 물론 지금은 사라지고 없다. 길은 책에서 상상했던 신기한 풍경도 보여주고, 신기한 풍경을 멋대로 상상하면서 걷는 재미가 있다. 신탄진을 지나면서 맹꽁이 서식지에서 바라보는 갑천과 금강의 두물머리 풍경은 아지랑이 아른거리듯 아련하다. 이렇게 길에서의 시간은 흘러간다. 그리고 시간에 따라 걸어온 길은 까마득히 멀어져만 간다. 자전거길 걷기놀이는 나만의 색깔로 걷고, 나만의 느낌으로 보고, 나만의 상상으로 묻고 또 걷고를 되풀이한다.

그렇게 한 시간쯤 지났을까. 금강을 가로지르는 '현도교'라는 4차선 다리에 선다. 강을 중심으로 해서 대전 대덕구와 세종시 그리고 충북청원의 경계선이 나누어진다. 걸으면서 세 곳의 행정구역이 한 점에 모이는 경계선은 두 번째이다. 경계선은 실체가 없는 그림자와 같다. 사람의 마음속에 있을 뿐이다. 그래도 항상 경계선 앞에만 서면 왠지 모르게 마음은 출렁거린다. 금강 자전거길은 충북청원에서 현도교를 지나면서 방향을 오른쪽으로 틀어 대전 대덕구로 들어선다. 대청댐으로 가는 자전거 길은 큰 도로를 따라 연결되고 있다. 도시를 관통하다 보니 자연만을 벗 삼아 걷던 길과는 또 다른 느낌을 준다. 상류로 올라갈수록 강폭은 점점 좁아지고 밀집되는 느낌이다. 대청댐 5.5km 지점인 로하스 체육공원이다. 산책로가 넓고 선명했다. 마을주민들을 위한 공원이 아주 넓게 조성되어 있다. 운동하는 마을주민들이 간간이 보인다. 점점 목적지인 대청호가 가까워진다. 오랜 기다림의 끝자락에서 만나는 공간이다. 걸음걸이는 가벼워지고 마음은 느긋해진다.

금강 자전거길에서 또 새로운 길을 만난다. 금강까지의 자전거길이 끝나면 길이 없어지는 줄 알았다. 하지만 길이 끝나는 곳에 다시 대청댐의 500리 둘레길 21코스가 이어지고 있다. 또 대청댐의 500리 둘레길 속에 또 다른 길도 있다. 대전 대덕구를 중심으로 한 일명 '200리 로하스길'이라는 길이다. 또 '200리 로하스길' 속에는 수많은 길이 사방으로 이어진다. 길들은 사람을 따라, 사람은 길을 따라 무한히 연결되어있다. 길에는 끝이라는 말은 없는 것 같다. 그래서 우리가 사는 세상에도 시작이나 끝이라는 말이 별 의미가 없다. 마치 절망 끝이 희망이고, 불행의 끝이 행복인 것처럼 극과 극인 모두 연결되어있다. 자전거길에도, 이 세상에도 끝은 없었다. 끝은 바로 시작이기 때문이다. 마찬가지로 절망도, 불행도 끝은 아니다. 어디론가 가는 과정에 불과할 뿐이다.

요즘 젊은이들이 세상에 길이 없다고 절망들 한다. 절망할 필요는 없다. 세상에는 수많은 길이 있다. 찾아보지도 않고 절망할 필요는 없다. 길은 찾으면 되고, 막히면 뚫으면 된다. 길을 걸으면서 아직도 세상에는 우리가 가보지 못한 수많은 길이 있다는 것이다. 인간이 길을 만들기 이전에는 모든 공간이 길이었다. 인간은 길을 만들고 자신이 만든 길에 길들어 있다. 그래서 이제는 자신들이 만든 길이 아니면 길이 아니라고 생각하는 타성에 젖어있다. 타성은 자신을 스스로 구속한다. 타성에서 벗어나야 새로운 길이 보인다. 이 세상은 모두 길로 어우러져 있다. 다만 새로운 길을 가는 데 가장 불편한 장애물은 바로 자기 자신이라는 것이다.

테크가 깔린 메타세과이어 길 위에서 먼저 출발했던 승호 샘과 만났다. 주황색 단풍으로 짙게 물들어진 메타세과이어 길은 늦가을의 경치를 더욱 센티하게 만들고 있다. 길 위에 주홍빛 메타세과이어 빛바랜 잎들이 떨어진다. 나무의 우람함도, 잎들의 울창함도, 그리고 단풍의 화려함도 결국은 세월의 무게를 견디지 못하고 서서히 빛이 바래간다. 우리의 삶도 죽음 앞에서는 공평하다. 빈부의 격차도, 지위의 고하도, 미모의 차이도, 학벌의 차이도 결코 뛰어넘을 수가 없다. 하지만 살아가는 동안에는 '차별과 차이'라는 현실 앞에서 방황하고 좌절을 겪게 된다. 어떻게 해야 우리들의 삶을 옥죄는 이런 빈부, 지위, 미모, 학벌의 차이라는 굴레들에서 벗어날 수 있을까.

〈나는 자유롭고 싶다: 마음이 홀가분해지는 장자의 인생 비법〉이라는 책에서 대자유인의 삶을 살았던 장자를 통해 그 비법을 알려준다. 바로 '심재(心齋)와 좌망(坐忘)'의 마음을 갖는 것이라고 했다. 하지만 말처럼 쉽지는 않다. 세상이 모두를 가만히 내버려 두지 않는다. 그래서 가장 중요한 것이 자신의 마음이다. 마음먹기에 따라서 '심재와 좌망'의 상태에 이를 수 있다는 것이다. 그것은 모든 것을 포기해버리는 자포자기의 상태의 늪에 빠지는 것과는 질적으로 다른 개념이다. 은퇴 후에 많이 비우고 고요의 상태를 유지하려고 노력은 하고 있지만, 말처럼 쉽지는 않다. 세상살이가 모두 거미줄처럼 서로 연결되어있다 보니 보는 것도, 보이는 것도, 듣는 것도, 들리는 것도, 심지어 숨 쉬는 것까지도 세상은 모든 사람을 가만히 놓아두지 않는다. 누군들 이런 세상에서 자유로워지고 싶다는 마음, 홀가분해지고 싶다는 마음이 어찌 들지 않겠는가.

심재(心齋)는 '마음을 비우는 것'이고, 좌망(坐忘)은 '고요 속에 머무는 것'이다. 마음을 비우기 위해서는 좌망이 도움된다. 좌망은 '자신의 손발이나 육체를 잊고, 눈과 귀의 작용을 멈추며, 형체와 지각을 벗어나서, 위대한 도와 하나 되는 것'이다. 그렇게 모든 것을 잊는 연습을 하다 보면 어느새 자기가 원할 때 고요한 상태에 머무를 수 있게 된다. 심재와 좌망이 가져다주는 효과는 크다. 우선 온갖 인연으로 묶인 나가 아니라 본연의 나를 만나게 한다. 그 나를 이 광대한 우주 끝까지 투사하여 지금 이 순간 한껏 자유로운 마음을 가질 수 있게 한다. 인간은 소우주다. 육체를 벗어나 저 광활한 우주에 마음을 던지는 순간, 인간은 우주가 된다. 의식이 무한히 확장한다. 그때 비로소 우리는 우리의 삶이 자유롭다는 것을 느끼게 된다. 우리들의 삶을 옥죄는 괴로움에서 벗어나 건강하게 사는 비결은 바로 이것이다. 좌망과 심재를 통해서 모든 것을 초월하는 것이다. 세상을 등진다는 것도 아니고, 세상에 관심이 없다는 것도 아니다. 오직 세상에 있는 모든 시비, 분별, 선악, 미추(美醜)를 망각하는 것이다. 내가 생각하기에 모든 죄는 분별하려는 인간들의 욕심에서 생긴다. 시비를 가르고, 미추를 구분하고, 선악을 구별하고, 분별하는 순간에 인간 세상은 욕망이 생겨나고, 그 욕망이 죄를 낳고, 그 죄가 인간 세상을 사악하게 물들이는 것이다.

자전거길 걷기라는 놀이는 '심재와 좌망'을 통해 자유로운 삶을 찾아가는 활동이다. 도보여행자는 진정한 자유인이 되기를 원한다. 그리고 본연의 자신을 찾을 수 있기를 갈망한다. 오늘도 나는 좌망과 심재에 이르기 위해 먼 길을 걷고, 글쓰기라는 수련을 하면서 마음을 순화시키고, 순간순간 카타르시스를 느낀다. 평범한 직장인으로 살면서 오랫동안 '나는 누구인가'에 대한 답을 찾으려 애썼다. 금강 자전거길 위에서 우연한 마주침을 통해서 그런 깨달음을 얻을 수 있을까.

금강 자전거길을 돌고 돌아 대청호에 드디어 왔다. 금강하굿둑에서 시작된 자전거길 걷기놀이는 세상에서 가장 낮은 물길을 따라 이어졌다. 군데군데 어쩔 수 없이 건너뛴 곳도 있지만, 처음부터 마지막까지 걸었다는 사실만은 스스로 대견했다. 여기까지 금강 자전거길 걷기놀이는 〈걷다, 보다, 묻다〉라는 단어들의 연속이었다. 그 안에서 함께 또는 홀로 길을 걸으면서 마음을 비우고 고요함 속에 머물려고 노력했다. 하지만 장자의 말처럼 '좌망과 심재'에 드는 일은 쉬운 일은 아니었다.

대청댐 주차장 휴게소에서 늦은 점심으로 컵라면에 막걸리 한잔으로 금강 자전거길 완보(完步) 만찬을 했다. 소박한 식사였지만 뿌듯했다. 대청호공원에 올라선다. 대청호는 생각보다 넓고 풍광이 오묘하고 깊다. 신비한 베일에 가려진 성스런 장소처럼 보인다. 대청호는 오백 리 길을 만들어 낼 만큼 넓고 아름다웠다. 대청호는 보는 각도, 방향, 시간에 따라 조금씩 변해간다. 보면 볼수록 모양도 바뀌고, 물의 색깔도 바뀌고, 풍경도 바뀌고, 경치로 변해간다. 거기에 옅은 물안개까지 피워 오른다. 시시각각 날씨에 따라 변화하는 모습이 '변화무쌍' 하다는 말이 잘 어울릴 것만 같다. 마치 카멜레온을 닮아있는 대청호는 신비롭다.

금강 자전거길을 동료들과 함께 6일간을 걸었다. 걸었던 금강의 총 길이는 대략 146km 정도이다. 한 걸음 보폭이 60cm라면 우리는 23.4만 번의 걸음을 이어왔다. 참으로 엄청난 거리다. 한 걸음씩 길을 걸을 때는 느끼지 못한 거리감이 마지막에 와서 생각하면 엄청난 거리다. 스스로 자긍심마저 느껴진다. 우리가 지금까지 영산강, 섬진강 그리고 금강까지 그만큼의 거리를 걸어서 여기까지 왔다. 그리고 걷기에 대한 우리의 열정을 쏟아 남한강과 북한강 그리고 낙동강까지 이어가고 싶다. 5대강 자전거길을 걸을 생각만 해도 가슴이 벅차고 울렁거린다. 은퇴하고 우연히 시작한 5대강 자전거길 걷기 여행은 무기력에서 벗어나 스스로 살아있음을 느끼는 진짜 삶, 참된 삶을 사는 기분이 들게 했다. 진짜 삶, 나다운 삶. 참된 삶이란 어떻게 사는 삶일까.

'에리히 프롬'은 〈나는 왜 무기력을 되풀이하는가?〉에서 '진짜 삶을 산다는 것은 자신의 인격이 무엇으로 이루어져 있는지를 아는 것이며, 외부의 영향에 좌우되지 않는 것이다. 타인과 주변 환경의 진정성이 어디 있는지 깨닫게 되는 것이다. 세상이 가상의 현실에 좌우될수록 진짜를 향한 우리의 동경도 커진다. 어떻게 가짜의 통제를 받지 않는 사회에서 살 수 있을까. 나는 다른 사람들이 보는 그대로 내가 아닌가. 우리 현실을 이루고 있는 것에 집중한다면 우리 안에 숨은 가능성 역시 실현할 수 있다. 따분하고 산만하고 우울한 기분을 떨치고 진짜 삶이 주는 기쁨을 느낄 수 있을 것이다'라고 했다. 금강 자전거길 걷기 여행을 통해 가벼움과 자유로움을 느낄 수 있다면 그것이 '에리히 프롬'이 말하는 '진짜 삶',

'참된 삶'을 사는 것은 아닐까 생각한다. 그 안에서 '참 다운 나', '나 다운 나', '더 나은 나'를 찾았으면 한다. 진짜 삶의 기본을 위반한 결과는 장애와 고통이다. 지루하고 무미건조하고 우울하고 공허하고 아무 의욕이 없다. 이런 자기 경험의 부정적 감정을 추적해 보면 무력감이 모습을 드러낸다. 무력감은 자기 자신의 강인함으로 살아갈 능력이 없을수록 역력해진다. 인간의 삶이 끈기 있게 자율성을 보일 경우에만 의미 있게, 비판적으로 진짜 삶을 이야기할 수 있다. 즉 인간의 삶과 정신적 성장의 이런 자율을 유념해야만 진짜 자아의 경험과 진짜 삶이 가능하다. 인간은 자기 인간성의 주체이기 때문이다. 개인의 자아가 발전해야 비로소 혼동이 없는 고유의 것으로의 진짜가 가능하기 때문이다.

2014년 은퇴 이후에 일탈이라는 작은 무모함으로 시작된 걷기라는 놀이가 벌써 70만 번째 걸음이다. 걷기라는 놀이는 자발성과 자발적 활동의 결과물이다. 가상현실에서 벗어서 진짜 자신만의 삶을 가능하게 해주는 행위라고 할 수 있다. 그러므로 자발적인 걷기놀이는 자유로움과 자기의 존재를 깨달아가는 수행과정이다. 걷기라는 놀이에서 가장 큰 보람은 두 발로 직접 자전거길을 완보(緩步)했다는 것이다. 그리고 모든 자전거길 완보(完步)의 백미가 '성실함'에 있다는 걸 조금씩 깨달아가기 시작한다. 남은 자전거길도 '성실함'으로 도전하여 '유쾌함'으로 마무리되기를 간절히 바라본다. 남한강과 북한강 그리고 마지막 낙동강 안동댐까지 자전거길 걷기놀이가 쭉 이어지기를 꿈꾼다.

금강 자전거길을 닮는 풍경

여기까지 6일에 걸쳐 금강을 걸어오면서 8개의 시군을 지나고, 3개의 보를 건너고, 8개의 아름다운 금강의 풍경과 수많은 문화재와 자연경관을 감상했다. 금강하굿둑에서 대청호까지 금강 자전거길을 걸었고, 금강이 품고 있는 풍경을 보았고, 그 길에서 크고 작은 문제에 대해 질문을 던졌다. 그리고 그 답을 찾기 위해 대상을 두루 생각하면서 걷고 또 걸었다. 금강 자전거길 대략 146km를 종주하고 집으로 돌아오면서 가장 먼저 떠오르는 것은 바로 〈나를 부르는 숲〉이라는 '빌 브라이슨'의 책이다. '애팔래치아 트레일' 그 길을 걸었던 '빌 브라이슨'이 떠오른다. 무려 3,360km의 장거리 등산코스인 '애팔래치아 트레일' 종주를 단지 자신의 집 근처에 그 길이 있다는 이유만으로 감행하는 남자이다. 먼저 결심부터 하고 이유는 나중에 어떻게든 짜 맞춰 넣는 무모한 남자의 여행기는 읽는 내내 감동이었다.

그 감동은 나에게 영산강, 섬진강, 금강을 지나 한강과 낙동강까지 자전거길을 걸어야겠다고 스스로 다짐하게 만든 계기가 되었다. 아마 5대강 자전거길을 종주하면 대략 1,000km 가까운 거리를 걷는 셈이 된다. '빌 브라이슨'에 비하면 아주 짧은 거리지만 나에겐 벅찬 거리다. 그래도 걸어야겠다고 결심한 것은 나 자신 때문이다. 무엇이든 성실하면 할 수 있다는 것을, 무슨 일이든 결심만 하면 이루어진다는 것을 자신에게 보여주고 싶었다.

처음에는 영산강 자전거길을 걸어보고 싶어 작은 무모함으로 시작했지만, 길을 걸어갈수록 넓은 세상을 보고 싶어 길을 확장했다. 그리고 '빌 브라이슨'처럼 5대강의 끝까지 도전해 보고 싶다. 결국, 그것은 무모함이 아니라 자신에 대한 도전이고 유쾌함이 되었다고 말하고 싶다. 대략 500만 번의 걸음을 내디뎌야 마칠 수 있는 '애팔래치아 트레일'을 동네 뒷산에라도 가듯이 떠났던 남자 그리고 끝내 메인 주의 가을 단풍을 보지 못한 채 무참히 막을 내린 그의 종주, 그러나 그의 여행기를 읽는 내내 내가 만난 것은 무모함이나 실패가 아니라 도전정신과 유쾌함이었다.

　금강(錦江)은 말 그대로 천 리 물길을 풀어내는 비단 강이고, 비단길처럼 아름다운 강이다. 금강은 전라북도 장수군 수분마을 뜬봉샘에서 발원하여 곧바로 금강과 섬진강으로 나누어진다. 뜬봉샘에서 시작된 금강의 물줄기는 내려오면서 또 수많은 길을 만들어내고 있다. 금강은 장수를 거쳐 용담호에서 호수를 이룬 후 무주와 영동을 지나며 무주구천동과 양산 팔경의 절경을 만들어낸다. 그중 무주는 금강의 상류 부분으로 거친 물살이 깊게 산을 휘감고 돌아 벼랑을 발전시켰다. 그래서 무주에는 강변을 끼고 가파른 벼랑길이 많고, 오지 강변 마을 사람들이 거친 물살을 헤치고 살아가던 흔적들이 곳곳에 남아있다. 그 흔적들이 모여 삶의 터전을 이루고, 그 삶의 흔적들이 이어져 다시 길이 되었다.
　그 길 속에는 또 다른 여러 길이 만들어지고 있다. 삶은 곧 길이다. 그 길에는 향수가 들어있고 추억이 들어있다. 그래서 길은 삶처럼 아름다운 것이다. 금강의 작고 아름다운 길 몇 군데를 소개하면 '금강 벼룻길'은 무주군 부남면 대소마을에서 율소마을로 이어지는 길로 1930년대에 마을 사람들이 농사를 짓기 위해 물을 끌어오던 수로가 있던 옛길이다. '금강

학교길'은 무주 뒷섬 마을 아이들이 학교에 다니던 옛길이다. 근처에 '금강 잠두길'도 함께 다녀올 만하다고 했단다. 4월 중순 산벚꽃과 복사꽃이 만발할 때면 그윽한 봄의 정취가 일품인 아름다운 옛길이란다. 마치 어릴 적에 학교에 가던 골목길처럼 아름다운 옛길이고 좋은 추억이 깃든 길이다.

내년 봄에 복사꽃이 피면 한번 꼭 가보아야겠다. 이 길이 아름다운 것은 그곳에서 오랫동안 살아온 민초들의 희로애락과 자신의 추억이 깃든 길이기 때문이다. 금강의 물길은 무주 뜬봉샘에서 대청호, 대청호에서 금강하굿둑까지 내려오면서 수많은 길이 만들어내고 있다. 길을 만드는 자연의 섭리가 오묘한 것 같으면서도 너무 단순하다는 것이다. 물은 낮은 곳으로 임하고, 금강 자전거길은 가장 낮은 곳으로 흐르는 금강의 물길을 따라 형성되었다.

내가 도보여행을 하는 이유는 자신을 사랑하기 위해서가 아닐까 싶다. 도보여행은 자신을 사랑하는 힘, 자존심을 키워줄 뿐만 아니라, 인생을 살아가는 데 꼭 필요한 화수분 같은 선물이다. 도보여행은 '느림의 삶'이라는 실천을 통해 일상을 살아가는 힘과 그 속에서 관계를 소중하게 지키는 지혜를 가르쳐준다. 금강 자전거길을 걷는 것은 '느림'이다. 그 행위를 통해 속도에 가려진 사물들의 모습을 자세히 보고, 듣고, 묻고, 느끼는 것이다. 가장 낮은 길을 걷고, 다양한 산천의 풍경을 보고, 세상에 이치에 대해 끊임없이 묻는 즐거움이다. 그리고 그 길에서 느꼈던 즐거움들을 다른 사람들과 공유하기 위해서 글로 남긴다. 물론 그것이 얼마나 어렵고 힘든 일인지도 안다. 그래도 매일매일 모니터를 보면서 타자를 친다. 내가 존재하는 이유가 되고 싶기 때문이다.

기록하고 난 후에 다시 읽어보면 문득문득 완벽하지 못한 문장들 투성이이다. 이 세상에는 완벽한 문장 따위는 존재하지 않아. 누구라도 완벽한 문장을 쓸 수는 없을 거야. 이런 말에 스스로 위안을 삼아본다. 그래도 때때로 절망적인 기분이 드는 것은 어쩔 수가 없었다. 그럴 때마다 과연 나는 최선을 다했는가 하는 미련이 남는다. 여전히 무언가를 쓰려고 할 때 절망적인 기분에 사로잡히는데 특히 이런 감동적인 자연에 '아름답다', '환상적이다'라는 식의 극히 일차원적이고, 극히 제한적인 영역의 언어밖에 구사하지 못할 때 더더욱 그러했다. 누군가를 사랑하면 할수록 그에 비례하여 절망이 커지는 역설처럼 감동이 클수록 어떤 서술도 다 부질없이 느껴진다. 비록 문장이 완벽하지 않더라도 걷기놀이에 대해 기록하는 일을 멈추지 않을 것이다. 시간이 걸리더라도, 서투르게라도 하고 싶은 일이기 때문이다.

。 억새와 함께, 금강 자전거길 따라…

　금강 자전거길을 걷는 것은 착한 여행이면서, 동시에 바른 소비를 하는 여행이다. 도보여행자는 유토피아에 대한 강한 확신을 가진 종교인보다는 내일 또 돌이 굴러떨어질 것을 알면서도 돌을 굴리는 시시포스를 닮았다. 그들이 돌을 굴리는 건 내일 돌이 떨어지지 않기 때문이 아니라 돌을 굴리는 일 자체에서 의미를 찾기 때문이다. 도보여행자는 그런 사람들이 아닐까 하는 생각이 든다.

　또, '길은 떠나기 위해서 존재하는 것이 아니라, 돌아오기 위해서 존재하는 것이다'라는 누군가의 말이 생각난다. 금강 자전거길 도보여행을 함께하신 샘들이 고맙고, 함께해서 즐거웠다. 그리고 다시 돌아오기 위해 남한강 자전거길, 북한강 자전거길, 낙동강 자전거길도 함께 떠나자고 제안하고 싶다.

- 2016년 11월 22일 12시 37분

11/22/2016   12:37 PM

억새와 함께, 금강 자전거길 따라…

〈2권에서 계속〉